百卷阅品

许还山

刘建凌 著

江苏人民出版社

图书在版编目(CIP)数据

百花闲品/刘建凌著. --南京:江苏人民出版社,2015.12

ISBN 978-7-214-17097-2

Ⅰ.①百… Ⅱ.①刘… Ⅲ.①散文集—中国—当代 Ⅳ.①I267

中国版本图书馆 CIP 数据核字(2015)第 295439 号

书　　名	百花闲品
著　　者	刘建凌
责任编辑	包建明　汪意云
出版发行	凤凰出版传媒股份有限公司 江苏人民出版社
出版社地址	南京市湖南路 1 号 A 楼,邮编:210009
出版社网址	http://www.jspph.com http://jsrmcbs.tmall.com
经　　销	凤凰出版传媒股份有限公司
照　　排	江苏凤凰制版有限公司
印　　刷	南通印刷总厂有限公司
开　　本	718 毫米×1000 毫米　1/16
印　　张	21.5　插页 10
字　　数	272 千字
版　　次	2015 年 12 月第 1 版　2015 年 12 月第 1 次印刷
标准书号	ISBN 978-7-214-17097-2
定　　价	45.00 元

梅花

玫瑰

水仙花

迎春花

雪莲花

梨花

二月兰

仙客来

郁金香

银芽柳

枇杷花

君子兰

铁兰

佛手

鹤望兰

跳舞兰

香水百合

桃花

太阳花

金盏花

芍药

玉兰

三角梅

腊梅

樱花

牡丹花

月季花

米兰

金雀花

杏花

油菜花

报春花

蟹爪兰

茶梅花

仙人球

兰花

绣球花

长寿花

风信子

连翘

蔷薇花

滴水观音

石榴花

常春藤

格桑花

蒲公英

虎耳草

红叶李

荷苞花

紫荆花

栀子花

扶桑花

葛根花

金银花

木棉花

勿忘我

向日葵

桔梗

丁香花

凌霄花

金丝桃花

康乃馨

合欢花

一品红

莲花

紫薇花

三色堇

罂粟花

芙蓉花

垂丝海棠

琼花

夹竹桃

龙骨花

鸢尾花

泡桐花

槐花

长春花

含笑

山茶花

龙牙草

醉蝶花

美人蕉

菊花

南天竹

猫眼草

虞美人

结香花

杜鹃花

鸡蛋花

美女樱

彼岸花

薰衣草

紫罗兰

瑞香花

茉莉花

姊妹花

凤仙花

绿萝

白兰花

桂花

目 录

我相信他是从空中散花的

——序刘建凌散文集《百花闲品》

黄亚洲

从空中看花是个什么感觉，有感觉吗，首先是，看得清吗？

建凌擅长于把一幅一幅的天空搬到宣纸上，他的书法的洒脱与自由，大得蓝天上那种潇洒飞行轨迹之妙处，这个状况我就不多说了，他的书法展办了不止一次，人头攒动，上佳的评说都在那里摆着。总之，常年从事航空部门工作的建凌，在羊毫与狼毫的书写之时，我们是能够感受到发动机的强大与云层的上下舒展的，还有风在其间的运气。

但是现在他要用天空的那种博大与广阔，来描写花卉，而且是用散文的手段。

他在文学里铺开了宣纸。他用云朵的边缘细细勾勒花瓣，用虹霓的颜色薄薄上彩。题目很谦虚，叫做《百花闲品》。

而且，整整一百朵，着实蔚为大观。

我可以说，即便是在空中，他也是把花看清楚的，甚至看到了花蕊，以及花蕊上起起落落的蜜蜂。而且，我还可以说，也只能在天空，建凌才能最终获得这么阔大的视野。他描绘了花，而且是整整一座花海。

我们可以看到，这百篇花卉散文，避开了常见的写花必堆砌华丽词藻的现象，而恰恰是选用平实语言，借物抒情，以物怡情，不急不忙，娓娓道来，让人们在这一芬芳的展现中，既长了知识，又平添一份审美的愉悦。

在《无私奉献太阳花》中，建凌通过一位叫白芳礼的 93 岁老人去世所引起的社会议论，导引出太阳花这种草根之花的奉献精神。确实不简单，这位老人自己节衣缩食，却用自己踩三轮挣下的35万元人民币捐给了天津多所大学、中学和小学，资助了300多名贫困学生，而这些学生并不知道他是谁。建凌感慨道："太阳花那么纤小，它那生命的精神却是伟岸的，内心却是博大的。它常年匍匐在地，无所奢求，随遇而安，默默地迎着太阳开放，用自己美丽的花朵妆点大地，用自己微小的身躯去治病救人。这种无私奉献的精神，太值得人类的尊敬和爱戴。因此，人们给太阳花的花语是'沉默的爱、光明、热烈、忠诚、阳光、积极向上。'那位93岁的白芳礼老人的一生不正是这花语的最好诠释么？"

在另一文中，建凌又以不同的两位女性为例引申出了金盏花，又从金盏花准时开合的特性，引申出女科学家居里夫人和美国那位二十年如一日悉心培育新种白色金盏花的老妇人为科学所作的贡献。建凌最后作这样的号召："选上一盆美丽迷人的金盏花置于厅室之中，为自己和孩子们上一堂励志课，应该是既美化环境又受教育一举两得的好事。"

花事，人事，就如在同一个机场，一架落地，一架又飞起。

又如在同一张宣纸上，一笔刚提起，一笔又落下。

这种交融，写得自然，看得舒服。

花事，本来就是人事么。

在《不似花心瓣瓣香》中，我们看到这样的文字："有一次，坐在副驾位子的老母亲摇下玻璃窗买了几块钱的花儿，惹得买花人一个劲地鞠躬致谢。母亲含笑说：不客气，注意安全。我问母亲，一次买那么多干嘛？老人家平淡地说，他们不偷不抢靠劳动吃饭不容易啊，多买几块钱对我们不算什么，而对他们来说就是一份养家糊口的收入啊。"在《长春花上雨如丝》中，作者又这样感叹："历朝历代父爱和母爱永远都是无私的，就像眼前这长春花一样'一枝才谢一枝殷'，是绵延不绝的。每一个做儿辈的，都应该知晓这个道理，学会感恩，学会报恩，学会尽孝。'子欲养而亲不待'，不要等到长辈走了才想起去尽什么孝道，那是典型的马后炮，啥用也没有了。"建凌借花，如此敬老,而同时,他又特别在意面对孩童,总要在每篇文章里辟出一块小园地对孩子进行科普,从每种花草的科目属性到其药用价值,再到如何观赏,都作了尝试。有读者可能会觉得这样的写法怪怪的,我觉得,文无定法,散文本来就姓散,形散神不散倒是上品。建凌的这种尝试,是有益的。

或许就因了这一“特色”,有更多的家长在书柜前毫不犹豫地掏出钱包来呢。

今年建凌已逢花甲,这本散文集的问世,也算是建凌对自己花甲生日的一份礼物,当然,随即他就把这份礼物散发给了广大的文学爱好者、花痴花迷、爱花的小学生们。我相信他是从空中散花的,这是他熟练的手势。

这种手势他用了一辈子,风、机翼与虹霓都很熟悉。

(序言作者为中国电影文学学会副会长、中国作家协会影视委员会副主任。曾任第八届全国人大代表、中共十六大代表、第六届中国作家协会副主席、第六届浙江省作家协会主席。中国鲁迅文学奖得主。)

傲骨梅无仰面花

梅花开了，春天就来了。

梅花是与兰花、牡丹等齐名的我国十大名花之一。宋代陈亮的《梅花》诗："一朵忽先变，百花皆后香，欲传春消息，不怕雪里藏。"形象地刻画了梅花秀雅不凡、冰心玉质、独步早春、凌寒独开的坚贞品质。而梅花却以韵胜、格高，临风傲雪，不畏艰险，冰肌玉骨，傲然挺立而成为民国时期的国花、现代南京的市花，也当仁不让的是中国的名花，并被古人誉为"花中之魁"，历来深为人们所钟爱。

梅花原产自我国，至今已有 3000 多年的栽培史。数千年以来，文人墨客都把梅花比作为坚韧不拔、德清品高的象征，于是撰文赞美它，赋诗歌颂它，作画描绘它。

早在魏晋南北朝时期，诗人陆凯就诗"送"梅花："折花逢驿使，寄与陇头人。江南无所有，聊赠一枝春。"多美妙的构思呀，寥寥 20 个字，将情谊、思念、祝福、期待融为一体，以一枝梅花告知春天的来临，不愧为梅香报春的佳作。

宋代诗人林和靖隐居孤山，不娶不仕，以梅为妻，以鹤为子。他有一首名诗《山园小梅》："众芳摇落独暄妍，占尽风情向小园。疏影横斜水清浅，暗香浮动月黄昏。霜禽欲下先偷眼，粉蝶如知合断魂。幸有微吟可相狎，不须擅板共金樽。”诗中“疏影横斜水清浅，暗香浮动月黄昏”两句，被后世赞为咏梅的绝唱。

在林和靖之后的著名政治家、诗人王安石也有一首诗叫做《梅花》：“墙角数枝梅，凌寒独自开，遥知不是雪，为有暗香来。”他通过对梅花不畏严寒的高洁品性的赞赏，用雪喻梅的冰清玉洁，又用“暗香”点出梅胜于雪，说明坚强高洁的人格所具有的伟大魅力。南京梅花山立了一块巨石，上面书写了王安石的这首名诗，以为后世传颂。

前些年，我给北京的一位朋友写了一幅字，内容是宋代的卢梅坡的《雪梅之一》：“梅雪争春未肯降，骚人搁笔费评章。梅须逊雪三分白，雪却输梅一段香。”卢老先生将梅雪争春拟人化，写得可谓惟妙惟肖。

梅花是蔷薇科杏属小乔木或稀灌木。其树型并不高大，但婀娜多姿，富有风采。其花色有紫红、粉红、淡黄、淡墨、纯白等多种颜色。梅花除可供观赏外，其鲜花可提取香精，花、叶、根和种仁均可入药。果实可食。若将果实盐渍或干制或熏制成乌梅入药，有止咳、止泻、生津、止渴之功效。

我喜欢拍摄梅花，而南京梅花山的初春是最让人陶醉的地方。数十万株梅花争相绽放，暗香浮动，姹紫嫣红，蝶飞蜂舞，满树笑靥，给摄影师们提供了最好的创作素材。其实，拍摄梅花的过程，也是品赏梅花的过程。在这个一年一度的“约会”中，我渐渐地品味到了：“梅的铁骨丹心，梅的玉洁冰清，梅的疏枝横玉，梅的香满乾坤，梅的雪里飘红。”也渐渐理解了郑板桥一副名对：“虚心竹有低头叶，傲骨梅无仰面花”的深刻含义，也体会了辛弃疾的“只共梅花语，懒逐游丝去。著意寻春不肯香，香在无寻处”的意境，也常常将古人的诗句通过镜头予以演绎和表现。

梅花的花朵呈五瓣状，因此，古人有“梅开五福”之说。这五福即为：一曰长寿，二曰富贵，三曰康宁，四曰修好德，五曰考终命。而赏梅也常从五个方面着眼，即为：一曰色，二曰香，三曰形，四曰韵，五曰时。而拍摄梅花又以色与形为重点。

南京梅花山栽植了40多万株梅花，梅花盛放时，疏枝缀玉，缤纷婀娜，有的艳如朝霞，有的白似瑞雪，有的绿如碧玉，形成梅海凝云，云蒸霞蔚的壮观景象。

古人认为“梅以形势为第一”。因此，梅花的形是中国画创作的最重要的着眼点之一。其实，摄影与绘画相通。梅花树皮偏黑而多糙纹，其枝虬曲苍劲嶙峋、风韵洒落有一种饱经沧桑、威武不屈的阳刚之美。梅花枝条清癯、明晰、色彩和谐，或曲如游龙，或披靡而下，多变而有韵律，以靓丽的花朵配上这些枝干，可以展现出一种很强的力度和线条的造型感。

早春二月，正是春梅花事正旺之时，如若有暇徜徉于花海之中，或闻香寻梅，或拿起相机觅靓影而摄，抑或遇上春雪飘零，来个踏雪寻梅，由梅望春，也当为人生一大惬事。

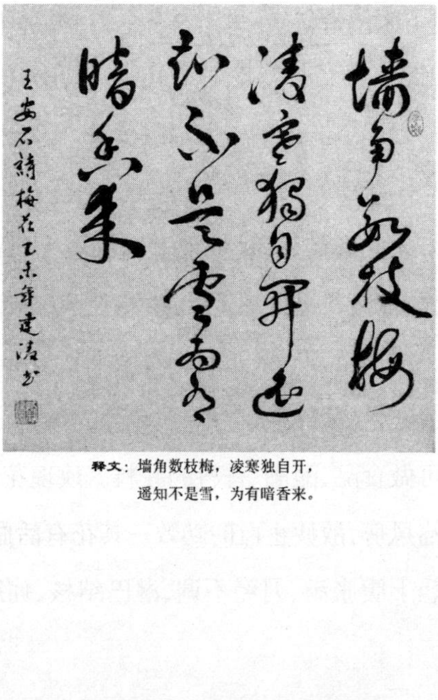

释文：墙角数枝梅，凌寒独自开，
遥知不是雪，为有暗香来。

得占春光第一香

今天是2月14日,是西方情人节。一个传说并不浪漫,而流传下来以后结果很浪漫的节日,一个以玫瑰花、巧克力做关键词的节日。

在西方情人节的习俗中,鲜花和巧克力是节日中必不可少的道具。这是男性送女性最经典的礼物,表明专一、情感和活力。所以,每到情人节,那些带刺之物便身价数倍,大有皇帝女儿不愁嫁的地位。

中国人何时也过"2月14日"这个所谓的节日,我一直没弄清楚。也许是改革开放以后,与西方的交流敞开,加上香港、澳门回归,殖民文化对大陆文化的侵蚀以及商家"文化搭台,经济唱戏"的节日利益驱使,把这个洋节弄得风生水起,不少中国人莫名其妙地追随其后,乐此不疲,倒渐渐忘了自己传统的"情人节"——七夕节。这种丢弃自身传统,崇媚外来文化的观念,甚是令人遗憾。

玫瑰花本非西方之舶来品,而是地地道道的本土货,又名刺玫花、徘徊花、刺客、穿心玫瑰,属蔷薇科蔷薇属落叶灌木,在我国绝大部分省市皆有分布。其枝杆多针刺,长有椭圆形、带边刺的奇数羽状复叶。其花之瓣呈倒卵形,颜色分粉红色、大红色、紫红色、黄色、白色等,有清香。

玫瑰可入药亦可做食品、酿酒、香料的原料。玫瑰花性味甘,微苦,气香性温,有利气行血,治风痹,散疲止血的功效。其花有活血理气,除胀调经的功效,主治肝抑胃气、上腹胀满、月经不调、淋巴结核、痈肿毒瘤。其花露具有平肝和血，养胃散邪的功效，主治肝胃气痛。其根主治白带赤带，男子遗精。玫瑰花提取的玫瑰精油，可以调节女性机能，治疗经前症，调顺月事周期，甚至于延缓更年期各种症状。玫瑰鲜花还能加工成有玫瑰花香的玫瑰酒、玫瑰露、玫瑰饮料、玫瑰茶等多种产品。经常饮用这类食品，有舒筋活血，美容美颜的功效。在我国，自古就有用玫瑰花进行养生、美容的做法。唐代大周女皇武则天，朝饮玫瑰甘露，夜敷玫瑰花瓣，虽年过花甲，仍面若桃花。清乾隆年间，河北承德有一位名叫张顺的会做"鲜花玫瑰饼"，驰名遐迩，被誉为"玫瑰张"。有人将此饼进贡给乾隆帝，很受喜欢。于是，"玫瑰张"被召入宫中，为御膳房的面点们传授技艺。自此，乾隆帝的御膳中常配有这一点心。乾隆五十三年的《驾幸热河哨鹿节次照常膳底档》还记录了乾隆帝专门为这种点心写下的御批："以后祭神点心用鲜花玫瑰饼亦不必再奏。钦此。"清代慈禧太后用玫瑰沐浴、美容，至暮年仍青春不衰。可以说，玫瑰花是很好的药食同源之物。

自古以来，国人栽培玫瑰已有上千年历史，在《西京杂记》中就有汉武帝的乐游苑中栽有"玫瑰树"的记载，至明代已有利用玫瑰花酿酒的工艺。玫瑰花一个很大的特点，就是香味浓郁，自古以来，就是制造香精的重要原料。

我国最有名的玫瑰当属山东省平阴玫瑰。因平阴县不仅栽培玫瑰花历史悠久，盛产重瓣红玫瑰，而且以花大瓣厚色艳，"芳香四溢，具有香气正，清香、甜香、浓香等特点"，品质优异而驰名中外。因此，平阴县在《中国名胜词典》上称之为"玫瑰之乡"，亦被称为"中国传统玫瑰的代表"。

历代文人墨客歌咏玫瑰者不在少数。唐代的唐彦谦有五律《玫瑰》云："麝炷腾清燎，鲛纱覆绿蒙。宫妆临晓日，锦段落东风。无力春烟里，多愁暮雨中。不知何事意，深浅两般红。"宋代杨万里的七律《红玫瑰》云："非关月季姓名同，不与蔷薇谱谍通。接叶连枝千万绿，一花两色浅深红。风流各自燕支格，雨露何私造化功。别有国香收不得，诗人熏入水沉中。"清代的女革命家秋瑾也有《玫瑰》诗一首："闻道江南种玉堂，折来和露斗新妆。却疑桃李夸三色，得占春光第一香。"当代著名女作家冰心，也很喜欢玫瑰，在她眼里，玫瑰的可爱之处在于它有自己的风骨。因此，她爱玫瑰，不但喜爱玫瑰的色香味，更喜爱它花枝上的坚硬的刺。由此可见国人对玫瑰花的喜爱。

玫瑰花何时传到西方？没见记载。又为何首选玫瑰花做情人节礼物？也不得而知。倒是曾经读过法国一个叫做马莱勃的诗人写的一首悼念诗：“她生存在这个世界，最美的东西/遭受最惨的命运/她是玫瑰，也像玫瑰/活了一个早晨。”以此诗安慰其好友杜贝里埃的丧女之痛，由此，马莱勃成为法国第一个引起大家对玫瑰狂热的人。另外有一个叫维庸的诗人在《爱之书》里则这样写玫瑰：“请收下这朵玫瑰，它像你那么可爱/给最美的玫瑰做玫瑰/给最鲜的花做花/给缪斯和我做缪斯/请收下这朵玫瑰，并把我的心揣在怀里，它已折断了翅翼。”这也许是选玫瑰花做情人节礼物的首倡者吧？当然，那些西方人说不定也是从秋瑾所说的玫瑰花是“得占春光第一香”的角度出发，以送玫瑰花去表达心中的爱恋之情，也未可知。

于我来说，与冰心先生一样，也是喜欢玫瑰花的。并不是喜欢它那牵强附会的爱情表达，而是喜欢玫瑰花的美丽和清香，喜欢它可药可食的奉献精神，更喜欢它顽强的生命力和美而不可随意侵犯的风骨！

于是，我在 2 月 14 日这一天要为“得占春光第一香”的玫瑰花点一个大大的“赞”！

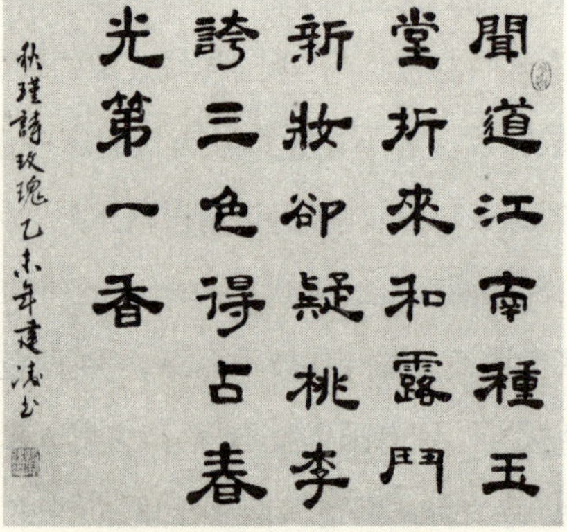

释文：闻道江南种玉堂，折来和露斗新妆。
却疑桃李夸三色，得占春光第一香。

水仙清香不让梅

银杏叶落完了，秋也走远了。一阵阵寒风袭来，冬就在身边了。不经意间，院子里的腊梅花也悄悄绽开了。腊梅的香味幽幽地飘来，令人神怡。

其实在这个季节能与梅香比美的莫过于素雅的水仙。

我特喜欢水仙。每年冬天都会买上几个水仙花球置于青花瓷盆之中，再挑选一些漂亮的雨花石与其为伴，倒入清水放在案几上，任其生长。刚开始养水仙时，我并不知道还要对水仙球进行一些加工（剥衣、切球），以及控制温度。所以，那些水仙很快就长成了长长的青蒜一般，待其倒伏了也没见一瓣花开，更没有什么香味幽然了。后来，我找教生物的同事请教，才弄明白水仙的养殖并不是随意而为就可以有好收获的。同事告诉我：除了要对水仙的球茎进行加工外，还要注意，白天水仙花盆要放置在阳光充足的向阳处给予充足的光照。因为植物需要通过叶绿素经过光合作用提供养分，这样才可以使水仙花叶片宽厚、挺拔，叶色鲜绿，花香扑鼻。反之，则叶片高瘦、疲软，叶色枯黄，甚至不开花。在同事的指导下，第二年的水仙就开出了惹人怜爱的小花儿。但是，由于温度控制不力，那花儿早早就开也早早就谢了。养了多年，自己才渐渐弄明白其中奥妙。

水仙花是石蒜科水仙属多年生草本植物，原产于我国。在我国已经有

1000多年的栽培历史，是中国十大名花之一。后来传到欧洲，受到欧美各国的喜爱。因为水仙的鳞茎生得颇像洋葱、大蒜，故六朝时称其为“雅蒜”，宋代称其为“天葱”。之后，人们还给它取了不少巧妙、美丽的名字，如凌波仙子、金银台、玉玲珑、水仙花、姚女花、女史花、天蒜、俪兰、女星、雪中花，等等。

水仙花早在宋代就已受人注意和喜爱。宋代时，有一闽籍的京官告老还乡，当他乘船南返将要回到家乡漳州时，见河畔长有一种水本植物，并开着芳香的小白花，便叫人采集一些，带回家里培植。这也许是今日出名的漳州水仙的最早记载了。另据《蔡坂乡张氏谱记》载：明朝景泰年间，张氏的祖宗张光惠在京都做学官，一年冬天请假回乡，船过江西吉水，发现近岸水上有叶色翠绿、花朵黄白、清香扑鼻的野花，于是拾回蔡坂乡栽培育成新卉传下。这也是将野生水仙家养培植的一个记载。

水仙的叶由卵状至广卵状球形、外被棕褐色皮膜的鳞茎中抽出，为狭长状，再由叶丛中鳞茎的顶端绿白色筒状鞘上抽出花茎（俗称箭），一般每个鳞茎可抽出花茎1—2枝，多者可达8－11枝。花茎顶端的花苞开放后，其花呈伞状花序，花瓣多为6片，花瓣末处呈鹅黄色。其花蕊外面有一个如碗一般的保护罩，既美丽又可爱。

水仙为秋植球根类温室花卉，喜阳光充足，生命力顽强，能耐半阴，不耐寒。7—8月份落叶休眠。在休眠期鳞茎的生长点部分进行花芽分化。具秋冬生长，早春开花，夏季休眠的生理特性。水仙喜光、喜水、喜肥，适于温暖、湿润的气候条件，喜肥沃的砂质土壤。生长前期喜凉爽、中期稍耐寒、后期喜温暖。因此，要求冬季无严寒，夏季无酷暑，春秋季多雨的气候环境。

水仙花花香清郁，鲜花芳香油含量达0.20%—0.45%，经提炼可调制香精、香料，也可配制香水，香皂及高级化妆品。水仙花清香隽永，采用水仙鲜花窨茶，制成高档水仙花茶，水仙乌龙茶等，茶气隽香、其味甘醇，还可提神醒脑，是品茗佳品也。

水仙的鳞茎多汁液，含有石蒜碱、多花水仙碱等多种生物碱，有毒。医学上外科可用其作镇痛剂。若将水仙的鳞茎捣烂可敷治痈肿。如果牛羊误食水仙鳞茎，会立即出现痉挛、瞳孔放大、暴泻等中毒现象。所以，在家养水仙时，一定要注意不能让儿童误食。

水仙花很是质朴，只需接受一点儿清水和些许阳光，就能茁壮成长，吐露出一个冬天的芬芳。近日，内蒙、甘肃客人来，我为他们书写了元代诗人杨载咏水仙的诗：“花似金杯荐玉盘，炯然光照一夜寒。世间复有云梯子，献与嫦娥月里看。”清代革命女侠秋瑾也喜欢水仙，她曾写过一首赞美水仙的诗：“洛浦凌波女，临波倦眼开。瓣疑是玉簪，根是谪瑶台。嫩白应欺雪，清香不让梅。余生有花癖，对此日徘徊。”

从现代花语的角度来看，我国的水仙花代表的是纯洁和思念。纯洁从秋瑾的诗“瓣疑是玉簪，根是谪瑶台。嫩白应欺雪”中我们已经可以体会到。而思念，我以为往往在过年的时候，是家里水仙花盛开之时，也正是中国人思念团圆的时节。所以，每每看到白嫩而绿葱葱的水仙，闻到那一阵阵幽幽飘来的清香的时候，就会想到新年已经靠近了，年迈的老人可安好？忙碌的孩子可顺利？不常见的亲朋可康健？所以，养上一盆水仙在家里，也就昭示着年的轮转，昭示着人们应该珍惜时光，珍惜亲情，学会感恩。

在冬日，当自己由屋外带着寒风带着疲惫带着习惯了满眼的萧瑟走进家门时，有一抹绿色映入自己的眼帘，有一股清香迎面扑来，自己的心会感到一阵温暖，会为那盆水仙花的“清香不让梅”而“对此日徘徊”。冬日有此花，足矣！

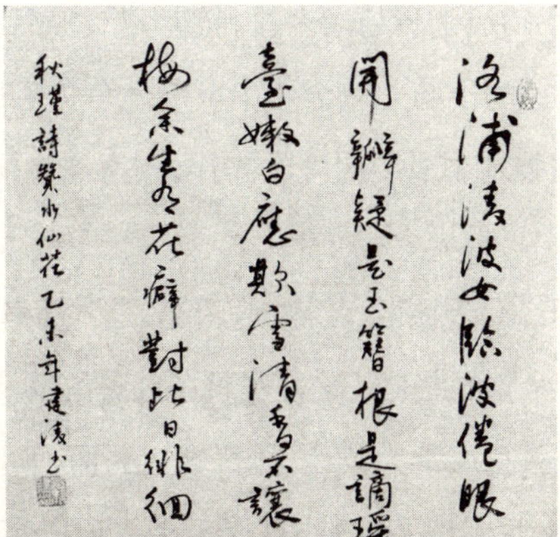

释文：洛浦凌波女，临波倦眼开。瓣疑是玉簪，根是谪瑶台。嫩白应欺雪，清香不让梅。余生有花癖，对此日徘徊。

迎春笑过百花俏

前几天,我应朋友之邀去盱眙铁山寺拍雪景。在天泉湖边上的天泉山庄就餐时,我不经意间看到路边的雪景中有金黄色的花朵在开放,不禁眼前一亮。只见一丛迎春花舒展着一根根柔软枝条,旁逸斜出,在空间划了一个个美丽的半弧,于寒风中微微摇动,袅袅娜娜,傲雪凌寒。那枝条上密布着一粒粒小小的紫红色花蕾,含苞欲放,有些许早开的黄花在白雪的映衬之下,显得格外美丽而醒目。屈指一算,还有几天就是立春了。这花儿还真准时,冒雪凌寒也会及时赶来,告诉人们,春来了!

我所工作的机场路边上种植着一排排迎春花。每到立春之后,经暖阳关爱,那一朵朵金黄色的小花儿就会成串成堆地争先恐后地立在又长又细的迎春花枝条上,倔强地不需要绿叶的陪伴,一蓬蓬地列于长长的路边,将天地染成了金黄。

迎春花别名小黄花、金腰带、黄梅、清明花,是木犀科素馨属落叶灌木,在我国已经有1000余年的栽培历史。其枝条细长下垂。枝稍扭曲,光滑无毛。其小枝呈四棱形,花通常为黄色,显得端庄秀丽,气质非凡。迎春花有不畏寒威,不择风土,适应性强的特点,历来为人们所喜爱,喜欢将其与梅花、水仙和山茶花统称为“雪中四友”,是中国常见的花卉之一。

迎春花的花语是相爱到永远。相传，大禹治水途中遇见了一个姑娘。该姑娘钦佩大禹“牺牲自己造福于民”的精神，就跟着大禹为治水的人们烧水做饭。久而久之，大禹喜欢上了这位姑娘，就娶其为妻。然而，大禹重任在肩，婚后便告辞新娘继续治水。大禹临走的那天，新娘送大禹走了一程又一程，不忍离别。大禹就把自己束腰的金色藤条系在新娘的腰上，答应治完水就尽早回来与她团聚。大禹走后，新娘每天站在崖边不管严寒酷暑，不畏狂风暴雨，盼望夫归，从未离开过。又一个冬去春来，等到大禹治水结束，风尘仆仆回来与妻子团聚时，新娘已变成一尊石像，手里依然捧着大禹留下的藤条。大禹抱着石像呼喊着妻子的名字，心痛不已，泪如泉涌，一滴滴泪珠洒在藤条上，瞬间，那藤条竟神奇般地开出了一朵朵金黄色的小花。那就是迎春花。

现实中的迎春花与传说中的那位姑娘一样朴实。它不喜庸脂俗粉，也不喜哗众取宠，不贪图富贵，也不迷恋温室厅堂。它随遇而安，无论生长在悬崖石缝荒山野岭，还是池畔路边，都会茁壮成长，都会像雄鸡报晓一样，不畏严寒冰雪准时为万物报告春消息，并用自己彩色的笔，饱蘸着雨雪，舞动着寒风，在大自然萧肃的画卷上描出了绿色山岗，写出了美丽百花，勾出了欢快的雀鸟。

而春深时，迎春花却以一身绿叶妆点大自然。毛泽东在《卜算子·咏梅》中赞美梅花是：“俏也不争春，只把春来报，待到山花烂漫时，她在丛中笑。”用其来赞美迎春花也是恰当不过的。君不见，在那冰雪严寒里，在那百花蜷缩时，它用自己的美丽点缀世界，给人们带来春的信息。君不见，而在春风和煦、百花争艳之时，它却是悄悄披上了一身绿装，默默地当一名陪衬，甘当一名“群众演员”。这种该出手时勇出手，该收手时不恋留的精神，岂不是真正的君子精神么？

因此，迎春花自古以来就深受文人墨客喜爱。在咏迎春花的诗词中，最有名的当属唐代白居易的《玩迎春花赠杨郎中》：“金英翠萼带春寒，黄色花中有几般？凭君与向游人道，莫作蔓菁花眼看。”宋代韩琦的《迎春花》也写出了其精神:“覆阑纤弱绿条长,带雪冲寒折嫩黄。迎得春来非自足,百花千卉共芬芳。”

今天是立春,是一年 24 节气的第一个节气,也是新的一年乙未年——羊年的开始。在人们的意识中,每年的第一天应该起之于正月初一。其实不然。自古以来,所有的命相学都是将新年第一天定义在立春日。

自今天起,我这乙未年出生的人,已经走过了一个花甲。世事无常,知识无限,人生苦短。当我冒着寒风站在院子里观望即将轰轰烈烈绽放的迎春花时,忽然,想起以前读过的几句汪国真的诗:“当我走向你的时候,我原想亲吻一朵雪花,你却给了我银色的世界。”是的,岁月老人。当我进入满头华发的银色世界后,是否有迎春花那样的君子精神呢?这真值得自己深思。

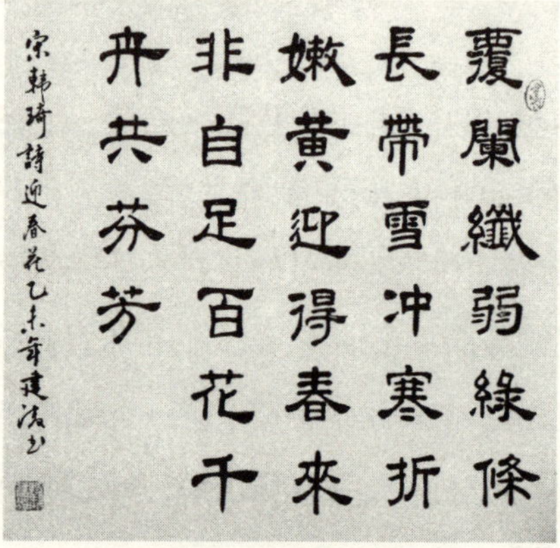

释文:覆阑纤弱绿条长,带雪冲寒折嫩黄。
迎得春来非自足,百花千卉共芬芳。

冰清玉洁雪莲花

“雪莲花，学名雪兔子，又名雪莲、雪荷花、大拇花、大木花等，生长在海拔4200至5350米的高山雪域之上。在冰天雪地之间，在悬崖峭壁之上，它们傲然绽放、翩然盛开，用自己美丽的身姿带给冰雪世界生的希望，用自己悄然的芳香带给蓝天大地美的畅想。

雪莲花自古以来就被人们传为救命的‘神药’。它全身可以入药，并且，由于雪莲花常年生长在雪线之上，生长缓慢，故药性稳固、持久，其药效一直享有盛誉。

在西藏有一位德高望重的藏医，人们就像赞美‘神药’雪莲花一样传颂着他，称他为藏族‘神医’，他就是今年63岁的著名藏医学家齐母·洛桑旦增。”

以上这段文字是我在9年前为《世界》杂志撰写的一篇报告文学《盛放在雪域高原的雪莲花——记藏族“神医”齐母·洛桑旦增》的开篇语。

我与洛桑旦增藏医相识于2005年夏天。当时，我任飞行部党委书记。那天中午，四分部教导员带了一位藏族老先生来我办公室，邀请我共进午餐。见是远道来的客人，我赶紧收拾了一下正在处理的文件，陪客人一道去了餐厅。

洛桑旦增医生很朴实。花白的头发覆在黝黑的脸庞上，两只炯炯有神的大眼睛，闪闪发光，高耸鼻梁有着藏族人的特质，中等身材显得健康而壮实。他为大家一一把了脉，不需要你述说病情，从脉象上就可以讲个子丑寅卯来。他的3根手指号称是心电图仪、X光机、CT和血压计。这只能在古书上看到的脉诊"神奇"，在当今完全靠现代仪器诊断病情的中医界几乎是看不到了，所以，洛桑旦增藏医真的引起了我进一步探究的兴趣。

因为医生要赶午后航班经成都回拉萨，所以，午餐进展得很快。由于有很多兴趣点需要了解，我便随机陪他飞一趟成都。飞行两个多小时，我们也畅谈了两个多小时，真有相见恨晚之感。在成都机场廊桥上送别洛桑旦增藏医时，他以藏族人的礼仪给了我一个熊抱，让我很受感动。自此，我们成了非常要好的朋友。他来内地，特别是来南京，一定是会和我联系。因此，我的很多朋友都成了他免费诊断的病人。

2006年，《世界》杂志吴总向我约稿，希望能给他一篇有特色的人物专访。我想起了洛桑旦增藏医，在电话里简单说了一下他的情况，一下子就引起了吴总的兴趣，催我尽快"赐稿"。于是我专程飞了一次拉萨，采访洛桑旦增。

经过几天的采访，我才知道，这位朴实的老大哥真不是简单之人。自1982年以来，他先后被国内部分省市药物研究院(所)聘为研究员，并在全国十几个社会组织和科研机构中担任职务。他的生平事迹被收入《中国名医大典》和《世界名医大典》。1996年，他被邀出席亚太地区国际学术交流会，他所提交的论文被收录在大会的学术刊物上。他先后在世界、全国性和省级学术刊物上发表论文17篇，其中有6篇被国家有关专家评为优秀论文，有15篇获得国家级和省级论文证书。2001年4月，联合国和平基金会21世纪自然医学大会组织委员会对齐母·洛桑旦增卓著的医学成就授予了"世界名医奖"、"国际自然医药大奖"和"国际自然医学大奖"3项殊荣。2004年4月，他通过了考点设在北京、曼谷、斯里兰卡三级严格的"脉诊"考试，获得了联合国科教文卫组织颁发的医学博士学位。从医40多年来，齐母·洛桑旦增曾为全国30个省市中的23个省市的37万人次的病人治疗过各种疾病，治愈率超过了85%，有效率超过了95%，没有发生过任何医疗事故，受到了广大患者的尊敬和信赖。2005年12月17日，他欣然接受自治区妇联之邀前往藏北草原作义诊，一天半的时间里免费为600人诊脉看病，并无偿捐赠价值12000元的药品给当地人民。就在他们准备离开临时诊所时，慕名前来求诊的病人可谓人山人海，将越野车围得水泄不通。最后，人们只要能让“神医”碰一下手或脑袋都会感到很欣慰。退休后的齐母·洛桑旦增对待慕名前来找他看病的病人一如既往，不讲条件，不摆架子，急患者所急，想患者所想，需患者所需。他常常不辞辛苦地帮助病人诊断、配药并亲自送上门，对那些生活困难的病人他不是只收成本费就是分文不取，充分体现了一代名医的德行风范。于是有人问齐母·洛桑旦增：“你为什么这么傻，你为他们看病收一些钱是天经地义的事情，既可以改善你自己的生活，也可以积累一些资金更好地为病人服务呀。”齐母·洛桑旦增说：“在钱的问题上，我看得很淡薄，想得很简单。我的生活只要过得去就行。我的‘钱’是什么呢？我治好一个病人就是给自己增加了一份财富也就是增加了一份‘钱’。40年来，我医治过37万人，按市卫生局调查的数据算370000×85%(治愈率)=314500(人次)。如果每人按1块钱计算的话，就是31万多。你们说我的财富大不大?”有些城市的一些医院听说齐母·洛桑旦增退休了，辗转找到他开价年薪20万，请他前去坐专家门诊。齐母·洛桑旦增一打听，他们是把他当成了摇钱树，对病人明码标价：凡请“神医”诊脉一次收费50元，开方则收费100元。对此，齐母·洛桑旦增当然断然拒绝。他宁愿不要那“白花花”的银子，也不能让病人这样的弱者再变成贫者！

面对这样的含而不露、外表朴实而内心强大之人，留给我的印象只有两个字：震撼！于是，我的脑海中跳出一段文字：“说这话时，齐母·洛桑旦增的双眼炯炯有神，依然健壮的身躯犹如雪域高原上傲雪盛开的雪莲花，冰清玉洁，傲骨铮铮。”

想到雪莲花，也要写雪莲花，可是我从没见过盛开的雪莲花。于是，我问洛桑旦增医生，能否让我见识新鲜的雪莲花？他点点头。当天午饭后，他带我去了泽蚌寺后山上的一座寺庙。一是让我看看正在开放的雪莲花。二是正好到了给喇嘛、比丘送药的时间了,他顺道自费给他们送些常用药。

辗转来到山上,一座不大的寺庙坐落在朝南的山头上。绛红色的庙墙,彩绘的寺门,都是典型的藏传佛教的特色,五色经幡迎风猎猎起舞,在蓝天白云的映衬下,显得佛气十足。

喇嘛、比丘们都认识洛桑旦增。他用藏语介绍了我。喇嘛、比丘对我十分热情,让座、喝酥油茶,并端来了几盆他们养殖的雪莲花供我观赏,让我深受感动。

虽然没能在大自然的雪域看到雪莲花。但是,能够亲眼目睹它的尊容,对于我这样一个常年生活在低海拔地区的人来说,也算是幸事一件。于是,我认真观察了一下眼前的雪莲花。它的外观并没有什么神奇的地方,白中泛绿的色调,有些像内地的莲花白,一圈圈围合起来的花瓣,有点儿像水莲,花瓣中间未合拢处是它的花蕊,褐色的蕊头、黄色的蕊茎与白泛绿的花瓣形成对比,给人以强烈印象。我忽然想起以前读过的唐代岑参的《优钵罗花歌》:"白山南,赤山北。其间有花人不识,绿茎碧叶好颜色。叶六瓣,花九房。夜掩朝开多异香,何不生彼中国兮生西方。移根在庭,媚我公堂。耻与众草之为伍,何亭亭而独芳。何不为人之所赏兮,深山穷谷委严霜。吾窃悲阳关道路长,曾不得献于君王。"其中"耻与众草之为伍,何亭亭而独芳。何不为人之所赏兮,深山穷谷委严霜。"不就是对雪莲花的写照吗?!

回来后,我很快写好了那篇报告文学。《世界》杂志刊登后,人民日报专程派记者去采访了洛桑旦增并辟四分之一版刊发了专访文章,CCTV2 播发了对洛桑旦增长达 40 分钟的专访。都把他比喻为美丽的雪莲花。

后来我很喜欢听印能法师的歌《雪域莲花》:"在古老遥远的地方/有一座美丽的雪山/在雪山上有一位修道仙人/风雪中行走/手里抓着片片雪花/脚下踏着阵阵清风/一步一朵雪莲花/雪莲花/雪莲花/雪莲花/雪莲花/风雪中念经/倾听清净梵唱/悬崖里静坐/感受寂寞之声 冰封千古/只为人间春暖花开那一刻/在古老遥远的地方/有一座美丽的雪山/在雪山上有一位修道仙人/心经中唱诵/远古世界智慧密语/声声古朴拥抱雪山/一步一朵雪莲

花/雪莲花 雪莲花/雪莲花 雪莲花/嗡啊 班则格若般玛斯得/嗡啊 班则格若般玛斯得/嗡啊 班则格若般玛斯得/雪莲花 雪莲花/雪莲花 雪莲花/风雪中念经/倾听清净梵唱/悬崖里静坐/感受寂寞之声 冰封千古/只为人间春暖花开那一刻”。他唱得有几分沧桑,有几分禅意,有几分空灵,又有几分悲壮。我觉得歌中的那个修道仙人就是洛桑旦增的化身。

今年的春节前夕,洛桑旦增偶患病疾,目前正在成都治疗。但愿他老人家能像雪域高原的雪莲花坚强、坚韧、坚毅地笑对自然一样,战胜病魔,早日康复,继续为他所热爱的那片热土作出他无私的奉献。

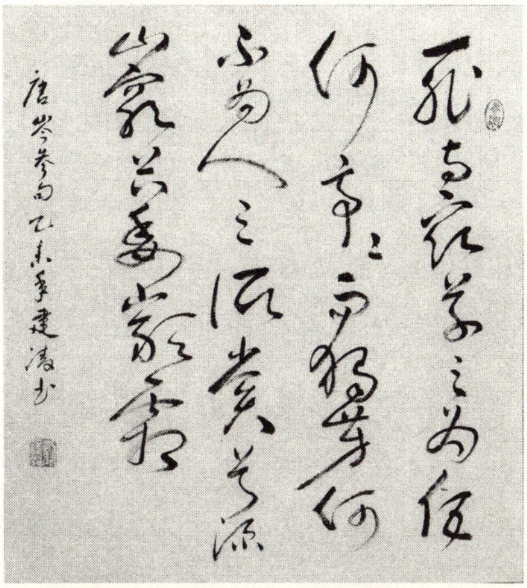

释文:耻与众草之为伍,何亭亭而独芳。
何不为人之所赏兮,深山穷谷委严霜。

梨花一枝春带雨

当杏花谢去,梨花追着桃花就开了,一年的第一个季度也就过去了,春又老了。

元代邵亨贞在其《清平乐·梨花》一词中云:“绿房深窈,疏雨黄昏悄。门掩东风春又老,琪树生香缥缈。一枝晴雪初乾,几回惆怅东阑。料得和云入梦,翠衾夜夜生寒。”古人喜欢将梨花比喻为“晴雪”,就是梨花开时,那满树的洁白之花仿佛晴天下的一场瑞雪压满枝头,富有意境。“门掩东风春又老,琪树生香缥缈。一枝晴雪初乾,几回惆怅东阑。”写的就是梨花(晴雪)开放春又老去的情景。

再过几天就是清明节了,又到了梨花盛开的季节。我家南院的梨花已经晴雪满枝头。春风吹来,枝摇花颤,清香四溢,引来无数蜂蝶在花上翩翩起舞。当阳光覆盖住梨花时,逆光看去,洁白的花朵,高低错落,通透诱人,构成一幅清新自然浪漫唯美的诗意画卷。

梨树是蔷薇科梨属多年生落叶果树(乔木),原产于我国,至今已有2000余年的栽培历史,可谓遍及全国。其“晴雪”之花素淡,果实清脆甘甜。梨全身可入药。其果可治热咳;切片贴之可治火伤;捣汁内服润肺凉心,可解疮毒、酒毒。其花能去面黑粉刺。其叶煎服,可治风寒和小儿寒疝。其树皮能除结气咳逆等症。既可观赏,又是上好水果,还是一种极佳的药物,自古以来就深受人们的喜爱。

记得多年前的 4 月初，我去过邻省的砀山。那儿是著名的砀山梨产区。那时正是梨花盛开时节，置身于万亩梨园春景，眼前是一望无际的玉树银花，含烟带雨，飞雪蔽日，空气中飘拂着淡淡的梨花芳香，成群的蜂蝶在花间飞舞，让人有进入冰清玉洁的世界幻觉，又仿佛到了亦真亦幻的人间仙境，到处都是一幅幅醉人的画卷。

我问果农，这梨花一般能开多长时间？果农说，梨花开不长，前后十来天就谢去了。我又问，一棵树能结多少梨？他说不一定。大年时结得多一些，小年时会少一些。不过，我们尽量会调整梨树的结果，避免大小年现象。然后，他简单告诉我，如何整枝，如何减掉多余的花，如何密植以保证足够的授粉，如何在授粉不足时人工授粉，等等。这样下来，整个砀山县一年可以产砀山梨近 50 万吨。这小小的梨，让这原本贫困无人知晓的黄泛区变得富有且世界知名。所以，在砀山人的心目中，梨就是神。

而在很多游子的心中，梨就是故乡，梨就是母爱，梨就是亲情。我喜欢一首歌叫做《梨花又开放》："忘不了故乡/年年梨花放/染白了山岗我的小村庄/妈妈坐在梨树下/纺车嗡嗡响/我爬上梨树枝/闻那梨花香/摇摇洁白的树枝/花雨满天飞扬/落在妈妈头上/飘在纺车上/给我幸福的故乡/永生难忘/永生永世我不能忘/重返了故乡/梨花又开放/找到了我的梦/我一腔衷肠/小村一切都依然/树下空荡荡/开满梨花的树下/纺车不再响/摇摇洁白的树枝/花雨满天飞扬/两行滚滚泪水流在树下/给我血肉的故乡/永生难忘/永生永世我不能忘/永生永世我不能忘"。这首歌演绎的就是这样的亲情，这样的乡愁，这样的对母亲和故乡的思念。

不过国人喜欢滥用谐音，梨就是深受其害者之一。梨和离谐音，因此，很多人忌讳"分梨"吃，哪怕再大个儿的梨，也轻易不分吃，怕的就是合了"分离"之意。梨花开时瑞雪一片，古人觉得白如丧，又犯忌讳，也轻易不在门前种梨。所以，红色的桃花，粉色的杏花，鲜红的海棠花，都是古人喜欢在门前栽种的，它们所受歌咏也最多。

说到海棠花和梨花，还有一个有趣的典故，也合了前几年大家街头巷尾议论的话题。说的是，苏东坡有一诗句:“一树梨花压海棠。”光从这 7 个字去看，真没有什么特别的地方，只是描述了梨花与海棠花同时开放的一种场景而已。但是，东坡先生是文字高手，在他看似平淡的文字中其实包含着谐趣，是调侃好友词人张先的隐喻之作。据说张先在 80 岁时娶了一个 18 岁的小妾，东坡就调侃道:“十八新娘八十郎，苍苍白发对红妆。鸳鸯被里成双夜，一树梨花压海棠。”梨花指的是白发的丈夫，海棠指的是红颜少妇，一个“压”道尽无数未说之语，寓意深远，诙谐十足。后人就常用“一树梨花压海棠”来形容老夫少妻配，也即“老牛吃嫩草”的委婉的说法。我说此，对现实并无所指，仅博一笑耳。

白居易在《长恨歌》里有“梨花一枝春带雨”，形容杨玉环落泪也动人的美颜。其实，现实春雨中的梨花的确有娇容可人特色，让人难以忘怀。

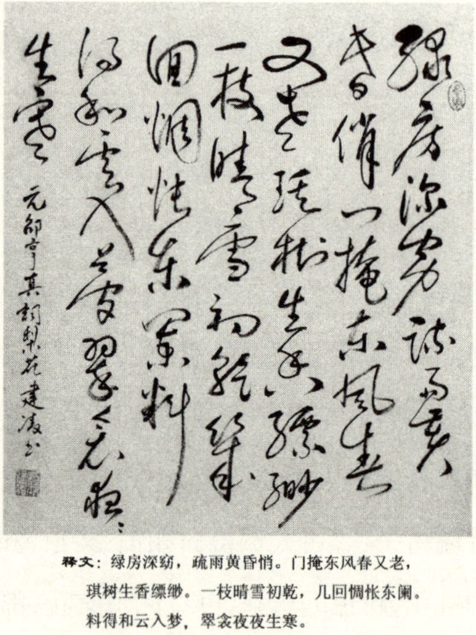

释文：绿房深窈，疏雨黄昏悄。门掩东风春又老，琪树生香缥缈。一枝晴雪初乾，几回惆怅东阑。料得和云入梦，翠衾夜夜生寒。

紫气干云二月兰

说起二月兰，读书的时候还真没听说过。一直到20多年前，我在江苏省老龄委员会工作时，去南京理工大学(原华东工学院)了解老龄工作，才见到那满园的紫色。那些花儿都不大，单独看去，真是没有什么诱人之处。但是，架不住它们连成片，汇成海，那气势，那场面，的确令人动心。

3年前的春天，江苏省作家书画联谊会组织理事们去南理工大参观火炮博物馆和品赏二月兰。听到此通知，我调整了手头的工作，抽空一定要去看看久违了的二月兰。

火炮与二月兰，一个是与暴力、恐怖、死亡、毁灭相关的词，而另一个则代表着美丽、柔情、生机勃勃。这两者原本难扯到一起去的，但是，这次活动却将它们结合到一起，也是别有意味。

南理工大的火炮博物馆十分壮观，收集实物众多，品种丰富，介绍详细，看后让人有震撼之感。只不过，短短个把小时，无法细看细品，稍有遗憾。

南理工大的二月兰也同样十分壮观，在高大的水杉林子里，满地绿草紫花，蔚然成海，声势浩大，气势磅礴，紫气干云。徜徉其间，仿佛进入了紫花仙子的领地，身心放松，脚步轻快，脑清目明，好像周身的血液也进入了平流层。难怪郑板桥有诗云："千古幽贞是此花，不求闻达只烟霞。采樵或恐通来路,更取高山一片遮。”

我仔细看了一下,这片二月兰比起 20 多年前面积要大得多,气势当然也是今非昔比。难怪,一到阴历二月,就有许许多多的南京人、外地人慕名前来赏花。人多后,二月兰受损比较严重。有人建议校方像武汉大学樱花时节售门票一样,也通过门票的价格杠杆来调节人数,保护二月兰。但是,南理工大的校领导从人性化的角度出发,从老百姓的心理出发,没有采纳。这也是好事。这样远离铜臭,可以让更多的市民感受春天的美好,感受人间的温暖,的确是善事一件。

二月兰不是兰,而是十字花科诸葛菜属二年生草本植物,因其花始开在农历二月前后,故称二月兰,又名诸葛菜、菜子花、紫金草。其嫩茎叶可作野菜食用,种子能榨油。

说起二月兰的别名诸葛菜,还有一段传说。相传,有一次,刘备的军师诸葛亮微服出巡,见一种叫做“蔓菁”的菜,叶子和嫩茎都能吃,吃剩的还可制成腌菜,以备行军佐餐之用。他还了解到“蔓菁”的籽可以榨油,比菜油还要香。当时,刘备尚处在困难时期,粮食给养是令诸葛亮头疼之事。“蔓菁”有如此多好处,诸葛亮当然不会轻易放弃。于是,他向老农问了每亩“蔓菁”的产量及种法,并要了不少种子。回去后,便下令士兵开荒种“蔓菁”,一方面补充军粮,另一方面又可用作牲畜饲料,既经济又实惠,一举两得。在诸葛亮的倡导督办下,“蔓菁”遍地开花结籽,有效地缓解了军中粮草不足的困难,为刘备能与曹操、孙权呈三足鼎立之势打下了雄厚的基础。因此,后世把这“蔓菁”称为诸葛菜。

二月兰分布于我国各地,对土壤环境要求很低,具有较强的耐寒性、耐阴性,有肥无肥它都生长得很好,因此它的生命力十分顽强。

二月兰的另一个名字叫做紫金草。我没有考证过紫金草是否与紫金山有关。但是,南理工大的朋友告诉我,2006 年春,正当二月兰盛开的时候,日本紫金草合唱团一行 170 多人专程来到南理工大,演唱了组曲《紫金草的故事》。该故事讲述了侵华战争结束时,一个日本军人从南京紫金山脚下采得数十粒二月兰种子带回日本播种，开出了紫色的花海。以此忏悔日本侵略者对中国人民犯下的滔天罪行，提醒日本人民正视这段历史。这件往事，还真的将火炮和二月兰在南理工大结合起来了。2014年的12月13日，国家主席习近平在侵华日军南京大屠杀纪念馆主持我国首个国家公祭日，到场的人佩戴的就是紫金草徽章。由此，我坚信，将二月兰叫做紫金草的确与紫金山密切相关。

我曾读过季羡林和宗璞两位老先生有关二月兰的散文。宗璞先生有一段话写得让我难忘："在领地边徘徊了一会儿，忽然意识到二月兰的忠心和执著。从春如十三女儿学绣时，它便开花，直到雨僝风僽，春深春老。它迎春来，伴春在，送春去。古诗云'开到荼蘼花事了'，我是总不知荼蘼是个什么样儿，却亲见二月兰蓦然消失，是春归的一个征兆。僝僝迎春人人欢喜，有谁喜欢送春？忠心的、执著的二月兰没有推托这个任务。"

而季老先生在文章里写到："我们常讲什么什么花'怒放'，这个'怒'字用得真是无比地奇妙。二月兰一'怒'，仿佛从土地深处吸来一股原始力量，一定要把花开遍大千世界，紫气直冲云霄，连宇宙都仿佛变成紫色的了。""在校园里，眼光所到之处，无不有二月兰在。宅旁，篱下，林中，山头，土坡，湖边，只要有空隙的地方，都是一团紫气，间以白雾，小花开得淋漓尽致，气势非凡。紫气直冲霄汉，连宇宙都仿佛变成紫色的了。""我问三十多年来亲眼目睹我这些悲欢离合的二月兰，它也沉默不语，兀自万朵怒放，笑对春风，紫气直冲霄汉。"在一篇不长的文章中，他三次用紫气冲霄汉（云霄），来形容二月兰花开时的壮观景象，可见二月兰花开时气势庞大，可谓"紫气干云天"了。

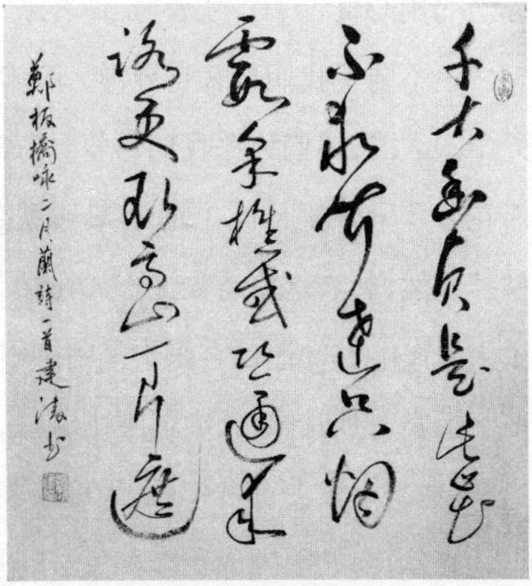

释文：千古幽贞是此花，不求闻达只烟霞。采樵或恐通来路，更取高山一片遮。

临空欲飞仙客来

每年过了元旦人们就着手迎接春节了。这期间,我至少要去一次花卉市场,购买春节期间能够妆点家庭气氛的花卉,常常选中的就是长着兔子耳朵一样大大的高高耸立着花瓣的又颇有仙风道骨的仙客来。

记得小时候读郭沫若诗集《百花齐放》时,就觉得他写得像说话一样的诗,没有什么美感,大致翻翻就过去了。后来了解了一些政治背景后,才知道郭老写这些百花诗也是挺不容易的。于是,我重新找来《百花齐放》又好好读了几遍,虽然仍觉得不属于我喜欢的所谓的诗,但是,多少还是体会到郭老的用心良苦了。今天写"仙客来",就自然想到了郭老赞《仙客来》的诗句:"请不要说我们是来自外洋,来到中国就成为土生土长。我们衷心地热爱中国人民,他们称呼我们为萝卜海棠。我们和秋海棠原来姐妹行,鲜艳的瓣花分开十分别样。上海姑娘叫我们是兔子花,怕是花瓣和兔子有些相像。"显然,郭老这首诗太过于大白话了。但是,至少让当时文化普遍低下的工人农民能够知道仙客来不是中国本土花,而是舶来品,别名还叫兔子花和萝卜海棠。那时候,新中国刚刚成立,还没有市花这个概念,郭老当然不知道,在他老人家去世多年后,天津市将仙客来选为市花。所以,他直白地告诉读者,上海姑娘因为花瓣和兔子的耳朵有些相像,所以她们称呼仙客来为兔子花。同时,也告诉读者,在那样的年代,也只有大城市才有这舶来品。

尽管是舶来品，但是到了中国就是中国的了。因为，这些小花儿在中国生长得很好，小花儿很热爱中国人民。

说实话，读郭老这首诗时我真没见过仙客来的尊容，那时候又没有互联网好查，只能靠想像去认知。直到上世纪 80 年代末，我由学校调到江苏省老龄委工作，在无锡的一次会议上才见到那长得很像兔子耳朵一样的花儿，也才知道那就是郭老写的仙客来。回南京后，我四处去寻兔子花，可惜当时南京的花卉市场很是零落，数量也少，哪见仙客来的影子。90 年代中后期，中国实行社会主义市场经济制度，经济建设开始加速，市场放开，南京的花卉市场也得到了繁荣，各种花卉都可以买到了。1998 年春节前，我搬到南京大光路居住，为迎新年，我买的第一批花草中就有 4 盆仙客来。这 4 盆仙客来在那个春节受到了所有来新房子贺喜的亲朋的喜爱和赞美，的确为我家的新房子增添了不少光彩。

仙客来可以细分为 18 系 20 个种，是史前幸存的早期类型植物之一，因为它的许多重要特性均存在于 600 万年前的第三纪地质时代。近代仙客来的原产地在欧洲南部希腊等地中海地区，其人工栽培的历史已逾 300 年。在 18 世纪的时候，德国园艺家在希腊仙客来的品种中，经过杂交改良育出了不少新品种。19 世纪由于浪漫主义兴起，仙客来以其妙曼的身姿风靡了整个欧洲，甚至成为英国女王伊丽莎白一世的喜爱物之一。仙客来后来传到了美国，得到进一步改良，并逐渐成为世界性的观赏花卉，是著名的冬春季温室盆花，花期长达数月，深受人们喜爱和推崇，因此被推举为盆花的女王。

仔细观察仙客来，人们会发现仙客来生长得很有个性。它的叶瓣毛茸茸呈心形状，生长在长长的花梗之下，淡红而润泽的花梗，亭亭玉立地簇拥着一蓬兔子耳朵一样的花瓣，在大自然万花黯然的寒冬悄然开放。那大红的粉红的紫色的泛着白边的各种花朵每一瓣都袅娜而又挺立，宛若凌波仙子仙风道骨飘然而来，真是名副其实的“仙客来”。我曾有诗赞道：“心形叶瓣毛茸茸，五彩兔耳立其中。仙风道骨飘然来，飞入龙乡舞东风。”

当代南通画家高冠华的诗《仙客来》:“羞红侧掩头,琶音半遮面。抑扬真挚处,临空欲飞天。问君思何意,君笑未曾知。且望九万里,繁城树荫居。尉尉海风送,娇柔及时雨。心小泌天外,玉女妒且忌。今嫁龙乡客,惜花不爱心。紫凝粉红醉,肌秀香已泯。天上人间客,奇葩雨打萍。未知期何待,还我香缕衣。感君肺腑语,江州司马情。同征漫漫路,漂零月夜心。帆影惊恶浪,长空划雁痕。放飞天涯梦,千里走单骑。青刀乾坤舞,金铗慑苍龙。飞鸿锦书到,京娘归故里。蔚蓝地中海,奇香夺人意。琼楼飞玉檐,遥遥泪如雨。”应该是我国赞美仙客来比较好的诗了。可以想象,假如这花不是舶来品原就生长在中国的话,在古诗词的百花园里不知道又会有多少美妙的诗篇流传于世,说不定还会出一个不亚于“梅文化”的“仙客来”文化现象呢。不知大家以为然否?

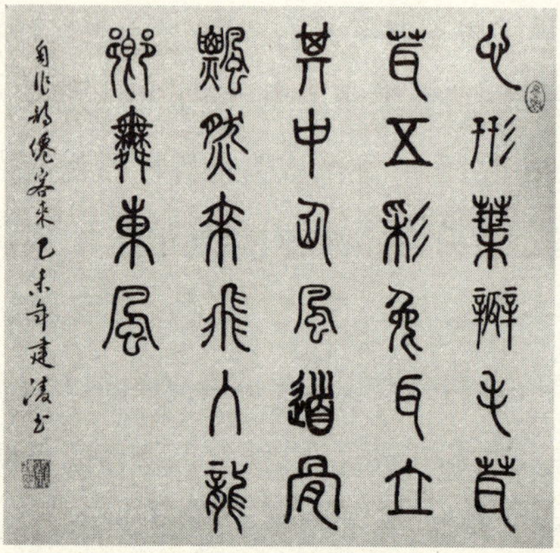

释文:心形叶瓣毛茸茸,五彩兔耳立其中。
仙风道骨飘然来,飞入龙乡舞东风。

淡雅清贵有君姿

提起君子兰，我在 30 多年前就知道它是价值不菲的名贵花卉。那时候，没有互联网，报纸的照片也只是黑白的，实在让我感受不到君子兰魅力何在。

我所养殖的第一盆君子兰是 10 年前搬新家时学生送的。那时已经过了君子兰的花季，但是，那花儿分列两侧的剑一样的厚实而光滑的叶片，就像一只雄鹰展翅欲飞，绿油油的闪亮亮的给人一种健康向上、淡雅高尚的感觉。学生看我喜欢，就说，老师在我们心中永远就像这花一样，为我们敬佩着。一句话弄得我很是惶恐，连说了几个“不敢”。

学生送的这盆君子兰是放在一只紫砂花盆中的。那花盆我也很喜欢，上面画着一枝兰花，写着几句古诗，很是淡雅，与名声较大的君子兰是很般配的。

我将那盆君子兰放在沙发后、鱼缸边、南边落地窗下边，那里光照好，又是视觉兴趣点，拜访这样的花卉，绝对是第一选择点。

为了养好这盆君子兰，我还专程去书店买了一本《君子兰的栽培和养护》，认真学习了一番，才知道君子兰原产南非，为石蒜科君子兰属多年生常绿草本花卉，喜温暖凉爽气候，怕高温严寒，夏季休眠，秋冬生长。君子兰植株文雅俊秀，有君子风姿，花如兰，而得名。君子兰的管养不需要费太多的事，放置室内，坚持“浇水不要过涝过干过勤”的原则，适当补充养分即可。君子兰正常情况下每年开花一次，开花一般在12片叶子以上。室内养植温度合适的话，春节前后即可开花。开花后，花期可长达30至50天，是名贵的观花植物。

经过几个月的照看，到了那年的腊月中旬，君子兰分列两边的叶片之中长出了一根扁形下宽上窄高有20多厘米的绿杆，绿杆顶部生着一串花蕾。看到这嫩绿枝干，我心里一阵欣喜，便满怀希望地等待君子兰花开。

就在这个时候，我出差了几天。等我回到家时，那橘色的花瓣已经开放了，一朵朵就像一只只漂亮的小喇叭。小喇叭里有黄白色的内芯，内芯里花蕊如黄金一般有六七根之多。我仔细数了一下绿枝上共有21朵花。21，多吉利的数字啊！迎贵宾礼炮不就是21响吗？成语“不管三七二十一”中的21代表的是一种结果——爽快、果断。

眼前的君子兰，它的花朵虽然没有菊花的五彩缤纷，也没有腊梅花的浓郁幽香，更没有牡丹花的雍容华贵，但是它色调红火给人一种喜气；它端庄大方，散发着淡雅的韵味；它在宽厚挺直如剑的绿叶衬托下，显得格外妩媚，格外精神，格外贵气。君子兰花又多开在冰天雪地银装素裹万物萧肃的冬季，花期长达月余正巧横跨中国的春节，能不受人们喜爱吗？

有资料显示，君子兰除了形贵花美、朴实高雅之外，还是一净化室内空气的高手。君子兰株体，特别是宽大肥厚的叶片，有很多的气孔和绒毛，能分泌出大量的粘液，经过空气流通，能吸收大量的粉尘、灰尘和有害气体，对室内空气起到过滤的作用，减少室内空间的含尘量，使空气洁净。因而君子兰被人们誉为理想的“吸收机”和“除尘器”。君子兰还具有很好的药用价值。君子兰植株体内含有石蒜碱和君子兰碱，还含有微量元素硒，可以治疗癌症、肝炎、肝硬化腹水和脊髓灰质等病。如此看来，君子兰的确是一个不仅有外表美，而且还是一个无私奉献、不惧困苦、品格高贵的谦谦君子了。于是，我写过一首诗赞这君子兰：“剑叶透碧挺且直，展翅欲翔雄鹰势。一柄绿簪托红玉，淡雅清贵有君姿。体内富含神奇碱，治病克癌几人知？预报春归不再远，寒冬腊月发几枝。”

后来，我又陆续拥有几盆君子兰。这些君了兰虽然不是什么名贵品种，离那株标价“人民币 7777 万元”的超级“君子”差之十万八千里，但是，我一直将它们视为我钟爱的宠物，因为，它们的确配得上“君子”的称号。

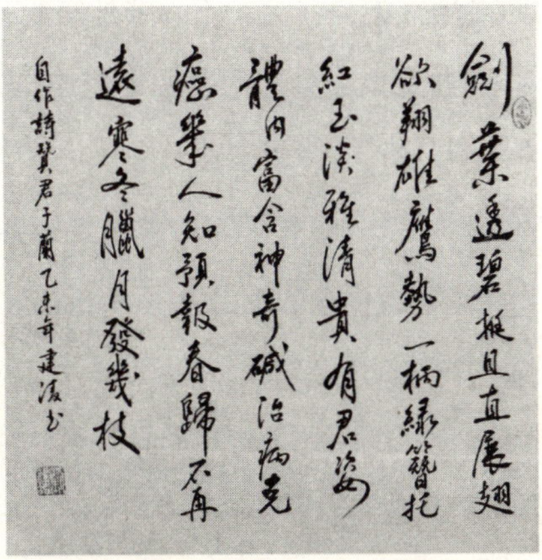

释文：剑叶透碧挺且直，展翅欲翔雄鹰势。一柄绿簪托红玉，。淡雅清贵有君姿。体内富含神奇碱，治病克癌几人知？预报春归不再远，寒冬腊月发几枝。

嫁与春风是奇葩

我没去过荷兰。但是,我在书本上见识过这个美丽而浪漫的国度。这个橙色国家给我印象最深的三样东西是:风车,足球,郁金香。其中的郁金香在荷兰象征着胜利和美好,还体现着博爱、体贴、高雅、聪颖、富贵、勤劳和善良,已经被他们确定为国花。

其实,郁金香的原产地并不是荷兰。不少老外写的花卉书籍,都把郁金香的原产地定在中国。他们说,郁金香的发源地是中国新疆的天山山脉和青藏高原等地,通过“丝绸之路”才传到中亚及中东地区,后来由中东传到土耳其、荷兰。郁金香传到荷兰后,被浪漫的荷兰人爱得如痴如醉,在全国掀起了郁金香热。善于研究培植花卉的荷兰人不断推陈出新,新品种层出不穷,致使荷兰很快就成为举世公认的“郁金香王国”。

郁金香是百合科郁金香属草本植物,是世界著名的球根花卉,还是优良的切花品种。郁金香的花茎刚劲挺拔,叶色素雅秀丽,花色艳丽,花形犹如清秀的高脚酒杯,亦如出水芙蓉,给人一种绚丽而雅致,奔放而幽思的视觉享受,惹人喜爱。

郁金香经过园艺家长期的杂交栽培,全世界已拥有 8000 多个品种。在花瓣上洒有红点的黄色郁金香被称之为“国王的血”;在花瓣上有条纹分布的红郁金香被称之为“奥林匹克火炬”；花瓣相互抱卷的红色郁金香则被称之为“情人的热吻”；还有黑色的郁金香，最经典的品种名为“夜皇后”，它的颜色则是由细胞突起的投影而产生。荷兰人培育的“黛颜寡妇”、“绝代佳丽”、“黑人皇后”等品种都是黑色郁金香的经典代表。目前，被大量生产的郁金香约有150种，其中红、黄、紫色最受人们喜爱，被广为种植。其新品种国泰郁金香整体呈深紫色羽毛状鹦鹉形，由荷兰人杨·卡罗于1999年发现。2014年3月24日，中国第一夫人彭丽媛受荷兰皇室邀请将这新品紫色鹦鹉形郁金香命名为“国泰”，将这款紫色郁金香赋予世界和平、国家昌盛、人民安康的全新内涵。“国泰”郁金香花现已成为国家外事活动、大型庆典、中外花展、高档殿堂场所妆点陈列，以及高规格礼仪馈赠用花。

郁金香再次回传我国大约是在1300多年前。当时，为什么会翻译成“郁金香”名，目前是没有第一手资料可以佐证的。有人认为，我国南方产有一种姜科的药用植物，称为郁金。郁金香传入我国后，由于其球茎类似郁金，具有特殊香味，便称之为郁金香。李白的诗《客中行》云：“兰陵美酒郁金香，玉碗盛来琥珀光。但使主人能醉客，不知何处是他乡。”太白先生所云的郁金香是否就是那时刚回传入我国不久的植物花卉郁金香，就不得而知了。

郁金香在其美丽的形象之外，在经济学里有一个重要名词就是“郁金香泡沫”，也就是著名“博傻理论(游戏)”。据记载，16世纪中叶，郁金香从土耳其传入西欧，不久在荷兰种郁金香成为一种时尚。到17世纪30年代初期，这一时尚导致了一场经典的投机狂热，人们购买郁金香已经不再是为了其内在的价值或作观赏之用，而是期望其价格能无限上涨并因此获利。于是，稀有品种的郁金香球茎的价格一路飙升，成为当时投机者猎取的对象。1635年，一种叫Childer的郁金香品种单株卖到了1615弗罗林(florins，荷兰货币单位)。在17世纪早期的荷兰，4头公牛，只要花480弗罗林。而1000磅(约454千克)奶酪也只需120弗罗林。到17世纪中叶的1636年，较高级品种的一个郁金香球茎，就可以换到 2 匹马、1 辆马车和 1 套马具。1637 年，郁金香球茎的总涨幅已高达近 5900％。以郁金香新品种“永远的奥古斯都”为例，1623 年每株售价 1000 弗罗林，到 1636 年每株涨到了 5500 弗罗林，到了 1637 年每株竟然涨到 6700 弗罗林。而当时的 6700 弗罗林可以在阿姆斯特丹运河边买下一幢像样的豪宅。然而，泡沫终究是泡沫，所有的金融泡沫正如它们在现实世界中的名称所喻示的一样脆弱，当人们意识到这种投机并不创造财富，而只是转移财富时，总有人会清醒过来，这个时候，郁金香泡沫就该破灭了。当一位外国水手将其船主花 3000 金币从交易所买来的郁金香球茎，就着腓鱼像洋葱一样吞下肚去后，这个偶然事件引发了暴风雨的来临。1637 年 2 月 4 日，希望出手的人挤满了各地的交易所，郁金香价格急剧下落，市场迅速崩溃。许多靠贷款进行买卖的人破产，没有预料的事态使荷兰各大城市陷入一片混乱，由此引发了惊人的国家危机，致使荷兰辉煌的世界经济地位遭受到毁灭性打击。

由这美丽的花朵引发如此巨大的经济危机是我们常人无法想象的。回顾我国的“博傻游戏”历史，曾几何时，有多少家花尽心血养殖蜗牛，有些人倾其所有购买蜗牛种，结果，等蜗牛养成后，所谓高价收购者已经无影无踪，致使他们倾家荡产，生活无依。这种“郁金香泡沫”的“博傻游戏”真的值得我们警惕。

大前天，陪我老母亲去逛花卉市场。老人家站在几盆美丽的郁金香前，犹豫着买还是不买。当时，我觉得那几盆装点的很华丽的郁金香造型和色调不是我喜欢的，就没有买下。现在看来，还是应该买下。因为，千金难买喜欢。既然老人家喜欢它们，其他的还重要吗？

前天，我们一群人为了今年的一个聚会在南京玄武湖边上的一个幽静的场地编排节目。面对冬雨霏霏的水道和茂盛的树林，我觉得很美。那场地的主人告诉我，那儿一年四季都美。再过个把月，春风一吹，水边那一大片郁金香就盛开了，会更美。

于是，我在想，到那时我一定再来这儿看看。欣赏那犹如七彩云霞美不胜收的郁金香花海，肯定是一种别样的享受。忽然有四句诗跳入我的脑海：“琳琅满目郁金花，亭亭玉立美如霞。逃出昔时博傻门，嫁与春风是奇葩。”面对那样的美丽花朵以及其后的故事，谁会说它不是奇葩呢？

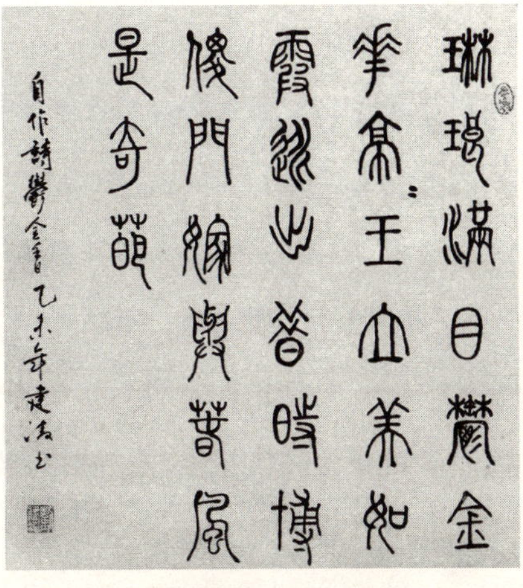

释文：琳琅满目郁金花，亭亭玉立美如霞。
逃出昔时博傻门，嫁与春风是奇葩。

恬静脱俗银芽柳

春节前去花卉市场，见得最多的插花不是五彩缤纷的百合、玫瑰、天堂鸟等，而是一枝枝挺拔的银芽柳。花卉市场各个店铺基本上都在靠近门边上的位置，放上一只陶瓷工艺缸，缸里放着成捆的银芽柳。有银白色的，有紫红色的，有蓝色的，有黄色的，还有大红色的。

其实，银芽柳的颜色就像它名字一样，它的花芽应该是银色的。由于银色比较单一，银芽柳生产厂家借鉴日本园艺技术，对银芽柳的花芽进行染色。所以市场上就出现了多种颜色的银芽柳。人们在春节前买上一把，放置在客厅的角落里，可以用一年甚至多年。只要常拂去它上面的灰尘，它都会鲜亮如初。

银芽柳又叫银柳、棉花柳、毛芽柳等，是杨柳科柳属落叶灌木，分布于我国黑龙江、吉林、辽宁东三省以及俄罗斯东部，朝鲜、日本北部等地。有人以为银芽柳的名字中有柳字，应该是柳树的一种。其实不然。柳树是落叶乔木，而银芽柳是落叶灌木。银芽柳的枝丛生，而柳树的枝是“万条垂下绿丝绦”，截然不同。

银芽柳枝条绿褐色，具红晕，幼枝具绢毛，老枝较光滑。它的花芽秀雅奇特，每年初冬，逐渐脱去棕色苞片，然后露出花蕾，像毛笔头也像棉花球一样，洁白如玉，银光闪烁，所以人们也称其为银柳、棉花柳。银芽柳枝干挺拔，花芽在春节前后抽长，像一朵朵绒球，招人喜爱。其观赏期为当年12月至翌年的3月。所以是人们春节时妆点家室的备选花卉。

银芽柳常常被人们做成干花，与鲜花的插花搭配，所以它永远都是配角。就像所有的喜剧角色一样，主角有主角的光晕，配角有配角的风采。如果没有配角又何谈主角呢。银芽柳虽然既无名分又无长相，但是，它可是最佳配角之一，所以，人们不会忘了它，都会主动选择它做配角。

银芽柳的生命力很强。在花卉市场买来的银芽柳，如果没有做过染色处理的，只要放入水中它就会存活，花苞会越来越大，绽放出嫩黄色的花蕊，渐变成狗尾巴草似的"毛毛虫"。"毛毛虫"脱落后，便生出嫩绿叶子来。银芽柳的花语是：自由、无拘无束、生命的光辉。所以，银芽柳总是给人一种淡定、恬静、脱俗、与世无争又积极向上的感觉。银芽柳，借其名字中的"银"，有招财进宝之意。因而又很受做生意人的喜欢。

因为"柳"与"留"谐音，在中国古代人们常常用折柳相送作为"依依惜别、还望再会"的"道具"——"长亭路，年去岁来，应折柔条过千尺。"这里的柔条即为柳枝。折柳枝过千尺，当送别了多少离人呀。柳条也常作为表达思乡、思念情感的载物。作为带有"柳"字的银芽柳，又由于其"长相"特殊，有几分可爱，更易成为人们"留别"、"寄情"的载物。

从观赏的角度看，银芽柳并不吸引人们的眼球。半枯状的褐色枝条，上面点缀几朵毛茸茸的小绒球"花"，显得单一，无韵味。但是，在这万物萧瑟的冬季里，它能用自己平平常常的，甚至可以评价为不漂亮的"花姿"去迎接春天，为大自然奉献自己微薄之力，为人们的生活增添一份生机，也是可圈可点，让人喜爱的。我曾写过四句诗赞美银芽柳："似柳非柳有柳名，结球变球如球形。一枝插水即存活，三年五载伴君心。"

今天是腊月初一，碰巧又是一年最后一个节令——大寒，意味着一年最冷的时段到了。过了大寒就是立春，春天就在眼前了。为了迎接春节的到来，何不去花卉市场买上一把银芽柳，留住对过往生活中美好、快乐的回忆，寄托自己对未来幸福生活的期盼呢。

银芽柳，将一份恬静一份脱俗一份回忆一份希冀留在心间。

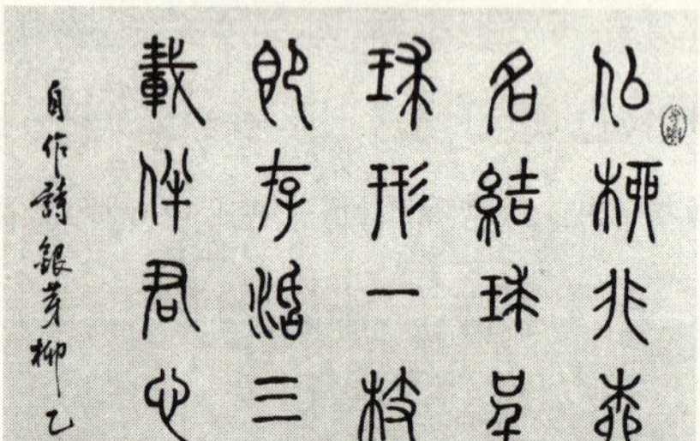

释文：似柳非柳有柳名，结球变球如球形。
一枝插水即存活，三年五载伴君心。

秋萌冬绽枇杷香

很多人知道枇杷果黄如腊梅，食之甘饴，清甜可口。但很少有人见过枇杷花，更少有人知道枇杷花开在何季节。我也是自己种了枇杷树后才知道，枇杷树是秋末苞蕾，隆冬绽花，初春结实，仲夏收获。因此古人称枇杷树为“枇杷秋萌冬花，春实夏熟备四时之气，无他物类者”。

枇杷树是蔷薇科枇杷属之常绿乔木。树高一两丈，叶片较大，叶面色深，叶背色较浅，生有绒毛，四时不凋，所以古人常称枇杷为“晚翠”。

枇杷的叶片呈椭圆形，边缘有锯齿，状似乐器琵琶，故用谐音称其名为枇杷。

枇杷花开在冬天的风雪之中，因而民间又称其为“土冬花”。枇杷花型较小，呈黄白色五瓣状，众花成簇具有香气，因此，唐代诗人杜甫《田舍》诗中曾记述为“榉柳枝枝弱，枇杷树树香。鸬鹚西日照，晒翅满鱼梁。”与老杜同代的羊士谔有赞枇杷诗云：“珍树寒始花，氤氲九秋月。佳期若有待，芳意常无绝。鰯鰯碧海风，濛濛绿枝雪。急景有余妍，春禽自流悦。”该诗描绘了枇杷树如亭亭玉立的少女，不与人争春，而在万花凋零，秋叶飘落和晚秋季节里，才开始孕育花蕾到寒冬开放，迎着雾雪，独显高洁，在百果尚未上市时，它先给人们(包括鸟儿)奉献金丸。这种对枇杷的赞美,给人们留下了深刻的印象。

枇杷还有两个别名,一曰“芦橘”,二曰“炎果”。又因其色黄如蜡,又有别称“蜡兄”。还有人因其长得粗枝大叶的,称其为“粗客”。成熟的枇杷味道甜美,营养丰富,含有各种果糖、葡萄糖、铁、钾、钙、磷以及维生素A、B、C等,其胡萝卜素含量在各水果中位列第三。枇杷的花、叶、果皆可入药,有润肺止咳之功效,主治咳嗽、支气管炎、肺病等。枇杷树干呈红棕色,质硬而韧,可做手杖、木榔头、木棒等。

枇杷的分布很广,种类很多,但是,人们一般按其果肉颜色分为两大类,即白沙枇杷和红沙枇杷。红沙枇杷寿命较长,产量较高,但品质不如白沙枇杷。红沙枇杷的著名品种有圆种、鸡蛋红等。白沙枇杷寿命、产量等都不如红沙枇杷,但品质优良,著名品种有圆种、育种、鸡蛋白等。苏州太湖的东山和西山都是著名的枇杷产地。其东山红沙、槎湾白沙为最佳。每年4月底5月初枇杷上市时,槎湾则人满为患,车堵异常,冲的都是枇杷去的。其他的著名品种还有解放钟、大红袍、洛阳青、早五星、晚五星、黄五星、大五星等。其中大五星是四川近年来枇杷育种上取得的重大成果。

我在大光路居住时,在窗前用东山红沙的核子种植了4棵枇杷树,长得都很茁壮并开花结实了。有同事搬新家,找我要枇杷树,我就送了他两棵。我搬家时,带走了一棵,移植在南边院子,年年开花结果。果实硕大甘甜。无奈,前年我去平遥、壶口时,好友在家帮我制一大型锦鲤鱼池,工人随意就砍去了在他们眼里到处都有不稀奇的枇杷树,并毁掉了我一棵视为宝贝的黄杏树。回来后,此事让我心疼很久,至今想起,依然懊恼。

好在,我在新家的北院曾于七八年前下种长出了3棵枇杷树,是白沙品种。现树高已有4米,从前年开始结果,虽然产量较少,但口味不错,也算对我一种安慰。

枇杷果因其色黄形圆,故常被诗人称之为金丸或金弹。著名画家吴昌硕曾题画枇杷诗:“五月天气换葛衣,山中芦橘黄且肥。鸟疑金弹不敢啄,忍饥空向林间飞。”其实，没有鸟儿有此疑心的。我所种的枇杷，年年结果时，都是鸟儿先尝鲜的。特别是长在高枝上的果实，光照好，营养富，都是果大味甜的尤物，没等其熟透，早就被鸟儿啄去了半数，果然是“急景有余妍，春禽自流悦”，真的让我不知是可惜还是不可惜。

人生苦短，不知能见几回枇杷花开。珍惜眼下，过好每一天，应当是最重要的吧。

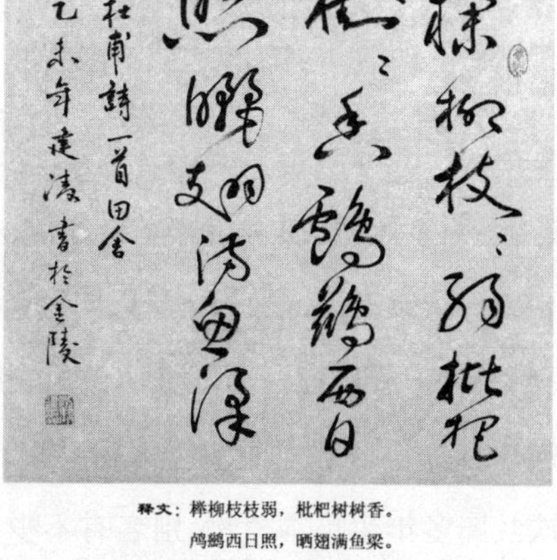

释文：榉柳枝枝弱，枇杷树树香。
鸬鹚西日照，晒翅满鱼梁。

柔弱小花叫铁兰

前些日子，我在花卉市场看到一种迷你型小花：20 多厘米长的兰花一样的叶子簇拥着一紫色或粉红色的扁形像鸭嘴一样的二三厘米长的蓓蕾，盛载这小花的花盆直径只有五六厘米，非常迷你，充满童稚味儿，很是可爱。这花儿我是第一次见到，于是问店主花名，她说出了一个让我吃惊的花名："铁兰"。

我再仔细端详这可爱而柔弱的小花儿，怎么也看不出它"铁"在哪里。不过，它每一根叶线都很挺直，绿油油的泛着光泽，中间紫红色的花葶蓓蕾，像紫红色菠萝被压扁了一样，那么小，那么紫，那么惹人怜爱。于是，我买下了两盆。

店主告诉我，铁兰还叫紫凤梨，通常苞片呈粉红色，过几天苞片间会开出蓝紫色小花，形如喇叭，状似蝴蝶，很好看，所以叫做紫凤梨。听到紫凤梨这个别名，我忽然恍然大悟。菠萝在台湾就被叫做凤梨的。铁兰的蓓蕾就像菠萝被压扁了一样，叫它紫凤梨反倒比铁兰来得贴切，来得形象。

铁兰是凤梨科铁兰属多年生草本植物，别名有不少：紫花铁兰、球拍铁兰、长苞凤梨、紫花木柄凤梨等。

铁兰是舶来品，既可观花又能赏叶，原产于厄瓜多尔、危地马拉、美洲热带及亚热带地区沙漠及森林的大树上，较耐干燥，喜明亮光线、高温、高湿的环境，近年方引进我国。引进后，铁兰很快就成为中国家庭喜爱的盆栽植物，既可以装饰室内，可摆放阳台、窗台、书桌等，也可悬挂在客厅、茶室，还可做插花陪衬材料，非常美观。

铁兰有着顽强的生命力。无论是在雨林、沙漠、沼泽还是在岩石或大树上，只需一点儿水，些许阳光，它就能生根发芽，蓬勃生长，挺起腰杆抬起头，不因自己身材的矮小而猥琐，也不因自己的美丽而自傲！为求完美，入土生根，心无旁骛，行者无疆，默默生长，灿然绽放，有铁一般的意志，像钢一样的坚强，所以才有这个铿锵的名字——铁兰。所以，铁兰的花语是：坚强、完美。

不过，管养铁兰很有讲究。我买回来的两盆铁兰，没两天就死了一盆。我请教了专家才知道，冬天低温时，铁兰怕冻，不适应温度低于 10℃的环境。而我，将一盆快要开花的铁兰放在了房间，将另一盆还没有花蕾的铁兰放在室外的门厅里。结果没两天，那扁扁的粉红色苞片就受冻而枯萎了。

其实，铁兰是附生性很强的植物。因此，在养植铁兰时，要选用透气性强的藓、根、树皮、腐叶土、碎石粒等作栽培基质，并在盆底垫入一层碎石粒等，以利于排水，从而促进根系发育。

铁兰喜欢半阴半阳湿润的生长环境。生长期间，需要使栽培材料经常处于湿润状态，但又不能使花盆内积水。夏季则需要为其创造空气湿润的环境，每天需向叶面喷雾不少于 3 次，但喷洒时要注意避免使盆内基质过湿。冬季室温低时，浇水次数和浇水量都要酌情减少，使盆土保持稍干状态为宜；生长期间，需要有充足的散射光照射，光线不足则生长不良，但又不能有强烈光线直接照射。可常年放在室内靠窗光线明亮处。在温度较低的冬季，要将其放置在朝阳的窗边，一是提高照射温度，二是使其接受更多光照，有利于其生长和开花。生长期间，每 3 周左右施一次复合液肥或进行根外施肥。施肥浓度要淡，切忌施浓肥和未经腐熟的有机肥，否则易伤根黄叶。

这两天，还剩下的那盆铁兰小小的紫色扁形的花葶蓓蕾上已经聚集了众多的小花苞,形成粗粗的花穗。花穗尖端的苞片成放射状伸展,渐次绽放开来。那些小花都呈星形状,上紫下白色,有几分娇媚,几分委婉,几分热情,几分浪漫,显得唯美而清雅,十分养眼。有诗为证:“小花铁兰真优雅,远涉重洋嫁中华。百草园里多幽情,芊芊君子群芳压。”

十几年前,我很喜欢唱一首歌叫《滚滚红尘》,倒不是罗大佑陈淑桦唱得如何打动我,而是歌词里的一种“来易来,去难去”和“分易分,聚难聚”的红尘无奈打动了我。世事沧桑,红尘万丈,人心不古,生命无常。生活在其间,每个人都有许多无奈,也有许多幻想,寻找纯真也成为许多人的奢望。而眼前的这棵铁兰小花儿,给我们演绎的是一份纯真,一份生命的坚强。人生如花,人生的过程也是花开的过程。我们每一个人是否能像这铁兰那样,随遇而安,与世无争,心无旁骛,默默生长呢?如若能那样,我们的生命也一样能光彩,精神能自由无疆吧?!

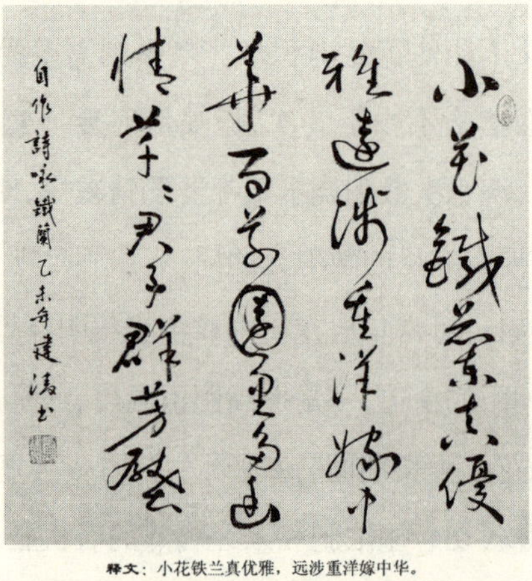

释文:小花铁兰真优雅,远涉重洋嫁中华。
百草园里多幽情,芊芊君子群芳压。

神奇香品是佛手

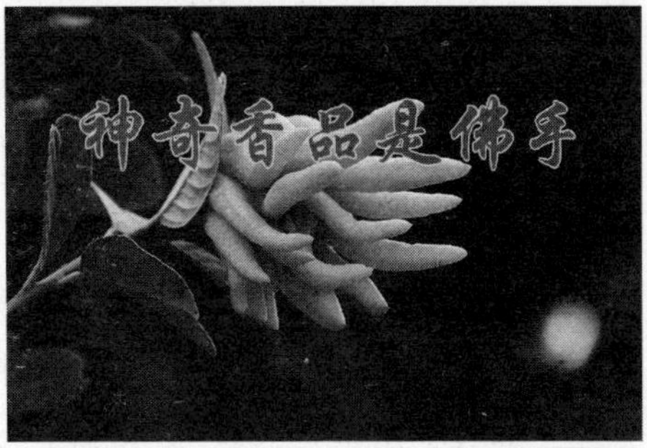

今天是农历十二月初八，也是腊月最重大的节日——“腊八节”，古代称为“腊日”。从先秦起至今，腊八节都是用来祭祀祖先和神灵、祈求丰收和吉祥的年前的重要活动。据说，佛主释迦牟尼的成道之日也在十二月初八，因此腊八也是佛教徒的节日，又称“佛成道节”。

前几年的腊八，作为江苏省作家书画会创作基地的南京鸡鸣寺，其大和尚莲华大法师都会邀请我们前往寺内共庆“佛成道节”，品尝腊八粥。前两天，南京方山定林寺的智峰法师给我发来微信，邀请我今天去定林寺参加法会。无奈我今天突发一事，需陪可敬又可怜的两位八旬老人前往政府办事，不能参加这种盛会，甚是遗憾。但是，能在两位老人最为揪心不快的时候，为他们办点儿实事，成人之美，相信也是一种善缘，并不比实际参加法会差在哪儿吧？

昨天，我在这两位老革命家里看他们的申诉材料时，注意到他们家阳台上种着的一盆金佛手花。那花儿可能是缺水，有点儿蔫。看完材料并为他们打了一通电话确定了今天的行程之后，我对他们说，这佛手挺香的。但是，它喜光喜湿需勤浇水，否则不精神，还会枯死。听我这么一说，老阿姨便打来水就要浇上去。我说，给佛手浇水是有讲究的。最好是用花洒悠悠地浇，只要保证盆内土壤湿润，叶果不干即可，否则也会适得其反。

其实，我对他们说的也是我自己实践得到的经验。最近几年，我买过几次佛手。第一次，是与老友郑总开车去浙江办事，回程的路上，我见有人在卖形状很奇怪的花，那花枝上缀着七八只金黄色的像孩子小手一样的果实。停车一打听，那花儿就叫做佛手。开价每盆竟然要120元，还不让还价。由于喜欢，我也没考虑价格就买下了。我们将佛手花放在后排座上后，继续往回赶路。不一会儿，车内清香无比，令人神清气爽。这才知道，那佛手是“香品”。后来，我才注意到以前读过的许多书上其实都有用佛手闻香，或做清供的。只不过，我没见过真实的佛手花，以为书上那些佛手是用其他原料做出来的“香品”呢。例如，汪曾祺在其小说《鉴赏家》中叙述卖果子的叶三——“他还卖佛手、香橼。人家买去，配架装盘，书斋清供，闻香观赏”。《红楼梦》第四十回，作者在描写探春的秋爽斋时就写道：“左边紫檀架上放着一个大观窑的大盘，盘内盛着数十个娇黄玲珑大佛手。”这在明清绘画中常可见到场景，我读时还真没有想到这“数十个娇黄玲珑大佛手”是眼前的这可爱的植物呢。

佛手的花语代表福和寿。因此，在明清风俗画、宫廷画中，佛手和香橼是非常常见的室内陈设，可摆放条案上，可单独摆放香几上，可置于榻上小几，或直接摆在罗汉床一角，甚至床帐中。在清供陈设和清供图中，放一两头佛手也是常见的做法。而佛手因为其音通福，还和石榴、寿桃一起组成“多子、多福、多寿”的三多图，以此送人也是福寿之祝。另外，我以为古人用佛手、香橼、腊梅、水仙等香果香花做岁朝岁寒清供，罗列满屋，使室内经暖发香，实际是在调节空气，让人精神放松，利于安眠。

佛手又名九爪木、五指橘、佛手柑，为芸香科柑橘属常绿小乔木。主产于闽、粤、川、江、浙等省。其中浙江金华佛手最为著名，被称为“果中之仙品，世上之奇卉”，雅称“金佛手”。

佛手不仅有较高的观赏价值，而且具有珍贵的药用价值、经济价值。其全身都是宝，根、茎、叶、花、果均可入药，辛、苦、甘、温、无毒，入肝、脾、胃三经，有理气化痰、止咳消胀、舒肝健脾和胃等多种药用功能。据史料记载，佛手的根可治男人下消、四肢酸软。佛手的花、果可泡茶，有消气作用。佛手果可治胃病、呕吐、噎嗝、高血压、气管炎、哮喘等病症。据《归经》等载，佛手并具治鼓胀发肿病，妇女白带病及醒酒作用，是配制佛手中成药的主要原料。佛手果也可以做成可口的菜肴，凉拌、清炒皆可。

佛手花开在夏季。一颗颗白色的花蕾的顶部常常泛着红晕，像少女羞红的脸颊。待花蕾开放时，呈粉红色，金黄色的花蕊长得非常精致，芳香四溢，招引得蜂蝶纷纷涌来采集花粉酿蜜。佛手花喜欢温暖湿润、阳光充足的环境，不耐严寒、怕冰霜及干旱。但是，佛手成熟后，挂在枝干上可以数月不落，且香气怡人。剪下的佛手，置于案几，也可数月不萎，香气如前。

我虽然喜欢佛手花。但是，在管养第一盆佛手时，由于不了解其习性，以为其怕湿，不敢浇水。结果枯萎死亡了。后来陆续买了几次，渐渐懂得了管养方法，现在家里的佛手长势很好，一室的芳香，给冬日带来了不少温馨。这真是："果中珍品金佛手，世上奇卉藏福寿。富蕴芬芳岁寒供，独留清香去烦忧。"

今天是腊八节，在某种意义上说是佛的节日。做一件善事，写上一篇佛手花的文字，也算是对佛的敬重吧。

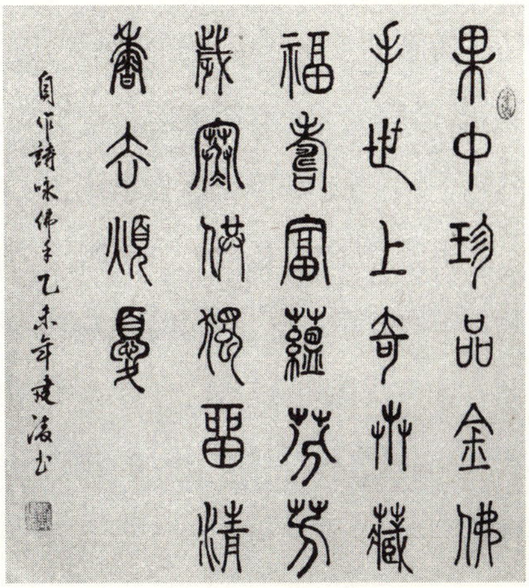

释文：果中珍品金佛手，世上奇卉藏福寿。
富蕴芬芳岁寒供，独留清香去烦忧。

鹤望极乐天堂鸟

去医院看病人，在广州路的一家花店，我让店主配了一捧花。配花时，店主特意问了一下病人的年龄。知道是年龄稍大的，就挑了百合、红菊等常见花，最后挑了一支鹤望兰。这支鹤望兰插入那捧花后，的确有鹤立鸡群的感觉，一下子让那捧花高贵了许多。

据说，鹤望兰是世界上的四大名花之一。只见那花极为娇艳，由橙黄色的花萼中吐出一支长长如利箭般而又深蓝的花蕊，而托在底部的苞片又是镶有紫色花边的蓝绿色，整个花头绽开在浓郁挺拔的绿叶中，仿佛一只亭亭玉立的仙鹤，显得端庄、清雅、孤傲、传神。细细看去，那鹤头、鹤眼、鹤嘴都栩栩如生，美妙之极。由于其花型奇丽，形状和色调犹如一只飞翔的天堂鸟，又加之英皇二世的皇后莎洛蒂最喜欢此花，而她所出生的故乡又叫天堂鸟村，所以此花又叫做天堂鸟或极乐鸟花。

鹤望兰不是兰花的一种，而属旅人蕉科鹤望兰属多年生草本植物，其叶子的确如芭蕉一般。鹤望兰原产于非洲南部好望角，当地人把它视为“自由、吉祥、幸福”的象征。上世纪80年代，天堂鸟花传入我国后，我国的园艺家根据它的形象给了它一个中国名字：鹤望兰。

鹤望兰也有好几个品种，分别是白花鹤望兰、无叶鹤望兰、邱园鹤望兰、考德塔鹤望兰和金色鹤望兰。白花鹤望兰花大，花萼系白色，花瓣呈淡蓝色。无叶鹤望兰叶呈棒状，花大，花萼橙红色，花瓣紫色。邱园鹤望兰是白色天堂鸟与天堂鸟的杂交种，叶大、柄长，花大，花萼和花瓣均为淡黄色，具淡紫红色斑点。考德塔鹤望兰萼片粉红，花瓣白色。金色鹤望兰是 1989 年新发现的珍贵品种，花大，花萼、花瓣均为黄色。因鹤望兰花形奇特，色彩艳丽，夏季水养可存活 20 多天，冬季水养可存活 50 多天，故有“鲜切花之王”的美称，也是人们相互馈赠的好礼物，深受人们喜爱。在美国西海岸重镇洛杉矶召开的第 23 届世界奥林匹克运动会上，东道主为获奖运动员准备的祝贺花卉就是洛杉矶的市花——美妙的鹤望兰。

鹤望兰的花语是自由、吉祥、幸福快乐。在我国，鹤望兰因其花期时间很长，当花瓣不新鲜时，只要小心地掰开“小鸟的嘴巴”，将里面新鲜的花瓣露出来，还可以开上好几天，所以也有健康长寿的含义。因此，一般花店的店主在客人买花去探望中老年病人时，都会配上一支或几支奇美的鹤望兰作为主花，以祝福病人健康长寿。

鹤望兰还有另外的花语是：“为恋爱打扮的男孩子。”“无论何时，无论何地，永远不要忘记你爱的人在等你。”这源于一个传说：在非洲有一对少男少女很相爱。男孩喜欢周游世界，女孩则喜欢安静的环境，留在家里看看书，种种花。女孩最喜欢鹤望兰，家里种植了许多鹤望兰。所以他们约定，不管男孩走到哪里，每年 9 月鹤望兰开花的时候，男孩都应该回家看望女孩。有一次，男孩带着女孩的弟弟去一个土著族的部落观光。在路上他们遭到野兽的攻击，失散了。在那危急关头，一个土著族女孩施以援手，救下了男孩，并把他带回了土著部落。土著女孩就是这个部落酋长的女儿。酋长女儿很喜欢这个英俊的男孩，要与他成婚。但男孩心里只有自己心爱的女朋友，没有答应其要求。酋长女儿用巫术让男孩失去了意识，举行了隆重婚礼。女孩的弟弟并不知道男孩被迷惑的实情，却看到了婚礼的全过程。他气愤地回到家中对姐姐说：他变心了，不会回来了，别等他了。痴情的女孩当然不相信弟弟的话，她相信鹤望兰开花的时候，他一定会回来的。后来，身陷土著部落的男孩，用他仅存的些许意识，挣扎着要逃回城市，被酋长女儿发现了。酋长女儿给了他两个选择：一个是留在土著族部落，给他最尊贵的礼遇和超值享受。另一个是走进一个关着老虎的笼子，与老虎一道送往城市。那男孩没有犹豫，毅然走向了那个笼子。他为爱而舍身的举动感动了酋长女儿，他被解除了巫术，回归自由。等到男孩回到家中的时候，他才知道女孩已经在思念中死去了。男孩万分悲伤，从此以后，男孩再也没有离开过家，他将对女孩的爱和思念都种植在鹤望兰里了。每年鹤望兰开花的时候，他都剪下赠送给从他门前经过的人，并告诉他们："无论何时，无论何地，永远不要忘记你爱的人在等你。"

鹤望兰的适应性强，栽培比较容易，是一种深受人们欢迎的观赏花卉。我曾养植过一盆鹤望兰，不知什么原因一直没有开过花。那年初冬时，由于我出差不在家，放置在室外的鹤望兰没能及时移进屋内，经霜一打，那绿色植株很快就蔫了，等我发现时，已是回天无力。面对这没开过一次花的鹤望兰死去，我的心里除了深感遗憾之外，更多的是感到生命的脆弱，生命的无常。一棵满载生命的植株，从发芽到成长，从成长到开花，从开花到结果，然后再经历相同的生命轮回，直至死亡，有的可以长达数百年乃至数千年，有的也不过短短一季，甚至有的还没有来得及走完自己的某一个轮回就夭折了，就像这盆尚未绽放自己美妙身姿就逝去的鹤望兰一样。对于这种生命的无常，有谁能够预判，又有谁能够解读？

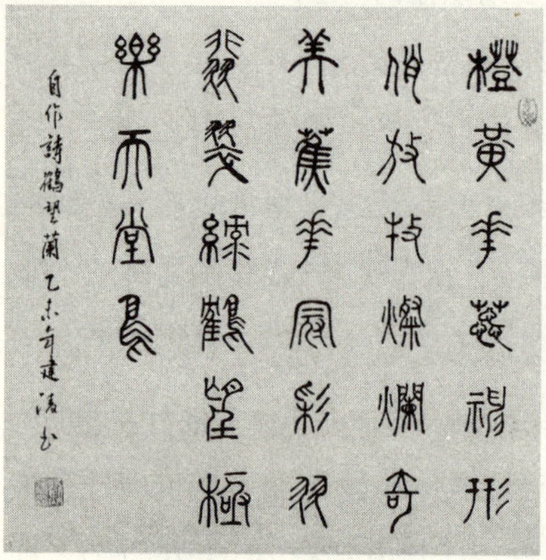

释文：橙黄花蕊神形俏，放牧灿烂奇美蕉。花冠彩羽翡翠绿，鹤望极乐天堂鸟。

既然不能预判，不能解读，我们每一个人就应该珍惜生命，珍惜时光，珍惜眼前一切有缘之物事。在珍惜的同时，学会感恩。只有常存感恩之心，才能知足常乐，健康生活。

面对美妙的鹤望兰，我心里忽然冒出了四句诗："橙黄花蕊神形俏，放牧灿烂奇美蕉。花冠彩羽翡翠绿，鹤望极乐天堂鸟。"这四句不知是否涵盖了鹤望兰的神采？

春风送暖桃花笑

我曾用行书写过唐代诗人高蟾的一个名对:“天上碧桃和露种,日边红杏倚云栽。”说它是名对,名副其实。“天上”对“日边”,“碧桃”对“红杏”,“和”对“倚”,“露”对“云”,“种”对“栽”,极富想象,思路洒脱,对仗工整,寓意深远,所以流传千古。

高老先生的“碧桃”又叫千叶桃花,是桃中的一个观赏品种。桃是蔷薇科桃属落叶乔木,原产于我国,至今已有数千年的栽培历史。世界上桃的品种约有3000余种,皆是由中国桃花衍生出来的。

桃可分为食用桃和观赏桃两大类。观赏桃主要是观赏桃花。而桃花的花色有桃红、嫣红、粉红、银红、殷红、紫红、橙红、朱红,等等,可谓万紫千红,因此便有《诗经》名句:“桃之夭夭,灼灼其华。”

桃花的开放,不是三朵五朵渐次绽开。而是忽如一夜春风来,满树桃花竞相开。可以想见,阳春三月,暖风拂过,一朵朵嫣红的桃花争先恐后开满枝头,如烂烂漫漫的一树红霞,真让人赏心悦目。

桃树往往成林。桃花开处,红霞蔚然,配以山林房舍、溪水江河、抑或雪山菜花,就更是风景如画,美不胜收了。江南无锡的阳山,西藏林芝的桃花春景,都是观赏桃花的胜地。到那里,人们才真正感受到什么是风光旖旎,什么是心驰神动。特别是林芝桃花，漫山遍野，桃林丛丛，开在蓝天白云下，开在雪山碧水前，开在五色经幡中，那气势之磅礴，那色调之艳丽，那光彩之神奇，是任何赏桃之地都无法比拟的。因此，年年都有各路赏花人，不辞劳苦，不惧高原反应，奔波千万里前往欣赏。置身于桃林中，看桃花争奇斗艳，闻淡淡花香，听春风私语，接如雨花瓣，摄美妙风光，那种赏心悦目的结果定然是如痴如醉，流连忘返。因此，凡去过者皆言一字“值”，二字“不悔”，三字“还要来”。

桃子的形态和颜色多种多样，可谓千姿百态。按其颜色分，有红桃、绯桃、碧桃、缃桃、白桃、乌桃、金桃、银桃、胭脂桃等。按其外形分，有绵桃、油桃、御桃、方桃、蟠桃等。按成熟季节分，有春桃、夏桃、秋桃、冬桃等。按其口味分，有山东肥城甜桃、无锡水蜜桃、南京油桃、杭州蟠桃、贵州白花桃和血桃、深圳蜜桃。按成熟月份分，有江西的“四月白”、北京的“五月鲜”、浙江的“六月团”、东北的“七月红”、南京的“八月寿”、山西的“九月菊”、河南的“十月桃”，在河北，还有十一月的“大雪桃”和十二月的“雪里埋”等。如今有了温室栽培，更是一年四季都可以吃到鲜桃，达到了“四季桃花常开。八节鲜果不断”。

其中，无锡的水蜜桃以阳山所产最为有名。其个大味甜，个重都超过半斤，最大者个重逾斤二。去年桃子成熟时，我们一行人去无锡阳山，那千亩桃园，绿叶衬着红桃，挂果累累，煞是可爱。果农怂恿我去树上摘桃子，说是新鲜，口味更好。我站在树下，见那一只只白里透红，比成熟男人的拳头还要大许多的水蜜桃，竟不忍心下手。果农见此状，便挑了一个足有一斤重的桃子摘下来给我，让我尝尝。我接下后打算找水洗一下。果农说，这桃不用农药化肥，剥皮就可以吃。我轻轻剥开薄如宣纸的桃皮，那晶莹的桃肉就显现在眼前。咬上一口，汁水四溢，真如蜜水一般沁人心脾。

桃在中国应该是所有花木中最有文化底蕴的物种。因此，自古以来逐渐形成了中国桃文化体系。在这个体系中，桃是一个多义的象征体。它是国人图腾崇拜、生殖崇拜的原始信仰，有着生育、吉祥、长寿的民俗象征意义。这个象征意义表现在，桃花代表着春天、爱情、美貌与理想世界。桃木可用于驱邪求吉。桃子则融入了神话传说中，有着长寿、健康、生育的美好寓意。在国人祭奠神灵所用“五果”“桃、李、杏、梨、枣”中，桃永远是排在第一位的。

在桃文化中，桃花是与女人、爱情紧密相连的。形容女人水色好，白里透红，就说“面若桃花”。形容女人长得好，笑容可掬，就说“灿若桃花”。爱情来了，叫做“走桃花运”。没有爱情，感叹“命无桃花”。爱情受到磨难，叫做“桃花劫”。因爱情而发疯，叫做“桃花癫”。

在我国源远流长的桃文化中，就有许多美丽的神话和传说。在传说中，桃是神仙吃的果实。吃了头等大桃，可“与天地同寿，与日月同庚”；吃了二等中桃，可“霞举飞升，长生不老”；吃了三等小桃子，也可以“成仙得道，体健身轻”。正因为此，桃子被称为“仙桃”、“寿桃”。在《西游记》里，天宫里的王母娘娘做寿时，就曾设蟠桃盛宴招待群仙。至于齐天大圣孙悟空，以及他的子孙们，均是以桃子为粮食。民间年画上的老寿星，手里总是拿着一只红白相间的大“寿桃”。所以，在有一定年纪的人过生日做寿时都要用面蒸桃形或实心或空心里面填馅的馒头寿桃，寓意健康长寿。

在历代的文学作品中，关于桃的诗词歌赋枚不胜举。晋代的陶渊明所作的《桃花源记》是人们耳熟能详的桃花力作。窃以为，陶公此文原是梦想(童话)之八九，并非真有其处。而后世读者，被陶公“忽悠后”，都纷纷向往这个世外桃源。可见，文学作品的魅力所在了。唐代诗人崔护诗《题都城南庄》是富有情趣而又引人入胜写桃花的：“去年今日此门中，人面桃花相映红。人面不知何处去，桃花依旧笑春风。”唐代诗仙李白有诗《山中问答》云：“问余何意栖碧山，笑而不答心自闲。桃花流水窅然去，别有天地非人间。”当今的林芝桃花似有这“非人间”的意境。

李白因为爱桃花也被不大不小“忽悠”过一次。那时，泾县县令汪伦很清楚李白的喜好。汪县令为了能让大诗人李白到泾县一游，便写了一封邀请函，云：此地有十里桃花，万家酒楼。李白喜欢桃花，酷爱饮酒，见此函便欣然前往。谁知,此函是汪县令“忽悠”大诗人的。泾县根本就没有十里长的桃花,更没有上万家的酒楼。正当李白觉得不解时,汪县令坦言道:离县城十里地确有桃花盛开,县里也确有姓万人家开的酒楼。李白虽受忽悠,内心略有不爽,但汪县令热忱想待、极尽深情的表现,让李白消除了不爽,并深受感动,喜欢上了泾县山水。临行时留下千古诗篇《赠汪伦》:“李白乘舟将欲行,忽闻岸上踏歌声。桃花潭水深千尺,不及汪伦送我情。”汪伦“忽悠”李白且结成深厚友情之事,也传为千古佳话。

三月的桃花从《诗经》里飘逸而来,从崔护的诗篇上唯美而来,从陶渊明的梦想(童话)中幻化而来,从李白的友情中生发而来。有桃花的地方就一定有梦想,有桃花的地方就一定有希望,有桃花的地方就一定有幸福。

不知大家是否同意我的看法?

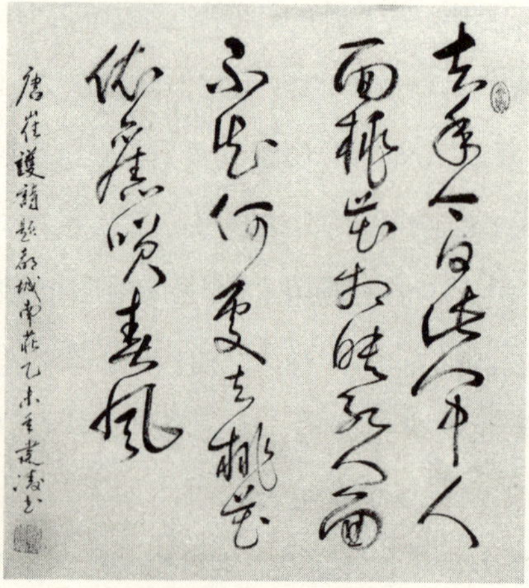

释文:去年今日此门中,人面桃花相映红。
人面不知何处去,桃花依旧笑春风。

不似花心瓣瓣香

4天前的下午，我与母亲闲坐聊天，说到春节快到了，也该买些花卉回来装点一下客厅，她老人家很是赞成。我知道母亲很爱各种花，于是就提出带她去花卉市场看看。老人家欣然同意。

江宁原先有一个很大的花卉市场叫做“万博”。“万博”离我家很近，开车耗时也就几分钟。所以，那地方我经常会去闲转转，有时并不是刻意去买花，完全是出于观赏。由于去年下半年被某开发商征用过去搞房地产了，“万博”也就死亡了。江宁区又在遥远的横溪汤铜公路边上新建了一个似乎与台湾合资的花卉市场，规模较大。现在买花也只好长途跋涉去往那里。

我们赶到花卉市场时已经是下午4点半了，离市场关门还有半个小时。母亲看了几家花店，觉得品种很丰富，并且价格也比南宁的便宜一些。老人家很喜欢香水百合，觉得那香味很怡人，色调也很漂亮，充满喜气，放在客厅很养眼。我就买了两盆。

当我将那两盆百合和其他的花送上车时，回头不见了母亲。我沿着来路找回去，原来老人家在一家香水百合专卖店里又看中了几盆，正在与店主讨论价格呢。我仔细看看，那花儿的确比我刚才买的好，叶子绿油油的，花朵很大，颜色粉中透白，白中泛粉，很是精神。特别那怡人的香味，阵阵袭来，沁人心脾。我不仅在心里暗暗感叹，还是老人家有眼光呀。

母亲一口气买了6盆。我正在寻思老人家为什么要买那么多时，母亲就说，这花长得好，要过年了，给你弟弟拿两盆，给我干女儿拿两盆，大家喜气喜气。

几盆香水百合放到客厅后，真有蓬荜生辉之感。客厅里也充满了香水百合特殊的清香。

香水百合是百合的一种。百合原产地在中国的喜马拉雅山，欧洲也有分布。在我国则因其花名，而有"百事合心"的象征。全世界百合属的植物约百来种，较常见的有秀丽的葵百合、花香袭人的香水百合、艳丽的姬百合、纯白的铁炮百合等。

百合又名强蜀、番韭、山丹、倒仙、重迈、中庭、摩罗、重箱、中逢花、百合蒜、大师傅蒜、蒜脑薯、夜合花等，是百合科百合属是多年生草本鳞茎球根植物，性喜温暖干燥、土层深厚的环境。其鳞茎由二三十瓣重叠累生，仿佛百片合成，状以白莲，取其"百年好合"之意，故名百合。自古以来，百合的美都让人们喜爱有加。无论是栽植于庭园或瓶插于室内，百合在尽情绽放自己美丽笑靥的同时，还散发出一股与众不同的清纯高雅的香气，常常是诗人墨客和歌者吟咏的对象。中国古代，人们因为百合和水仙、栀子、梅、菊、桂花和茉莉等都有自己独特的花香，所以将这七种花的图案拼在一起合称七香图，象征祥和、美满、亲情和富贵。

百合，是一种从古到今都受人们喜爱的世界名花，在我国已有悠久的人工栽培史。有文献记载，早在公元4世纪时，我国人民就食用和药用百合。及至南北朝时期梁宣帝倡导观赏百合花，百合花便进入了千家万户。梁宣帝曾诗云："接叶有多种，开花无异色。含露或低垂，从风时偃抑。甘菊愧仙方，藂兰谢芳馥。"以赞美百合具有超凡脱俗，矜持含蓄的气质。至宋代种植百合花的人更多。大诗人陆游也利用窗前的土丘种上百合花。对此，他有诗曰："芳兰移取遍中林，余地何妨种玉簪。更乞两丛香百合，老翁七十尚童心。"

百合可入药，具有养阴润肺、清心安神之功效，可治阴虚久咳，痰中带血，热病后期，余热未清，或情志不遂所致的虚烦惊悸、失眠多梦、精神恍惚等症，也可用于痈肿、湿疮等皮肤病的治疗。近些年研究证实，其所含秋水仙碱能抑制癌细胞的增殖。

而香水百合则是百合中的女王。它大大的花瓣自信盛开，鲜艳清纯，清香诱人，显得率性而直接，的确有女王的风范，岂能不让人喜爱？

张靓颖有一首歌就叫做《香水百合》，我不太喜欢。因为那些歌词都是一些无病呻吟的东西，让人听了提不起精神来。孟庭苇的《野百合也有春天》稍好一些，“别忘了山谷里寂寞的角落里，野百合也有春天”，摒弃爱情元素，仅就这一句话至少让每一个草根阶层看到生活的希望，找到属于自己的春天。

看着眼前正在侍弄那些香水百合的老母亲，我忽然觉得她老人家就像这花儿一样，一辈子不事权贵，清清白白做人，勤勤恳恳做事，出淤泥而不染，濯清涟而不妖，不缺梅的凌寒孤傲，更有松的苍劲挺拔，物质虽不富有，但精神绝不空虚。作为草根阶层成员之一的她，有着属于她的自信、自强、自为、自力，为我们后人树立了榜样。

释文：花径未曾缘客扫，蓬门今始为君开。山古樱笋同时荐，不似花心瓣瓣香。

“花径未曾缘客扫，蓬门今始为君开。”“山古樱笋同时荐，不似花心瓣瓣香。”再香的百合总会有谢去时，但是，那份缭绕于心的清香，当是永存的。

文心轻灵舞蹁跹

我第一次见到跳舞兰是在朋友家。那次,我是去看望病人的,在他们家客厅的花架上摆放着一盆开着黄颜色小花的盆花,看其叶子有点儿像蝴蝶兰、大蕙兰。但是,花型又不像蝴蝶兰和蕙兰。朋友告诉我,那花儿因其花瓣儿很像舞姿,所以叫做跳舞兰。

听朋友这么一说,我再仔细观察一下眼前的花儿,觉得这名字的确传神:那一根根翠绿而自然弯垂的茎枝上,一朵朵花儿像一个个小精灵,活灵活现,十分可爱。每朵花都像一个少女穿着黄间红点的花裙子在跳舞似的,很是无拘无束,无忧无虑,热烈奔放,肆意张扬。

后来,我在花卉市场再次看到跳舞兰时,那位操着浓重福建口音的卖花女孩告诉我,跳舞兰还有一个文质彬彬的名字:文心兰。听到文心兰这个名字,我忽然想起南朝刘勰所著的中国文学理论批评史上第一部有严密体系的文学理论专著《文心雕龙》。眼前这棵柔弱的小花无论如何也是无法与那著名的古代文献相关联的,真不知何以叫其“文心”之名?我觉得还是叫跳舞兰比较确切。

应该说跳舞兰不是我们平时所说的兰花(即国兰)。跳舞兰属洋兰,是兰科文心兰属多年生草本植物,也是舶来品。其原产自美洲,美国、墨西哥、圭亚那和秘鲁皆有分布,大约有750多种。现在花卉市场所卖的跳舞兰是我国改革开放以后方才引进的各种杂交品种,花色以黄色和棕色为基调,还有绿色、白色、红色和洋红色等。其大小有的极小，如迷你型跳舞兰，有幽香。有些又极大，花的直径可达12厘米以上。花的构造比较特殊，其花萼萼片大小相等，花瓣与背萼也几乎相等或稍大。花的唇瓣通常三裂，或大或小，呈提琴状，在中裂片的基部有一脊状凸起物，脊上又有凸起的小斑点，颇为奇特，故又名瘤瓣兰。

跳舞兰适合生长在温暖、半阴、湿润、通风的环境里。因其花期适逢我国的春节前后，所以，对爱花的人来说跳舞兰很有吸引力。这不，眼前在江宁的“台创”花卉市场买跳舞兰的人还真不在少数。

跳舞兰的花期较长，如果管养得当，花朵的占枝时长可达2个月。故而，墨西哥人浪漫地认为，跳舞兰很多情，它的花语是隐藏的爱，默默的等待，默默的思念。不过，我一直认为这样的花语与花的神态不太贴切。因为，跳舞兰每一朵花儿都形似飞翔的金蝶，又像极美丽少女裙裾飘飘在翩翩起舞，那种奔放，那种张扬，与“隐藏”和“默默”绝无半点儿联系。

卖花的告诉我跳舞兰中有一种叫做罗曼香迷你型，开的花只有手指甲大小，非常精致，并且有清香，类似巧克力味。我仔细看看，罗曼香的植株轻巧，花茎轻盈下垂，花梗细而柔软，花朵多且奇异可爱，远闻有淡淡的清香，近闻却不甚明了，也没有什么巧克力味的体会。不过，不管怎么说，那带着童真永远漾着欢快的小花儿总是讨人喜欢的。

昨天晚上，我从外地回来，没回家就先去看望刚一岁半的小孙子。那孩子精力充沛，性格很好，成天笑眯眯的，嘴巴非常甜。看着他漂亮的小脸蛋和天真的神态，我驱车数小时的疲惫全然跑得无影无踪。这除了血缘亲情以外，更多的是让人体会到的那份童真。真是童真无敌呀。

是的，谁都愿意享受天真和童真，追求一种潇洒、自由、张扬、无拘无束的生活。但是，现实生活是有规有矩有法有度的，容不得哪一个人肆意张扬，自由无度。而眼前的这些跳舞兰它们开得自由，开得张扬，开得奔放，开得无拘无束，或许正是我们人类向往而无法实现的追求，故而只能“隐藏”和“默默”等待吧。

为此，我写了一首五言诗：“少女不识愁，天真满笑脸。文心跳舞兰，天寒意志坚。兰中独一帜，轻灵舞蹁跹。雅致伴幽香，爱在等待间。”写下这首诗后，我真不知道该称呼它文心兰好呢还是跳舞兰好？

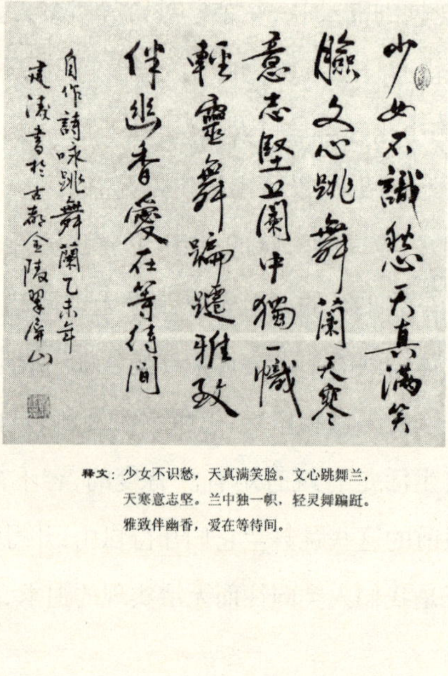

释文：少女不识愁，天真满笑脸。文心跳舞兰，
天寒意志坚。兰中独一帜，轻灵舞蹁跹。
雅致伴幽香，爱在等待间。

无私奉献太阳花

早晨醒来，在手机的微信群里看到一则长微信，标题是“93 岁的他走了，感动了全中国，却没有感动 CCTV”。

出于好奇，我打开了这条微信。首先映入眼帘的是一张黑白照片。只见照片上一位黑瘦干瘪的耄耋老人骑着人力三轮车，正在用衣角擦汗。照片下是一排字：93 岁的他静静地走了。无数活着的人在口口相传中记住了他——蹬三轮车的老人白芳礼。这不是神话。这位老人在 74 岁以后的生命中，靠着一脚一脚地蹬三轮，挣下 35 万元人民币，捐给了天津多所大学、中学和小学，资助了 300 多名贫困学生。而其中绝大多数受助者并不知道白芳礼的名字。

这段话，让我很震动。继续往下看才知道，白大爷好像是孤身一人。他的日常生活几近乞丐。他一年四季穿戴的是从垃圾堆里捡来的总是无法配套的衣衫鞋帽。每天饭食总是两个馒头加一碗开水，若能在开水中放些酱油就已经是老人家的美味了。而老人为了多拉一趟活，多挣一块钱，他几乎到了不要命的地步。一年 365 天，他不惧风雨，不畏酷暑严寒，从未休息过一天。每天 6 点准时出车，晚上 7 点以后才回到家休息。就在身患疾病，高烧至 39 度，他还一边吃着退烧药，一边蹬着三轮车辛勤劳作。老人这样拼命挣钱根本不是为自己，而是“自己苦点累点没有关系，让每一个孩子都有钱到学校有书可以读，我就值。”这就是，白芳礼老人 74 岁以后拼命挣钱的动机和梦想。面对连小学都没上过的白芳礼老人这种无私奉献的精神，我忽然想到了一种小花，那是地地道道的草根之花。它有着超强的生命力。它不苛求生存的环境，耐瘠薄，一般的土壤就能生长。它就是太阳花。

太阳花又叫做大花马齿苋、半支莲，松叶牡丹、龙须牡丹、洋马齿苋、午时花，是马齿苋科马齿苋属一年生草本植物。因其见阳光花开，早、晚、阴天闭合，故有“太阳花、午时花”之名。该花原产于南美洲的巴西、阿根廷、乌拉圭等地。现我国南北东西各地均有分布。

太阳花刚长出的叶子是浅绿的，过了几天，叶子长大后就变成了墨绿色。那叶子绿得发黑，绿得耀眼。从远处看，像一根根刺均匀地插在嫩茎上，但它并不尖，也不刺人，而是光滑油嫩，很是可爱。

太阳花的花色繁多，如锦似绣，五彩缤纷，仪态万千，向阳而开。常常是有的花朵全开了，像一张笑开的脸；有的花瓣这半边舒展开了，那半边却迟迟不肯绽开，像一个害羞的姑娘；有的还是个花骨朵儿，像襁褓中的婴儿。其花大部分自然生长于山坡、田野间，有淡香味，易养易成活。花期是每年的 5 月至 11 月，我国的两广地区则是全年开放。

太阳花的品种较多，通常有妃红、大红、深红、紫红、白、雪青、淡黄、深黄等颜色。它不仅花色丰富、色彩鲜艳，景观效果也极佳。其无论是自播繁衍还是扦插繁殖都相当出众，生长强健，所求极少而生长繁茂，短期内即可达到非常好的观赏效果，是非常优秀的景观花种。

太阳花是有骨气的花。其花虽然小，需迎着阳光而开放。然而，如果没有太阳，它们仅仅只会收敛自己的花瓣，但是绝不低下骄傲的头，直至花败。

太阳花可入药。其具有清热解毒、活血祛瘀、消肿止痛、抗癌等功能。蒋仪的《药镜拾遗赋》有“半支莲(太阳花)解蛇伤之仙草”记载。在我国民间除用太阳花治毒蛇咬伤外，还用来治肿瘤，并有一定的疗效。《校正本草纲目》记载“此草开紫白色花，草紫红色，对结对叶，七八月采用。可治咽喉肿痛，烫伤，跌打刀伤出血，湿疮。咽喉肿痛捣汁含漱，其他捣糊外敷。”

太阳花全株还是黑色染料的提取源。在古代没有化工合成技术的情况下，太阳花用自己微小的身躯，为人类的美化做出过默默无闻的奉献。

太阳花那么纤小，它那生命的精神却是伟岸的，内心却是博大的。它常年匍匐在地，无所奢求，随遇而安，默默地迎着太阳开放，用自己美丽的花朵妆点大地，用自己微小的身躯去治病救人。这种无私奉献的精神，太值得人类的尊敬和爱戴。有诗为证："逐阳本性开与合，不求奢华草一棵。笑对阴寒追日暖，平生只唱奉献歌。"因此，人们给太阳花的花语是"沉默的爱、光明、热烈、忠诚、阳光、积极向上"。那位93岁的白芳礼老人的一生不正是这花语的最好诠释么？

去年，在白芳礼老人还活着的时候，有人向CCTV的《感动中国》推荐了这位令人垂泪的老人的先进事迹。可惜，老人没有能获得这对他来说无关紧要的荣誉——感动中国人物。是的，老人是平凡的，甚至是可怜的。在媒体发现他之前，就像草根族——太阳花一样，没有人知道他的追求和梦想，没有人知道他的简单而又感人的故事，没有人知道他以微薄之力捐资助学的高尚情怀。现在他老去了，就像太阳花一样收敛起自己的花瓣，但是，他永远不会低下自己骄傲的头颅。

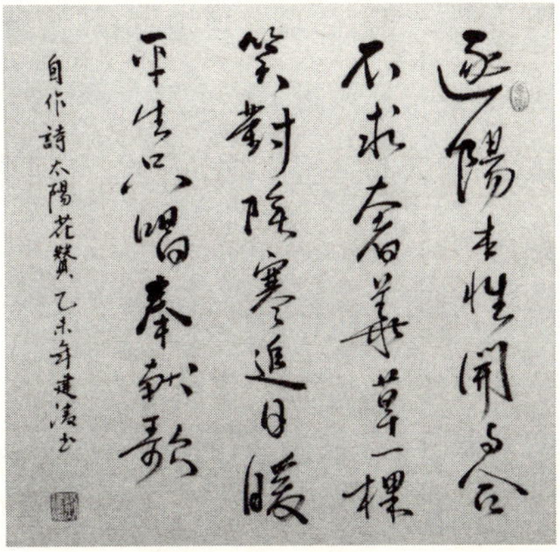

释文：逐阳本性开与合，不求奢华草一棵。
笑对阴寒追日暖，平生只唱奉献歌。

因为，他像太阳花一样——无所求！

精准守时金盏花

我在读《居里夫人自传》时，在看到一个伟大的物理学家刻苦、专注、自信、自强、坚持的共性之外，还看到了居里夫人女性的一面，她博爱、守时、守信，也有女性的多愁善感。她年轻时离开自己的祖国波兰到法国求学后，就再也没有回过故乡。当她思乡时，就会哼唱法兰西著名的思乡民歌《小燕子》："燕子你飞到了什么地方，可曾看到我亲爱的家乡？太阳下马群在泉边饮水，迷人的金盏花漫山开放。在群峰和海浪拥抱的岸旁，风中的白杨树沙沙作响。葡萄结实麦穗金黄，故乡的田野多么芬芳。有的人离开家乡到处流浪，终身向往着童年的村庄。燕子啊，你飞到我家门上去做窝吧，给我母亲带回游子的梦想。"借以排遣自己的乡愁。

居里夫人哼唱的这首歌里的金盏花也是我们常见的，广植于公园、花圃的金黄色小花。金盏花又名金盏菊，为菊科金盏菊属一年生草本植物。金盏菊植株矮生，花朵密集，花色鲜艳夺目，花期长，是每年冬末春初园林和城市中最常见的草本花卉。金盏花原产于欧洲，有较长的栽培历史，广泛用于公园、家庭小花园和盆栽观赏。

金盏花性味淡平，其花、叶含类胡萝卜素、番茄烃、蝴蝶梅黄素、玉红黄质、挥发油、树脂、黏液质、苹果酸等，有凉血、止血、消炎、抗菌作用，并有超强的愈合能力，可用于杀菌收敛伤口，治疗皮肤发炎、暗疮、毛孔粗大等症状，还可以防止疤痕的产生，有美容之功能。其根含苦味质，山金东二醇，能行气活血。其种子含甘油酯、蜡醇和生物碱等,对心血管疾病有一定疗效。金盏花富含多种维生素,尤其是维生素 A 和维生素 C,可预防色素沉淀、增进皮肤光泽与弹性、减缓衰老、避免肌肤松弛生皱。也可预防文明病,如血管病变及癌症。更能理气止咳、健胃、化痰、预防哮喘及支气管炎等。金盏花几乎各部位都可以食用,因此可以用作菜肴的装饰。金盏花制作成花茶适合单泡,或搭配绿茶泡饮。用一大匙干燥金盏花花瓣冲泡,焖约 3—5 分钟即可,金黄色的茶汁映衬着漂浮的金黄花瓣,清香袅袅,饮来甘中微苦,清凉爽口。若加蜂蜜调味,则口味更佳。感冒时饮用金盏花茶,有助于退烧,而且清凉降火气。它还具有镇痉挛、促进消化的功效,非常适合消化系统溃疡患者饮用。此外,金盏花还能促进血液循环,帮助女性生理期间拥有清爽自由的心情,也可缓和酒精中毒,故也有益气补肝的功效。

在西方的基督教、天主教里,有将神与特定花朵相连的习惯,这因循于教会在纪念圣人时,常以盛开的花朵点缀祭坛所致。教会便将 365 天的神分别和不同的花朵结合在一起,形成所谓的花历。在这花历中,金盏花就是“通知圣母玛莉亚怀孕”的花朵。从居里夫人对科学对人类的贡献来看,她不就是当代的圣母玛莉亚嘛。

金盏花还有一个别名,叫做“家庭主妇的时钟”。因为这种植物固定在早晨的某个时间开花,然后在晚上的某个时间闭合,是一种相当守时的花。因此它的花语是“一丝不苟”。凡是受到这种花祝福而生的人,个性严谨、一丝不苟。因此,我在猜想居里夫人是不是受金盏花祝福而生的人,因为,她正是这种精准守时、个性严谨、一丝不苟的大科学家。

在美国,也有一个与金盏花结缘的女性。她虽然没有居里夫人那样的名声,但是,她用自己的努力为人们诠释了“只要功夫深,铁杵磨成针”的哲学含义。那是在上个世纪初,美国一个园艺所贴出了一则征求纯白金盏花的启事,高额的奖金让许多人趋之若鹜,很多著名的园艺家也加入了研究培植白色金盏花的行列。但是,很多年过去了,因为培植的难度,没有一个人能够培植出白色的金盏花。一天,园艺所意外地收到一封热情的应征信和

1粒纯白金盏花的种子，寄种子的是一位年逾古稀的老妇人。她是一个地地道道的爱花人，20年前当她看到那则启事的时候便怦然心动。于是，她撒下了一些最普通的种子，精心侍弄。金盏花开后，她从那些金色的、棕色的花中挑选了一朵颜色最淡的，任其自然枯萎，以取得最好的种子。次年，她又把它们种下去。然后，再从这些花中挑选出颜色更淡的花的种子栽种。日复一日，年复一年，春种秋收，周而复始，老人的丈夫去世了，儿女远走了，生活中发生了很多的事，但惟有种出白色金盏花的愿望让她对生活继续充满希望。在20年后的一天，她终于在那片花园中看到一朵金盏花，它不是近乎白色，也并非类似白色，而是如银如雪的纯白色。于是，一个连专家都解决不了的问题，在一个不懂遗传学的老妇人的长期努力下，最终迎刃而解。这位老妇人的专注、守信、坚持与居里夫人一样，是她们取得成功之母。

金盏花是在18世纪后传入我国的。清代乾隆年间，上海郊区已初现批量生产金盏花的种植基地。金盏花耐寒性强，在我国的大江南北皆有种植，为人们常见花卉。上世纪80年代后，由欧洲人培植的重瓣、大花和矮生金盏花被引入我国，成为公园花圃铺花的主力军，也是春节家庭盆栽用花的好选择。

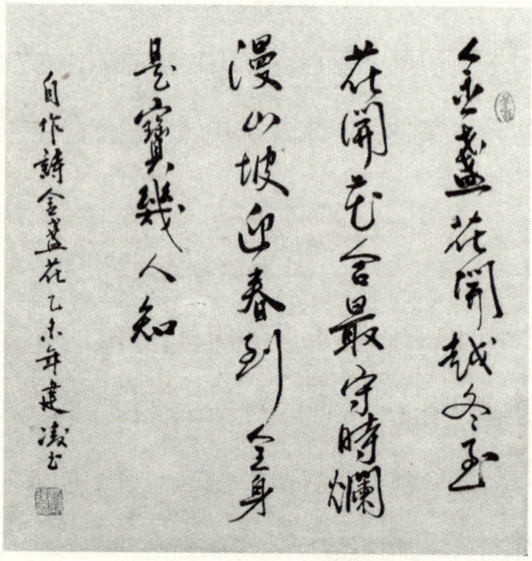

释文： 金盏花开越冬至，花开花合最守时。烂漫山坡迎春到，全身是宝几人知？

“金盏花开越冬至，花开花合最守时。烂漫山坡迎春到，全身是宝几人知？”选上一盆美丽的迷人金盏花置于厅室之中，为自己和孩子们上一堂励志课，应该是既美化环境又受教育一举两得的好事。大家以为然否？

阶庭一笑玉兰新

迎春花开后不久，便是玉兰花登场了。

像迎春花一样，玉兰花也是一个报春的使者。在春寒料峭中它先于百花肆意开放。说它“肆意”，是指玉兰花几乎是同时孕蕾，同时开放。开放时，或满枝头的白玉，或满枝头红宝石，绝不忸怩，大大方方，热热闹闹，喜气洋洋，清纯不垢，清香宜人，赏花之人徜徉其下便会忘了年龄，忘了苦忧。明代沈周有《题玉兰》一诗云：“翠条多力引风长，点破银花玉雪香。韵友自知人意好，隔帘轻解白霓裳。”沈老先生将玉兰当作“韵友”，可见，在玉兰花下是何等的惬意了。

玉兰花是木兰科木兰属落叶乔木，别名望春、应春花等，高可达数丈，原产于我国中部各省，现北方及欧美各国亦有栽种。其花白色或淡紫红色，花型大、有芳香，花冠杯状，花先开放，叶子后长，花期10天左右。对此，明末清初文学家、戏曲家李渔曾做过描述：“世无玉树，请以此花当之。花之白者尽多，皆有叶色相乱，此则不叶而花，与梅同致。千干万蕊，尽放一时，殊盛事也。但绝盛之事，有时变为恨事。众花之开，无不忌雨，而此花尤甚。一树好花，止须一宿微雨，尽皆变色，又觉腐烂可憎，较之无花，更为乏趣。群花开谢以时，谢者既谢，开者犹开，此则一败俱败，半瓣不留。语云：‘弄花一年，看花十日。’为玉兰主人者，常有延伫经年，不得一朝盼望者，讵非香国中绝大恨事？故值此花一开，便宜急急玩赏，玩得一日是一日，赏得一时是一时。若初开不玩而俟全开，全开不玩而俟盛开，则恐好事未行，而杀风景者至矣。噫！天何仇于玉兰，而往往三岁之中，定有一二岁与之为难哉！”

是的，正如李渔老先生感叹的那样，玉兰花花事短暂，开花时，还最怕风雨。一经风雨，花瓣便呈锈色，很快就谢去了。所以，爱赏玉兰花的朋友，“便宜急急玩赏，玩得一日是一日，赏得一时是一时。”

玉兰花外形极像莲花，盛开时，花瓣展向四方，具有很高的观赏价值，是中国著名的花木，也是上海市市花。

玉兰宜种于厅堂之前。若与海棠牡丹同植，则有“玉堂富贵”之意。若与金桂同植，则又有“金玉满堂”之彩。

明代朱曰藩在其诗《感辛夷花曲》末尾曰：“新诗已旧不堪闻，江南荒馆隔秋云。多情不改年年色，千古芳心持赠君。”这里的辛夷花就是玉兰花（或明确为紫色玉兰花）。诗人感慨时间过得很快，刚写的新诗也不堪再听了。江南闲置的庭院里树影婆娑，已经映衬过几秋风云。但是多情的辛夷花却年年按时开放，一点儿也不因人事物事的变迁而有所改变，可谓千古芳心甚高洁。这正是感恩贵人、赠送君子的佳物啊。因此，玉兰花的花语是：感恩，报恩。

玉兰全身是宝。其树干材质优良，纹理直，结构细，可制作家具、图板等。其花含有挥发油，其中主要为柠檬醛、丁香油酸等，还含有木兰花碱、生物碱、望春花素、癸酸、芦丁、油酸、维生素 A 等成分，具有一定的药用价值。玉兰花性味辛、温，具有祛风散寒通窍、宣肺通鼻的功效。可用于头痛、血瘀型痛经、鼻塞、急慢性鼻窦炎、过敏性鼻炎等症。现代药理学研究表明，玉兰花对常见皮肤真菌有抑制作用。花含芳香油，可提取配制香精或制浸膏。其花在开放 5 至 6 日时，采下，洗净，拖以面糊，油炸之，清香爽口，别有风味。亦可与笋片混合清炒肉片，也是美味。或采花瓣晾干以熏茶，清香可口。其种子亦可榨油供工业用。

在南京明孝陵梅花谷一带种植有大片白玉兰和淡紫红色玉兰，是观赏玉兰的好地方。去年的2月,梅花初放时,遇上一场瑞雪。我和几个朋友携相机去梅花谷“踏雪寻梅”。无意间,发现那满树头的玉兰花开得正吐,在雪花纷飞之中,显得美丽而孤傲。我忽然觉得,玉兰花开、花落,像一个孤傲的剑客,不惧风雪严寒,不贪温室厅堂,不慕春末暖阳,只为一展生命的风采,勇往直前,不屈不挠,不惜短暂,准时绽放。而我等,是否也能像玉兰那样不随大流,勇于承载和挑战?能否在漫漫的人生征途中,历尽磨砺,勇往直前,显现出自身最大的价值呢?这真值得深思。

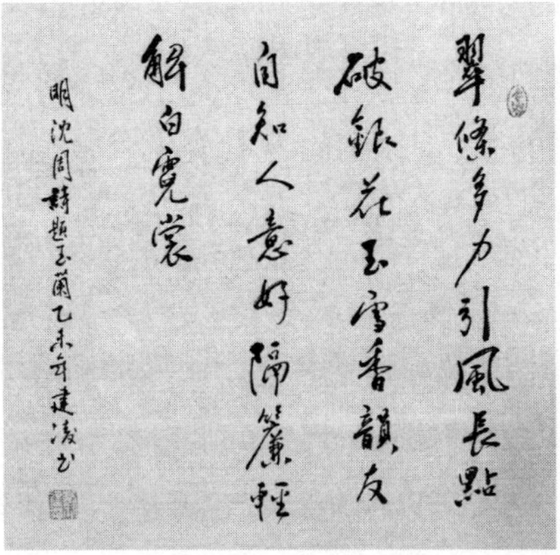

释文:翠条多力引风长,点破银花玉雪香。
韵友自知人意好,隔帘轻解白霓裳。

凌寒骄子是腊梅

喜欢腊梅实在是因它的幽香。

读中学时,有一次在临近过年的时候,我和另两位同学被语文老师邀请去她家做客,对于那种特殊的“待遇”,我们都感到受宠若惊。那是一个下雪天,我们好不容易在南京大方巷附近的一片民国建筑群里找到了老师家,怯生生地走进那座有着历史沧桑感的院落,扑鼻而来的就是一阵幽香。我正疑惑着寻找那香味的来源时,语文老师已经闻声迎出来了。她见我嗅着鼻子闻香味,就说:“我们家的腊梅已经近百年高龄了,还是我爷爷小时候种下的。”后来我知道,她的爷爷是晚清的秀才,她的父亲也是一位民国文人。那腊梅的确是有年头的。那是我第一次认识腊梅,也是第一次感觉到腊梅是那么香。

老师怕我们拘束,就从腊梅谈开了。印象中她说过,腊梅与春天开的梅花从植物学的角度看不是同一属的。腊梅是落叶灌木,而梅花是落叶乔木。前者是腊月开花,所以叫腊梅。后者是冬末春初开花,那叫梅花,也叫春梅。腊梅没有春梅漂亮,色调像黄蜡一样比较单一。而春梅有红有绿有白有紫,还有娇嫩的花蕊。但是,腊梅凌寒傲雪有着自己特殊的香味。因此有王安石的“墙角数枝梅,凌寒独自开。遥知不是雪,为有暗香来”著名诗句。

听了老师的介绍，我又回到院子里，冒雪走到腊梅树下仔细观看那些看上去透明的、娇弱无力的、像蜡一样的淡黄色小花，凌寒冒雪竟然能吐放出异于寻常的幽雅清香。

多年以后，我也成为了一名教师，并且与我的语文老师成了同事。不过，我依然十分尊重她。并且，每到寒冬闻到腊梅香时我都会想起她对我的启蒙。

我搬家到南京西南角这个具有法式风格的小区居住后，在前院和后院都种上了大棵的腊梅树，并且还种了一些盆栽的小棵腊梅树。年年冬天，那种幽香总是适时地吐放出来。那幽香绝对不是静止的，它仿佛有着双翼一般无声无息地在飞；仿佛流云一般自由自在在飘；仿佛溪流一般无规无矩在流动；又仿佛是有一位神奇的诗人，正幽幽地踱着步子吟哦着一首首韵律优美的诗。

我想，腊梅假如有性格的话，就应该是坚忍和顽强的。也正因为此，它敢于用赤裸裸的躯体去抗衡严寒和暴风雪，任寒风摇撼，任严霜包裹，任飞雪覆盖，不需要一星半点儿绿叶为其遮风挡寒！

腊梅假如有价值观的话，就应该是甘于寂寞、乐于奉献的。在腊梅的一生中，只有结蕾开花的那些日子才会被世人注目。当冰封大地，百花凋谢之时，它将黄色的花瓣和沁人心脾的幽香奉献给世界。当严寒退去，冰雪消融，温暖的春风吹绿大地，万紫千红的花儿竞相开放之时，腊梅之花早已化为了尘泥，根本就没有考虑过人们是否还能记得那黄色的小花瓣和清幽的香气。

腊梅假如有某种精神的话，就应该是一种风骨和气节，不失尊献媚，不张扬炫耀，在不畏强暴的傲骨里蕴含着谦逊，在默默忍受的侠肠中浸透着热情。因此，杨万里有诗《腊梅》云："天向梅梢别出奇，国香未许世人知。殷勤滴蜡缄封却，偷被霜风拆一枝。"

南京明孝陵陵寝前的墓道两边种植了大量的腊梅。每到冰天雪地的腊月，那成片的腊梅竞相绽放，一片金黄，幽香四溢，沁人心脾，既是一道美景,也是一场香的盛宴,令人不知不觉就不畏严寒不畏风雪而流连忘返。

腊梅真是一个凌寒骄子。腊梅不正是我们中华民族不畏强暴、百折不挠、顽强奋斗、勤劳勇敢精神的象征吗?

喜欢腊梅,除了它的幽香之外,更喜欢它凌寒骄子的精神。于是,我拟了四句诗《腊梅》:“迎春早发它为最,凌寒骄子是腊梅。清雅一枝幽香出,花落为泥春就归。”是为记。

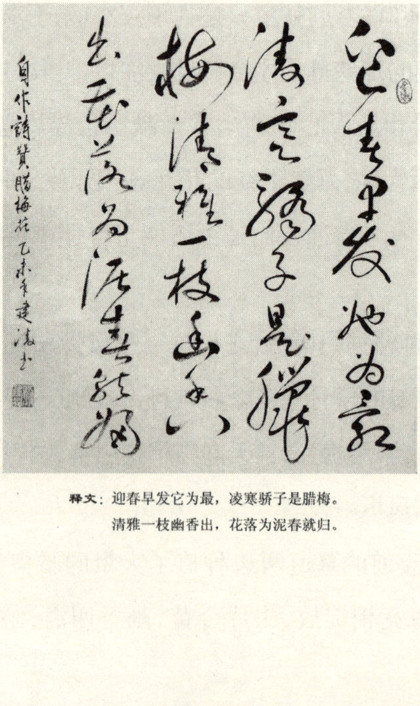

释文:迎春早发它为最,凌寒骄子是腊梅。
清雅一枝幽香出,花落为泥春就归。

唯有牡丹真国色

清朝末年的时候，清政府忽然宣布牡丹为国花。时间不长，辛亥革命爆发，牡丹的国花头衔就自然丢掉了。后来，民国政府宣布梅花为国花，牡丹的国花地位便彻底消失了。新中国成立后，多次有专家提议国家设立国花，但是，都没有定论。其中，党的十一届三中全会之后，有一度时间就基本确定国花了，但又因为各个方案的意见不太集中没能确定。不过，牡丹、兰花（春）、荷花（夏）、菊花（秋）、梅花（冬）是全国意见最为集中的五种候选花卉，其中兰荷菊梅代表四季，牡丹则作为统领。由此可见，牡丹在国人的心中地位是很高的。

牡丹是毛茛目毛茛科芍药属多年生落叶小灌木。其花色泽艳丽，玉笑珠香，风流潇洒，富丽堂皇，素有“花中之王”的美誉。

牡丹原产于中国的长江流域与黄河流域诸省山间或丘岭中，人们发现了它的药用价值和观赏价值，而变野生为家养。从南北朝“永嘉水际竹间多牡丹”至今，人工栽培历史已有1500年了。其栽培范围由长江、黄河流域诸省向全国扩展到东北、东南，以及内蒙、新疆、西藏、台湾等地，是我国特有的木本名贵花卉，并早已引种至世界各地。其品种繁杂，花色众多，以黄、绿、肉红、深红、银红为上品，尤其以黄、绿为贵。牡丹的花大而香，故又有“国色天香”之称。

明代李时珍在其医学名著《本草纲目》中说:“牡丹虽结籽而根上生苗,故谓‘牡’(意谓可无性繁殖),其花红故谓‘丹’。”由此可知牡丹之名的由来。牡丹还有许多怪里怪气的别名:鼠姑、鹿韭、白茸、百雨金等,还有一些雅名叫做:木芍药、洛阳花、富贵花。

牡丹色、姿、香、韵俱佳,花大色艳,花姿绰约,韵压群芳。自古以来,人们根据牡丹的花瓣层次的多少,又将其分为单瓣(层)类、重瓣(层)类、千瓣(层)类。在这三大类中,又视花朵的形态特征分为:葵花型、荷花型、玫瑰花型、半球型、皇冠型、绣球型(传统上把皇冠型和绣球型称为起楼)六种花型。还分为牡丹系、紫斑牡丹系、黄牡丹系等品系,又根据花色通常分为墨紫色、白色、黄色、粉色、红色、紫色、雪青色、绿色等 8 大色系,按照花期又分为早花、中花、晚花三大类。无论是哪种类哪种型的牡丹都是花大色艳,富丽堂皇。牡丹在全世界的品种已经多达近千种,中国产就有 500 余种。其中著名品种有姚黄、魏紫、赵粉、二乔、梨花雪、金轮黄、冰凌罩红石、瑶池春、掌花案、首案红、葛巾紫、蓝田玉、乌龙卧墨池、豆绿等。清代程先贞诗云:“春烟笼宝墨,入夜看来难。恐奏清平调,杨妃砚滴干。”描述的是程老先生看到的花瓣颜色与暗夜无异的黑色牡丹奇异品种的感受。牡丹有的品种花器齐全,萼片、雄蕊、雌蕊发育正常,如“似荷莲”、“凤丹白”等品种就是如此,但有的品种雄、雌蕊瓣化或退化,形成了多姿形美的花型,五彩缤纷的花朵,更增添了牡丹花的魅力。更为奇特的是江苏盐城市便仓产的上等品种枯枝牡丹,竟然“奇在一放 12 瓣,如果是闰年,就一定是 13 瓣,而且枝干枯黄。一离开便仓,花即变种”。的确令人称奇!

在我国的花卉栽培史上,牡丹的品种培育无疑是有浓重一笔的。自隋唐至北南宋再至元明清,牡丹的种植、培育都得到了当权者的重视,也成为了老百姓的一种谋生手段。据柳宗元《龙城录》记载:“洛人宋单父,善种牡丹,凡牡丹变易千种,红白斗色,人不能知其术。唐皇李隆基召至骊山,植牡丹万本,色样各不同。”当时的种花艺人因受社会谋生所限,生活所迫,所掌握的“绝技”是不外传的。所以，宋单父种植牡丹的“绝技”使后人“不能知其术”。由此可见，历代都有一批以养植和培育变种牡丹为生的园艺师，为牡丹的“国色天香”做出过巨大的贡献。

牡丹即可药用又可食用。药用栽培者品种单调，花多为白色。以根皮入药，称牡丹皮，又名丹皮、粉丹皮、刮丹皮等。丹皮性微寒，味苦、辛。归心、肝、肾经。清热凉血，活血化瘀。用于温毒发斑、吐血衄血、夜热早凉、无汗骨蒸、经闭痛经、痈肿疮毒、跌扑伤痛等病症。牡丹花可食用。明代的《遵生八笺》载有“牡丹新落瓣也可煎食”，同是明代的《二如亭群芳谱》谓：“牡丹花煎法与玉兰同，可食，可蜜浸”，“花瓣择洗净拖面，麻油煎食至美”，中国不少地方有用牡丹鲜花瓣做牡丹羹，或配菜添色制作名菜的。牡丹花瓣还可蒸酒，制成的牡丹露酒口味香醇，回味无穷。

牡丹在我国也是一个重要的文化元素。牡丹文化的起源，若从《诗经》牡丹进入诗歌，算起距今约3000年历史。秦汉时代以药用植物将牡丹记入《神农本草经》，牡丹已进入药物学。南北朝时，北齐杨子华画牡丹，牡丹已进入艺术领域。据史书记载，隋炀帝在洛阳建西苑，诏天下进贡奇石花卉，易州进牡丹二十箱，植于西苑。自此，牡丹进入皇家园林，涉足园艺学。唐代，咏牡丹诗大量涌现。刘禹锡的“庭前芍药妖无格，池上芙蕖净少情。唯有牡丹真国色，花开时节动京城。”李白的《清平调》咏牡丹：“云想衣裳花想容，春风拂槛露华浓。若非群玉山头见，会向瑶台月下逢。”都是脍炙人口、千古绝唱的代表之作。

有一个著名的关于牡丹违逆武则天懿旨的传说：在一个大雪飘舞的冬日，武则天在长安游后苑时，曾命百花同时开放，以助她的酒兴。下旨曰：“明早游上苑，火速报春知，花须连夜发，莫待晓风吹。”众所周知，百花都有自己的花期，各种花不仅开花的季节不同，就是开花的时刻也不一致。但是，百花慑于武后的权势，都违时开放了。唯有牡丹不屈于武后权势，仍干枝枯叶，傲然挺立。武后大怒，便把牡丹贬至洛阳。牡丹一到了洛阳，立即昂首怒放，花繁色艳，锦绣成堆。这更气坏了武后，便下令用火烧死牡丹。

不料，牡丹经火一烧，反而开得更是红若烟云、亭亭玉立，十分壮观。这个传说表现了牡丹不畏权势、英勇不屈的性格。对此，一代伟人毛泽东非常赞赏。1950年冬的一天，毛泽东在中南海花园散步，走到牡丹跟前停下脚步，跟身边工作人员讲起武则天与牡丹的传说，并意味深长地说："年轻人要具有牡丹的品格，不畏强暴，才能担当起重任。"

如果从这一点上去看，牡丹堪称花中之王，如若选举国花，我也会心甘情愿地投上一张支持票。

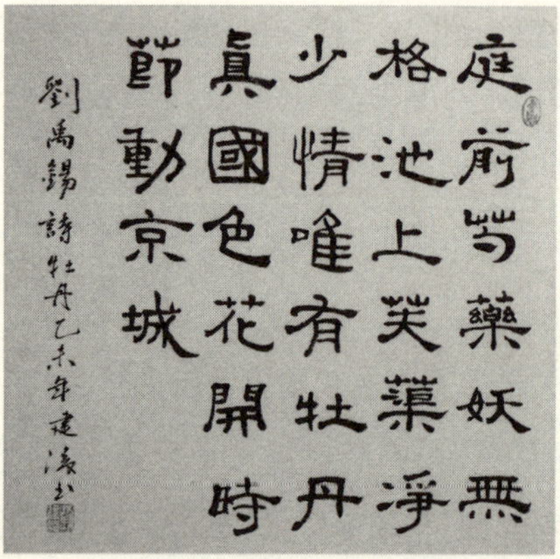

释文：庭前芍药妖无格，池上芙蕖净少情。
唯有牡丹真国色，花开时节动京城。

有情芍药含春泪

都说牡丹是国色天香。其实,牡丹没有芍药出道早。牡丹还是山间岭头的无名野花时,芍药已是人们的“宠花”了。所以,当人们还不认识牡丹,而觉得牡丹的花朵像芍药,又是木本植物,最初便唤其“木芍药”。只是,牡丹机遇好,遇上了唐明皇携杨贵妃同去赏它,许多文人墨客便为其写诗作赋,一时名声大起,倒是冷落了被借名的芍药。牡丹便一跃成了花中之王,而芍药只能屈居花中之相了。

李时珍在《本草纲目》中曰:“芍药犹婥约也,婥约,美好貌。此草花容婥约,故以为名。”但看芍药花容,的确风姿绰约,美丽可爱。时珍又云:“昔人言洛阳牡丹、扬州芍药甲天下。今药中所用,亦多取扬州者。十月生芽,至春乃长,三月开花。其品凡三十余种,有千叶、单叶、楼子之异。”由此可以看出芍药的花期在春末。所以,芍药有一别致的名儿叫做“婪尾春”。婪尾是最后之杯,而芍药于春尾才绽放,故名曰之。苏东坡的“多谢花工怜寂寞,尚留芍药殿春风。”说的就是此意。《诗经》收入的我国先秦时代郑地汉族民歌《溱洧》(《诗·国风·郑风·溱洧》)云:“维士与女,伊其相谑,赠之以芍药。”应该算是芍药之名最早见诸文字记载的了。汉《韩诗外传》曰:“芍药,离草也。言将别离赠此草。”晋崔豹《古今注·问答释义》:“芍药一名可离,故将别以赠之,亦犹相招召赠之以文无。"文无是中药当归的别称。按古代习俗,在与亲友离别时,以芍药赠之,代表惜别和想念。盼归时,则寄之以当归,表示"当是归来的时候了"。所以,芍药还有"将离、离草、余容、犁食、没骨花、黑牵夷、红药、殿春"等别名,

与牡丹最大的不同之处是,芍药是毛茛目芍药科芍药属多年生草本植物,而牡丹是毛茛目芍药科芍药属落叶灌木。芍药花与牡丹花形状相似,芍药花的花朵略小于牡丹花,花色品种也少于牡丹。牡丹花为单朵独放,显得雍容华贵。而芍药花数朵簇拥并放,显得风姿绰约,韵味无穷。因此,芍药花更具观赏性。由此,古人也常以"烟笼芍药"来形容大家闺秀的含蓄之美。

芍药名中的药字已点明了它的药性。芍药入药首载于汉《神农本草经》,其根鲜脆多汁,可供药用。《本草纲目》"入药宜单叶之根,气味全浓。根之赤白,随花之色也。"其实,根据加工方式的不同,芍药入药时分为赤芍和白芍两种。白芍多选用栽培芍药,洗净后经水煮、去皮、晒制而成,主治平肝止痛,养血调经,敛阴止汗。赤芍多选用野生芍药,除去根茎、须根及泥土后晒制而成,主要功效为清热凉血,散瘀止痛。此外,芍药的种子还可榨油供制肥皂和掺合油漆作涂料之用。根和叶富有鞣质,可提制栲胶,也可制成土农药,供杀灭大豆蚜虫和防治小麦秆锈病等用。

芍药原产自我国北部和俄罗斯西伯利亚地区,后移植至我国各省以及欧美。在我国境内,牡丹应以洛阳为名,芍药当以扬州为最。北宋之初,王禹偁守扬州时,他在《咏芍药》的序中说,"扬州僧舍植数千本",数量已然可观。大文豪苏轼、黄庭坚都有诗盛赞扬州的芍药花。苏轼在其《东坡志林》中说:"扬州芍药为天下冠。"黄庭坚看了扬州芍药之后则写到:往岁过广陵,值早春,尝作诗云:"春风十里珠帘卷,仿佛三生杜牧之,红药梢头初茧栗,扬州风物鬓成丝。"东坡先生则诗曰:"倚竹佳人翠袖长,天寒犹著薄罗裳,扬州近日红千叶,自是风流时世妆。"风流才子秦观也有诗赞之曰:"一夕轻雷落万丝,霁光浮瓦碧参差。有情芍药含春泪,无力蔷薇卧晓枝。"可见扬州芍药

名气之大。

前年春末，老同学承怡邀众友前往扬州仪征市观赏芍药花。那数十亩芍药园，种有数十种芍药，红、紫、黄、白、橙五彩缤纷，竞相绽放，徜徉花间，蜂蝶飞舞，清香徐来，甚为惬意。

欣赏之余，尚留遗憾的是，时至芍药花的尾期，一些名贵品种已经凋谢，不能尽兴观之。好在，仪征离南京也就数十公里，今年春末当安排时间适时前往观赏，以补所留之憾也。

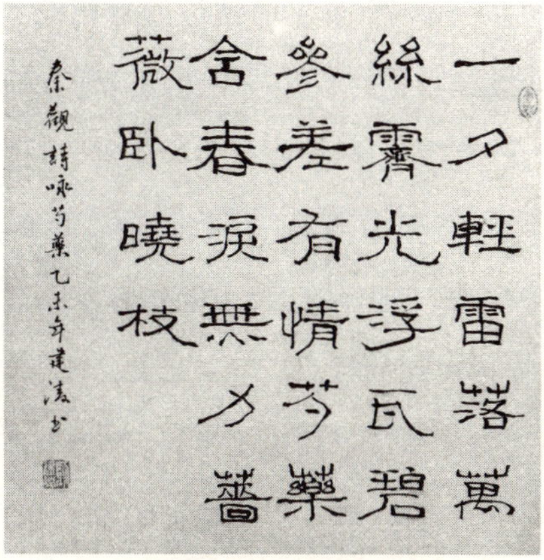

释文：一夕轻雷落万丝，霁光浮瓦碧参差。
有情芍药含春泪，无力蔷薇卧晓枝。

奔放热烈三角梅

前天夜里,我们一家飞抵南宁陪老母亲过年。一下飞机,扑面而来的就是南国的暖风,仅一字之差的南宁其冬天比起南京来说要暖和很多。

昨天,我开车外出,看到腊月里的民族大道边上行道树依然绿树成荫,各种花卉在竞相开放,其中犹以三角梅开得奔放,开得热烈,开得如火如荼,开得生机勃勃。我忽然记起 30 多年前读过的舒婷的诗《日光岩下的三角梅》:“是喧闹的飞瀑/披挂寂寞的石壁/最有限的营养/却献出了最丰富的自己/是华贵的亭伞/为野荒遮蔽风雨/越是生冷的地方/越显得放浪、美丽/不拘墙头、路旁/无论草坡、石隙/只要阳光常年有/春夏秋冬/都是你的花期/呵,抬头是你/低头是你/闭上眼睛还是你/即使身在异乡他水/只要想起/日光岩下的三角梅/眼光便柔和如梦/心,不知是悲是喜。”舒大姐的这首诗,既描绘了三角梅的形态,有写出了三角梅的生活习性,还表达了作者对三角梅与世无争、淡泊世尘、不求索取、默默奉献精神的赞美。

三角梅原产于南美洲的秘鲁、巴西、阿根廷,19 世纪末传入我国,又名:九重葛、三叶梅、毛宝巾、簕杜鹃、三角花、叶子梅、纸花、紫茉莉等,是紫茉莉科叶子花属常绿木质大藤本植物。它的木质似树,有着挺拔翠绿的树冠,但又婀娜多姿。它的本性似藤,有着藤的柔韧,但又秉承了树的独立性绝不攀爬依附。它的“梅性”似花，有着美丽的花朵，但又不失自身的坚强品格和雅致风韵。正如舒婷所写的那样，无论是在繁华都市、富裕农庄，还是在寒居贫宅、山川野地，随处可见三角梅平凡的身影，在芸芸众生的大自然里展现着勃勃生机、火一样的热情和坚贞的品质。

三角梅在其幼树生长茂盛期，树径枝丫皆有刺，刺随树长自然消失。其枝梢呈拱型下垂，树干左右弯曲婉转，奇形扭曲上攀下坠。四季皆有旺盛的新枝嫩叶繁生，开花无果，其种源春秋季节扦插、嫁接繁殖幼苗。其花生在叶芽顶尖，花瓣为三片且薄透如纸，呈三角形，常三五朵簇生在叶的苞片内，同苞生花同开争艳花色多样，有淡红、大红、紫红、淡黄、乳白、单瓣与复瓣等，每花有三蕊，其蕊基红顶黄，甚是娇艳。

三角梅可入药。将其叶捣烂敷患处，有散淤消肿的效果。其叶亦有活血调经、化湿止带之功效，可用于治疗血瘀经闭、月经不调、赤白带下等症状。

三角梅一年四季都是大自然的守望者。大地回暖，冰雪消融，春光明媚之时，三角梅繁花似锦，挂满枝头，为春天增添风采。绿树成荫，万木茂盛，夏意盎然之时，三角梅依然笑容满面，与火红的石榴花为伴，在满目的绿色里共舞。硕果飘香，枫红山川，秋色尽染之时，三角梅绿色满枝，袅袅婷婷，与秋菊一道，为丰收而讴歌。百花冬眠，雪花飞舞，冬寒料峭之时，三角梅仍然或在室内或在室外绽放出美丽的花朵，与腊梅同行妆点江山。

也许是出于对三角梅这个大自然“守望者”的喜爱，非洲国家赞比亚将其选为国花。我国海南省将其选为省花。三角梅还是深圳、西昌等十多个城市的市花、州花和县花。可见三角梅的“品格魅力”有多大了。

去年 3 月，我在大洋彼岸的洛杉矶着着实实体验到了三角梅的魅力。在洛杉矶的圣马力诺，由于所处位置在地震带上的缘故，其住房一般都是不超过 3 层的木质房子，绝大部分居民的庭院都栽种了三角梅。那时，正是一年中三角梅绽花长叶的最佳季节，只见得洋红的、淡紫的、深紫的三角梅开得姹紫嫣红，如火如荼，似彩云似朝霞，又似彩色的飞瀑将美丽从上倾泻而下，把原本就没有什么行人的街道点染得如入仙境一般，其魅力无穷而令人身心俱爽。

去年春天，我们“马帮”去云南的元阳梯田采风，车过一座大桥时，大家被红红火火的木棉花所吸引，纷纷下车拍摄。但是过桥后，大家很快就被迎着桥头开放的一大丛美丽的三角梅所折服。在渐渐西下的太阳的黄金光作用下，那洋红色和淡紫色的花瓣更加楚楚动人，如只只飞舞的彩蝶栩栩如生，为寂寞的山岗带来了生机和活力。

今天早晨，我在南宁弟弟家的大平台上，看到母亲栽种的两棵三角梅，在这腊月天里依然绿色盎然，还有不少花朵立于枝头，虽然没有街头高大的三角梅那样繁花满树，但也生机无限。此情此景，引出我一首五言诗《赞三角梅》：“庭前三角梅，朴素无华贵。四季静静开，不与谁争辉。不求条件佳，只为世间美。坚韧求奋进，魅力数它最。”

只问耕耘，不问收获。这也许就是三角梅的精神所在吧。

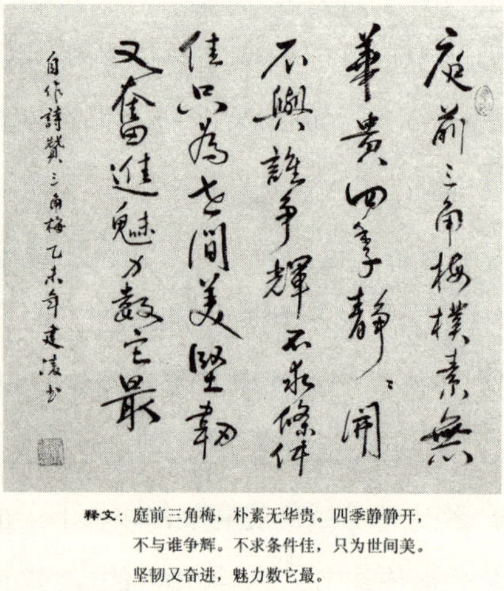

释文：庭前三角梅，朴素无华贵。四季静静开，
不与谁争辉。不求条件佳，只为世间美。
坚韧又奋进，魅力数它最。

半化春泥半化烟

临近“三八”妇女节，报上说，这两天南京鸡鸣寺前樱花路上的樱花早开品种已经嫣然绽放。我开车去看了一下，虽然达不到“嫣然”程度，但是，也是美艳动人的。

到鸡鸣寺前赏樱花应该算得上南京人春天赏花的主要选择地之一吧。每年的“三八”前后，鸡鸣寺前的樱花会渐次开放。特别是进入 3 月中旬，这条长不足一里地的双车道小路两旁的樱花树，犹如接到开花命令一般，一夜之间便会争相竞放。放眼望去，只见粉樱繁花如烟，绚烂灿然，娇媚妖娆，如云似雪，蔚然壮观。在樱花树下举头上望，粉色的樱花背后衬着黄墙黛瓦的千年鸡鸣寺或白墙碧瓦古色古香的市府大院，让人有忘了“今夕是何年”的感觉。

樱花是蔷薇科樱属落叶乔木，是多种同类植物的统称。其品种繁多，数目超过 300 种以上，其中自然野生种只有 10 余种，其他的则是通过园艺杂交所衍生得到的品种。

樱花原产自我国的喜马拉雅山地区。被人工栽培后，樱花逐步传入长江流域、西南地区以及台湾岛。据记载，秦汉时期的宫廷皇族就已种植樱花，距今已有 2000 多年的栽培历史。汉末唐初，樱花已普遍栽种在私家花园中。至盛唐时期,从深宫大院到民舍田间,随处可见绚烂绽放的樱花,昭示出一个盛世大唐。唐代大诗人白居易曾记述:“亦知官舍非吾宅,且掘山樱满院栽。上佐近来多五考,少应四度见花开。”以及“小园新种红樱树,闲绕花枝便当游。”诗中明确描述诗人从山野掘回野生的山樱花植于庭院观赏。

当时,盛唐势大,万国来朝,小日本深慕中华文化之璀璨,又惧大唐实力,年年派使者前往长安朝拜。妩媚美丽的樱花随着建筑、服饰、茶道、剑道等一并被日本朝拜者带回了扶桑东瀛。日本园艺家对中国樱花进行了培育改良,变种出东京樱花、染井吉野樱、寒绯樱、江户彼岸樱等四五十个著名品种。到了平安时代,樱花成了日本花之主角。7 世纪,持统天皇特别喜爱樱花,多次到奈良的吉野山观赏樱花。日本历史上的第一次赏樱大会是 9 世纪嵯峨天皇主持举行的。在日本,最初的赏樱活动只是在权贵间盛行,到江户时代才逐渐普及到平民百姓中,形成传统的民间风俗。现代,日本政府把每年的 3 月 15 日至 4 月 15 日定为“樱花节(祭)”。在这个赏花季节,日本人群聚于各地赏樱名所,席坐樱花树下,举杯高歌,谈笑春日。日本人喜爱樱花,认为它象征日本武士道精神,富有绚烂而短暂的人生美学。“欲问大和魂,朝阳底下看山樱。”日本人认为人生短暂,活着就要像樱花一样灿烂,即使死,也该果断离去。樱花凋落时,不污不染,很干脆,被日本人尊为日本精神,被选为国花。只不过,对国人来说,一提到日本就会想起 70 多年前那场惨绝人寰的南京大屠杀,就会恨得牙痒痒的。但是,樱花是无辜的。可恨的是利用樱花精神的日本军国主义者,我们该记住的是,盛唐万国来朝,落后就要挨打的基本道理。

樱花的开放是先花后叶。南宋时期,王僧达有诗曰:“初樱动时艳,擅藻灼辉芳,缃叶未开蕾,红花已发光。”后两句说的就是樱花开放时先花后叶的特点。樱花含蕊未放时呈红色,开放后颜色转淡,而远望上去,却是一白如雪了。站在樱花树下,细细看去,只见枝条上的花蕾,三五一簇,绿绿的聚在一处。开放时,很快就由绿变粉再变白,拥成一个个花团。这些花团很密,满满匝匝地挤满了枝条，形成了花的烟云，那份热烈，那份高雅，那份动人，真是它花不可及也！如有春风吹过，樱花便下起了纷纷扬扬的花瓣雨，落英很快便将路面铺满，不免让人心生怜惜。所以，著名女作家冰心先生说：“樱花的意味太哲学了，而且属于悲观一类。”不过，我倒喜欢樱花那飘逸洒脱的风格：积蓄了一年的能量，花开不过 7 日。但是，既然来了，那就轰轰烈烈，尽展嫣然。走时，绝不留恋，悄然而下，“化作春泥更护花”。

值得一提的是，樱花的树皮、叶、茎等均可入药，有清热解毒止咳之功效。樱花还具有嫩肤、增亮肤色的作用，是护肤品的重要原料之一。樱花提取物中有一种叫樱花酵素的成分常用来祛痘，效果明显。

“媚骨姗姗带醉妍，携云拖雨过前川。飘茵堕溷娇慵甚，半化春泥半化烟。”南京赏樱的地方并不少，除了鸡鸣寺以外，还有玄武湖的樱洲、南京林业大学校园、古林公园、雨花台等地。这两天，微信上有人说，在南京的江浦有壮观的万亩樱园，性急的赏樱者寻信而去，结果未见一株开放。不过，当那万亩樱花一夜盛开之时，可以想见其烂漫和热烈，就不必远赴武汉或东飞日本去观赏了。

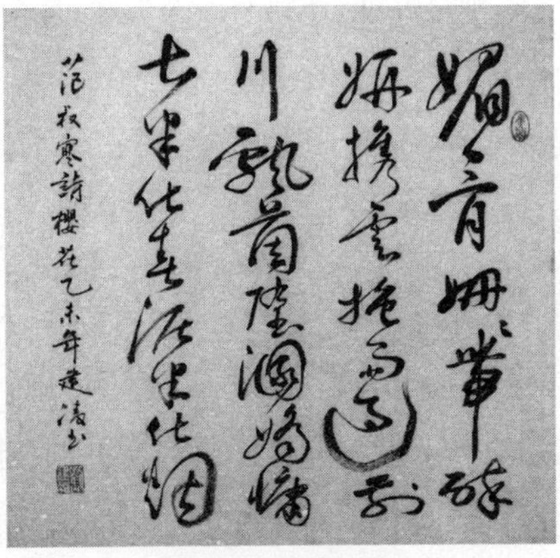

释文： 媚骨姗姗带醉妍，携云拖雨过前川。
飘茵堕溷娇慵甚，半化春泥半化烟。

花中皇后月季花

宋代大文豪苏东坡诗云:“花落花开无间断,春来春去不相关。牡丹最贵惟春晚,芍药虽繁只夏初。惟有此花开不厌,一年常占四时春。”东坡先生诗中咏赞的“此花”就是名列中国十大名花第五的号称“花中皇后”的月季花。

我很喜欢月季花,前前后后栽种过数十盆,还在院子里露天种植过十数棵。其中有单瓣的,也有复瓣的,以大花香水月季为多。这类月季的植株健壮,枝头开出单朵或多朵群花,且花朵硕大,花型高雅优美,红黄紫白及镶边等花色众多,鲜艳明快,观赏性强,还具有芳香气味,是全世界近万个我国上千个月季品种中的主体,深受人们喜爱。

月季花是蔷薇科蔷薇属常绿灌木,又名长春花、斗雪红、四季花、月月红、胜春等,原产于我国。据记载,我国已有2000多年的月季栽培历史,早在神农时代就有人把野月季挖回家栽植。据新的考古发现,月季花是华夏先民北方系——相当于传说中的黄帝部族的图腾植物。在汉代,月季花在宫廷花园中已大量栽培,作为观赏花卉。汉武帝刘彻曾经指着月季对他的宠姬丽娟说:“此花绝胜佳人笑也。”月季花的栽培在唐宋时更为普遍。由于中国长江流域的气候条件适于月季生长,所以中国古代月季栽培大部分集中在长江流域一带。宋代宋祁在其《益都方物略记》中说:“此花即东方所谓四季花者，翠蔓红花，属少霜雪，此花得终岁，十二月辄一开。”明代刘侗所著的《帝京景物略》一书中也写了“长春花”即月季花。当时，在北京丰台草桥一带也种月季，供朝廷美化环境之用。在李时珍所著的《本草纲目》中有月季花的入药记载，其花可提取香料，根、叶、花均可入药，具有活血消肿、消炎解毒功效，是著名的妇科良药。但是，真正算得上我国记载如何栽培月季文献的最早者应该是明末清初的王象晋。他在自己所著的二如堂《群芳谱》中写到：“月季一名‘长春花’，一名‘月月红’，一名‘斗雪红’，一名‘胜红’，一名‘瘦客’。灌生，处处有，人家多栽插之。青茎长蔓，叶小于蔷薇，茎与叶都有刺。花有红、白及淡红三色，逐月开放，四时不绝。花千叶厚瓣，亦蔷薇类也。”由此可见在当时月季早已普遍栽培，成为处处可见的观赏花卉了。这比欧洲人从中国引进月季的记载早了160多年。

据《花卉鉴赏词典》记载，我国的月季名品“朱红”、“中国粉”、“香水月季”、“中国黄色月季”等四个品种于1789年经印度传入欧洲。当时正在交战的英、法两国，为保证中国月季能安全地从英国运送到法国，竟达成暂时停战协定，由英国海军护送到法国总统拿破仑妻子约瑟芬手中。自此，这批名贵的中国月季经园艺家之手和欧洲蔷薇杂交、选种、培育，产生了“杂交茶香”月季新体系。其后，法国青年园艺家弗兰西斯经过上千次的杂交试验，培育出了国际园艺界赞赏的新品种“黄金国家”。此时，正值第二次世界大战爆发，弗兰西斯为保护这批新秀，以“3-35-40”代号的邮包寄到美国。又经过美国园艺家培耶之手，培育出了千姿百态的珍品。1945年4月29日，德国驻意大利的C集团军群在卡塞卡签订投降书，宣布无条件投降。为欢庆德国法西斯被彻底消灭，盟军就从这批月季新秀中选出一个品种定名为“和平”。1973年，美国友人欣斯德尔夫人和女儿一道，带着欣斯德尔先生生前留下的对中国人民的深情，手捧“和平”月季，送给毛泽东主席和周恩来总理。从此，这个当年远离家乡的月季使者，经历了近200年的杂交变化，环球旅行一周后，又回到了它的故乡——中国。虽然，月季花由我国传入欧美后，被欧美园艺师与当地的蔷薇品种广为杂交，精心选育，培育出的现代月季达到一万多个品种，栽培月季的水平远远领先于我国。但是，他们都无可否认地承认中国月季是世界万种月季之母。

尽管唐代以来，皇族推崇国色天香的牡丹花。但是，月季由于花开四季，月月繁花满枝，花期长，观赏价值高，而深受国人喜爱。北宋诗人韩琦对它更是赞誉有加："牡丹殊绝委春风，露菊萧疏怨晚丛。何以此花容艳足，四时长放浅深红。"当代著名作家冰心曾说过："百花之中我最喜爱的是月季花，她有艳色浓香，也有一根坚的刺。这是一种既有风采又有风骨的花朵。"而世界各国都把月季花作为幸福、美好、和平、友谊的象征。美国、意大利、卢森堡、叙利亚、伊拉克等国家就选择月季花为国花。而我国的北京、天津、西安等 52 个城市都推选月季花为自己的市花。这在百花之中是很少有的"待遇"了。可见将其称之为"花中皇后"的确是实至名归的。

但是，月季不太好管养。我栽种的数十盆月季，经常会莫名其妙地枯萎死去。看来，月季花虽然有一种坚韧不屈的精神，有不怕严寒、不怕酷暑的品格，但其生命也很脆弱，需要呵护和科学地关爱。为此，我应该找园艺家好好讨教一二才是。

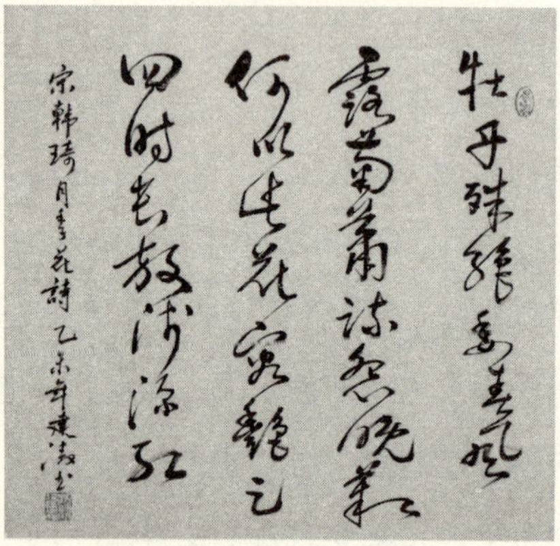

释文：牡丹殊绝委春风，露菊萧疏怨晚丛。
何以此花容艳足，四时长放浅深红。

有香自然夺春色

我母亲喜欢养花，尤其喜欢米兰。

母亲常说，米兰不生虫，病害少，旱点儿涝点儿都无所谓，好养。它的花很香，一年可开好多次，养得值。

我搬家到瑞景文华时，所带过来的花中就有一盆母亲养的米兰。那盆米兰已有60多厘米高，造型紧凑，枝密叶小。绿而光滑的小叶子，表面好似涂了一层蜡质。其株姿丰满俊美，冠盖较大，开花时，满满一蓬金黄，幽香四溢，沁人心脾，似桂花般浓烈，又似兰蕙那样幽长。其实仔细一看，米兰的花是很小很小的，乍一看不像在开花，而像枝头结的金黄色小米一样的果实，十分含蓄，绝对没有牡丹、芍药那样雍容华贵，绚烂多姿，肆意张扬。米兰的花香也同样，不像其他花那样，越是靠近去闻，其花香越浓。米兰的幽香显得淡淡的，幽幽然地随风飘过来，让人感觉到有暗香浮动，心旷神怡。但是，如果硬要靠近米兰去闻其花香时，又让人找不到香源似的，感觉不到香在何处。有诗云："此花平凡又奇特，金黄小米枝头得。莫道微细不足奇，有香自然夺春色。"道出了这不起眼的小花儿的特性，品鉴出它清幽的暗香是独特的，是其他花无法相比的，是更值得人们回味的。

这让我想起我的老师孔德熙先生。孔老师戴着一副深度近视镜，面庞清瘦，白发苍苍，着一口又像山东又像徐州的方言讲课，例如，他将三角的角(jiao)说成是葛(ge)。讲课时，还常常会有白色的口水沫黏在嘴角的两边，像待哺雏鸟一样，让人觉得很滑稽。刚开始上课时，就引起同学们的"偷笑"。但是，孔老师教学很严谨，业务能力超强，"文革"前，在南京数学界就是著名的"沈代数"、"罗几何"、"孔三角"三驾马车之一。

孔老师很喜欢我，也许是入学考试时，我考他出的卷子不小心考了一个近乎满分的缘故。后来他告诉我，为了让我别骄傲，硬是扣了一分。而那次入学考试是选拔性质的，全市数学教师中有五六百人报考，只取百名。孔老师出题时所定的难度系数比较高，考生平均分只有60多分。所以，孔老师就记住了我。不过，孔老师对我要求很严，他认为，要想做好一个数学教师，不仅仅会熟练地解题，更多的是业外知识的积累，居高临下才能势如破竹。一个好教师应当具备两桶水，一桶水是对教学大纲的深入理解，另一桶水是扎实的专业知识和技能。有了这样的两桶水，你才能给学生一瓢水。那是一瓢有质有量的金水，学生有了它，才会受益无穷。

孔老师后来当上了南京市教育局副局长。这是一个学者型官员，在位几年，他一直兢兢业业默默地耕耘着属于他的那片土地。他就像眼前的米兰一样，外形不起眼，在雍容华贵的名花面前，它那小米一样的花朵显得寒碜甚至滑稽。但是，它的幽香是富有魅力的，是会让人永远记住并回味的。

孔老师在上世纪80年代初出于对我的关爱，曾向民革南京市领导推荐我去任其秘书，后来因种种原因，我的工作调动未能成功，但是，我对孔老师的感激和爱戴是刻骨铭心的。

有一年教师节，流行唱一首歌颂教师的歌，歌名叫《我爱米兰》："老师窗前有一盆米兰/小小的黄花藏在绿叶间/它不是为了争春才开花/默默地把芳香洒满人心田/啊 米兰 啊 米兰/像我们敬爱的老师/像我们敬爱的老师/我爱 我爱 老师 老师/就像爱米兰/老师窗前有一盆米兰/小小的黄花朴素又明朗/它不是为了赞扬才开花/悄悄地用青春把祖国装点/啊 米兰 啊 米兰/像我们敬爱的老师/像我们敬爱的老师/我爱 我爱 老师 老师/就像爱米兰/我爱 我爱 老师 老师/就像爱米兰”。我在听这首歌时，脑海里跳出的就是孔德熙老师的形象。我想，米兰之所以受到人们喜爱，并不在于那些小花，而是因为它的整体气质，包括它的叶、枝、型，甚至包含它的根。这种自上而下，自内而外、自然而然流露的气质，不是靠绚烂的颜色，也不是靠花朵的大小，而是靠它的根是否扎实稳定，枝是否伸展繁茂，叶是否明朗油绿，整个儿的花型是否充满活力，而展现出来的。孔德熙老师亦如此。他虽然驾鹤西去许多年了，他“默默地把芳香洒满人心田”的师之爱，“朴素又明朗”的风范，永远萦绕在我的心头。我也像歌中咏唱的那样：米兰，像我们敬爱的老师。我爱老师，就像爱米兰。

出于对孔老师的怀念和母亲对米兰的喜爱，我对那盆米兰养护很是精心。米兰是楝科米仔兰属常绿灌木或小乔木，又名真珠兰、珍珠兰、金粟兰、鱼子兰、茶兰、鸡爪兰，米兰球等，是南方人非常喜爱的花卉。尤其在我国的粤桂云三省，那里的人们常常用它来制作茶叶，著名剧作家夏衍先生有诗云：“瓜子小叶亦清雅，满树又开米兰花，芳香浓郁谁能比，迎来远客泡香茶。”工业上，米兰还可提取香精，制造香水以及食品香料。也可将米兰花和糯米、栗子、蜂蜜、白糖一起煮粥，其营养丰富，香甜可口。米兰的花、枝、叶均可药用。花含米兰醇，其性平和，有行气解郁、疏风解表、清凉宽中、醒酒止渴功效，可治胃腹胀满、噎嗝初起、咳嗽、头昏、感冒等疾病。米兰枝、叶，有活血化痰、消肿止痛作用，主治跌打损伤、风湿性关节炎、疮痛等症。米兰还能有效地清除二氧化硫、氯、乙醚、乙烯、一氧化碳、过氧化氮等有害物质气体，能释放出氧气，净化室内空气，是环保的好帮手。但是，米兰怕过寒也怕过涝。过寒则萎靡枯死，过涝则根烂而亡。所以，养植米兰不能因为它不起眼而忽略了它，应该懂得它的习性，精心呵护，方才枝繁叶茂，幽香袭人。

遗憾的是母亲的那盆米兰在去年我家重新装修房子时，莫名其妙就枯萎死去了。当时，我还进行过一些抢救，认认真真地将其修剪了一番，将蓬大的一棵米兰剪得只有一只暖水瓶般大小，同样未能挽回它的生命。

大前天，我因春节买的一棵杏子树没有成活去花卉市场找那位承诺我

“肯定活，不活我负责”的小老板时，顺便又买了一棵米兰。一棵绿叶青翠，嫩叶像打了一层黄蜡一样的小米兰，十分令人怜爱。我相信，再过些时日，夏季到来之时，它也会像母亲的那盆米兰一样，盛开出满枝头的小黄花来，清香幽远，令人心醉。正如米兰的心语一样：有爱，生命就会开花！

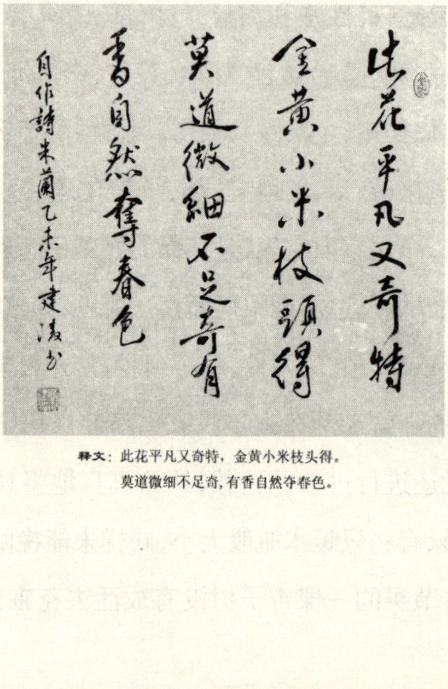

释文：此花平凡又奇特，金黄小米枝头得。
莫道微细不足奇，有香自然夺春色。

黄染菜花春意浓

今天早晨,我的手机微信收到四川一位小导游发在我们“马帮大九寨摄友”群里的3张油菜花的照片。我问她:“去云南罗平了?”“刘老师一看就晓得了哇!在罗平的同事发回来的照片。”

这三张照片反映的的确是罗平花海。第一张的画面是,在群山之间的层层梯田上开放着耀眼的油菜花,整个画面被黄、绿笼罩,间见山体的褐色和一线蓝天,很壮观。第二张的画面则是日出后不久,十数个黛色的山包间全部是由黄色的油菜花占领,一个户数不多的小村庄,镶嵌其间,炊烟和着晨雾,将画面渲染得如仙境一般,令人神往。第三张的画面除了田块交界处和四五棵树的黑色线条之外,满画面的花黄色,分明就是一片黄色的花海,令人神驰。

每年油菜花的开放时间像候鸟一样准确,都是从北回归线以南开始的,逐渐向北和西北推进。首先是台湾和海南岛的油菜花领先开放。紧接着,终年翠绿的华南和西南山间盆地,突然间黄染山河,铺天盖地。随后,绚烂的油菜花大军花流滚滚,浩浩荡荡向北推进。很快就冲过神奇的北纬30度线,染黄了长江南北、淮河两岸、秦岭深处。之后,油菜花大军继续北进,唤醒了沉睡的黄河下游地区,一时间,凌汛初到,黄河两岸春心荡漾,花黄似海。待到江南油菜籽入库时,油菜花大军向北已过山海关,直奔呼伦贝尔大草原的盟府海拉尔。向西,越过祁连山,入青藏、进新疆,直至天山脚下。每年的油菜花大军的行进可谓路途遥远:从海南岛到海拉尔,长途跋涉了 30 多个维度。从上海的长江口到新疆的昭苏,横跨了 40 多个经度。从东南沿海低海拔的平原和丘陵,一路攀登上高海拔的世界屋脊青藏高原,上升了 4000 多米。这样攻城掠地占领山河,是其他任何花卉都望尘莫及的。

而云南罗平处在北回归线以南,与贵州的安顺在同一个纬度上,是我国每年观赏油菜花最早的地方之一。罗平油菜一般开在每年的春节前后,花期一个多月。由于播种范围大,加上罗平特有的地貌,使得当地的油菜花景观附着了许多灵气,全国各地前往罗平观赏油菜花者可谓趋之若鹜。

在我国,如果要找比罗平油菜花开花更早的地区,而且能够与罗平的花海媲美的,好像只有一个那就是台湾的南部地区。每年阳历 12 月,面向太平洋一侧的台湾花东纵谷油菜花就是澄黄一片,一直开到 1 月下旬,蔚为壮观的油菜花海,每年都吸引了不少人前往观赏。台湾南部其他地区的油菜花就没有花东的好看,稀稀落落的没什么规模。对此,台湾的朋友告诉我,当地的农民种油菜,并不是获籽榨油,而是作为一种绿肥植物,等到新春翻土,繁华落尽的油菜就要埋在地里,腐烂后变成一种生态肥料。

贵州安顺的油菜花规模也很大,加上当地的地理环境,显得富有层次,韵味十足。只是,宣传不及罗平,知之者甚少。

江西婺源因油菜花而出名,被称之为中国最美的乡村。每年的清明前后,婺源数十万亩油菜花竞相绽放,与粉红的桃花、雪白的梨花、嫣红的杏花交相辉映,在一座座青砖小瓦马头墙的徽派典型建筑的衬映下,显得精彩纷呈,吸引了全国乃至境外许多游客前往观光。

南京高淳慢城的油菜花也很上规模。但是,地处水乡的高淳缺少罗平、安顺、婺源的山体、梯田和湛蓝蓝的天、棉白白的云,就少了许多灵气。

江苏的兴化因垛田油菜花而出名。里下河地区水网密织,千年前,当地人民挖水道垒垛田种庄稼,形成了独特的地理形式。后来,在水网的垛田上种油菜花,水花相映,垛田成块,别有意趣,同样吸引了无数游客。遗憾的是，交通落后，道路狭窄，经常路堵，给赏花观光带来了极大不便。

祁连山腹地的油菜花花期较晚，要到每年的7月中下旬方才开放。由于地处祁连深山，油菜植株较矮小，花朵儿也不大。但是，当地空气通透度好，白天和夜晚温差极大，黄花在碧蓝的天洁白的云和青翠的山的映衬下，显得格外的娇艳。该县县城八宝镇有一座名山叫卓尔山(藏语称为“宗穆玛釉玛，意为美丽的红润皇后”)，属于丹霞地貌，由红色砂岩、砾岩组成。登上卓尔山顶，四周没有任何遮拦，视野极度开阔，山对面是一山尽览四季景色的牛心山，左右两侧分别是拉洞峡和白杨沟风景区，背面是连绵起伏的祁连山，山脚下是滔滔不绝的八宝河，像一条白色的哈达环绕在县城周边，宛如仙境，令人心旷神怡。每年7月，由卓尔山山顶极目望去，山下成片的油菜花在丹霞地貌的映衬下，显得尤为壮观。那儿真可谓是摄影家拍油菜花的首选之地。

在祁连山的南面就是青海省的门源县。门源的油菜花也是举世闻名。每年50万公顷的种植规模和高海拔的自然气候，以及有美丽的祁连雪山做背景，使得门源油菜花进入了全国十强，成为著名的油菜花摄影集散地。每年的7月中旬是门源赏油菜花的旺季，那儿人流如织，房价飞涨，一床难求。就这样，依然有众多仰慕者虽历经艰辛也要前往。

青海湖边上的油菜花与门源的油菜花花季差不多。虽然有美丽的青海湖为伴，但是，缺少了规模因素，总显得单薄，美而不华。素有“天下黄河贵德清”美称的青海省贵德县的油菜花也很壮观，值得摄影家前往一拍。

新疆昭通和内蒙古海拉尔油菜花都开得很晚，要到每年的8月才开始发蕾开花。这两个地方我都去过，但是没有机会看到这两个大草原油菜花盛开的美景，待以后有机会前往一睹草原黄海之美丽。

前天，我去皖南泾县办事。出门时，我见艳阳高照，就只穿了一件羊绒夹克衫，哪知春寒料峭，冻得我背心及腰间如空无一物一般。但是，高速公路的两边盛开的油菜花扑面而来，远处青黛色的山峦被金黄色的油菜花围成了孤岛，一个个小村庄成了黄色海洋上的片片浮叶。我的心不由地震颤了一下，脑子里便冒出四句诗：“春寒料峭舞东风，黄染菜花春意浓。虽无名分不上谱，一样席卷南北中。”

是的，油菜花似花非花，低贱的名分根本上不了群芳谱。但是，它那朵朵密集、簇簇相拥、层层叠叠、连成片、汇成海、无边无际“席卷南北中”的大手笔，在全国所进行的自然的上亿亩的油画般的涂抹，泼彩般的酣畅，云霞般的飘逸，火焰般的潇洒，蔓延成几百万平方公里的金黄的力量，是任何高贵的花卉所无法抗衡的。

油菜花的力量就仿佛是人民的力量。人民推动历史前进的力量是无法阻挡的。

这也许是迎春的油菜花带给我们的启示吧。

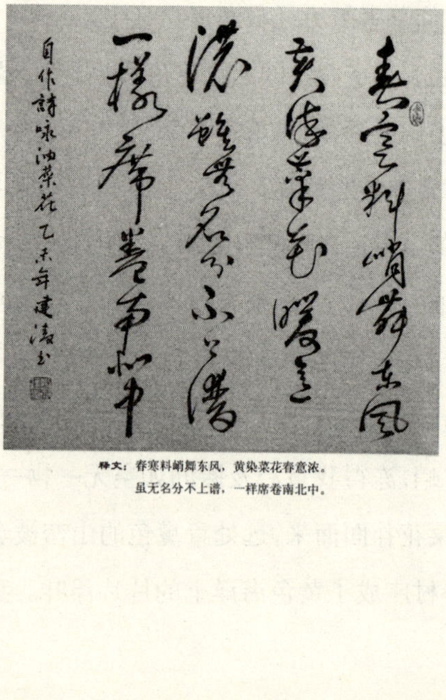

释文：春寒料峭舞东风，黄染菜花春意浓。
虽无名分不上谱，一样席卷南北中。

时光静好报春来

在花的世界里，我国公认的十大名花分别是：花中之王牡丹花，花中皇后月季花，花中魁首梅花，花中君子菊花，天下奇香兰花，花中西施杜鹃花，花中仙子荷花，花中珍品山茶花，花中仙客桂花，凌波仙子水仙花。但是，很少有人知道，世界三大天然名花是什么？其答案是：杜鹃花、龙胆花、报春花。

我知道报春花是在杨朔的散文《滇池边的报春花》里。当时我在晓庄师范读书，没见过报春花的图片，以为，杨先生说的报春花就是常见的迎春花。不过，心中有疑问的是，我所见到的迎春花都是黄色的花瓣，而杨先生的报春花却是五彩缤纷的。后来，在药园里我才知道，报春花与迎春花完全是两回事。

迎春花和报春花都是向世界报告春天到来的花。但是，迎春花是木犀科素馨属落叶灌木，而报春花为报春花科报春花属多年生宿根草本。一为木本植物，一为草本植物，相差大了去了。并且，迎春花只开单一的小黄花。而报春花却开的是红黄蓝白紫多色花朵，娇小可人，满目琳琅，十分美丽。

报春花又名藏报春花、年景花、樱草、四季报春等，早春开花是其重要特性。报春花原产我国云南、贵州地区，后在全国普遍栽种并远传日本及欧美。宋代大诗人杨万里就曾写过一首诗《嘲报春花》："嫩黄老碧已多时，骙紫痴红略万枝。始有报春三两朵，春深犹自不曾知。”可见，古人对报春花也是很关注的。

目前，报春花在全世界有450个品种，我国占有390多种。其花色有深红、纯白、碧蓝、紫红、浅黄等。其中，红、蓝、白色的报春花有黄蕊，紫色花有白蕊，黄色花有红蕊。其花型既有单瓣，又有重瓣和套瓣。按植株大小还分高花种和矮花种。多数品种的报春花的花朵还具有香气。日本培育的四季樱草还有大花变种、深红花变种及白花变种等。目前花卉市场有卖的欧洲报春花，植株娇小，花色明艳，被称为迷你报春，深受人们喜爱。

报春花可入药，可清热燥湿、泻肝胆火和止血。内服可用于小儿高热抽搐、急性胃肠炎、痢疾等疾病治疗。外用可治外伤出血。

记得，40多年前我有一个邻居大妈，没有工作赋闲在家，生有6个子女，其中最大的姐姐长我五六岁。他们家境十分贫寒，人均月生活费不足5元，我常常见她在菜市场捡拾菜边子回去吃。那年春天，我见她坐在路牙边上抱着黑乎乎的脚直抽冷气。仔细一看，她那脚后跟全是裂口，最大的像婴儿嘴似的，十分恐怖。我忽然想起药园里的报春花是可以止血的，就在周日采了一些带回家，送给了她。叮嘱她，洗干净后捣烂敷到裂口上去，可以止血。她很感激我，一个劲儿地向我致谢。不久，她见到我又是一番感谢，说，那花儿真能止血，凉凉的，还能止疼。后来，我又给她带了一些，让她晾干了备用。

转眼40多年过去了，每当我看到报春花时，我就会想到她那黑瘦的脸和黑乎乎的脚，想到那婴儿嘴一般的裂口，想到她最为淳朴的笑和最真挚的谢意。其实，我真的没有做什么，只是，作为穷学生的我，在自己微薄的所学之中，出于同情，大胆应用了一个小知识，为困难之人解决了一个对别人来说是微不足道的小问题，而受到了这人的尊敬，真的感到受之有愧。

当然，在国力强盛的今天，这样的困难之家已成往事。不过，晴时虑雨，富时忆穷，不求奢华，但求朴素，方能有进取之心，有奋斗之力，才能永葆国家长盛不衰。这也可能正是国人目前最应该补上的一课吧。其实,60 年前,杨朔先生在《滇池边的报春花》中,在歌颂各民族团结一心建设新中国时,就已经给我们上过这样一课了。

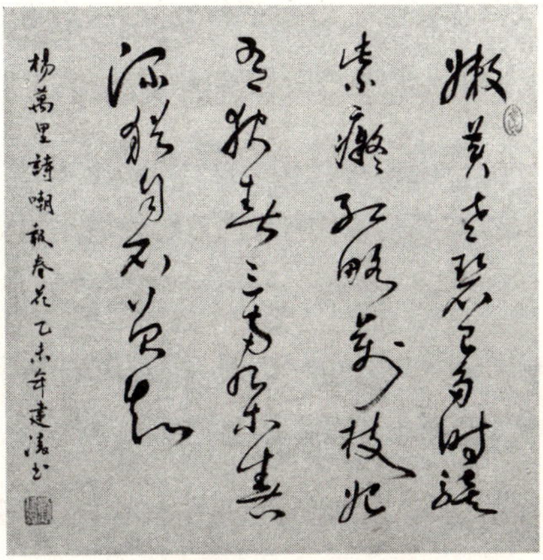

释文:嫩黄老碧已多时,騃紫痴红略万枝。
始有报春三两朵,春深犹自不曾知。

杏花消息春雨中

春分前后，江南多雨。南京已经连续几天春雨绵绵，难见蓝天。不过，在这绵绵春雨中，杏花初放，粉白一片，也是江南独有带诗情画意之一景——“杏花春雨江南”。

宋代虞集曾作《风入松·寄柯敬仲》一词云：“画堂红袖倚清酣。华发不胜簪。几回晚直金銮殿，东风软、花里停骖。书诏许传宫烛，轻罗初试朝衫。御沟冰泮水挼蓝。飞燕语呢喃。重重帘幕寒犹在，凭谁寄、银字泥缄。报道先生归也，杏花春雨江南。”此词通篇和婉清雅，辞语工丽。特别是尾句“杏花春雨江南”尤为出彩，为历来词家所称赏，成为千古名句。在我浅陋所学中，窃以为这首词应该是“杏花春雨江南”名句的最早出处了。

如果将“杏花春雨江南”这短句拆分为三个词“杏花”、“春雨”、“江南”，则平淡如水，无任何可圈可点之处。然而，经虞集老先生妙手组合，字数不变，但是味道大变。让读者眼前幻化出一幅春分时节杏花盛开、烟雨朦胧、万物复苏、江南春早、草长莺飞、生机勃勃的水墨画卷，使人顿觉隽妙无穷，不再厌恶绵绵春雨、阴冷天气，反倒觉得韵味十足了。

宋代诗人陈简斋曾有诗云：“今年二月冻初融，睡起苕溪绿向东。客子光阴诗卷里，杏花消息雨声中。”由此可见，杏花与春雨历来是有着不解之缘的。

开春以来，仔细盘算一下，在所有的果树中，杏花应该是开放最早的了。杏花开后，才是桃花、梨花、李花等果树的花渐次开放。我搬家到江宁的瑞景文华小区之后，就在南院种植了一棵红杏树。那树高有两米多，春分前夕，红杏枝头就冒出了点点红晕，那是杏花的蓓蕾。到了春分前后，那些红色蓓蕾一一爆开，一树粉白的杏花将南院闹得精彩纷呈。那时，我才深切体会到被后人称之为“红杏尚书”宋祁的“红杏枝头春意闹”中“闹”字的意蕴。

杏树是蔷薇科杏属落叶乔木，原产于我国新疆，是我国最老的果树栽培树种之一。目前，在我国全国乃至全世界都有栽种。杏树在早春开花，先花后叶，可与苍松、翠柏配植于池旁湖畔或植于山石崖边、庭院堂前，是很好的观赏树种。其果实杏子是常见水果之一。杏子营养极为丰富，内含较多的糖、蛋白质以及钙、磷等矿物质，另含维生素 A、维生素 C 和 B 族维生素等。杏子性温热，适合代谢速度慢、贫血、四肢冰凉的虚寒体质之人食用。患有受风、肺结核、痰咳、浮肿等病症者，应该经常食用杏子，可以改善身体状况。人食杏果、杏仁后，经过消化分解，所产生的氢氰酸和苯甲醛两种物质，都能起到防癌、抗癌、治癌的作用，长吃还可延年益寿。杏仁可入药，可以止咳平喘、润肠通便，常吃有美容护肤的作用。杏子可制成杏脯，杏酱等。杏仁也可以用来榨油，还可以制成食品。杏树木材质地坚硬，纹理清晰，也是做家具的好材料。

不过有人对杏树持有不公平的态度。其中以清代的李渔为最。李笠翁在其《闲情偶寄》中称杏为“树性淫者，莫过于杏”，称它为“风流树”。他说：“种杏不实者，以处子常系之裙系树上，便结子累累；予初不信，而试之果然。是树性喜淫者，莫过于杏，予尝名为风流树。噫！树木何取于人，人何亲于树木，而契爱如此；动乎情也，情能动物，况于人乎。其必宜于处子之裙者，以情贵乎专，已字人者，情有所分而不聚也。予谓此法既验于杏，亦可推而广之；凡树木之不实者，皆当系以美女之裳，即男子之不能诞育者，亦当衣以佳人之裤；盖世间慕女色而爱处子，可以情感而使之动者，岂止一杏而已哉。”李老先生的这一番唯心主义的缺乏科学的奇谈怪论竟然还“予初不信，而试之果然”。简直让人啼笑皆非。

在现实生活中，人们对杏树还是持肯定态度居多。例如，在我国民间，对有深厚造诣、医术高明的中医会冠以“誉满杏林”来称赞。这里的杏林泛指中医界。

我原以为这杏林的由来该是因为杏子可入药而借用的。后来听老师解释才知道，杏林意指中医是出于对汉末三国时期与华佗、张仲景合称之为“建安三神医”的一代名医董奉的纪念而有的。

在诸多有关董奉传奇般的事迹中，最有影响的乃是他在庐山行医济世的故事。据《神仙传》卷十记载：“君异居山间，为人治病，不取钱物，使人重病愈者，使栽杏五株，轻者一株，如此十年，计得十万余株，郁然成林……”其意是，董奉曾长期隐居在江西庐山南麓，热忱为山民诊病疗疾。他在行医时从不索取酬金，每当治好一个重病患者时，就让病家在山坡上栽五颗杏树。看好一个轻病患者，只须栽一颗杏树。所以四乡闻讯前来求治的病人很多，而董奉均以栽杏作为医酬。几年之后，庐山一带的杏林多达十万株之多。每年杏子成熟后，董奉又将杏子变卖后买来粮食用来赈济庐山贫苦百姓和南来北往的饥民，一年之中救助的百姓多达二万余人。正是由于董奉行医济世的高尚品德，赢得了百姓的普遍敬仰。庐山一带的百姓在董奉仙逝后，便在杏林中设坛祭祀他。后来人们又在董奉隐居处修建了杏坛等设施以表纪念。由此，杏林便渐渐成为中医的代名词。

而在教育界又有“杏坛”一说。传说中孔子在杏树下聚徒讲学，先后有贤人七十二。弟子三千。为纪念大教育家孔子，其后人于宋代在山东曲阜孔庙前设坛、建亭、立碑、植杏，称之为“杏坛”。杏坛以朱栏环绕，四面歇山，十字结脊，二层黄瓦飞檐，双重半拱。亭内细雕藻井，彩绘金色盘龙，其中还有清乾隆帝的“杏坛赞”御碑。亭前的石香炉，高约一米，形制古朴，为金代遗物。后来人们便把聚众讲学的场所叫做“杏坛”，也由此泛指教育界。

“道白非真白，言红不若红，请君红白外，别眼看天工。”这是宋代诗人杨万里的咏杏五绝诗，说的是，杏花有变色的特点，含苞待放时，朵朵艳红，随着花瓣的伸展，色彩由浓渐渐转淡，到谢落时就成雪白一片。春分时节正是欣赏杏花的好时机，邀上三五好友，选雨后春光明媚之时，聚于杏花树下，赏“皓若春雪团枝繁”和“红粉团枝一万重”，体会“红杏枝头春意闹”，接纷纷扬扬杏花雨，肯定是再惬意不过的事了。

7 年前的秋天，家里养的一只贵宾犬被车撞死了。妻子心痛不已，要我将其埋到小区后面的翠屏山上去。我没有照办，而是将其葬在了红杏树下。第二年，那红杏花开得出奇的艳丽，结出的杏子也是又大又圆，汁多味甜，整整收了 4 小框。有如此收获，应当是小犬功劳。

遗憾的是，那棵人见人爱的红杏在前年修建锦鲤鱼池时夭折了，真的让我有断腕之痛。今年春节前，我又买了一棵红杏种下了，现在已经见到几朵花立在枝头上。尽管，没了往年那艳丽的杏花景，但是，这棵小杏花树还是给了我很大的希望。也许，明年的春天，它也会繁花似锦，不亚于它的前辈呢。

在杏花消息春雨中，我期待着。

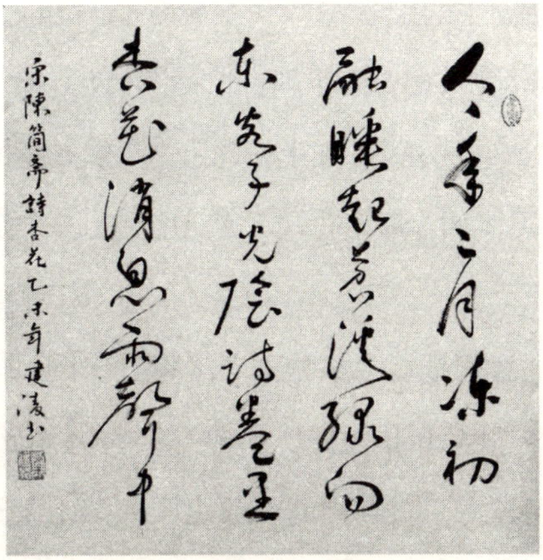

释文：今年二月冻初融，睡起苕溪绿向东。

客子光阴诗卷里，杏花消息雨声中。

时近清明金雀黄

认识金雀花已经有50年了。儿时，每年清明前后，学校会组织学生去烈士陵园扫墓，接受革命传统教育，这也是孩子们接触大自然，了解大自然的好机会。我就是在烈士陵园认识金雀花的。

一转眼数十年过去，偶尔在中山植物园、在云南花博会见过几次金雀花，就很少见到它的身影。前些日子，在一位朋友家倒是碰上这花儿。只见那盆金雀花刚刚开放，修剪有方的盆景，粗根虬曲苍劲，柔软的细枝条如瀑布一般泻下，枝条上互生的羽状绿叶使整株显得郁郁葱葱。大约两厘米长嫩黄的花儿，从叶腋绽出，一个向下弯曲的唇瓣，两点向上高跷的捧瓣，顶部的花瓣掩藏着或黄或红的花蕊，加上一个花托，如展翅欲飞的金雀，所以得名“金雀花”。只见那满树金英，只只飞雀，组合成一个金色的梦幻，给人遐想，令人怜爱。

朋友告诉我，这盆花是从山东沂蒙老区带过来的，那儿盛产金雀花。沂蒙老区人民曾为解放战争做出过重大贡献，熬鸡汤、用乳汁喂伤员的红嫂就是其中一个典型代表。但是，今天的沂蒙山区依然不发达，很多人还处在贫困线上，那里的失学儿童还很多，很需要外力的帮助。朋友他们几个人都分别有沂蒙情结，愿意为那里做些力所能及的贡献。于是，就选择了捐资助学这样比较容易实现的方式，对那里因家困而失学的儿童进行资助，希望他们学成之后，像金雀一样展翅高飞，成为国家和民族的栋梁。他们的资助活动就叫做“金雀花活动”。当我知道眼前的这盆金雀花就是这项善举的象征时，令我肃然起敬。

谈到捐资助学，我曾组织过公司的员工对灌南县的张店、李集数十个困难儿童进行过长达8年的资助。后来，由于工作的变动，此项活动没能坚持下去，令人遗憾。扬子石化的一位好友，联络了数十位好心人，对盱眙县的15位贫困学生常年进行帮助，最近还组织这些孩子到南京来参观博物馆，让这些幼小的孩子感受到社会大家庭的温暖，感受到人性的善良，的确是一件说来容易，坚持很难的善小之事。如果不做，当然没有任何人会埋怨他们。如果像他们这样坚持做了，兴许就是用很小的成本，拯救和造就了一些原本就将沦为“草柴”的孩子成为像金雀高飞一样未来的国家人才。他们这种持之以恒的善举的确是值得尊重的。

眼前这叫金雀花的小花儿，的确是有故事的。它在花卉中是豆科锦鸡儿属有刺的落叶灌木，又叫锦鸡儿、黄雀花、阳雀花等。其花儿虽小，但生命力旺盛，耐旱耐热也不畏寒，落到哪里，它就在哪里生根发芽，成长开花结果。金雀花很可爱，也很有趣。如果你站在它旁边说话、唱歌，它的叶子会有轻微的颤动，仿佛在与你互动一样，显得很有灵气。所以，早在12世纪，英国国王亨利二世就喜欢在纹章上用金雀花的花枝做装饰，他所处的王朝就被世人称之为“金雀花王朝”。金雀花王朝是英格兰中世纪时一个最强大的王朝，为后来大英帝国称霸世界、成为号称“日不落”帝国打下了很好的基础。由此可见金雀花的故事有很多，名气有多大。

金雀花除了名气大以外，还可以入药。其根有滋补强壮、活血调经、祛风利湿的功效，可用于高血压病、头昏头晕、耳鸣眼花、体弱乏力、月经不调、白带、乳汁不足、风湿关节痛、跌打损伤等病症的治疗。其花有祛风活血、止咳化痰之功效，可用于头晕耳鸣、肺虚咳嗽、小儿消化不良等症状的治疗。金雀花可以食用。用金雀花炒鸡蛋可以与槐树花炒鸡蛋、香椿头炒鸡蛋媲美。

宋代诗人宋祁曾写过《金雀花》一诗："叠叶倚风绽，翩翾凌雾排。齐名仙母使，写样汉宫钗。"将金雀花写得很传神。金雀花树根虬曲苍劲，树干铮铮铁骨，柔软的枝条便于扭曲蟠扎，是做盆景的好材料。清明就要到了，我打算过两天就去花卉市场买上一株回家种上，让美丽的金雀花和它的精神一直陪伴自己。

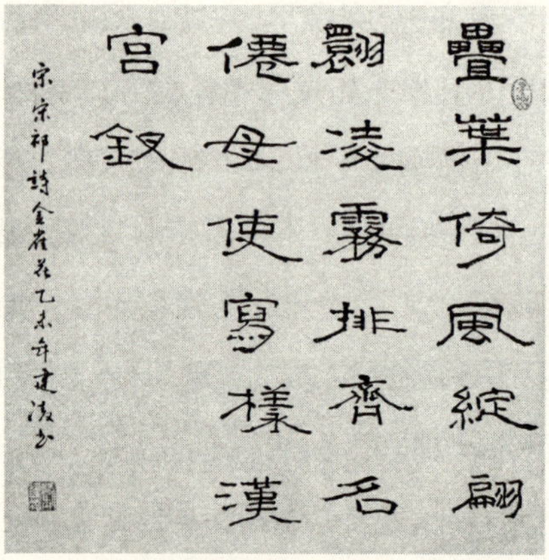

释文：叠叶倚风绽，翩翾凌雾排。
齐名仙母使，写样汉宫钗。

蟹爪条条真有神

认识蟹爪兰源于我母亲的喜爱。

母亲一直生活工作在广西，由于气候条件好，家里养殖了很多花卉，月月有花看，季季有花开。退休回宁后，母亲依然喜欢养殖花卉。上世纪 90 年代，我搬了新房子，母亲到新房子小住时带来了几盆鲜花，其中有一盆是我没有见过的品种，一根一根的绿色枝条，蓬蓬的拥满一盆。绿色枝条一节一节地长得很像螃蟹的爪子，很是奇怪。母亲告诉我这花叫做蟹爪兰，元旦左右就可以开花了。开花时。满满一盆红花，非常漂亮的。

于是，我开始关注这有着惯于横行霸道而硬邦邦的蟹爪与亭亭玉立而柔弱弱的兰草融为一体的混合芳名的小植物，我觉得这种花将横行霸道与亭亭玉立、硬邦邦与柔弱弱有机地结合于一体其本身就有一种对立统一的哲学味儿。随着季节的变化，我更是在岁月中品读到了蟹爪兰特有的精神和精彩。它一年四季通身透绿，在光照充足的清晨，每片枝条都漾着绿油油的润泽。它的需求极少，阳光和空气靠自己在大自然中获取，不需要浇很多水，也不需要施多少肥，自己呆在某个角落里就可以茁壮成长。到了年末，百花凋谢时，它却蓬勃生长，发蕾开花。那红红的花瓣从螃蟹爪子一样的枝条尖尖上开放出来，很是惹人怜爱。

后来我查资料才知道蟹爪兰是仙人掌科蟹爪兰属附生肉质植物,因其节径环环相扣酷似螃蟹副爪,花型如莲又名蟹爪莲,还有别名仙指花、锦上添花等。蟹爪兰原产于巴西,是南美原始森林中一种附生小灌木。它以其“蟹爪”与“兰花”混合而成的独特魅力,远离了家乡,走进了城市厅堂,“横行”于世界各个角落,受到各国人民的喜爱。蟹爪兰常见杂交品种有白色的圣诞白、多塞、吉纳、雪花;黄色的品种有金媚、圣诞火焰、金幻、剑桥;橙色的品种有安特、弗里多;紫色的品种有马多加;粉色的品种有卡米拉、迪斯托和伊娃等。这些杂交品种大多数是从美国、日本、丹麦等国家引进的。常规品种有茎淡紫色、花红色的圆齿蟹爪兰,花芽白色、开放时粉红色的美丽蟹爪兰,花芽红色的红花蟹爪兰及拉塞尔、巴克利、钝角等。在信奉基督教的西方国家因其在圣诞节前后开花,又被称之为圣诞仙人掌。

蟹爪兰性喜凉爽、温暖的环境。较耐干旱,但怕夏季高温炎热。较耐阴。其生长适温 20—25℃,休眠期温度 15℃左右。喜欢疏松、富含有机质、排水透气良好的基质。蟹爪兰属短日照植物,在每天日照 8—10 个小时的条件下,2—3 个月即可开花,可通过控制光照来调节其花期。

蟹爪兰的生命力极强。折断的枝条,只要插入泥土中它就会重新生根发芽生长开花。它以柔弱的身姿彰显一种生命的能量,又以油翠翠的枝叶和惹人怜爱的花儿入居雅室厅堂,在寒冬绽放出迷人的春意。蟹爪兰的花姿常因节茎较长而呈悬垂状,开花时美若华盖,典雅别致。蟹爪兰的花期较长,花事前后可达数月,谢了又开,开了又谢,前赴后继,与梅花、水仙一道妆点寒冬素色单调的世界,为人们带来美的享受和对生活的希望。

我再次搬家到南京的江宁之后,院子变大了,也种植了许多花卉,母亲的那盆蟹爪兰也一直跟随到了新居。由这盆蟹爪兰扦插的花儿常常会因为保养不当烂根而死亡了,但是,母亲的这盆花儿却一直生长得很茂盛。这两天,它又盛放开来了,漂漂亮亮地和我们一道迎接 2015 年的到来。为此我咏诗一首:“蟹爪条条真有神,红花点点碧玉身。悬铃倩影似华盖,花容堪比倒金樽。是兰非兰比兰艳,明香暗香有香生。寒冬腊月随人愿,绽放过后就是春。”

蟹爪兰可以嫁接到仙人掌等多肉植物上，其会生长得更加旺盛，花也会开得更加美丽。故又有仙人指的别称。对此，我一直不敢试，怕伤了母亲的花儿。但是，看了许多介绍，又觉得如果嫁接成功了，也许会让母亲的花儿生长得更好，岂不也是一份美美的孝心？为此，在今年春末时我不妨也好好地试一下，但愿能心想事成。

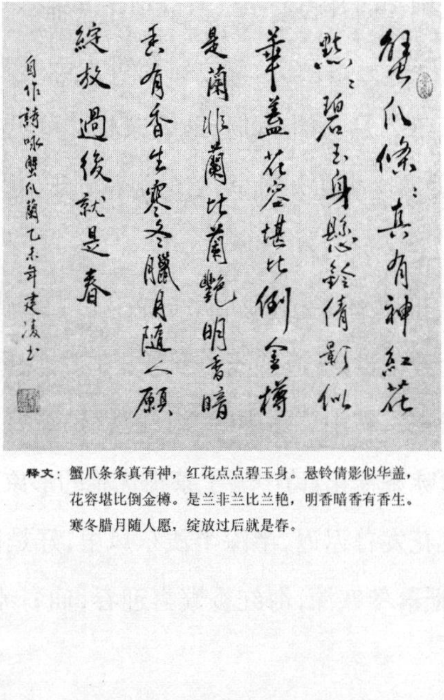

释文：蟹爪条条真有神，红花点点碧玉身。悬铃倩影似华盖，花容堪比倒金樽。是兰非兰比兰艳，明香暗香有香生。寒冬腊月随人愿，绽放过后就是春。

娇艳高洁茶梅花

我的邻居老季家的锦鲤鱼池边上种了一棵茶梅。也许是长在鱼池边的缘故,那丛小灌木生长得十分旺盛,长圆卵形的叶子长得油光水滑的,比我养在花盆里的茶梅要精神许多。前几天,我去看鱼,见那不高的茶梅花开了不少,地上已是落英点点。不过枝上有的尚结着蕾,应该还有很长的花期。

《花镜·茶梅花》曰:"茶梅非梅花也。因其开于冬月,正众芳凋谢之候,若无此花点缀一二,则子月几虚度矣。其叶似山茶而小,花如鹅眼钱而色粉红,心深黄,亦有白花者,开最耐久,望之雅俗可人……多海红,即浅红山茶而差小,自十二月开至二月,与梅同时,故名茶梅。"可见茶梅开花是在每年的阴历 11 月(即冬月),比梅花开得早,后与梅花同步,花期可以延续到春暖花开时节。

茶梅自古是我国的传统名花,栽培历史悠久。自宋代始,茶梅已普遍栽培。南宋陈景沂《全芳备祖》咏道:"浅为玉茗深都胜,大曰山茶小海红,名誉漫多朋援少,年年身在雪霜中。"诗中的"海红"就是茶梅。与陈景沂同一时代的刘仕亨则在其《咏茶梅花》诗中写了茶梅优雅的形象和超逸的气韵:"小院犹寒未暖时,海红花发暮迟迟,半深半浅东风里,好是徐熙带雪枝。"无名氏《茶梅花》:"众花摇落冬寒深,海红香繁喜迎春,仙姿绰约牡丹似,淡定粉脸与梅浑。”明代画家陈道复《茶梅》写了茶梅的小巧玲珑:“花开春雪中,态较山茶小。老圃谓茶梅,命名亦端好。”明代高濂《梅花令·茶梅》不仅写了茶梅花的淡粉、微红色,而且写了花形与梅花相似:“花却是,与梅浑”。可见古人对茶梅与茶花及梅花的区别是很有分寸的。

茶梅是山茶科山茶属常绿灌木或小乔木,又名小茶梅、海红等。树形矮小,因其花长得小巧玲珑,开在春雪之中,体态较山茶花要小些,花型兼具茶花和梅花的特点,故称茶梅。茶梅虽属山茶科,但是它却是常绿灌木,而茶花是常绿乔木,梅花却是落叶乔木。茶梅的花形较茶花小,而比梅花大,颜色也比茶花和梅花单一。茶梅的花儿凋谢时像梅花一样一瓣一瓣地渐次飘落,所以,人们常常可以看到茶梅下一片嫣红的落英,形成另一道景致。而茶花却是整朵整朵落下,给人一种心碎的感觉。

茶梅有着不畏寒冷的品格。在寒风呼啸的冬天,百花凋零之时,茶梅却用自己美丽的花儿凌风斗雪,让人们真正感受到:“冬天来了,春天还会遥远吗?”

我种植的茶梅花开得比老季家的晚,想是我的院子朝南而老季家的院子朝北的缘故吧。茶梅的特性是喜欢温暖湿润的环境,以半阴半阳最为适宜。强烈阳光会灼伤其叶和芽,导致叶卷脱落。但它又需要有适当的光照,才能花繁叶茂。养植茶梅的土壤要肥沃疏松、排水良好的酸性砂质土壤,碱性土和粘土不适宜种植茶梅。老季家的茶梅种植在锦鲤鱼池边,正好符合茶梅半阴半阳湿润的环境需要,所以花开很旺。一般情况下,茶梅在低温下开得早些,而我家朝南的院子温度相对高一些,因此花开得晚一些。尽管开得晚,但是,元旦后那花儿说开就开并且开得很旺,没几天就是花满枝头了。

面对这红红的嫩嫩的十分水灵鲜艳的在这数九寒天花事正旺的茶梅花,我深深感到一种激励。我等虽年已花甲,进入人生的初冬,春红夏绿秋黄都见识了许多许多,等待的是冬白的萧瑟,谁都会感到“人生苦短,生命无常”。而这娇小的茶梅花却用自己无声的花语告诉我们:冬天与严寒没什么好怕的,春天有春天的希望,夏天有夏天的成熟,秋天有秋天的收获,而冬天也有属于自己的风采。只要你能真正认识自己的价值，展现自己的价值，为他人奉献一点儿微不足道的力量，又何惧进入人生的哪一个季节呢！

“似有浓妆出绛纱，行充一道映朝霞。飘香送艳春多少，犹见真红耐久花。”在这刚入新年严寒肃冷的时节，我真的很喜欢这朴实且有着茶花之艳丽梅花之高洁的茶梅花。

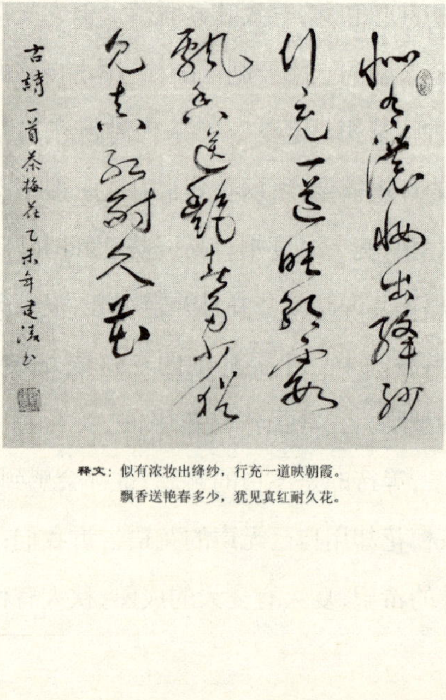

释文：似有浓妆出绛纱，行充一道映朝霞。
飘香送艳春多少，犹见真红耐久花。

吉祥之物仙人球

现在手机的微信里各种信息铺天盖地,什么“奇葩”的内容都有,让人难辨真伪。昨天,我的手机就收到一则微信,题目是《切记! 这五种东西千万不要放在家里,不吉利》。

看到如此复杂醒目的标题,我好奇地打开该微信,认真看了一遍。其中提到的第二个“居家风水忌讳物件二:仙人球(掌)”。其理由是:“如今家家都有绿色植物,听闻仙人球(掌)都能够减少电脑辐射对人体的伤害,很多业主喜欢在家中摆放仙人球(掌)。仙人球(掌)是绿色植物并且好养活,大受大家欢迎。可居家风水反对业主在家中摆放仙人球(掌),这类植物是典型的凶物,只有家中遭受重大创伤、变故的人家才可以摆放,用以压制邪物,为以毒攻毒,可见仙人球(掌)的凶力有多强。”

看到这段文字,着实让我吓了一跳。因为,我是很喜欢仙人球的。它虽然长得丑陋,还浑身是刺。但是它有着顽强的生命力,对水对肥对光照对土质都无所需求,把它置于哪里,它就在哪里静静地生长。即使成年累月不去照料它,它只要能在空气中吸收到一定的湿度,都可以健康地生长。到了一定时候,它还可以开出美丽的花朵来。对于这样的植物,岂能因其长得丑陋、怪异,而将其定为“凶物”?

在我看来,仙人球不仅不“凶”,相反还是吉物。

仙人球,又名长盛球,为仙人科多年生肉质多浆草本植物。其原产自高热、干燥、少雨的南美洲沙漠地带,形成了喜干、耐旱的特性。仙人球约有40多个品种,茎为绿色,呈球形或椭圆形,有纵棱,呈辐射状排列,刺毛长短、疏密不一。仙人球的花着生于纵棱刺丛中,为大型长喇叭状花,颜色有金黄色、白色、红色等颜色,一般在清晨或傍晚开放,可持续几小时到一天。这真是:“绿球芒刺布全身,耐得寂寞大漠生。忽有清雅红花出,尽展芬芳诉凡尘。”

仙人球是一种茎、叶、花均有较高观赏价值的植物,它是水培或土培花卉的艺术精品。球体常侧生出许多小球,形态优美、高雅。可食用的仙人球清脆可口,仙人球味道浓,是佐餐佳品。

仙人球还可入药。其性寒,味苦,含有三萜、苹果酸、琥珀酸、碳酸钾等成分,具有行气活血、滋补健胃、清热解毒的功效。可治疗冻疮、腱鞘炎、腮腺炎、胃病、急性菌痢、急性乳腺炎、糖尿病病足等疾病。

仙人球还是天然氧吧和净化空气的高手。大多数植物在白天进行光合作用,吸收二氧化碳,释放氧气,夜间进行呼吸作用,吸收氧气,释放二氧化碳。但仙人球却恰恰相反,白天为避免水分丧失,关闭气孔,光合作用产生的氧气在夜间气孔打开后才放出。这样晚上居室内放有仙人球,就可补充氧气,利于睡眠。别小看仙人球,人家还是吸附灰尘的高手呢。在室内放置一个仙人球,特别是水培仙人球(因为水培仙人球更清洁环保),可以起到净化空气的作用。

仙人球的花语是:坚强,将爱情进行到底。这是一种多么执着的精神呀!这也许正是我们在现实生活中缺少的可贵的东西吧。诗人林随风有一首歌咏《仙人球》的诗写得很好,赞美的正是这种精神:“有一点泥沙/就能生根/有一米阳光/便能茁壮/在寒风中铿锵/在夏雨中歌唱/浓浓绿意/预示着日子正流光溢彩/根根金针/写满了孤傲与刚强/任凭世人怎么遗忘/仍能在独自的生命里安详/一个不经意的夜晚/唤醒了沉睡的思念/翘首顾盼间/绽放出一个千古绝唱/那族族醉人的圣洁/诠释着自己的成熟与稳重/那匆匆奔忙的脚步/倾诉着自己的卓尔不群/经年里的安静/只为这花开一瞬间。”

从以上的文字去看,我没有任何理由相信那段微信的断言。因此,我不会丢弃家里正在茁壮成长的仙人球。相反地,更应该好好地呵护它,照顾它。如果有机会,再为它找几个伙伴相陪。让其待到百花烂漫时,它在丛中笑。

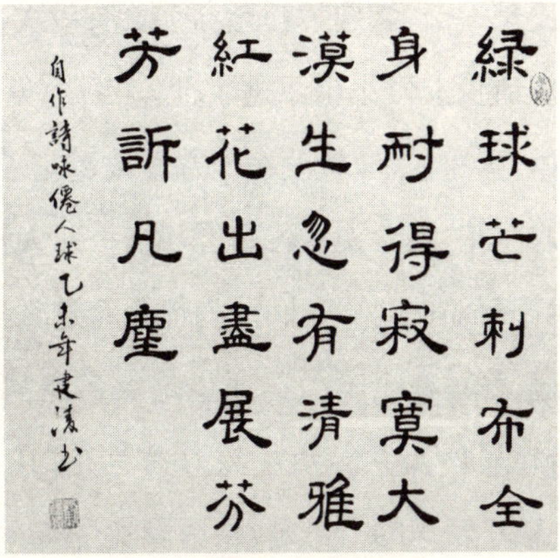

释文:绿球芒刺布全身,耐得寂寞大漠生。
忽有清雅红花出,尽展芬芳诉凡尘。

四清君子是为兰

我养植兰花是受现代快报摄影部主任路军的影响。

与路军相识20多年,起初,我只知道路军是摄影获奖专业户,无论何种级别的摄影展,只要路军送展,最后的大奖基本是属于他的。路军玩相机很痴迷,拍摄过程也是非常专注,且不怕麻烦,不怕吃苦,反复对比,反复思考,真正是“片”不惊人誓不休。勤耕耘,出佳绩,获大奖,情理中。可是,交往数年后我才知道路军还是一个“兰痴”,养兰高手。有一次,我开车去接他外出摄影,时间稍早,他便请我上楼小坐。进了他家,我才发现他家真个是一个兰花世界。除了走道,厨房,好像就没啥地方没放兰花了。他看我瞪着惊奇的眼睛看着这满地的兰花,笑着说:我这儿很乱,一般人我是不请上楼来的,你老兄不是外人,我们就随便吧。我问及为什么养这么多兰花?他随口说:喜欢。后来我才知道,路军在全国兰花届也是大名鼎鼎的高手。他家库房里以及在江宁的养殖基地内,共养殖了数万盆兰花,其中不乏稀少名贵品种,每株都可以换一辆小轿车的。可是,路军没卖过花。尽管他一年四季要不骑一辆旧自行车要不骑一辆助力车四处采访、摄影,但是,他绝不会随便卖掉自己的“宝贝”去改善生活。因为,他爱它们。它们是他生命的一个部分。

但是，路军对好朋友很慷慨。他见我对兰花感兴趣，没过几天，他就用自行车驮了一盆兰花送给我。只见那只漂亮的紫砂盆里的兰草青翠欲滴。花盆的土壤上面覆了一层白米石，颜色对比得很素雅。他说，这盆花是他培育出来的一个新品种，花头不大，香气淡雅。他让我少浇水，做到不干不浇，浇就浇透。

此前，我没养过兰花，看到路军对兰花的酷爱，想必兰花定是好东西，否则，怎会招来一个男人如此的痴迷？面对着路军慷慨赠送的这盆兰草，我只有养好的份，如若弄出个三长两短，还真对不起路老弟的一片盛情。

当时，我并不知道兰花的花期在何时，便天天到阳台上去看看它，严格按照“不干不浇，浇就浇透”的原则办事。那兰草长得很茂盛，就是不见开花。夏天过去了，没见花。秋天过去了，没见花。冬天过去了，还是没见花。春天到来时，仍然没见动静。我忍不住问路军，那兰花一年四季都不开花，是否只是赏叶植物？路军说，兰花兰花，当然是要开花的。再等等，会开的。我这一等又是一年，还是没见花的影子。为此，路军专门到我家去查看了一下。帮我换了一次盆，又叮嘱了一些问题。到了来年的春节前，我终于看到从叶子丛中伸出的 3 枝绿条，每枝绿条上长着一串花蕾。几天后，那些花蕾渐次开放，每朵带着紫色的小花长得都是玲珑剔透的像一张张笑脸，可爱极了。那花儿还散发着淡淡的清香，满屋都是。

见到这可爱的小花儿，我才理解路军为什么那么喜爱兰花了。于是，我专程去花卉市场买回来了 4 盆寒兰。由于，正值花期，每盆的价值都不低。有 5 盆兰花在屋子里开放，那香味真是令人耳目清新，让人心醉、心驰、忘忧、解愁。

兰花是兰科兰属附生或地生草本植物，在我国的十大名花中排名第四。一般来说，兰花的花期不长，前后不过半个月左右。所以，我们常常称其为兰草。“赏叶胜看花”，一语道出了兰花欣赏的天机。非花期，只见那修长翠绿的碧叶从根部向上挺起后潇洒斜射下去，根根神韵十足，满漾着浪漫主义情调和不着任何修饰的自然美。

中国人历来把兰花看做是高洁典雅的象征，并与“梅、竹、菊”并列，合称“四君子”。古人也赞兰有“四清”之德：香清、色清、姿清、韵清。又通常以“兰章”喻诗文之美，以“兰交”喻友谊之真。也有借兰来表达纯洁的爱情，“气如兰兮长不改，心若兰兮终不移”、“寻得幽兰报知己，一枝聊赠梦潇湘”。郑板桥评价兰花为：“千古幽贞是此花，不求闻达只烟霞。”李白则感叹道：“为草当作兰，为木当作松。兰秋香风远，松寒不改容。松兰相因依，萧艾徒丰茸。”而我买的寒兰则更为甚之。与其他兰种相比较，寒兰则在“四清”之外又多了一个“寒”字。其缘由不仅在于其花期处于寒冬腊月，也不在于其花型瘦而长显得清寒飘逸，而更在于寒兰绿叶间显现出的那种洒脱的气质和冷傲的风韵。

由此可以想见，路军对兰的痴爱是很有道理的。

四清君子是为兰，冲此，我们是该好好爱戴它们。

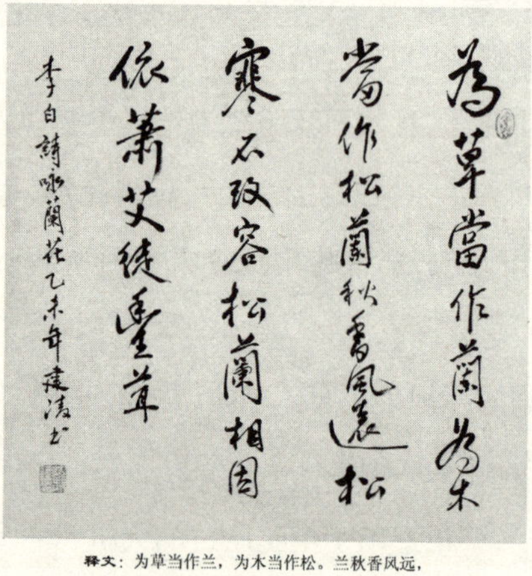

释文：为草当作兰，为木当作松。兰秋香风远，松寒不改容。松兰相因依，萧艾徒丰茸。

吉利吉祥长寿花

十多天前，妻子买回来一盆植物——很小的黑色塑料纸做的“花盆”中长着一蓬绿色略显红色边缘的花卉，上面已经长出了密密的花蕾，仿佛随时都可以绽开似的。她告诉我卖花的人说，这花的名字叫做长寿花。我以前在文章里看过对长寿花的描写，在生活中还真没见过这花的实物。原来是这么不起眼的小东西呀。

但是，不管怎么说摊上了“长寿”二字，这花就必然会被人们喜爱。因为，长寿永远都会比短命听起来感到吉祥吧。于是，我赶紧找来一只紫砂花盆，将那可怜巴巴窝在黑不溜啾塑料“纸盆”里的花儿移到新居里去，并放上了营养土，置于温暖的玻璃房中，与过冬的白兰花、君子兰、芦荟等共济一室。

由于我对长寿花很陌生，换好盆以后就上网查了一下，这才知道并非自己孤陋寡闻，因为，这花原产于马达加斯加岛，又叫圣诞伽蓝菜。是景天科伽蓝菜属多年生肉质草本植物。虽然在信奉基督教、天主教的欧洲，长寿花很受欢迎并且需求量非常大，但是，直到上世纪90年代初，这花儿才传入我国。如我这样不太专注花卉的人，自然对其会感到陌生了。

结合网络信息，再回过身去观察长寿花，知道它是一种多肉植物，由肥大、光亮的叶片形成的低矮株丛终年翠绿。12月至翌年4月的冬春季(也正好是我国的元旦春节期间)可以开出花冠形如蝴蝶状、色泽晶莹剔透、红白粉绿蓝紫黄、鲜艳夺目且圣洁淡雅的花朵来。每一花枝上可多达数十朵花，花期可长达 4 个多月，长寿花之名由此而来。正是有了“长寿”二字冠名且有“寿星花”的别名，这花引进国内后一下子就成了中国人春节时节赠送老师的雅品，赠送长辈的佳品。而这些师长们每每听到“长寿花”，都会笑逐颜开，会心笑纳，大家图的就是一个吉利和吉祥。

长寿花有三个系列，分别是丰花系列、迷你系列和垂吊系列。我家养殖的是丰花系列品种。这个品种是长寿花中花色最多的系列。盛花时，繁盛的小花簇拥在一起可以将植株遮得严严实实，极富观赏性。其长达 4 个月的盛花观赏期，使其成为窗台、茶几、餐桌等处摆放及组合盆栽主栽植物的最好选择。

看到长寿花，忽然想到了年迈的老母亲。母亲劳累了一辈子，对工作一直兢兢业业，是一个老先进；对朋友一直以诚相待，很受同事朋友的爱戴；对长辈、儿女甚至孙辈无私奉献，是孝顺的女儿满爱的妈妈慈祥的奶奶可亲的太奶奶。她就像这长寿花一样，索取甚少而奉献良多，总是将自己最灿烂的一面奉献给人们。母亲去年夏天偶染疾患，入院治疗的前几天，医生天天要从她的胸腔内抽出数百毫升的积液。放在一般人身上至少要给吓个半死。但是，母亲很坚强也很乐观，就像这长寿花不畏严寒、不惧冰雪、竞相盛放一样，积极配合医生，很快就治愈出院了。母亲一直有去境外旅游的愿望。去年，因病未能与我们一道去宝岛观光，留下遗憾。今年，我一定要满足母亲的愿望，带她老人家出去转转，享受属于她的那份欢喜。由此，我愿老母亲是：“四季常绿长寿花，圣洁淡雅人人夸。花美期长名‘寿星’，吉利吉祥幸福花。”

看着长寿花，我想起了四句赞美长寿花的诗作为这篇文章的结尾：“枝繁叶茂四季翠，不择水土不贪肥。无畏严寒不惧雪，红黄紫白唤春归。”

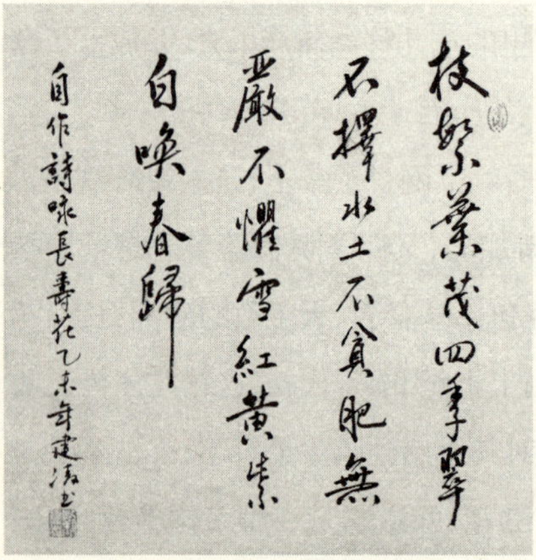

释文：枝繁叶茂四季翠，不择水土不贪肥。
无畏严寒不惧雪，红黄紫白唤春归。

艳色争春笑牡丹

早晨在小区里一边遛狗一边晨练是我的习惯。

小区里有一条小道，两边的银杏树已经长得很高大，足有十多米高。这条常人很少走的小道，因为有银杏树一年四季不同的色调而对我富有吸引力，只要不外出，我每天都会重温那片小景。

这几天，银杏树下小道边的那一丛绣球花已经露出了花蕾。那些花蕾，淡绿的，细小的，就像一个个小精灵一样，探头探脑地藏在枝头尖尖上，蓄势待发。

我曾经买过两盆绣球花。那天，我一走进花市，迎面就见到花团锦簇的绣球花。一大团球花由若干朵小花儿组合而成。那每朵小花有四片花瓣，均匀对称。淡色的花瓣，嫩嫩的泛着蓝韵，像一只只蓝蝴蝶集体停歇在枝头。在大片的绿叶衬托下，显得十分生动，十分可爱。卖花的女店主见我喜欢，就说，绣球花是希望之花，养好它会有好运。听女店主这么一说，我就买下了两盆。倒不是为了有什么好运，而是它的确惹人喜欢。

绣球花是虎耳草科绣球属多年生灌木，又名为八仙花、粉团花、草绣球、紫绣球、紫阳花。绣球花原产于中国和日本，清朝的康乾时期传入英国，后在荷兰、德国和法国栽培比较普遍，并培育出不少新的绣球品种。

绣球花植株也呈球形。其茎常于基部发出多数放射枝而形成一球形灌丛，伞房状聚伞花序近球形，有白色、粉红、浅蓝、淡紫、微绿等颜色，色调丰富，多姿多彩。

绣球花的别名八仙花据说与八仙的一个传说有关。相传，很久很久以前，东海龙王的七龙子暗恋八仙中的何仙姑，苦于无从下手。那年，王母娘娘的蟠桃会盛况空前，八仙也应邀前往。七龙子的手下虾将军探得八仙归期，便献计于七龙子，让其乘八仙荷叶舟归来时作法，将何仙姑掀下舟来，抢入海底龙宫，以了相思之苦。七龙子听后大喜，便依计从事，将何仙姑抢入龙宫。其他七仙大怒，各自举起手中的法器，化作七条赤色鳞甲火龙，对着海面喷出烈焰。刹那间，海水滚滚沸腾起来。东海龙王在龙宫中觉得酷热难熬，又听见外面响声震耳，将龙宫振得不停摇晃。便询问详情。得知是七龙子冒犯八仙，惹来大麻烦，摊上了大事。就亲手绑上七龙子，由其他八个龙子用龙轿抬着何仙姑，升到海面向众仙请罪。七仙见何仙姑平安返回，龙王又亲自押七太子前来请罪，也就放他一马，息事宁人。龙王为向八仙表示歉意，献上龙宫奇花一束。八仙把鲜花带到了神州，那花儿团团锦簇，宛如一个大绣球，果然是“散作千花簇做团，玲珑如琢巧如攒。”其花艳叶美，绚丽多彩，不同凡响，人们便称之为“八仙绣球”或“八仙花”。

知道这花的来历，我更加珍惜它，将它置于院子中醒目的位置，天天早晚各浇一遍水。谁知，没过几天那花儿就得了蔫病，垂头丧气的一点儿精神也没有。我以为，它叶子大，水分消耗快，所以呈蔫状。于是，加大了浇水量，并增加了中午浇水。结果适得其反，没几天植株全部枯萎死去了。

我请教了专家才知，绣球花是半荫植物，不喜欢太阳直射，既不能过旱，也不能过涝。而我恰恰相反，强烈的太阳将它晒蔫了，我又过多浇水，岂有不死之理？花的习性是靠慢慢摸索的，就像人与人之间的交往一样，不了解对方的脾气性格喜怒哀乐，是无法读懂对方，更无法成为挚友。

而银杏树下的那丛绣球花，生长在遮荫处，早晨有些许阳光透过树叶照射着它，中午气温上升以后，太阳已经过去。因此它那阔大的叶片既可以进行光合作用,又不会因为阳光直射而温度过高消耗掉水份。所以,它们长势良好。花开时,一团团绣球式的花团,将这条小路点缀得生机勃勃。

绣球花的花期比较长,可达一个月之久。其花瓣会变色。白色绣球花刚开时是白色带淡蓝色的,过了两三天就慢慢转成粉红色。临到花谢之前,又变成紫色的了。

绣球花花开时不仅无香味,相反还有一股淡淡的臭鸡蛋气味并且全株均具有小毒,误食茎叶会造成疝痛、腹痛、腹泻、呕吐、呼吸急迫、便血等现象,严重时会出现昏迷、抽搐和体内血循环崩溃,甚至造成猝死。

但是,绣球花又可入药。其花味苦性温,无毒,可消湿、破血;其根,又名土常山,可治疟疾(俗称打摆子)、烂喉,心脏病等。

绣球花的品种繁多。近邻日本就培育了花色不同,高矮不同的品种有数百种。欧洲人也在中国绣球花的本种上不断培育出适合欧洲种植的新品种,近些年来又反馈回我国。在将绣球花传入欧洲的那个年代,清朝的乾隆皇帝就作过《御咏绣球花》一诗赞颂绣球花:“几度江南见花朵,祇疑枝上雪攒球,玲珑簇就烟霞体,点缀真宜山水州。”可见。绣球花很招人喜欢,作为“四时有常青之树,八节有不凋之花”园林设计观点,被植入家居庭院。因此在很多古画的背景中均留有绣球花身影,成为花文化的一个重要元素。

在古代,描绘绣球花的诗很多。元代诗人汤炳龙的《绣球花》一诗:“谁掷流苏满小园,无心花萼密相联。唐宫玉蝶团风软,后土琼花簇月圆。妖态欲来茵上舞,异香宜在帐中悬。试看有物浑成处,如在东风太素天。”是其中的一个描绘比较全面生动的好作品。宋末元初的临安诗人董嗣杲特喜欢绣球花,曾写过很多赞美绣球花的格律诗,“蝶魂春聚苍枝顶,雪片寒团翠幄间。”“洁身自拥翠枝寒,遗得春魂寄素颜。”“密团粉腻翠枝擎,乱碾铢衣降紫冥”等,都是他笔下的名句。

明代诗人陈鸿《咏绣球花》云:“盈盈初发几枝寒,映户流苏百结团。正恐东风先扬尽,不愁迟日易销残。淡姿向晓迷蝴蝶,艳色争春笑牡丹。惟有三郎儿戏甚，还疑蹋鞠绕丛看。”一句“淡姿向晓迷蝴蝶，艳色争春笑牡丹”就将绣球花的风韵写得十足。

于是，我将这“艳色争春笑牡丹”定作为这篇绣球花一文的标题。

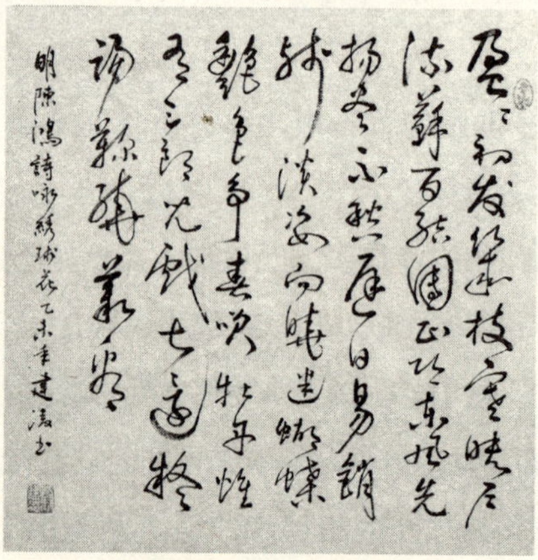

释文：盈盈初发几枝寒，映户流苏百结团。正恐东风先扬尽，不愁迟日易销残。淡姿向晓迷蝴蝶，艳色争春笑牡丹。惟有三郎儿戏甚，还疑蹋鞠绕丛看。

西洋水仙风信子

每年冬天，我都喜欢买上两颗圆圆的丑丑的洋葱头一样的风信子球，用像葫芦一样的玻璃瓶养起来，静静地等待两只丑小鸭变成白天鹅。

这个等待过程很有乐趣。因为，风信子球在玻璃瓶中生根时是很有讲究的。首先要用黑色塑料袋将玻璃瓶的下部（也就是以后生出根须的部分）包裹起来，放水至葫芦形玻璃瓶颈处，再将花球置于瓶口上，出根部碰到水即可（切不可将水淹住花球），放置在避光处大约半个月，期间每隔 5 天左右换水一次，即可长出白嫩嫩的根须。长出根须后，每 7 天换水一次，并滴入几滴营养液，放置在受光处，养上个 10 天半个月，那丑丑的花球上就会冒出花蕊来，丑小鸭就变成了白天鹅了。

风信子是风信子科风信子属多年生草本球根类植物。其花色很丰富，有紫的、红的、黄的、白的、蓝的、粉的，可谓五彩缤纷。但是，一般来说，每一个花球只有一种花色。

风信子也是舶来品。它的原产地在地中海东北部。它的栽培历史可追溯到 15 世纪。数百年来，风信子一直是欧洲园艺植物育种家喜爱的花卉育种对象，育种目标是培育新奇的花色、重瓣花和大而美丽的花朵。风信子的栽培种数量在 19 世纪末达到了最高峰，随后的 100 年随着许多栽培种的丢失，风信子的品种有所下降。据 18 世纪初的图片资料显示，风信子的每茎花序上最多着花数只有10—15朵花，而到了18世纪末花序每茎着花数已上升到了60朵之多。当时，欧洲人很喜爱风信子，人工选育出来的每个新花色的风信子品种推向市场都能卖到一个很高的价位。如18世纪由彼特发现的重瓣花品种“大不列颠国王”就是一个价格昂贵的品种，每个球茎售价达到100英镑。这种花卉天价，除了王公贵族可以赏玩以外，普通草民百姓只能望之兴叹了。

风信子在19世纪末(即清朝末年)传入我国。当时，大多数都集中在沿海城市种植，后来逐渐在各地传开并受到人们的喜爱。

风信子得名于古希腊神话传说。传说英俊潇洒的美少年雅辛瑟斯和太阳神阿波罗是好朋友，而西风之神杰费奴斯也很喜欢雅辛瑟斯，且常为此吃醋。但雅辛瑟斯总是较喜欢阿波罗且经常和他一起玩耍。有一天，当他们正兴高采烈地在草原上掷铁饼，恰巧被躲在树丛中的杰费奴斯发现了，心里很不舒服，想捉弄他们一番。当阿波罗将铁饼掷向雅辛瑟斯之际，嫉妒的西风之神偷偷地在旁边用力一吹，竟将那沉甸甸的铁饼打在雅辛瑟斯的额头上，一时之间血流如注。这名英俊的少年也因此一命呜呼了。阿波罗心痛地抱起断了气的朋友“唉！唉！”(Ai！Ai！)地叹着气，只见由雅辛瑟斯的伤口不断地涌出鲜血，落到地面上并流进草丛里。不久之后，草丛间竟开出串串的紫色花，阿波罗为了表示歉意，乃以美少年之名雅辛瑟斯当作花名，我们则直译为“风信子”。

元旦过后，窗台边风信子褐色的花球上便冒出了嫩绿的一片小芽。小芽嫩绿嫩绿的，像一个个小精灵。玻璃瓶里风信子白嫩的根须几乎呈透明状，在水的折射放大下，给人无限遐想。风信子就这样静静地默默地生长着，不要多少养分，也不需要多少照料，只需要一瓶清水，些许阳光，就可以茁壮成长。

随着时间的消逝，风信子根球的上部渐渐长出茂盛的长叶子，一片一片的像兔子耳朵一样竖着。这些长叶子中间有一根小巧而绿色的茎笔直地竖立着，茎的顶部开出了一串淡紫色的花。那花儿艳艳的，梦幻一般的魅，一幅让人赏心悦目的俏模样。那花儿香香的，沁人心脾的味，既不像腊梅那种淡淡的幽香，也不像白兰花那种浓浓的香气。但是，只要有风信子在，这个房间里的每个角落都会被它的香气浸染。那花儿俊俊的，个性十足的美，每一只花朵，既像在等待着人们吹响的小号，又像婴儿般稚嫩的小手，还像蒙着面纱的维族姑娘在翩翩起舞。那花儿细细的，精致纤巧的范，每一朵都有六个花瓣，外圈的三个宽一点，里圈的三个细一点，向外卷开，就像倒挂的风铃。可以想象，清风一吹，这数十只“风铃”如果能发出清脆的叮当声定是极其美妙动听的。这真是：“一寸清水一寸光，宁静淡泊苗壮长，长彩花开报春信，不输梅兰一段香。”

风信子虽然没有牡丹的富贵，没有玫瑰的娇艳，没有水仙的高雅，它那小小的身躯，充其量只能算是点缀环境的一种小花。但是，我却被它那种朴素和淡泊所吸引：非淡泊无以明志，非宁静无以致远。诸葛先生的这两句话也许是对风信子精神的一种最好的诠释吧。

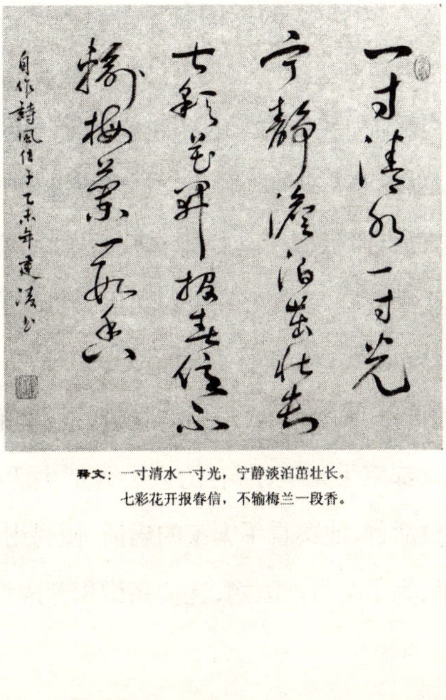

释文：一寸清水一寸光，宁静淡泊苗壮长。
七彩花开报春信，不输梅兰一段香。

幸福吉祥格桑花

昨天，朋友从遥远的内蒙古发来微信：格桑花该下种了。

于是，我将储藏在一只金色茶叶罐里的格桑花微小的种子，洒进了院子栅栏边翻过的土壤里，仿佛种下了一片希望。

我去过十多次西藏，也问过许多西藏的朋友，格桑花究竟是什么样子的花。他们要么笑而不答，要么告诉我：那是格桑梅朵——八瓣的波斯菊，也有说是高山杜鹃花的，也有说是翠菊的。所以我至今不清楚真正的格桑花究竟是那一种。而我种下的“格桑花”的种子是从内蒙古带来的，它是不是藏族人崇尚的神一样的格桑花呢？它是不是那八瓣波斯菊呢？抑或是高山杜鹃？亦或是美丽的翠菊？这真是令我企盼的未知答案。

在藏语中，幸福叫“格桑”，花叫“梅朵”。“格桑梅朵”就是幸福之花的意思。而我们翻译成普通话时保留了藏语“格桑”的音，而将梅朵换成了“花”，就成了大家熟悉的“格桑花”。我的好朋友藏医洛桑旦增告诉我，藏族有一个说法是“不管是谁，只要找到了八瓣格桑梅朵，就找到了幸福。”他还告诉我，格桑花有一个古老的传说：很久很久以前，藏区流行一种不知名的严重瘟疫，面对死神的猖獗，大家都束手无策，所有的人天天都生活在恐惧之中。有一天早晨，天边走来一位活佛，他察看了大家的病情，便利用当地的一种植物治愈这种瘟疫病。但是，为了给百姓医病，这位高僧积劳成疾，不幸仙逝了。留给人们唯一印象就是他嘴里常说到的“格桑”——用来治病的植物。于是人们就把这位活佛称为“格桑活佛”。此后一切象征希望和幸福的美好事物也被称作“格桑”。从此,草原上最美丽的花则被称为“格桑花”。所以,格桑花在西藏是几种花的泛指,八瓣波斯菊只是其中一种。不过,它们有一个共同的特点,就是生长在高原,杆细瓣小,花朵普通,看上去弱不禁风的样子,“可风愈狂,它身愈挺;雨愈打,它叶愈翠;太阳愈曝晒,它开得愈灿烂。”这个特点,蕴含了藏民族与困难作斗争的不屈不挠的勤劳、勇敢、奋进的精神。这种精神可以让藏族人们得到一种精神上的企盼。因此,只要符合这个特点的都叫格桑花,也是藏民族期盼幸福吉祥美好安康的象征。有诗为证:“杆细瓣小花普通,形似柔弱不禁风。性格刚强斗风雪,雨打日晒烂若虹。昔时活佛赛英雄,治病救人得天工。草原盛传格桑美,吉祥之花永世诵。”

说到波斯菊,洛桑旦增医生告诉我,这是开在西藏最多的花。它的花有八瓣,与传说中的“八瓣格桑花”外形相像。所以,有很多人都将波斯菊就叫做格桑花。但是,拉萨人一般不叫它格桑花,而叫为“张大人花”。据说,这种花是清末驻藏大臣张荫棠带到拉萨的。1906 年,清廷任命张荫棠为副都统,以驻藏帮办大臣的身份,到西藏办事,借以挽回政令不通的危局。1906 年 11 月,张荫棠进入西藏。进藏时曾带入各种花籽,试种后,其他花籽无法生长,唯有一种花籽长出来呈“八瓣”形,花瓣美丽,颜色各异,且耐寒,清香似葵花,果实呈小葵花籽状。一时间,拉萨家家户户都争相播种。这种花生命力极强,自踏上这片高天阔土,就迅速传遍到西藏各地。然而谁都不知道此花叫何名,只知道是驻藏大臣张荫棠大人带给大家的,因此就叫它“张大人花”。当时,西藏通晓汉语的人很少,而会说“张大人”这一词汇的藏族百姓却大有人在。许多不会说汉语的藏族老人谈论此花时,也能流利地说出“张大人”这 3 个汉字。可见其深入人心。也可以印证,波斯菊并不是拉萨人心目中真正的格桑花。

听说,南京江宁区淳化街道马场山生态旅游村也种有百余亩格桑花,去年,我去看了一下,其实就是这“张大人花”,也就是波斯菊。因为,进藏赶一场波斯菊盛会,的确是一件十分艰难的事,在家门口就可以观赏所谓的格桑花，当然是惬事一件。于是，待到波斯菊开放的季节，南京人扶老携幼蜂拥前往，也成了小报记者捞取工分的素材了。

格桑花还有一个说法。相传元代蒙军入藏，西藏划入中国元朝版图时期，蒙古人把翠菊种子从北方带到西藏，从此在西藏生根开花。那个时代是西藏历史上继吐蕃王朝灭亡之后出现的空前盛世，被忽必烈赐为“国师”的八思巴那时缔造了辉煌的萨迦，并成功地使元朝皇室接受了藏传佛教，八思巴成为元朝帝师。蒙古人传播来的翠菊在西藏的寺院和很多人家种植盛开，人们就把这美丽吉祥的花叫做“格桑花”。“格桑”在藏语完整地词是“格巴桑布”，“格巴”意为时代、世代，“桑布”就是昌盛的意思，连起来就是“盛世之花”的意思。这个说法，印证了“格桑花”本身的含义和蒙古人把翠菊种子带到西藏的民间传说。

我很喜欢听出生在四川小金的藏族姑娘格桑梅朵的歌，也会唱她的成名曲《天嫁》。《天嫁》的歌词很简单，说的是天上的卓玛骑着白驹要远嫁，大约说的是，天上的度母下凡给人间带来幸福吉祥的意思。但其曲调委婉，抒情，富有藏族歌曲的独特韵味，让人难忘。格桑梅朵的名字就是美丽的格桑花，她所歌唱的度母（白度母、绿度母）也许就是我们心目中的观世音菩萨，也是给人们带来幸福吉祥的格桑花的化身。

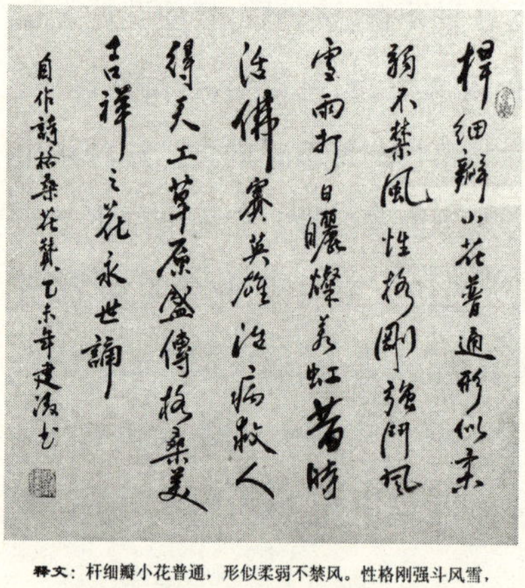

释文：杆细瓣小花普通，形似柔弱不禁风。性格刚强斗风雪，雨打日晒灿若虹。昔时活佛赛英雄，治病救人得天工。草原盛传格桑美，吉祥之花永世诵。

4年前的5月，当我站在珠穆朗玛峰山脚下大本营的土地上时，看到黝黑的虔诚的藏民面对着神山，深邃的眸子里有一种坚毅的信仰，有一种朴质的企盼。当鹰在那双手合十的指缝间飞过的时候，我知道，他们的心中装着格桑花，装着勇敢化身的雄鹰，装着美丽而慈祥的度母，装着对珠穆朗玛等神山的崇拜。因为，他们相信，这是天堂的使者，会给人们带来幸福、安康和吉祥。

今天，我种下“格桑花”，也带着一份深深的企盼。

蔷薇绝胜佳人笑

7年前，我在自家的后院安装了一大型葡萄架，请江心洲的朋友帮忙种了两棵好品种的葡萄。葡萄茁壮成长，很快就占满整个葡萄架，当年就让我们收获了满满一大纸箱果实，且味道好极了。

第二年春天，我在翠屏山机场高速公路上方的跨线桥上看到几排开得如火如荼的蔷薇花，煞是可爱。于是我便去花卉市场买了两棵红色花型的蔷薇，种在后院保姆房门正对的离葡萄架有四五米远的靠路边的空地上。目的是，想待蔷薇长大了形成规模后就可以遮住外人的视线，让这片院落显得幽静一些。加之，每年4月底5月初蔷薇花开时，花美味香，也是一种享受。

谁知，蔷薇这小精灵成长比葡萄还要神速。当年就蔓延开来了。不仅爬满了我用尼龙绳拉出的5米多高的网状墙，而且迅速登上了葡萄架。

"榆荚车前盖地皮，蔷薇蘸水笋穿篱。"来年春天，竹笋遍地的时候，蔷薇竟然发得比葡萄还要茁壮，真是先长的眉毛不及后长的胡子。难怪南朝梁江洪有《咏蔷薇》诗云："当户种蔷薇，枝叶太葳蕤。"

当时，我查了一下资料，知道蔷薇是蔷薇科蔷薇属多年生落叶灌木，茎细长，蔓生，枝上密生小刺，因有刺红、山棘的别称。其羽状复叶，小叶倒卵形或长圆形，花白色或黄色、淡红色、粉色、深紫色，有芳香。而以单瓣的野生蔷薇为最香，可以浸酒窨茶。因其非人工栽种，丛生郊野之间，故别号“野客”。

我国是蔷薇的原产地之一。蔷薇属植物有82种，约占全世界蔷薇属植物种类总数的41%，是野生蔷薇的主要分布区之一，集中在华东、中南、西北等地，其中以山东、河南、江苏、安徽和新疆为代表。而欧洲蔷薇在18世纪以前只有法国蔷薇、百叶蔷薇和突厥蔷薇等少数种类。18至19世纪由中国引入蔷薇后，欧洲人将中国蔷薇与原有品种杂交和反复回交，培育出许多蔷薇新品种，包括开黄花的蔷薇和四季开花的月季花以及香水月季，还育出了蔷薇科新种——玫瑰花。

蔷薇花喜生于路旁、田边或丘陵地的灌木丛中，往往密集丛生，花发时满枝灿烂，微雨或朝露后，花瓣是“满面嫣红春带雨”，着实娇羞可人。

到了农历2月下旬3月头上，蔷薇的藤蔓上便冒出了无数个小花头儿，星星点点的向人们微笑着，仿佛在说，等几天就看我美一把了哈！春末时，那些花蕾便争先恐后，前赴后继，层层叠叠，竞相绽开，满枝灿烂，如火如荼。那些小花瓣儿红艳艳，湿润润，如娇羞水灵的女子，眼波流转，浅笑盈然，脉脉含情，纷纷绽开了笑容，可谓美不胜收。微风吹来，清香浮动，蜜蜂彩蝶，萦绕其间，沁人心脾，令人陶醉。

蔷薇是世界著名的观赏植物之一，在我国已有悠久的栽培历史。说到此，我忽然想起蔷薇还有一个很少有人知道的名字——买笑花，源出汉代。有一天，汉武帝与妃子丽娟在园中赏花，正逢蔷薇初放，一朵朵蔷薇花好似含笑向人，令人心怡。武帝说：“此花绝胜佳人笑也。”丽娟戏问：“笑可以买么?”武帝：“可以的。”于是，丽娟就命人取来黄金百斤，作为买笑钱，让武帝尽一日之欢。因此之故，蔷薇莫名其妙地又被叫成“买笑花”了。同时也说明，早在汉代蔷薇就已经栽入宫廷了，而民间的蔷薇栽培史当更应向前回溯才是。

蔷薇花香宜人，许多种的花瓣可提炼珍贵的芳香油。蔷薇花还含黄芪甙和挥发油，其味甘、凉。有清暑化湿、顺气和胃、止血的功效。常用于治疗暑热胸闷、口渴、呕吐、不思饮食、口疮、腹泻、疟疾、吐血及外伤出血等症。蔷薇果富含维生素C和胡萝卜素，具有较高营养保健价值。

蔷薇色彩鲜艳、清香怡人，在我国亦有以蔷薇烘托喜庆气氛的习俗。贵宾来访，赠送一束红色蔷薇表示热烈欢迎。节日互赠蔷薇，表达衷心祝福。年轻男女互赠红色蔷薇花，表明爱恋之意。世界上有不少文明古国将蔷薇花作为真、善、美的象征。在欧洲，送一枝蔷薇花，表示求爱。在法国，红色蔷薇花表示“我疯狂地爱上了你”，而白色蔷薇花则表示爱情悄悄地萌发。伊朗将蔷薇定为国花。在西方，红蔷薇与玫瑰一样被当作情人节用花。

明代中叶“金陵四大家”之一的顾磷有诗云：“百丈蔷薇枝，缭绕成洞房。蜜叶翠帷重，浓花红锦张。张著玉局棋，遣此朱夏长。香云落衣袂，一月留余香。”可见蔷薇的花期，前后有一个月之长。在这一个月之间，蔷薇花且开且落，红英复地，多少有令人伤春之感。每每此时，我是舍不得将那些落英扫去，任其留在葡萄架下。

现在，整个葡萄架基本被蔷薇占领。可怜那两棵所谓好品种的葡萄，一棵已经爬不上葡萄架了，还有一棵尽管还能开花结果，但是，也只能是在夹缝中求生存，没有了与蔷薇争夺地盘的能力了。有朋友建议我，减去蔷薇，多给葡萄一些生存空间，毕竟葡萄是可以食用的呀。我没有动手，因为我喜欢蔷薇盛开时那千般娇羞万般风靡的性情，生长时那无所畏惧蓬勃向上的气魄。

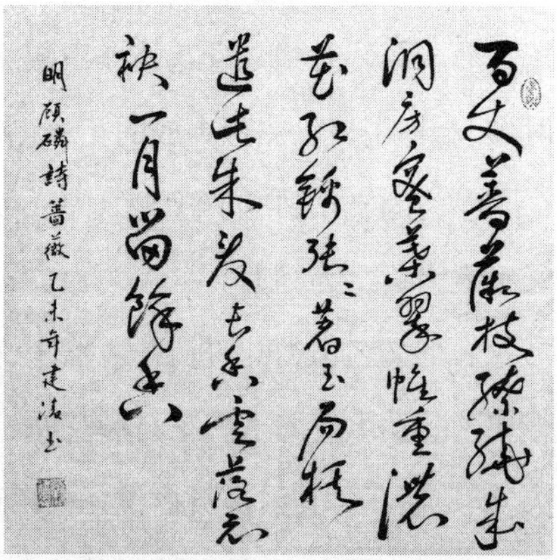

释文：百丈蔷薇枝，缭绕成洞房。蜜叶翠帷重，浓花红锦张。张著玉局棋，遣此朱夏长。香云落衣袂，一月留余香。

喜欢，岂在乎有无果实乎？

五月榴花照眼明

“五月榴花照眼明，枝间时见子初成。”立夏后不久，我所居住的位于南京西南江宁区的瑞景文华小区里石榴树成片花开。每天清晨阳光初升之时，我喜欢站在窗前探望它们。只见在密密的绿叶间齐整的六瓣花挂满枝头，红得艳丽，灿烂热烈，如火如荼。正如唐代诗人杜牧所描绘的那样：“似火山榴映小山，繁中能薄艳中闲。一朵佳人玉钗上，只疑烧却翠云鬟。”

石榴花开时正是春花繁盛后次第凋谢之时，正当人们在为花谢而叹的时候，石榴用自己热烈奔放的花姿点缀了大自然。石榴的花期较长，前后有一个多月的光景，它们花型如灯笼，似火欲燃，从夏初挂到夏末。因此，古人又将五月称之为榴月。

石榴又名山力叶、丹若、若榴木、金罂、金庞、涂林、天浆等，是石榴科石榴属落叶乔木或灌木。花石榴花期 5－10 月。果石榴花期 5—6 月，榴花似火，果熟期 9—10 月。石榴是一种珍奇浆果，又名安石榴，有吉祥安泰的意思。它百子同房，又是和睦团结的象征。石榴全身是宝，其果实色彩绚丽，剔透晶莹，甘美多汁，清凉爽口，营养丰富。其维生素 C 含量比苹果、梨要高出一二倍。石榴性味甘、酸涩、温，具有杀虫、收敛、涩肠、止痢等功效，石榴叶、果皮和树根均可入药。

我国栽培石榴的历史，可上溯至汉代，据陆巩记载是张骞从西域引入后全国都有栽培，其中以山东、江苏、安徽、河南等地种植面积较大，并培育出一些较优质的品种。其中安徽怀远县是中国石榴之乡，“怀远石榴”为国家地理标志保护产品。

去年秋天，我带队去枣庄秋游，真正见识了大石榴园的景象。在枣庄南部的群山之阳，有座闻名于世的石榴园。其东西长 20 多公里，面积达 10 万亩，生长着石榴树 40 余万株，拥有 43 个品种。该石榴园始建于西汉成帝年间，已有 2000 多年的历史。据传，汉代两朝丞相匡衡，年老返回枣庄峄城故里时，从皇家禁苑中引来石榴种，植于王府山南坡，经繁衍生息，蔚然成为今日的万亩石榴园。我们去时正值石榴上市，满街都是叫卖声。枣庄的石榴个大且甜，那珠圆玉润般的籽粒饱满得像极水晶，煞是可爱。于是大家忍不住要买上一些尝尝。特别是路边小摊上的鲜榨的石榴汁，呈现一种淡紫色的浪漫情调，入口则是甘甜爽口而沁人心脾，让人难以忘怀。

其实，石榴汁中是含有丰富的抗氧化剂的。这种化学物质让水果和蔬菜拥有深的颜色，而且也会抵制损害细胞继而发展成癌症或其它疾病的化学物质。美国研究人员在一份报告中说，深受人们欢迎的深红色石榴汁，在实验室里的试验器皿中以及老鼠的身上进行试验研究时，发现能够抵制癌细胞。研究人员将人类前列腺癌的癌细胞注入老鼠体内，让老鼠患上前列腺瘤。然后再给它喝石榴汁。经过一段时间的“食疗”后，他们发现，肿瘤缩小了。美国威斯康星大学医学院的皮肤学教授哈桑穆克塔博士说：“我们的研究还处在初级阶段，但却增加了更多的证据证明石榴中含有非常强大的化学剂抵制癌症，尤其是前列腺癌。如今我们有更多的理由在人类身上进行试验，看是否能够预防和治疗癌症。”从治疗感染了人类癌症的老鼠到治疗人类这是一大步，但其它的研究也认为石榴汁和其它富含抗氧化剂的食品有助于对付肿瘤。

从形状上看，石榴“千房同膜，千子如一”的特征是其他水果所没有的。因此，自古以来在民间的习俗中，人们将这种丰饶、多子、富贵作为一种生育的祈福，在新婚的窗楣上、床沿上、橱柜上都雕上石榴，以祈盼多子多福。

三年前，我在整理院子时，请花木公司栽下了一棵杏树、一棵枣树和一棵石榴树。杏树是年年繁花满枝，硕果累累，而且今年又是一个大年，其沉甸甸的果实将枝条压得弯弯的。枣树在去年就开花结果了，虽然数量很少，但是也给人一种收获的感觉。可是，那棵石榴树却是年年开着火红的花，就是等不来“万花攒动火玲珑”的盛况，也看不到“破腹时看肝胆红”的丰收，让我深感遗憾。我后来找专家一打听才知道，那是石榴中的观赏品种，就是前面所说的花石榴只是给你看花的，根本就不会结果。

好在，我所住的小区遍种石榴，都是那种既开花又结果的品种，可以让我欣赏到石榴花的风韵和硕果累累时的那份喜悦。白居易有一首赞美石榴的诗叫做《石榴歌》：“蝉噪秋枝槐叶黄，石榴香老愁寒霜。流霞包染紫鹦粟，黄蜡纸裹红瓠房。玉刻冰壶含露湿，斓斑似带湘娥泣。萧娘初嫁嗜甘酸，嚼破水精千万粒。”在这花开正艳的时候，我期盼着“黄蜡纸裹红瓠房”的到来，去品味那种“嚼破水精千万粒”的怡畅。

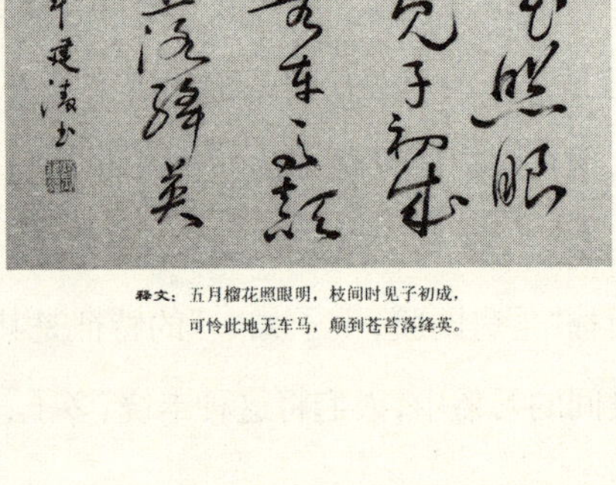

释文：五月榴花照眼明，枝间时见子初成。
可怜此地无车马，颠到苍苔落绛英。

滴水观音佛焰苞

我第一次将“滴水观音”这个佛的名称与一种花对上号是在20多年前。无锡市委宣传部要写一本报告文学集叫做《跨国界行动》，是用报告文学的手法描写刚刚兴起的民营企业和乡镇企业，走出无锡、走出江苏、走向世界的典型事例。我当时兼任报告文学协会的秘书长。无锡市委宣传部的有关领导就把召集作家前往无锡采访写作的任务落在了我的身上。好在，在作家圈里，我人头熟，大家也很给我面子，20多个作家齐聚无锡，经过几天的采访，加上几天的写作，那本书就完成了。

我当时是去一个生产量具的乡镇小厂采访，给我下任务的纸条只有5厘米长2厘米宽，上面用铅笔写了两行字，上行写了一排厂名和被采访人的姓名，下行写了6个数码字的电话号码。那时，没有手机，没有专用的交通工具，又人生地不熟的，要找一个很偏僻的乡镇小厂，的确不是一件容易的事。那天天气很热，我几经辗转，从早晨8点乘上长途汽车，一直到下午才到达那个叫做羊尖的小乡镇，找到了那个小厂。令人痛苦的是，被采访者——厂长不在。不知是语言不通还是欺生，厂里人对我的到来显得十分冷漠。见此情景，我只好先找一个小宾馆住下。

小宾馆的服务员是一个年龄稍大的大姐，典型的江南人模样，短短的头发，利索的装扮，给人和蔼可亲的样子。她听说我是来采访那个小厂的厂长的,就很热情,倒了一杯水给我,用土话说几句什么。可是,我一句也没听懂,傻愣在那儿。坐在她旁边正在埋头写作业的一个十多岁的男孩抬起头来,对我笑笑说:“我妈妈说天气真热,您消消暑。”我听后,赶紧表示感谢。

这时,我注意到宾馆的门厅里有一株大叶子植物。这植物我以前没见过。只见那植物粗粗的呈褐色的根部很壮实,从根部往上长出许多片绿色的大叶子,郁郁葱葱的显得生机勃勃。仔细看,从那些已经长出的绿茎上又发出不少嫩芽,翠绿翠绿的仿佛透明纸似的。在那样炎热的季节里,看到这样养眼的植物,我心里一下子凉爽了许多。

于是我问那位大姐,这花叫什么名字?大姐说:“叫滴水观音。”尽管那里的话很难懂,但是,滴水观音我是听懂了。我重复了一下“滴水观音”,并叹道,多好听的名字啊。小男孩见我喜欢,就告诉我说:“它会自己滴水,我妈妈说它滴下来的水,有毒,不能碰。”我觉得这孩子既大方又聪明,就夸奖他说,小朋友你真聪明,懂得真多呀!谢谢你!

一对热情的母子和一盆我刚认识的绿色植物,一下子让我不快的心情得到了释放,进到那简陋的客房时,我满脑子还是滴水观音的影子。

第二天的采访很短暂,应该说,的确没啥好采访的。但是,我给这位厂长写的那篇报告文学却让无锡市委宣传部的领导记住了我,并从此成为了非常要好的朋友。书出版后,那位厂长很感动,还让人从无锡给我儿子带来了酱排骨等食品,表示感谢。

而我觉得更有收获的是,在那样一个让我感到困难,感到无助的时候,我认识了那对母子,认识了植物的滴水观音。这或许是沾了观世音菩萨的光,给了我顺利和灵感。

后来,我在办公室养植了一盆滴水观音。养植之初,我了解到滴水观音是天南星科海芋属多年生常绿草本植物。其学名叫海芋,古称“观音莲”和“羞天草”,全株可入药,可用于治热病高热、流行性感冒、肠伤寒等病症,鲜品外用可治疗疮、肿毒。但我并不知道滴水观音还会开花,只是出于羊尖情结,把它当观叶植物来养。听别人说,滴水观音怕涝,我就每天口含清水喷到绿叶上去。那植物好像也通人性，对我的做法有惬意享受似的，长得油光水亮，还常常会从叶尖或叶边缘滴下水来。

第二年的春天，我发现在滴水观音的叶片间有一根花柱抽出，色碧绿，形如剑，散发出淡淡的清香。又过了几天，那绿剑绽开了，乳白色的花冠，呈半环屏风状，包裹着一支淡黄色的像新结实的小玉米一样的蕊，就好像朦胧中大慈大悲的观音菩萨披着淡黄色袈裟矗立在屏风前，下面是灰白色的底，光滑如玉，整体看起来就像我们常见的观音台一样，显得那么雍容华贵，禅意十足。这样的花真的让我大开眼界，这才恍然大悟，难怪叫它滴水观音呢。那模样还真是惟妙惟肖的，怎不令人喜欢。有诗为证："根壮叶翠绿，神来智水滴。朦胧现慈悲，天然化归一。"后来我才知道，滴水观音的花有一个很形象且有禅意的名字叫做佛焰苞。佛焰苞是天南星科植物特有的花序，其肉穗花序被形似花冠的总苞片包裹，此苞片形似寺庙里面供奉佛祖的烛台一样而被称为"佛焰苞"。

又过了几天，那娇艳的花儿就凋谢了，接着结出了像红色玉米一样的果实，亮晶晶红艳艳的，非常可爱。

后来，我因工作调动就将其送给了一位老同志。在民间，送观音有"送(佛)福"的寓意，他当然十分高兴和感激。

写上以上文字，我才发现，尽管20多年过去了，我心里对那盆滴水观音还是有一种眷恋的情感。现在，真不知那盆滴水观音是否安好？

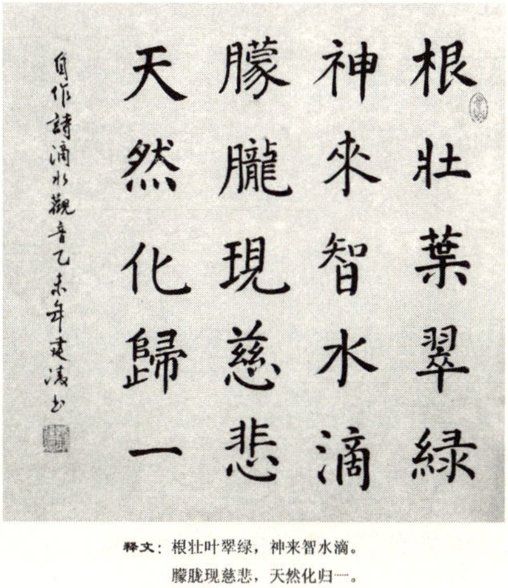

释文：根壮叶翠绿，神来智水滴。
朦胧现慈悲，天然化归一。

忠实坚贞常春藤

今天是正月十五元宵节，有朋友用常春藤祝福节日，说常春藤是正月十五的“生日之花”。“生日花”的说法来自基督教，教会将365种花与每天祭拜的神对应，形成花历，便有了生日花的说法。而我国的正月十五对应于公元纪年是不固定的，显然以西方的生日花来祝福中国的阴历节日是有误的。于是，我查了一下资料，发现公历的1月15日的生日之花是常春藤。朋友将公历的1月15日与中国的正月十五弄混淆了，才将常春藤作为元宵节的生日之花为大家祝福。

不过，我转而一想，错了也没什么。常春藤的花语本身就很吉祥：感化，忠实，友谊，结婚，永不分离。用以作为元宵节这个团圆节的祝福花卉，也是当之无愧的。

常春藤是五加科常春藤属多年生常绿攀援灌木。其光滑的茎呈灰棕色或黑棕色，花枝上的叶呈椭圆状披针形。常春藤秋天开花，黄色的花盘在藤枝上隆起，伞形花序单个顶生，花淡黄白色或淡绿白色。其花谢后结红色或黄色的小圆球形果实，探头探脑的很是可爱。

记得儿时，按照老师教的写观察作文的要求，我在同学家挖了一棵常春藤小苗栽在院子里，每天早晨，写完毛笔字就去给它浇浇水，看看它有什么变化。我看着它悄悄地爆了小芽,又慢慢地伸展开绿色的叶片,嫩绿嫩绿地像一个个小精灵。没几天,那藤蔓就长得又长又壮,缠缠绕绕,居然爬上了墙,还越爬越高,每一藤节处都有细小的气根吸附在墙上,以吸取墙壁上和空气中的水分,滋养自己。我将这些观察欣喜地写进了周记,还被老师作为范文介绍给同学。遗憾的是,还没有等到它爬满墙壁和屋面,更没有等到它的花开,就因为当时的房屋老旧,老人怕常春藤毁坏了屋顶而造成漏雨,将其铲除了。让我好生伤感。

常春藤叶形美丽,四季常青,又善攀爬,人们常将它作垂直绿化使用,或栽植于假山旁,或植于墙根,让其自然附着垂直或覆盖生长,起到装饰美化环境的效果。常春藤不择土壤,易于存活,可以盆栽进行多种造型,陈设于室内,作为色调点缀,效果亦很出彩。

常春藤不仅叶美具有装饰环境、净化空气的作用,而且全株均可入药,有祛风湿、活血消肿的作用,对跌打损伤、腰腿疼、风湿性关节炎等症均有治疗效果。

说到常春藤的药用,我忽然想起几年前读过的一篇短篇小说《最后的常春藤叶》。作者欧·亨利,是美国短篇小说的创始人。这篇小说用的是纯叙述式手法,波澜不惊,只写了 4 个人物,苏艾、琼珊、医生和幻想自己可以创作惊世画作的又老又矮小的喜欢喝过量杜松子酒的画了 40 多年无成就的失意画家贝尔曼。由于琼珊病重,她想着就要死去,便数窗户对面墙上一株老常春藤上的叶子。在藤上还有 4 片叶子的时候,她告诉苏艾,当最后一片藤叶落下时,就是她离世之时。苏艾请老贝尔曼帮忙在那株常春藤的枝条旁画了一片栩栩如生永不凋落的藤叶,让琼珊获得了生的希望。而老画家因在雨雪天登高画叶受寒而突患在那时候无法治愈的肺炎而溘然去世。读后,我不禁掩卷长思。这篇小说,表面上看像一泓静静的秋水,水面上却拂过一丝透骨的寒意。读着它,就像乘着一叶小舟从秋水上划过。但是,当我们弃舟上岸,再来顾盼这秋水时,才发现在它的底层,奔涌着一股股汹涌的波涛,这涛声撞击着你的心弦,拍打着你的肺腑。贝尔曼,这位在美术园地辛勤耕耘了40载却一无所获的老艺术家，凭着他博大的爱心，用他的生命为代价，拯救了一个生命，完成了一幅不朽的杰作。通过这篇小说，欧·亨利带给我们人性的思考是非常深远的。这真是："缠缠绕绕向阳攀，纤纤柔柔绿盎然。老贝一片常春叶，琼珊至今泪满眶。"

是的，人的生命是短暂的。但是，我们如果能够领悟到生命的意义，坦然对待人生的各种境遇，不论顺境与逆境，富贵与贫贱，只要我们像老贝尔曼那样，像常春藤那样，忠实、真诚地表现自己，完美地度过生命中四季，就会得到一份属于自己的常春，一份属于自己的辉煌。

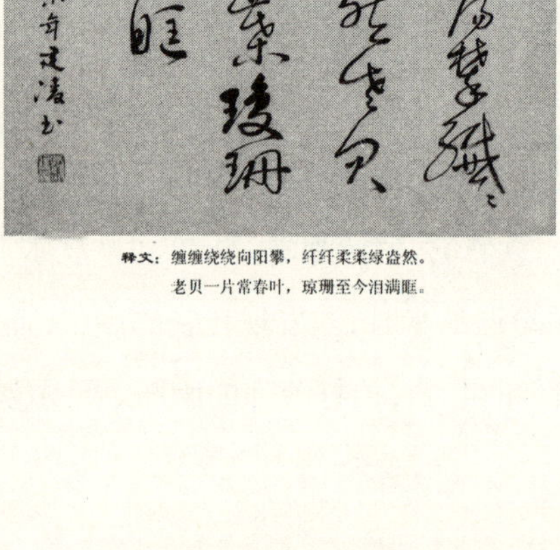

释文：缠缠绕绕向阳攀，纤纤柔柔绿盎然。
老贝一片常春叶，琼珊至今泪满眶。

千步连翘不染尘

44 年前在晓庄师范读书时，我根本就分不清谁是迎春花谁是连翘花。因为，迎春花和连翘花外形真的很像，都是一丛一丛的，黄颜色的花从细长的枝条上开出，远远望去，金黄一片。后来在季伏昆老师的指点下，才将它们分辨清楚。

其实，仔细观察一下，不难发现迎春花和连翘花区别还是比较明显的。迎春和连翘虽都是木犀科植物，但是前者是茉莉属，而后者是连翘属。迎春开在正月，植株外形呈灌木丛状，较矮小，枝条呈拱形、易下垂。而连翘开在 2 月底 3 月初，外形呈灌木或类乔木状，较高大，枝条较挺拔。从枝条上看，迎春的小枝为绿色。而连翘的小枝为浅褐色。迎春的枝条是实心的，排有片状髓。而连翘枝条中空无髓。从叶片上看，迎春是三小复叶呈十字形对称生长，叶片较小，卵状椭圆形，全缘，先端狭而突尖。而连翘是单叶或三叶对生，叶卵形、宽卵形或椭圆状卵形，叶片较大，边缘除基部以外有整齐的粗锯齿，是久传盛名的茶品原料，具有清热解毒降压的功效。从花形上看，迎春有 6 个花瓣，而连翘则只有 4 个花瓣。从果实上看，迎春花基本不结实，而连翘花结实。

连翘的果实是一味中药，是“羚翘解毒丸”、“银翘解毒丸”中“翘”的成分，具有消炎、解热、抗肝损伤以及镇吐、强心和利尿等作用。连翘果实在秋季成熟，有青翘和老翘之分。白露前后采收的为青翘，寒露以后采收的为老翘。有药学专家对连翘果实的煎液做过抗菌试验，其结果是连翘能对8种以上的致病菌有杀灭或抑制作用。因此，连翘提取物可作为天然防腐剂用于食品保鲜，尤其适用于含水分较多的鲜鱼制品的保鲜。连翘提取物能有效抑制环境中常见腐败菌的繁殖，延长食品的保质期，是一种很有希望的成本低而安全性强的新型绿色食品防腐剂原料。

连翘的生长没有什么祈求。它喜欢光，但又不怕阴。它喜欢温暖湿润的气候，但也很耐寒，耐干旱瘠薄。它不择土壤，只要有土它就能顽强生长。

观赏连翘花的最佳地当选河南新密市岐伯山。这位岐伯就是自古以来被人们传颂数千年的大医家岐伯——“岐伯，北地人，生而精明，精医术脉理，黄帝以师事之，著《内经》行于世，为医书之祖。”在岐伯墓的东面有一条沟叫大臣沟。每年春天，大臣沟的沟上沟下密布的连翘花肆意开放，一片金黄，游人如织，十分壮观。

说起连翘这个名字很多人都感觉叫得怪怪的。其实，在民间有一个关于连翘花名字来源的传说，而这个传说还就与岐伯有关。相传，5000年前的一天，岐伯带着孙女连翘在山上采药时，因自品自验一种药物，不幸中毒，口吐白沫，神昏脑胀，双目直视，不省人事，但嘴里却不停地念着：连翘、连翘。连翘看爷爷中毒严重，有生命危险，泪流满面地抱着爷爷哭喊着：救命！救命！连翘呼喊了好久无人应答，无奈之下，她急中生智顺手捋了一把身边开着黄花的细枝条上的绿叶，在手里揉碎后塞进爷爷的嘴里。稍过片刻，岐伯慢慢苏醒过来，把绿叶咽下肚里。又过了一些时辰，岐伯恢复正常。此后，岐伯对这绿叶进行研究，发现这绿叶有较好的清热解毒作用，效果甚佳，便把这绿叶记入他的中药名录，并以其孙女代名，取名为连翘。

“千步连翘不染尘,降香懒画蛾眉春。虔心只把灵仙祝,医回游荡远志人。”这 4 句诗,写出了连翘的神采和韵味,是我喜欢的味道。我也和其韵胡诌了 4 句:“连翘花开不染尘,枝枝金黄赛迎春。细究药理岐伯祝,治好多少染病人。”

在南京的各大公园与迎春花一样都种有大量的连翘花。其中尤其以古林公园的连翘花更养眼。每年,在梅花将谢不谢的时候,在路边,在石缝中,在山体斜坡处,都有一蓬蓬连翘迎着春风摇曳着细长的身姿,将这个园子染成金黄。吸引着蜂蝶,也吸引着游人,更是受到摄影者的青睐。

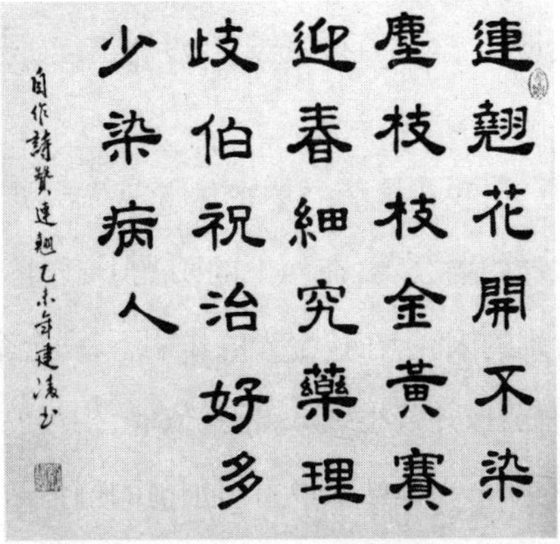

释文:连翘花开不染尘,枝枝金黄赛迎春。
细究药理岐伯祝,治好多少染病人。

一季梦想是飞翔

前几天,妻子见我手机照片里有一张逆光拍的蒲公英,很喜欢。在由澳门去香港的船上,她为这张照片填了一首词《水调歌头·蒲公英》:“绒球乘轻伞/团簇互相依/风吹播种飞扬/遍地落素衣/悄卧长堤僻岩/聆听雨声淅沥/静谧修炼内功/低头不争名利/无意与芳比/　春又至/羽裳黄/蓬开举/抬眼望去/漫山遍野传消息/清淡雅致共色/英容含笑流溢/朝阳拂晓时/轻盈腾空起/无私奉大地”。这词填得怎样,我没有细细研究。但是,对于蒲公英的喜欢,倒是一样的。

记得4年前的夏天,我在拉萨的罗布林卡第一次见到那满地的或开着小黄花,或长着小绒球的蒲公英,在西下的阳光下,显得十分壮观。逆光拍摄时,那些小绒球特别的闪亮,在黄金光的作用下,一个个像金球一样,显得异常可爱。特别是有两株并蒂小绒球,相互依偎、相互关照的样子很有孩子气。好像即将分离的两个小姐妹在说着离别前的悄悄话,微风吹过,她们轻轻舞动着身躯,仿佛在做最后的拥抱。是的,也许不一会儿,一阵大风吹来,她们就会张开自己的小伞飞翔出去,寻找自己的再生地。从此,天各一方永无见面之日了。于是,我趴在地上,用镜头留下了那动人的一幕。

蒲公英别名黄花地丁、婆婆丁、华花郎、尿床草等,是菊科多年生草本植物。其叶从根部抽出,有些像鸟的羽毛,叶边有大锯齿,齿形向下。早春时节,叶丛中间抽出一葶,顶上生黄花,形如金簪头。其花为头状花序,花开后约半个月即结种子,种子上有白色冠毛结成的绒球,花谢飞絮,絮中每粒种子像撑着一把小伞,可以随风飘到新的地方孕育新生命。我曾为此写过四句诗:"平凡小草华花郎,随处可长无名望。纤柔成球春风里,一季梦想是飞翔。"

说到蒲公英的平凡,还真不假。在我印象中,从来就没有读过关于蒲公英的古诗词。为了写蒲公英,我还认真翻了一下《唐诗三百首》、《宋词三百首》,都没见到。好像明清各家也都没有写蒲公英的诗句,可见其平凡和卑微。

不过海峡彼岸有个很受年轻人喜欢的小男生周杰伦,根据蒲公英的花语"无法停留的爱"写过一首歌叫做《蒲公英的约定》,尽管他口齿不清,歌词逻辑混乱,但是其爱情的味道却迷倒了不少少男少女:"小学篱笆旁的蒲公英/是记忆里有味道的风景/午睡操场传来蝉的声音/多少年后也还是很好听/将愿望折纸飞机寄成信/因为我们等不到那流星/认真投决定命运的硬币/却不知道到底能去哪里/一起长大的约定/那样清晰 拉过勾的我相信/说好要一起旅行/是你如今/唯一坚持的任性/在走廊上罚站打手心/我们却注意窗边的蜻蜓/我去到哪里你都跟很紧/很多的梦都在等待着进行/一起长大的约定/那样清晰 拉过勾的我相信/说好要一起旅行/是你如今 唯一坚持的任性/一起长大的约定/那样真心/与你聊不完的曾经/而我已经分不清/你是友情还是错过的爱情"。这也算是对这平凡小花儿的一种记述吧。

蒲公英尽管弱小卑微,但它全身都是宝。它可以消炎抗菌。蒲公英注射液对金黄色葡萄球菌耐药菌株、溶血性链球菌有较强的杀菌作用。对肺炎双球菌、脑膜炎球菌、白喉杆菌、绿脓杆菌、痢疾杆菌、伤寒杆菌等及卡他球菌也有一定杀菌作用。它可以通乳。蒲公英叶有疏通乳脉管之阻塞,促进泌乳的作用。它可以抗肿瘤,还可以利胆。李时珍说,蒲公英还可以制成擦牙乌须还少丹。据说是越王曾遇异人而得此方,极能固齿,壮筋骨,生肾水。凡年近八旬者复食此丹,须发返黑,齿落更生。少壮者复食此方,可长葆青春,到老不衰。

蒲公英还可以食用。腌泡的蒲公英花蕾,经常吃具有提神醒脑的功效。蒲公英的根可以吃,也可以用来替代咖啡。蒲公英的花可以做酒。蒲公英的叶子可生吃,其苦味与油和醋相混合时会产生一种不错的味道。蒲公英炒肉丝具有补中益气解毒的功效。蒲公英还可以美容,成本低廉而效果极佳。

关于蒲公英名字的由来有一个美好的传说:相传在很久以前,有个 16 岁的大姑娘患了乳痈,乳房又红又肿,疼痛难忍。但她羞于开口,只好强忍着。这事被她母亲知道了。封建社会,从未听说过大姑娘会患乳痈,以为女儿做了什么见不得人的事。姑娘见母亲怀疑自己的贞节,又羞又气,更无脸见人,便横下一条心,在夜晚偷偷逃出家园投河自尽。事有凑巧,当时河边有一渔船,上有一个蒲姓老公和女儿小英正在月光下撒网捕鱼。他们救起了姑娘,问清了投河的原因。第二天,小英按照父亲的指点,从山上挖了一种小草,洗净后捣烂成泥,敷在姑娘的乳痈上,不几天就霍然而愈。以后,姑娘将这草带回家园栽种。为了纪念渔家父女,便叫这种野草为蒲公英。

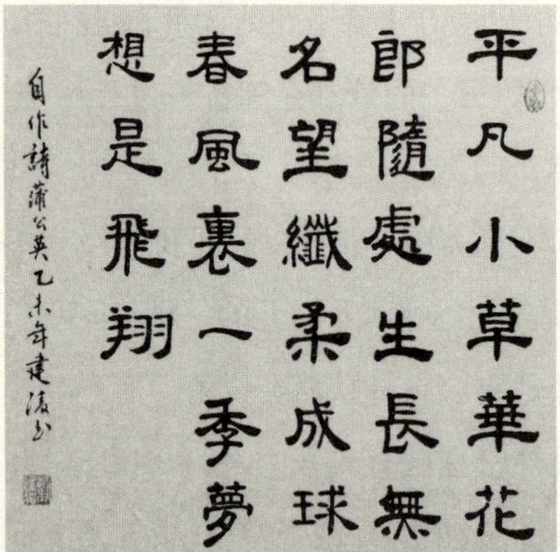

释文:平凡小草华花郎,随处可长无名望。
纤柔成球春风里,一季梦想是飞翔。

古人云:“十步之内必有芳草。”在现代化大都市,水泥丛林,绿地尽失,此话已无实际意义。但是,在野外应该是千真万确的,蒲公英即为一例。在当今人们普遍关注食品安全、药品安全、环境安全时,更应给蒲公英这个无名英雄一席之地,给它一个扬名逞威为人类服务的机会。不知大家以为然否?

貌似樱花红叶李

每年惊蛰节令，樱花开的时候，我所居住的瑞景文华大院子里就有不少高有五六米的树开始含苞欲放。只见那褐色的枝条上，一串串小小的带着紫红色的小花苞密密地由下到上布满枝头。春分左右，那些小花蕾就嫣然绽放。一朵朵紫色花托、粉白花瓣的小花儿，犹如樱花一般开满一树的，犹如盛装的美少女，顾盼生辉，婀娜多姿。

我一直以为这花儿是樱花的一个品种。有邻居问我时，我没加思索就告诉他，是樱花。不过，令我生疑的是，樱花不结果实，而此“樱花”在初夏时会结出紫红色的很像提子一样的果实。其果实比提子圆一些，上面有一层薄霜一样的粉状物。一直到前年，一位朋友来做客看到那烂漫妩媚的花儿，叹了一句：“你们的红叶李长得真漂亮。”我才知道，它不是樱花，而是貌似樱花的红叶李。

红叶李又名紫叶李，是蔷薇科李属落叶小乔木。其叶常年紫红色，像常年不谢的花一样，果实像李子，故而得名。红叶李是著名的观叶树种，也是很好的观花树种。

红叶李的结实很多，那紫红色的圆果实缀满一树，可谓硕果累累。不过，院子里没有人知道这果实是否有毒，能不能吃。待到果实落地时，院子里，道路上，到处都是那些小果子，保洁员每天都要扫上一大筐倒掉。

去年，江苏文艺广播的主持人梦石到我家做客。见到院子红叶李树上结满可爱的果子，便摘了几颗，洗了一下就吃起来了。我很惊奇：这果子能吃？她说：“可以呀。这是另一种李子，就是比较酸，也有一点点甜味。像这样熟透的，就稍好一些。”我取了一颗尝了一下，的确如此。但是，用其当水果，的确不适宜。

第二天，我忽然想起一位万姓老哥，江西南昌人氏，年长我几岁。他中年时，患了高血压、高血脂等不少慢性病。后来学用水果酿酒，每年都要用各种水果酿制400斤左右的果酒，既当酒又当“茶”，吃饭前喝几杯，口渴了，也喝几杯。十多年喝下来，那些慢性病都没了。于是，我给他去电话询问这红叶李子是否可以酿酒。他并不知道这世界上还有红叶李的存在。但是，他肯定地答复我，只要有酸甜味就一定可以酿酒。

有了万兄的指点，我很快摘来了不少于20斤的红叶李子。并买来了酿酒的坛子，按着万兄所说的工序进行操作。完毕后，怀着一颗忐忑的心，等待着作业后的答案。这期间，我外出了几天，闲下来时，心里就会惦记这事。待我回到南京，到家第一件事就是打开酒坛察看。坛内一汪紫红色的液体，散发着醇醇的酒香。我舀起一勺尝了一下，甘醇可口，比葡萄酒还爽口。呵呵，以后这满地的红叶李终于不再是保洁员的累赘，而是酿酒的好原料了。以后，我又用此种工序酿制了不少其他因为吃不完或小区里人家种了不吃的水果酒，储存了几大瓶。

今年的正月十五，一群朋友到我家来包饺子过小年。我取出去年自己酿的葡萄酒、柿子酒、芒果酒、无花果酒、红叶李酒给大家佐餐。敏翔兄对我这滴酒不沾的人，竟然酿出那么多品种的酒感到惊奇。我笑曰：纯粹是废物利用而已，呵呵。

不过，一群人将几种酒尝下来，还是觉得红叶李酒味道最美。这倒是对我的一种鼓励，废物利用，成效显著也！

红叶李叶美花艳，果实还能酿酒，真是可爱。于是我笑着吟出一诗：“罗织红云似樱花，头声惊雷始繁华。果可酿酒赛琼浆，潇洒一醉走天涯。”

这几天，樱花开了，红叶李开花的日子也不远了。我期盼着那可爱的紫红色果实早点儿结出，好酿新酒了。

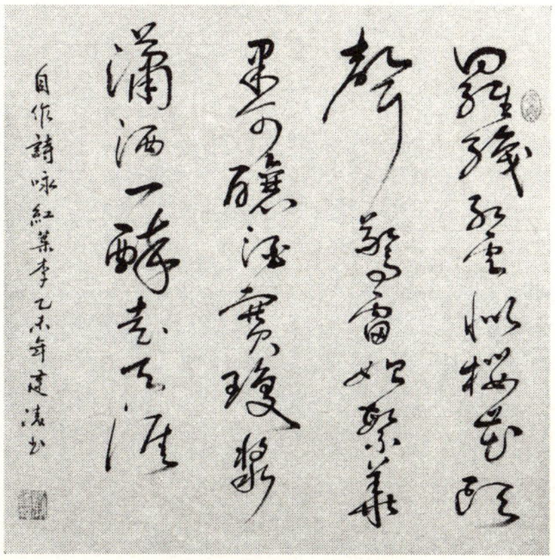

释文：罗织红云似樱花，头声惊雷始繁华。
果可酿酒赛琼浆，潇洒一醉走天涯。

紫荆花开庭草碧

今年春节期间，我在南宁见到一排排开着紫红色花的高大树木，似曾相识地忘了树名，问母亲，她也说不上。于是，我就用手机拍了一张照片，到旁边的花卉市场询问，竟然也没有人知道。回到家里，从广州来的岳母见到照片说，名字想不起来了，但是，她知道那是香港的市花。这下子提醒了我，那是洋紫荆。

紫荆花原产自我国。但是，在紫荆花同一名下有两种不同的大品种。一种生长在我国北方的紫荆花，花小而密，先开花后长叶，初春开花，叶为心形厚革质，是苏木科紫荆属紫荆花。另一种生长在我国的南方，花大而艳，常绿乔木花叶同在，深秋开花，叶尖深裂近三分之一处，叶质一般为纸质叶，是苏木科羊蹄甲属紫荆花，也叫做洋紫荆花。而我在南宁见到的正是后者，也是香港市花的那一种。

其实，十多年前，我在海南三亚的天涯海角景区就见到过很多洋紫荆花。在碧海蓝天的映衬下，只见一簇簇形如蝴蝶飞舞的紫红色花朵，挂满整棵紫荆树，异常娇艳，秀丽无比，把整个景区妆点得如待嫁的新娘。当时，我问了一下景区的管理人员，他告诉我那就是香港的花，紫荆花。由于时间长了，我竟然忘掉了它的名字，只有似曾相识之感了。

洋紫荆并不是从西洋引进的。只不过是一个法国传教士首先在1880年左右于香港岛薄扶林的钢线湾发现的紫荆花新植株，并被他以插技方式移植至薄扶林道一带的伯大尼修道院。1908年，当时的植物及林务部总监邓恩判定洋紫荆为新物种，并在当年的英国《植物学报》发表有关资料介绍这个新物种。现存于渔农自然护理署香港植物标本室编号Hong Kong Herb. No.1722的模式标本相信是最初发现的原树标本。由此，这种遍布于我国岭南地区，包括港澳台地区的紫荆花就叫做了洋紫荆，以区别于我国北方的紫荆花。

洋紫荆在国外称之"红花骆驼蹄树"，是常绿乔木，高可达10米。其花朵大，花瓣呈倒卵状矩圆形，每朵5瓣，其中4瓣分列两侧，相互对称，而另1瓣则翘首昂头于上方，花形有些像兰花状，有近似兰花的清香，故又被称为"香港兰花树"。每逢冬春交接之季，紫荆树上万紫千红，繁花似锦，灿若红霞，加上紫荆花易于繁殖，香港人把它视作"繁荣、壮观、奋进"的象征。早在1965年，香港已经采用洋紫荆作为市花，当时新成立的市政局就用了洋紫荆为标志。由于香港同胞对紫荆花的酷爱，1997年后中华人民共和国香港特别行政区继续采纳洋紫荆花的元素作为区徽、区旗及硬币的设计图案。香港区旗的洋紫荆图案花蕊以五颗星表示，与中国国旗上的五星相对应，寓意内地与香港紧密的关系，虽然洋紫荆原为紫红色，区旗只用红白两色，象征香港实践一国两制，故洋紫荆图案被改成白色。而在1997年7月1日香港回归时，中华人民共和国中央人民政府送给香港特别行政区的礼物就是紫荆花雕塑，其希望的花语是：中央政府希望内地与香港，就像紫荆花一样和睦、骨肉情深，永久地在一起，不被任何困难分离。

这样的花语其实早在汉代的一个关于紫荆花的传说中就有所反映。据传，汉代有一个叫田真的兄弟三人分家，财产均分后，尚有屋前一株紫荆花树未分。兄弟三人约定次日将这株紫荆花树一分为三，各得其一。谁知次日清早，紫荆花树已花谢叶落枯萎了。三兄弟见此情形非常感动：一棵树木听说要将它一分为三,尚且如此。难道我们兄弟三人还不如一棵树木?于是兄弟三人不再提分家之事。没多久,屋前的那株同根连理的紫荆花树又繁茂起来,而且更加生机勃发。从此,紫荆花便成为团结和睦、骨肉难分的一种象征。中央政府在香港回归时向港人赠送紫荆花雕塑是否出于此,我不得而知。但是,其寓意应该是相同的吧。

大年初七,我陪老母亲和老岳母去香港观光。我的学生特意安排了一个行程就是去位于维多利亚海湾边上的香港会展中心紫荆花广场,观看紫荆花雕塑。两位母亲虽然已年过八旬,但对国事政事很是关心,对香港的荣与辱也十分在意。所以,在美丽的维多利亚港湾,老人家们对常在电视上看到的这金色的实物,表达了一份属于她们自己的崇敬。

从香港回来,我查阅了一些资料,对自紫荆花有了进一步的了解,它不仅是亲情树,友情树,爱情树,还是英雄树。1898 年 6 月 19 日,清政府与英国政府签订了丧权辱国的《展拓香港租界专条》,香港九龙半岛大片土地及附近 200 多个岛屿(后称新界)被英国人强行租借,租期竟达 99 年之久。当时的香港有识之士发动民众起来抗争,被英方残酷镇压,死伤者无数。为了纪念这些为国捐躯的英雄们,民众在桂角山建造了一座大型合葬墓,并竖碑以示后人。之后,合葬墓旁长出一棵开着紫红色花朵的树就是紫荆树。这美丽的英雄树很快繁殖开来,开遍了新界山坡,开遍了香港,成为民族斗争精神的象征。中央政府在 99 年后香港回归之时,赠送紫荆花雕塑,也许也出于此。

紫荆花的花期很长,从秋到冬再到春可以花开三季。而每到夏季骄阳似火之时,紫荆用一身繁茂的绿叶为人们遮阴挡阳,送来丝丝凉意。紫荆花柔而不弱,朴实而不张扬,不择土壤,落地即可生长。其种子特别多,每到 6 月,那一树的“豆角”一齐开裂,像母亲隆重放手,让心爱的儿女独立地去寻找生存的空间。紫荆一直在造福人类,它的花、树皮和果实均可入药。具有清热凉血、祛风解毒、活血通经、消肿止痛等功效。可治疗风湿骨痛、跌打损伤、风寒湿痹、闭经、蛇虫咬伤、血气不和、狂犬等病症。其木材纹理直,结构细，可供家具、建筑等用。

“一门和气常如春，紫荆花开庭草碧。”宋代诗人刘克庄的这两句诗，应该是涵盖了紫荆花的花语吧。

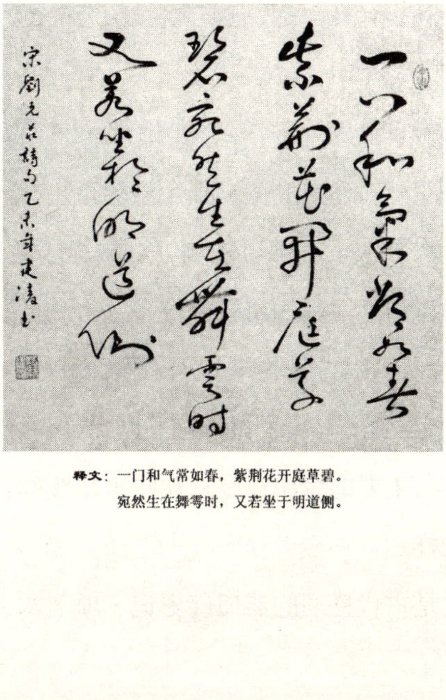

释文：一门和气常如春，紫荆花开庭草碧。
宛然生在舞雩时，又若坐于明道侧。

玉雪禅客栀子花

在歌厅的走道里，我听到邻间有一个小男孩很投入地在吼:“栀子花开啊开，栀子花开啊开，像晶莹的浪花盛开在我的心海，是淡淡的青春，纯纯的爱。栀子花开啊开，栀子花开啊开，像晶莹的浪花盛开在我的心海，栀子花开啊开，栀子花开啊开，是淡淡的青春，纯纯的爱。”反反复复，没完没了，近乎歇斯底里。这举动一下子唤起了我的好奇心，想查查这是一首什么样的歌，能与优雅的栀子花搅合在一起，还这么“摇滚”味十足？岂不坏了栀子花一世的好名声？

于是，我找了一个安静的地方，用手机查了一下。百度的结果竟然是有一首这样的歌《栀子花开》，还是湖南台那个小男孩主持人何炅写的和唱的。而且，这小男孩还首次导演了一部电视剧，就叫《栀子花开》。不过，何炅到底是吃文艺饭的，唱得自然比歌厅男孩好得多，最大的区别不是何炅有什么好的唱功，而是唱得深情，唱得优雅，唱得不摇滚，唱得令小女生动容。这样唱，似乎让人能接受，至少没有坏了栀子花一世优雅的好名声。

我种栀子花多年，主要的缘由还是喜欢它玉雪般的花模样，白兰般的馥郁香，君子般的优雅样。

据李时珍说:卮是古代盛酒的器皿(《史记·项羽本纪》有“赐之卮酒”之

句),栀子花的果实模样很像卮,故得名“栀子”。栀子花又名黄栀子木丹、鲜支、越桃、支子花、玉荷花、白蟾花、碗栀等,是茜草科栀子属常绿灌木。原产我国,全国都有种植,但主要生长在华东、华南、西南一带。其枝叶繁茂,叶色四季常绿,其花色白如银,芳香馥郁,素洁淡雅,很受人们喜爱。但是,栀子花的香味宜远闻而不宜近嗅,因为,栀子花开时,花朵之中常会藏有一种黑色小虫,嗅之易入人的鼻窍,带来麻烦。

野生的栀子花一般是6瓣。经人工栽培后,有多重花瓣的栀子花被园艺师培养出来,例如荷花栀子的花每重是6瓣,共有三重,达18瓣。其香味扑鼻,一枝花开,远近皆香。

野生的栀子花会结果实,初为青色,熟后变黄。果实的仁为深红色,可做染料,也可以入药,主治热病高烧,心烦不眠,实火牙痛,口舌生疮,鼻规,吐血,眼结膜炎,疮疡肿毒,黄疸型传染性肝炎,蚕豆病,尿血;外用治外伤出血、扭挫伤等。栀子花的根可主治传染性肝炎,跌打损伤,风火牙痛。栀子花苦寒,能清邪热,宽肠通便,防癌,栀子花含有纤维素,能预防痔疮的发作和直肠癌瘤的发生。

栀子花亦可食用。其花即可凉拌、做汤,又可清炒、油炸,还可制作花茶,是很多疾病的食疗好选择。

栀子花一般都洁白如玉如雪,但据说四川有一种栀子所开的花是红色的,开在初冬后春节前。“蜀主孟昶,十月宴于芳味园,赏红栀子花。其花六出而红,清香如梅。”“蜀主甚爱重之,或令写于团扇,或绣入衣服,或以绢素鹅毛作首饰,谓之红栀子花。”记载的就是此事。不过,我从未见过非白色的栀子花。

有人说:“薝卜含妙香,来自天竺国。”认为栀子花是唐三藏法师从古印度带回来的。其实不然,在我国,栽培栀子花的历史至少早于齐梁之前。《晋令》:“诸宫有栀子,守护者置吏一人。”《史记·货殖传》:“千亩卮茜,其人与千户侯等。”《艺文类聚》:“汉有栀茜园。”都充分说明,早在佛教传入我国之前,栀子花已经被国人广泛栽种。其后才传入日本,再由丝绸之路传到古印度以及西欧各国，后再传至美洲，成为世界名花。

“尽日不归处，一庭栀子香。”栀子花因其色洁如雪，清新淡雅，冬日开始孕苞，越了冬春方才开放，那种静静地守候传达出永恒的爱，被古人称之为禅客。明代的画家诗人沈周就写过“栀子图”。其画面上的栀子花简洁无繁，淡雅而有清韵，富有禅意。其题赋曰：“雪魄冰花凉气清，曲栏深处艳精神。一钩新月风牵影，暗送娇香入画庭。”当是诗书画三位一体的佳作，也体现了栀子花的禅性。

《父亲的草原母亲的河》词作者席慕容说：“我想要的那种栀子，开起花来像大朵的玫瑰，重瓣的花朵圆润洁白地舒展着，整株开满的时候，你根本不可能从花前走开，也许终于下决定离开它，可是日里夜里那种香气那种形象就一直跟着你，根本没有办法将它忘记。”我想，能够如此打动这位蒙古族的台湾诗人之心的，肯定不仅仅是栀子花的香味，也许就是它所带有的禅意。

现在想来，如此有灵性又禅意十足的栀子花被那小男孩演绎成嘈杂的歇斯底里，实在是令人扼腕。这真是：传统无觅处，无知害死人呐！

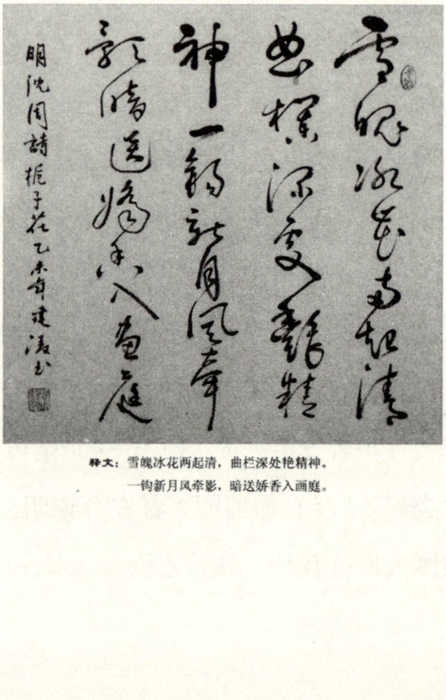

释文：雪魄冰花两起清，曲栏深处艳精神。
一钩新月风牵影，暗送娇香入画庭。

耐性超强虎耳草

认识虎耳草已经有40多年了。

上世纪70年代初，我就读于晓庄师范，当时教我们的中文老师就是南京艺术学院书法教授季伏昆先生。先生除了教书以外，兼学习中医，认识数千种中草药，还会针灸。学校让他创办了一个小药厂，熬制各种汤剂、浸膏。先生选中我和非师范部的杨光明做他的助手。经常在周日放弃休息，背上铁质药箱，上晓师对面的老山去采药，采回后种植在学校的药园里备用。一年下来，我也认识了五六百种草药，并熟知各药的功效、主治和用法。虎耳草就是那时在老山上认识的。因为名字独特，所以先生教了我就没忘记过。

虎耳草是虎耳草科虎耳草属多年生常绿草本植物，生于山地或庭际石间，是一种蔓生植物，有瀑布状的纤匐枝，叶子的形状很像毛茸茸的老虎耳朵，故得名。由此引申又叫做老虎草。又因其叶形似荷叶且叶面覆被一层毛茸茸的小毛，金黄金黄的，故又有一个很雅的名字叫做“金丝荷叶”。在民间，很多人不知道其雅名，所以虎耳草的名声倒是很响亮。此外，它还有石荷叶、金线吊芙蓉、耳朵红等别名。

虎耳草性微苦、辛、寒，具有消肿解毒之功效。一般肺热咳嗽可采鲜全草100克煎服。对风湿疹、皮肤瘙痒症，可采鲜草50克浸酒服用。采鲜草捣烂绞汁,加冰片少许滴入耳内可治疗急性中耳炎。若患痔疮则宜选干全草烧烟熏疮或煎水池疮(用虎耳草水浸泡)。治烫火伤,可用鲜全草捣汁抹涂于烫伤处,效果均佳。

后来读《沈从文传记》,我才知道沈老先生幼年时在湘西老家就十分喜爱虎耳草。他生性好动,不耐烦上学,便满山遍野地疯跑。在山上,老人告诉他,那遍地都生长的虎耳草能治病,他便记在心里。后来,沈先生虽身在京城,却心念湘西。为解乡愁,沈先生让人从家乡带来虎耳草,种在自家院中。每天在给虎耳草浇水时,沈先生就仿佛回到了老家,甚至听到了杜鹃的啼叫和沱江的水声。他认为,虎耳草生命力极强,无论涝了旱了,明了暗了,想起它了忘记它了,它都可以安安静静地生长,身子渐渐大了高了,叶儿渐渐圆了有毛了,花儿蓓蕾了,五瓣儿小白花儿开了。它用自己生命的周期记载着日月轮回,观望着人世间许许多多的悲欢离合。沈先生在他的名作《边城》里塑造了翠翠这个湘西妹子的典型形象。虎耳草是沈先生在小说中的道具。一条河,一艘船,一只狗,翠翠和爷爷每天在这河上渡来渡去。一天清晨,在溪边洗脸的翠翠,把梦到的事情说给爷爷:“爷爷,你说唱歌,我昨天就在梦里听到一种顶好听的歌声,又软又缠绵,我像跟了这声音各处飞。飞到对溪悬崖半腰,摘了一大把虎耳草。得到了虎耳草,我可不知道把这个东西送给谁去了。我睡得真好,梦得真有趣。”多么朴素的情感,像清溪洗过般没留丁点儿杂质。《边城》中的虎耳草,是从沈先生笔下随意流出来,并非刻意之物,此物在此时正合女主人公的精神世界的需要,显得有情有感,有血有肉,天然去雕饰,使得人物更为丰满而栩栩如生。

其实,沈从文就是一个性情中人。我们可以从他和张兆和女士的婚姻可见一斑。年轻的从文喜欢兆和,用了4年时间去追求她,那情书写得可了得,简直如狂风暴雨一般,以童稚般的天真,顽固地向张兆和席卷而来。然而,矜持的大家闺秀张兆和却几乎一封信也没回过。胡适对张兆和说:“他顽固地爱着你。”张兆和却说:“我顽固地不爱他。”但是,经不住岁月的侵蚀和情书的狂轰滥炸,“顽固不爱”的张兆和还是敌不过“顽固而爱”的沈从文,两人终究走到了一起。于是，沈从文在“悬崖上的虎耳草”里写道：“我行过很多地方的桥/看过许多次数的云/喝过许多种类的酒/却只爱过一个正当最好年龄的人”。

十多年前，我去张家界采风，还专门去凤凰古城沱江边的听涛山拜谒沈从文墓。沈从文的骨灰有三分之一没有保留，是由其子虎雏、孙女沈红和他的学生王亚蓉乘“竹叶小舟”顺着东去的河水，撒入沱江中的。人们为了纪念沈先生，便在听涛山为先生修了一个墓园。我从古城出来，走了约20分钟的路程，便到了听涛山下。沿山道向右拾阶而上，不远处便能看见一块石碑，上写“沈从文墓地”5个遒劲大字。在其不远处置有一块竖长的石碑，上面刻有著名画家黄永玉为其表叔沈从文题写的碑文：“一个士兵不是战死沙场，便是回到故乡。”这就是沈先生的墓园。墓园不大，建在一块狭长的小草坪上，没有坟冢，只竖有一块6吨多重的天然五彩石，石之正面镌刻的是沈从文手迹：“照我思索，能理解我；照我思索，可认识人。”石之背面是沈从文的姨妹张充和的撰联：“不折不从，星斗其文；亦慈亦让，赤子其人。”这藏尾联每句末尾四字连起来是：“从文让人”。这四个字透射出沈先生一生的高风亮节。我注意到，在沈墓园地中，种植最多的就是虎耳草。虎耳草不过是普通的野草，生长在山野之中，但就是这种草，给漂泊异乡的沈从文缓解对故乡的眷恋和乡民过上幸福生活的企盼。也许当地人民知道沈先生酷爱虎耳草，将其栽在墓石的周围，让虎耳草陪伴先生安享家乡的青山绿水和浓郁亲情。

在地处吴头楚尾的皖北宿松，自明代以来在民间就流行一种音乐形式叫做断丝弦锣鼓。它以打击乐为主，间以丝竹音乐伴奏。锣鼓的表现形式和音乐综合了中国腹地锣鼓的众多优点，既吸纳了川蜀锣鼓的高低音对比，又借鉴了华北锣鼓的高亢粗犷；既融合了长江下游锣鼓的清亮悦耳，又汇入了江南锣鼓的圆润，并逐渐形成了宿松丝弦锣鼓音色柔和的主要特色。其中一个主要曲牌就叫做《金丝荷叶》，曲牌明亮悦耳，旋律简洁，节奏明快，步伐性强，便于渲染气氛，深受群众欢迎和喜爱。

虎耳草的花语是——持续。据说，凡是受到这种花祝福而生的人耐性超强，做事能够持之以恒，终成大器。我曾写过一首虎耳草的诗："从文笔下一棵草，扬名万里到碧霄。茸茸石荷能解毒，耐性超强虎耳草。"在我国民间似有虎耳草是出生在阴历四月十二人的生日之花的说法，新生儿在这一天出生时，若有虎耳草伴其左右，这孩子定然健康聪明，荫福绵绵。过生日时，为其送上生日之花虎耳草，当是最好的礼物。我父亲恰是这日出生的，只可惜的是他老人家刚过花甲从边陲之地回归故里就早逝了，我这一直没有生活在他身边的大儿子，竟然没有为他庆过一次生，更没有机会为他老人家送上一份生日花，这种"子欲养而亲不待"甚是让人遗憾！

我已多年没有养植虎耳草了，近日听说妹妹家植有一棵，应该抽时间去看看。也应该去花卉市场买上两棵虎耳草，植于老父亲的墓前，也让他老人家像沈从文老先生一样享受自己的生日之花——虎耳草的关爱，在故乡的土地上安眠。

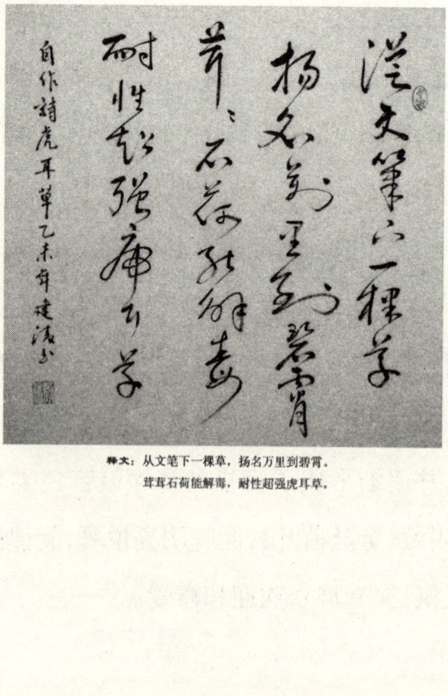

释文：从文笔下一棵草，扬名万里到碧霄。
茸茸石荷能解毒，耐性超强虎耳草。

富有富贵荷包花

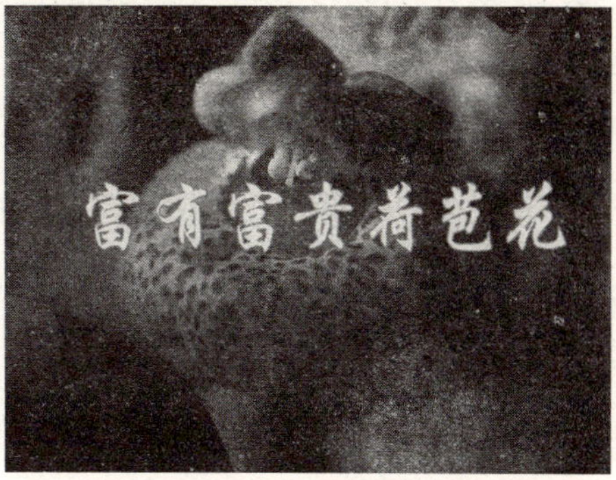

元旦后，我在花卉市场看到一种小花。那花儿个头不高，花形别致。其花冠呈二唇状，上唇瓣直立较小，下唇瓣膨大似蒲包状，上下唇之间形成空心，花柱头慵慵懒懒地生在两个囊状物之间。其花色变化丰富，单色品种有黄、白、红等深浅不同的花色，复色品种则在黄、白、红等各底色上点缀一些橙、粉、褐红等斑点。店主告诉我，它就是荷包花。

荷包花这名儿我以前听过，但没见过，更没有养过。于是，我查了一下有关荷包花的资料：荷包花又名叫蒲包花，是玄参科蒲包花属多年生草本植物。其茎、枝、叶上均有细小茸毛，叶片卵形对生。荷包花在拉丁文中是“细小的花鞋”的意思。原产自南美洲安第斯山区。当地的土著人认为它是一个喜欢生气的“鼓气袋”，虽然长相美丽，但是，这无事就生气的性格让人不待见。一直到前往安第斯山探险的人把它形容为“荷包”之后，那些土著人才渐渐喜欢它了。荷包花被探险者带出安第斯山后，得到了山外人们的喜爱，很快便传播到全世界，成为家庭室内盆花之新宠。其中，以欧美推广得最快最多。现今全世界共有 530 多个品种，按花型可分为“大荷包”、“中荷包”和“小荷包”三大类。“大荷包”的朵头大如鸡蛋。内部充气较多，显得非常饱满，大有富有富贵的景象。荷包花花期长，花色艳丽、花形奇特，是冬、春季重要的盆花之一，很受人们欢迎。

荷包花原产于墨西哥、智利一带，何时传入我国不得而知。现在我国的江苏、浙江、江西、湖南、福建、台湾、广东、广西、四川、贵州、云南等长江以南的大多数省份皆有分布。印度东北、孟加拉、锡金、不丹、中南半岛、马来西亚、日本也有分布。

荷包花的花语是：富有，富贵，援助。因此，关于荷包花有好几个传说。

传说之一是“援助”：从前，有一位姑娘舞姿很美，一直是各种庆典中舞蹈表演的主角。可是，她在一次意外事故中失去了美丽的双腿，异常痛苦。姑娘乞求天神帮帮她。花神接受了姑娘的祈求，非常同情她，给予她必要的援助，把她变成了一种美丽的花——荷包花。后来人们就喜欢在庆典中放置这种花，让姑娘优美的舞姿永远在庆典中随风飘舞。

传说之二是“富贵”（橙色荷包花）：相传，古时候有个村庄，干旱已经持续了很久，农作物都快要枯死了。村长的女儿为此夜夜落泪。不经意间，姑娘的泪水滴落在一个精灵身上，精灵问清缘由对她说：“你愿意为大家牺牲自己么？”姑娘想也不想就点了点头。于是，精灵就把她变成了井边的一株橙色荷包花。第二天全村的井水都满了，村民用井水救活了地里的庄稼。从此这个村庄风调雨顺，五谷丰登，村民们过上了富裕的生活。

传说三是“离别”（紫色荷包花）。相传，在很久以前，古罗马的公主在狩猎场爱上了勇猛的战士鲁尼。公主在狩猎结束后接见了鲁尼，鲁尼从公主的眼神中感受到了她的爱意，两人迅速坠入了爱河。但好景不长，鲁尼给派上了战场。在分别之际，鲁尼采了路边的一朵紫色荷包花插在公主头上，亲了亲公主满是泪水的脸后，上马绝尘而去。

荷包花还有不少其他的传说，有些不太吉利。这些不太吉利的荷包花就成了人们忌讳的品种。例如白色的代表失落，“荷包”干瘪的品种代表贫穷、破财，等等。其实，白色的荷包花也是很有特色的品种，特别是那种白底上点缀红褐色斑点的品种，也是比较名贵的一种。只不过，人们弄了一个故事就将其打入了冷宫，让它一直蒙受“失落”的冤屈多年，还无法昭雪。那干瘪“荷包”品种是欧洲人经过长时间杂交才培养出来的新品种，被人们附会为“贫穷”、“破财”之后，其销路便一落千丈，无人问津。

世间植物本无好坏之分，全凭人的臆断。说它好时，天花乱坠。说它差时，牵强附会，是真正的莫须有。而对于人的评判，是否也如此呢？

荷苞花可入药，有安神、止血之功效，主治心悸失眠，痔疮出血等。

荷包花喜凉爽、湿润气候、通风良好的环境，生长适温为7℃—15℃，既不耐寒，也畏炎热，气温高于20℃就不利于生长和开花。荷包花喜富含腐殖质、排水良好的土壤。荷包花喜长日照，冬季应放在阳光充足的地方，延长光照时间有利于其生长。荷包花繁殖方法以播种为主，播种期在每年的8月至9月间。切忌播种过早，过早则气温高，幼苗易溃烂。播种晚则影响开花。荷包花既忌干也怕湿，故浇水要间干间湿，空气湿度应保持在80%以上。生长季节气温不得低于7℃。一般以10天左右施一次稀薄液肥为宜。

“细小花鞋寸许身，精美荷包知几层？富有富贵爱援助，轻看毁誉脱凡尘。”眼下正值一年一度的春节前夕，也是蒲包花应市之时。荷包花奇特而美丽的花形，十分招人喜爱，既是家养花卉的好选择，也是很好的礼仪佳品。如果，买上几盆荷包花，摆放窗台、阳台或客厅，红花翠叶，顿时满室生辉，热闹非凡，绚丽夺目，蔚为奇趣。去亲友、师长家做客，送上一盆鲜红的蒲包花，为主人带去“富有”和“富贵”，带去吉祥的祝福，岂不是皆大欢喜的好选择？

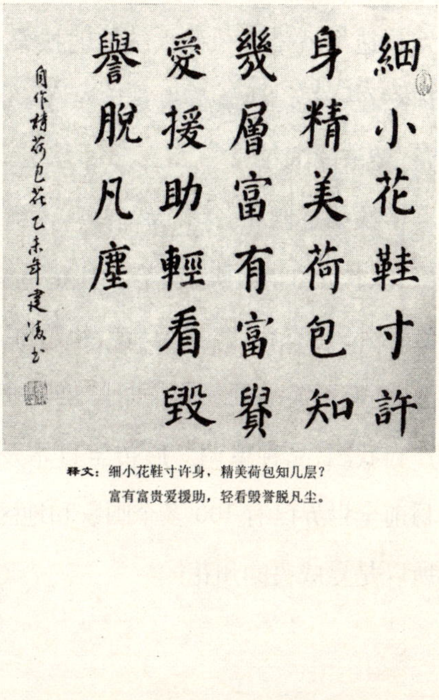

释文：细小花鞋寸许身，精美荷包知几层？
富有富贵爱援助，轻看毁誉脱凡尘。

朝开暮落扶桑花

今年春节,由于大弟弟建钢乔迁新居,我们全家 19 人第一次齐聚南宁过年,为其新家添薪,甚是热闹。

春节期间,南宁街头依然繁花似锦。三角梅、樱花、茶花、茶梅、扶桑花竞相开放,把原本美丽的南宁装点得更加妩媚动人。其中,大红的扶桑花更为娇艳欲滴,6 片鲜红的花瓣拥着一条细长的淡红长葶黄色花蕊,仪态万千地惹人怜爱。这就是南宁的市花——扶桑花。南宁的国际会展中心主建筑穹顶造型就是一朵硕大绽放的扶桑花,12 片花瓣意喻广西 12 个少数民族团结在一起。扶桑花也是广东茂名和台湾高雄的市花,还是马来西亚、苏丹、斐济的国花。

扶桑是世界名花,为锦葵科木槿属常绿灌木,又名朱槿、桑槿、赤槿、大红花、状元红、中国蔷薇等。其花色鲜艳,花大形美,品种繁多。花色上,除红色外,还有粉红、橙黄、黄、粉边红心及白色等不同品种,外型上,除单瓣外,还有重瓣品种。其花期长,四季开花不绝,为美丽的观赏花木。扶桑原产自我国,品种单调。后传至日本及欧美,经杂交后育出 3000 多个品种。目前全世界已有 100 多个国家和地区种植扶桑,其中以美国的夏威夷为最,所以是夏威夷的州花。

扶桑这个名字听起来很有意蕴。在我国的神话传说中扶桑是海外太阳初升处的大桑树，是神树。《山海经·海外东经》云："汤谷上有扶桑，十日所浴，在黑齿北。"郭璞注："扶桑，木也。"《楚辞·九歌·东君》云："暾将出兮东方，照吾槛兮扶桑。"王逸注："日出，下浴于汤谷，上拂其扶桑，爰始而登，照曜四方。"汉代《海内十洲记·带洲》云："多生林木，叶如桑。又有椹，树长者二千丈，大二千余围。树两两同根偶生，更相依倚，是以名为扶桑也。"可见扶桑在我国的栽培和观赏历史之久远。因日本在我国的东面海外，古称日本为扶桑。大唐高僧鉴真曾屡经磨难，东渡扶桑为倭人传播佛学，欲引其修成正果。这里的扶桑借用的也是太阳初升处的大桑树之意。

扶桑花是木槿花的姊妹花。其花叶枝条和性能都很相像，一样的朝开暮落，很像孪生姐妹。不过，扶桑花要比木槿花更为娇艳、美丽。明代李时珍《本草纲目·木三·扶桑》载："扶桑产南方，乃木槿别种。其枝柯柔弱，叶深绿，微涩如桑。其花有红黄白三色，红者尤贵，呼为朱槿。"他在《本草纲目》中还认为："东海日出处有朱槿树，此花光艳照目，其叶似桑，因以比之，后人讹为佛桑，乃木槿别种，故曰及诸名，亦与之同。"唐代诗人李商隐描述扶桑花是"才飞建章火，又落赤城霞。"与李商隐同朝代的诗人李绅有《朱槿花》诗云："瘴烟长暖无霜雪，槿艳繁花满树红。每叹芳菲四时厌，不知开落有春风。"都是用扶桑的别名朱槿来赞咏扶桑花与众不同的红艳之美的。而明代诗人桑悦的《咏扶桑》："南无艳卉斗猩红，净土门传到此中。欲供如来嫌色重，谓藏宣圣讶枝同。叶深似有慈云拥，蕊坼偏惊慧日烘。赏玩何妨三宿恋，只愁烧破太虚空。"是把扶桑的美与佛事结合起来进行赞美，更加使人增添了对扶桑的喜爱。

扶桑花有着很好的经济价值。除了其人见人爱的观赏价值以外，其根、叶、花均可入药，有清热利尿、解毒消肿之功效。

扶桑花的花语是纤细美、体贴之美、永保清新之美和新鲜的恋情、微妙的美。因此，浪漫的斐济人每年 8 月都举行传统的"扶桑节"，历时 7 天。节日期间，人们用红色的扶桑花装饰大街小巷、牌楼彩车，张灯结彩，盛装游行。节日的高潮是评选出 3 名“扶桑皇后”，并为她们戴上插满红色扶桑花的美丽皇冠，节日十分隆重。而马来西亚人则称呼扶桑为“班加拉亚”，是“大红花”的意思。他们把扶桑当作马来民族热情和爽朗的象征，比喻烈火般热爱祖国的激情。夏威夷大面积栽种扶桑花，看到扶桑花就会令人想起碧海蓝天的沙滩和腰挂草裙的土著美女。据说土著女郎把扶桑花插在左耳上方表示“我希望有爱人”，插在右耳上方表示“我已经有爱人了”。如果左右耳上方都插扶桑花呢？我猜想，该是“我已经有爱人了，但是如果有好的话，再来一个也欢迎。”可见在那太平洋深处的碧海蓝天的浪漫之地该是多么浪漫呀。

扶桑花朝开暮落很短暂，但是，前花落了后花开，绵绵延延一整年，既美丽又耐看，文化底蕴还丰厚，在家里种上几株陪伴自己，当是很好的选择。

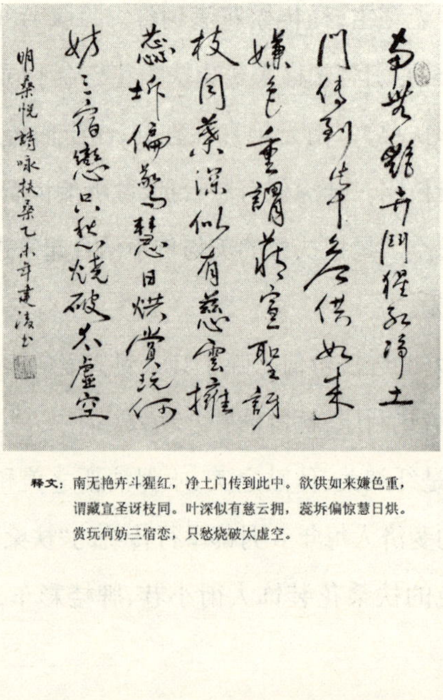

释文：南无艳卉斗猩红，净土门传到此中。欲供如来嫌色重，谓藏宜圣讶枝同。叶深似有慈云拥，蕊坼偏惊慧日烘。赏玩何妨三宿恋，只愁烧破太虚空。

幽蓝君子桔梗花

40 多年前，我认识桔梗时，是因为读错了桔梗的“桔”字的音，将 jié 读成了 jú。那是在学校的药园，年长的同学纠正时，我并不服气。因为，我印象中“桔”字就是“橘”的简体，不应该读错的。回到寝室，我还认真地找出《新华字典》查了一下，结果是我才疏学浅弄错了，从此，也就记住了桔梗。

几十年都能记住它，有读错音的尴尬记忆因素，更多的原因应该还是桔梗那幽蓝的色调。桔梗花开的时候，在青青的绿枝上绽放出的那一片蓝，可真叫人心襟荡漾。那是一片纯粹的蓝，那是一片梦幻的蓝，那是一片令人陶醉的蓝。这种蓝充满着高贵，充满着安详，充满着爱意，可以直入心底。从此，我将自己的幸运色定格为“蓝”。

各种花都有自己特定的颜色。有的以红为主，为的是吸引更多的蜂蝶前来采蜜采花粉，以便于相互授粉，传宗接代。原因是，红色的波长比较长，易于蜂蝶找到它。而黄色、紫色的花儿也是比较便于蜂蝶寻找的。但是，黑色、蓝色的花儿，由于波长较短，它们吸引蜂蝶的因素不在于花朵的颜色，而在于芳香的气味。作为蓝色或蓝紫色的桔梗花来说，它散发的幽香并不亚于馥郁的兰香。

桔梗是桔梗科桔梗属多年生草本植物，又名叫铃铛花、包袱花等。其花单朵顶生，或数朵集成假总状花序，或有花序分枝而集成圆锥形花序。其花形呈钟形，蓝色有棱角。花半开的时候，其花瓣是聚合在一起的，呈僧帽状。所以，桔梗花有俗名叫“僧冠帽”。花开放后，呈五角星状，是极富观赏性的最美花型之一。

桔梗是中医常用药。陶弘景在其《神农百草经》中说：“(桔梗)近道处处有，二、三月生苗，可煮食之。桔梗疗蛊毒，甚验。俗方用此，乃名荠。今别有荠，能解药毒，可乱人参，叶甚相似。但荠叶下光明滑泽无毛为异，叶生又不如人参相对耳。”李时珍在《本草纲目》中曰：“此草之根结实而梗直，故名。”其根可入药，有止咳祛痰、宣肺、排脓等作用。

陶弘景所说的“二、三月生苗，可煮食之”，就是大家常吃的桔梗野菜。在我国东北地区和延边朝鲜族中有腌制辣桔梗的传统。其实，在做这道菜的原始阶段所用的原料并不是桔梗，而是牛蒡。牛蒡腌制后有一种怪味，有人嫌它有臊气，就用与牛蒡相仿的桔梗替代。桔梗味道微苦，但是，无异味且香，非常下饭，久而久之，腌制辣桔梗就成了东北地区和朝鲜族人的一道传统菜肴了。建国60周年大庆时，朝鲜族的阿里郎组合在庆祝大会的演出中，表演了朝鲜族民歌《桔梗谣》:“桔梗哟，白白的桔梗长满山野，只要挖出一两棵，就可以满满地装上一大筐。哎嘿哟哎嘿哟，这多么美丽，多么可爱哟，这也是我们的劳动生产。”三四拍的《桔梗谣》旋律流畅欢快，翩翩起舞的阿里郎演员的尽情演绎塑造了朝鲜族姑娘勤劳活泼的形象，给人们留下了深刻的印象，生动地表达了朝鲜族人民对祖国的感情，同时也代表全国各族人民为祖国花甲生日献上最深切的祝福。后来，我经常听这首《桔梗谣》，比较起来，我更喜欢“黑鸭子组合”的演唱，和弦很美妙，歌声很轻快，让人仿佛置身于山坡上万亩幽蓝的桔梗花海之中，忘却时光一般。

桔梗在朝鲜语中叫“道拉基”。朝鲜族中有一个关于桔梗(道拉基)姑娘的传说:很久以前，有一个叫道拉基的姑娘，生得闭月羞花。好色的地主垂涎其美貌，以姑娘家欠债不还为由，派人抢走道拉基去抵债。道拉基的男友闻讯后前往解救，除掉了可恶的地主，但被官府抓捕入狱。心急如焚的道拉基天天在山坡上盼郎归，后贫病交加含恨而亡。道拉基死后，乡亲们将其安葬在山坡上。第二年的春天道拉基的坟上开出了一朵幽蓝的桔梗花，乡亲们便把那朵桔梗花叫做“道拉基”。道拉基也就象征着永远的爱和绝望的爱。

桔梗根部的外形很像人参。但是，桔梗没有补品人参那么高贵。它很普通，登不了大雅之堂。它只是一味用于治疗咳嗽痰多、胸闷不畅、咽痛、音哑、肺痈吐脓、疮疡脓成不溃等病症的常用中药。它可观赏，可食用，可入药，不愧为百花中低调的谦谦君子。这真是：“花开幽蓝僧冠帽，嫩茎可食根入药。外形酷似野山参，名虽不大也光耀。”

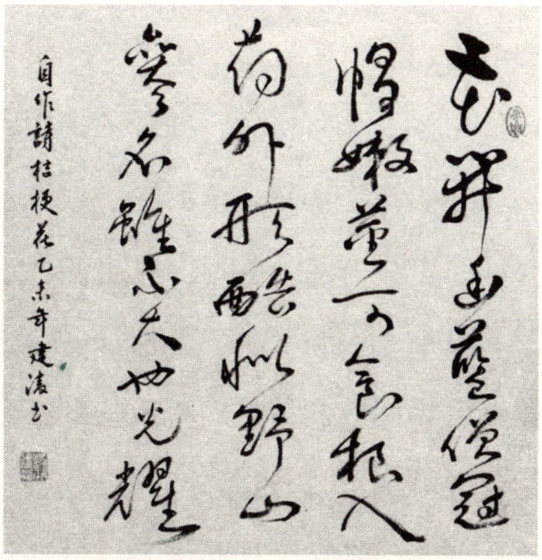

释文： 花开幽蓝僧冠帽，嫩茎可食根入药。
外形酷似野山参，名虽不大也光耀。

十丈珊瑚是木棉

乙未年大年初三，我们一家人由南宁前往中越边境的著名风景区德天跨国大瀑布游览。一路上，独特的喀斯特地貌配之于绿满两岸的左江，曲折迂回，显得风光旖旎，让人赏心悦目。

临近崇左市时，忽然有一棵高约四五丈的大树，孤零零立于左江边上，那一树繁英高低错落，风韵翩翩，赤如红霞，令人瞩目。近处一看，原来是花开正艳的木棉树。我这才想起，木棉花正是这近 90 年前的左右江革命根据地核心地区崇左市的市花。

“参天古干争盘拿，花时无叶何粉葩。”细观木棉树，树干与枝条都是挺拔伸展，绝无半点儿虬曲，如铮铮铁骨。全树除了红花没有一片绿叶，迎着阳春自树顶端向下蔓延的如同小碗大小的花朵，艳红得没有一点杂色，五片拥有强劲曲线的花瓣，包围一束绵密的黄色花蕊，收束于紧实的花托，在枝头在蓝天白云的映照下竞相盛放。那热烈奔放的红，丰盈鲜艳，光彩夺目，气度非凡。当木棉花老下落凡尘时，也分外有豪气。其的花瓣绝不四分五裂，而是仍保持原状，从空中一路旋转而下，坠落尘土，落后数日既不褪色也不萎靡，经月后才化作春泥更护花。看木棉花英雄地道别尘世，的确充满着一股英雄气概，也许这正是除了因为它花色血红以外叫它英雄花的原因所在。

“十丈珊瑚是木棉，花开红比朝霞鲜。天南树树皆烽火，不及攀枝花可怜。”这里的“烽火”就是木棉花的别名。木棉花是木棉科木棉属落叶乔木，又名斑芝树、英雄树、攀枝花、吉贝等。是热带树种，相传来源于古印度，现在我国南方皆有分布。在我国北方除盆栽以外，木棉树在室外无法过冬生存。在南方，木棉树生命力顽强，不择土壤，落地即活，生长迅速，极易繁花似锦，结果繁殖。

木棉花可入药可煲汤可熬粥，具有清凉健脾、凉血止血、润肺止咳之功效。木棉的根、茎抽取物可用做收敛剂、镇痛剂等；汁液可用以治疗痢疾；根皮、茎皮和刺，磨成粉制成药膏可用来治疗粉刺。木棉的材质脆轻，耐水浸泡，是木舟、火柴、木桶、包装箱及造纸的良好原料。木棉树的木质果实有拳头大小，呈椭球形，成熟后会自动裂开，里头充满了棉絮。由于华南地区不产棉花，木棉树的棉絮无疑是极好的替代品，唐代诗人李琮就有“衣裁木上棉”之句。木棉树的棉絮柔软纤细，富有弹性，耐压透气性好，浮力大，是救生工具的极好材料，也可做枕头、棉被、十字绣棉花等填充材料。由此可见，木棉树不仅仅空有“英雄”虚名，也是实打实的“宝树”啊。

唐代诗人白居易在其诗《新制绫袄成感而有咏》中云：“水波文袄造新成，绫软绵匀温复轻。晨兴好拥向阳坐，晚出宜披踏雪行。鹤氅毳疏无实事，木棉花冷得虚名。宴安往往叹侵夜，卧稳昏昏睡到明。百姓多寒无可救，一身独暖亦何情。心中为念农桑苦，耳里如闻饥冻声。争得大裘长万丈，与君都盖洛阳城？”我读过白老先生的《卖炭翁》，知道他善于关注贫民百姓生活，经常有“百姓多寒无可救，一身独暖亦何情。心中为念农桑苦，耳里如闻饥冻声”这种忧民的念想。我想，他老人家在看了木棉花后是否在考虑，如果，能将那朵朵飘落的木棉絮捻成长线，织成巨裘，“争得大裘长万丈，与君都盖洛阳城？”那么受寒受冻的农桑们是不是就可以“绵匀温复轻”呢？答案当然是否定的。

事实上，历代的仁人志士中不乏有“争得大裘长万丈，与君都盖洛阳城”

为民谋福的思想者和践行者,他们应该都是中华民族的英雄。特别是,辛亥革命的领导者孙中山先生的“天下为公”思想就是明例。近90年前,发生在百色、崇左等左右江地区共产党领导的武装起义,为的也是“人人有饭吃,个个有衣穿”,消灭剥削压迫,没有“饥冻声”的美好理想。那些勇士,毅然拿起枪杆与恶势力作斗争。他们虽然倒下去了,鲜血染红了左江和右江。但是,也渲染、幻化成了美丽的木棉树,那满树的木棉花就是他们的热血载体,昭示着后人要为理想而勇往直前。

由此,我又想起了木棉花语:“珍惜眼前的幸福。”这种珍惜包含着对无数仁人志士为创造我们今天幸福生活的感恩和对他们未竟事业的继承和发扬光大。若能如此,白居易老先生当无忧而含笑九泉了。

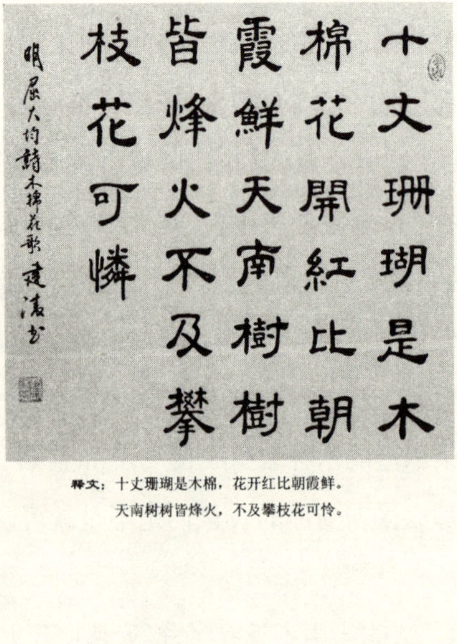

释文: 十丈珊瑚是木棉,花开红比朝霞鲜。
天南树树皆烽火,不及攀枝花可怜。

此去经年勿忘我

认识小花“勿忘我”是在劳伦斯的笔下。

我读劳伦斯的《查泰莱夫人的情人》一书时，这本书还属于“禁书”范围。那时，“文革”风还未消退，除了高尔基、奥斯托洛夫斯基等前苏联作家的书可以读之外，西方作家的名著基本上都在禁读之列，劳伦斯的这本书被禁就更不足为怪了。

那是一本撕破了的书，最前面的一页已经是第12页了。最后一页也离结尾应该不会少于十多页。书内页中凡对“夫人”与“猎人”的一些独特的描写部分，基本上都被撕去一半，或被全部撕去。尽管这样破破烂烂没有书名的书给人印象很糟糕，但是，劳伦斯的生花之妙笔和他深邃的思想火花，依然让我有认真读完的愿望。

“勿忘我”就是劳伦斯作为夫人与猎人的情感道具被我认识的。但是，那时我从来就没有见过勿忘我，只能从劳伦斯的文字上想象它是一种开着紫蓝色花朵的小草花儿。

一晃过去了多年，我在南京的中山植物园看到了这紫蓝色的、素雅的小花。在温暖的春阳下，一根绿色的茎秆支撑着六七朵紫蓝色花瓣黄色花蕊的小花，静静地绽放。微风拂过，那一片勿忘我随风轻轻摇曳着自己弱小的身姿，散发着一抹朦胧的紫蓝韵，浸透着一份浪漫和神秘。勿忘我的花形优雅，色彩搭配和谐醒目，令人喜爱，难怪劳伦斯那么喜欢它呢。

勿忘我是紫草科勿忘草属多年生草本植物，是美国阿拉斯加州的州花，又名星辰花、匙叶草。传说中，当上帝给所有的花朵命名完成的时候，一朵没有被命名的小花叫道："哦，我的上帝，请不要忘记我！"于是上帝欣然回答："这就是你的名字——勿忘我。"

勿忘我是一种没有香味的花，植株又比较矮小。因此，在百花园中，它永远都不可能成为主角。它虽然没有牡丹那样的雍容富贵，没有春兰那样的清雅幽香，没有香水百合那样的香气袭人，也没有海棠花那样的热情奔放，更没有郁金香那样的色彩缤纷，但是，它淡雅而不失浪漫，恬静而不失浓情，娇小而不失精神。正如它的名字一样，既简单又富有特色而令人难忘。它生命中的那份紫蓝色，永远是那样坚定，即使花落在地，腐烂成泥，依然紫蓝不变。即使制成干花，紫蓝色依然长久不褪。如果将其做成书签，即使夹在书中几十年，它依然颜色如初。这真是"此去经年终不改"！因此，勿忘我的花语除了永恒的爱以外，还有永恒的记忆。

勿忘我可入药。其味甘，性寒，入肝、脾、肾经，有清热解毒、清心明目、养阴补肾之功效，适用于肺风粉刺、疔疮疖肿、皮肤粗糙、视物昏花、大便秘结、小便短黄等。具有滋阴补肾，养颜美容，补血养血，并能促进机体新陈代谢，延缓细胞衰老，提高免疫能力，抗病毒，抗癌防癌之功效。也用于治疗雀斑粉刺、免疫力低下、病毒感染、心脑血管供血不足等疾病方面。勿忘我茶也是集药疗与品茗为一体的饮品，也受到大众的喜爱。

勿忘我是一种生命力旺盛适应能力强的花，广泛生长于树林边缘、山坡、路边以及山谷草地，它从不向大自然奢求什么，而是，用自己连片的"花海"为大自然妆点春天。这正如无数为国捐躯的人们，在白色恐怖的年代，在残酷的抗日战争时期，在艰苦的解放战争阶段，有多少革命志士为了理想，为了祖国和人民，抛头颅洒热血，用自己的身躯铺就了中华民族振兴的辉煌之路，用自己的鲜血装点了新中国的美好江山。但是，"贤愚千载知谁是，满眼蓬蒿共一丘。"他们之中有许许多多的人连名字都没有留下，就如眼前这微小的勿忘我一样，难被注视，难被颂扬。但是，他们却是真正的无名英雄，人们应该对他们永远“勿忘”。

“繁星点点草中卧，一份紫蓝终不错。真情漾成大花海，此去经年勿忘我。”今天是一年一度的清明节，许多人家都按中国的传统习俗祭奠先祖。在香烟袅袅之中，表达的是那份“勿忘我”的永远的怀念、永恒的记忆的情思，感恩先祖，不忘先祖，也是一种文化传承。

不过，现在的学校教育中似乎丢掉了祭扫烈士墓的好传统，据说是学校害怕学生外出出事，不敢组织这样的集体活动。窃以为，此种做法无异于削足适履。在物欲横流的今天，学校对学生的思想政治教育更应该放在重要位置上才是。西方社会，能用基督教天主教对学生洗脑，让其自小就接受一种信仰，以规范自己的言行。那么，我们为什么就该放弃自己的传统，让尚未确立世界观的孩子们的思想“放任自流”呢？

清明时节，带上可爱的学生们，为那些“贤愚千载知谁是”的先烈们献上一束勿忘我花，记住他们为国为民族捐躯的英雄事迹，传承他们那英勇不屈的伟大精神，不是很好的传承教育么？何乐而不为呢？

勿忘我，是生者的愿望，兴许也是逝者的企盼。

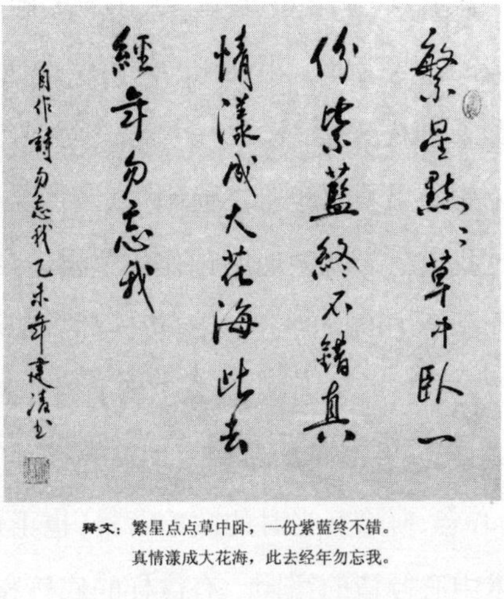

释文：繁星点点草中卧，一份紫蓝终不错。
真情漾成大花海，此去经年勿忘我。

惟有葵花向日倾

我有一幅30厘米见方的油画小品,画面是一棵迎着朝阳向上挺立的葵花。金黄色的花盘,深褐色的花蕊,被三两片绿叶衬托着,显得十分精神,也似蕴有某种深刻而又飘渺的禅意。画家老道的油画刀法,使得原本孤立散落的各种油画颜料有机地堆砌到一块画布上,便极富立体感,幻化出精彩的世界,其简捷的构图、高超的技法和美妙的艺术感染力,着实令人称奇,让我喜爱。

这幅画的作者是我的好友、拥有众多“粉丝”的中年油画家王柏夫。

王柏夫出生在大东北,毕业于小苏州。大东北的硬风使得他在生活里拥有一腔北方汉子般的博大情怀。小苏州的软雨使得他在艺术上又拥有江南女子般的精巧细致。他先天聪慧,才气十足,领悟力极强。加之后天勤奋,研习创作不断,不想硕果累累也难。他鄙夷世俗,既不入什么“会”也不跟什么“流”,“我就是我自己”,就像他所创作的这幅向日葵一样,在拥有青春阳光、勃勃向上、充满活力的同时,还具有哲人的思考和隐者的禅意。宋朝史学家、政治家司马光有诗《客中初夏》云:“四月清和雨乍晴,南山当户转分明。更无柳絮因风起,惟有葵花向日倾。”司马光这种“更无柳絮因风起,惟有葵花向日倾”的心态,摒除其当时的政治背景,也正是王柏夫这棵葵花向太阳这个艺术追求中心倾情的写照。有这样的底气和追求,所以近些年来，王柏夫的作品日臻成熟，越来越被收藏界看好。

由王柏夫的“向日葵”，我经常会想起每年七八月份新疆伊犁的向日葵花海。那一望无际的向日葵像极了三四月份内地盛开的油菜花海，仿佛一条天然的绿地绣金花的云锦，自天边铺展而来，又铺展而去，那规模，可谓浩大；那气势，可谓磅礴。令人心灵震撼，目不暇接，流连忘返。

这些葵花叫做油葵，是新疆优质的油料作物，具有产量高，出油率高，油质好，不饱和脂肪酸含量高等特点。在新疆油葵的栽培过程中，既不打农药，又很少施用化肥，是加工“绿色”、“有机”食用植物油的上好原料。数十年来，油葵一直是新疆最重要的经济作物之一。

向日葵是菊科向日葵属一年生草本，原产于南美洲，直到15世纪哥伦布发现新大陆后，向日葵才由西班牙探险队从美洲大陆带到欧洲，当时，仅仅作为观赏植物种植的。随后传入中国、印度和日本。俄罗斯的彼得大帝访问西欧时，很喜欢这种昂首向阳的植物，将其种子带了回去，让园艺师们研究种植，并于19世纪在俄罗斯开始大面积栽种。后来，俄罗斯将它确定为国花，可见向日葵在俄罗斯人眼里的重要地位。

向日葵的命名，是瑞典的自然学家卡洛拉斯根据其随太阳东升西落，一直向着太阳，就像是对太阳永久的膜拜一样的特性，而给出的名字，有着丰富的象征性意义。后来人们便把向日葵当作忠贞不渝的象征，是那种即使明知没有回报，也甘心付出的无私的爱的象征。拉丁诗人奥维德在他的著作《变形记》中讲述了水仙花神克丽提和太阳神阿波罗的故事。克丽提暗恋着阿波罗，却因只是一相情愿而陷入了痛苦之中。众神为了让她快乐，将她这朵水仙花变成了一种可以终身追随太阳神的花，那花儿就是向日葵。不过，这个故事也造成了人们对古希腊神话中太阳神赫利阿斯的长期误读，人们只知道阿波罗是太阳神，而并不知道原版太阳神赫利阿斯的存在。据古希腊神话：“赫利阿斯是阿波罗的上一代，每天他都骑着由四匹马拉着的金色马车从东到西穿过天空。他有一个光芒四射的金色圆盘来激发他的太阳能。赫利阿斯就是太阳神的化身，和太阳走一样的路径，阿波罗是他光明温暖的代表。”可几个世纪下来，人们只记得阿波罗是太阳神，而正宗的太阳神赫利阿斯却成了追随太阳的花儿的名字了。

在16世纪末到17世纪初这段时期，向日葵被赋予了许多的宗教意义，成为永恒、忠诚、骄傲、感恩的象征。当时荷兰的《花卉集》就把它列为最稀有、最美丽的花卉之一。

与此同时，在绘画领域里，向日葵的地位也是大起大落。有一度时间，向日葵一直占领着许多画作的中心地位，表现出一种恒久不变的信念。但是，到了资本主义全面掌控欧洲，向日葵因为过于粗拙普通而被上流社会看作是卑微和俗陋的代表，不再受到人们的宠爱。著名作家萨克雷在其小说《名利场》中就是用向日葵的粗大、黄色比喻女性的粗俗。不过，在画家和一些设计师的眼里，向日葵花依然是无与伦比的硕大和高贵。他们认为向日葵“看上去总是在思考”，把它的图案设计到大门、窗帘、陶艺甚至布料图案上，并形成了“向日葵文化”。王尔德、凡高、金斯堡就是这类文化的杰出代表。在许多著名的油画作品、摄影作品以及电影作品中，都用各种手法表现向日葵的风范，那些斑斓浓烈的色彩，诡异抽象的图形，让人们感受到爱和忠诚，同时感悟一切美好事物都是来之不易的，但希望永存。荷兰的著名画家梵高的作品《向日葵》就是其中的代表。

令一直处于穷困线上的梵高永远料想不到的是一百多年后的今天，他的一幅《向日葵》竟然能卖到数千万美金。从这个意义上看，当时，那些新兴资本主义的大佬们的确是对向日葵看走了眼，向日葵哪是什么粗拙普通之物呀！明明是摇钱树嘛。

其实，向日葵原本就不是什么粗拙普通之物。其除了种子可以榨油，可以作为零食之外，全身都是宝。其种子、花盘、茎叶、茎髓、根、花等均可入药。种子油可作软膏的基础药。叶与花瓣可作苦味健胃剂。果盘(花托)有降血压作用。花盘有清热化痰，凉血止血之功，对治疗头痛、头晕等有效。葵花盘研末用黄酒送服，可治疗功能性子宫出血。花盘水煎服，可治疗哮喘，花盘水煎加红糖饮服，可治疗痛经。茎叶可疏风清热，清肝明目。向日葵茎叶 5 克,大枣 10 枚,水煎服,每日 1 剂,连续 5～7 天,可治疗高血压。鲜向日葵茎叶适量,水煎服,可治疗眼红目赤,泪多。茎髓可健脾利湿止带,可治疗淋症、前列腺炎。根可清热利湿,行气止痛,治疗胃脘疼痛。花可清热解毒,消肿止痛。向日葵花适量,酒水各半煎服,可治疗乳痈。向日葵花适量,捣烂外敷或烘干研末,麻油调敷,可治疗疮痈疖肿、乳腺炎。葵花籽性味甘平,入大肠经,有驱虫止痢之功。葵花子含脂肪油达 50%以上,其中亚油酸占 70%,此外,尚含有磷脂等,有良好的降脂作用,对实验性动物的急性高脂血症及慢性高胆固醇血症有预防作用。葵花籽中的油剂,特别是亚油酸部分,能抑制实验性血栓形成。葵花籽及油还有润肤泽毛之效。新疆盛产葵花,维吾尔族姑娘的辫子又多又长,乌黑油亮,据说与姑娘们爱吃葵花子有关。

前几天,妹妹告诉我,她让新疆的朋友寄的几十粒向日葵种子种在地里已经发芽了。我不知道妹妹种向日葵是否是学新疆姑娘多吃葵花籽让头发乌亮,但是,向日葵可以美化环境,劳有所获,那是肯定的。

待妹妹所种的向日葵开花时,我一定向她要一枝盛开的来自新疆的向日葵花送给王柏夫,送上一份祝福,一份希冀!

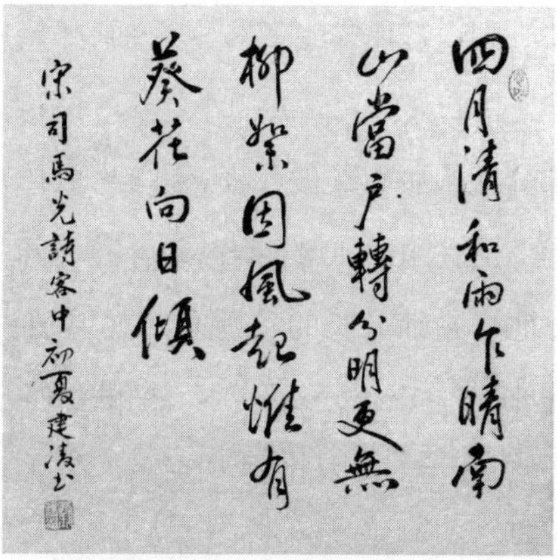

释文: 四月清和雨乍晴,南山当户转分明。
更无柳絮因风起,惟有葵花向日倾。

花发金银满架香

立夏那天清晨，我在小区晨练时发现，有好几条小路的两边都有一丛丛金银花盛开了。清香阵阵，把这些小路都熏香了。

在早晨的柔光中，我取出手机拍了一组金银花的照片，记录了一下当时的感觉。回家后，打开照片仔细看看，还挺精神的，并不比相机拍的差在哪儿。只见画面上的那丛金银花，蓬蓬勃勃地漾开了一大片。细细的藤枝上几乎对称地间隔着开花，一白一黄。白的如银，黄的似金，长长的花蕊像银发金丝一样，很是诱人。再看看那些小花蕾，红红的细长条儿，像一根根刚出生的小红椒一样，几根一簇团聚在藤枝之上，刚开始只有那么一点点，而后慢慢地伸展着，待其长到大约有幼儿的小指头长的时候，花蕾的红色尽数褪去，其最顶端的部分就饱胀而绽破开来，细长的白色花蕊，仿佛用一根根银针刺开苞皮从花蕾里跳将出来似的，很有趣。花儿开了，银色的花瓣全都向后微微卷起，极力地将又细又长的花蕊向外伸展出去，以吸引蜂蝶的注意，这独特的造型，也使得金银花分外妖娆。这银色的花儿经过数小时的氧化之后就变成了金色的花儿了。因此，李时珍在《本草纲目》里便把这晨银晚金的花儿叫做金银花。

金银花又名忍冬，是忍冬科忍冬属多年生半常绿缠绕木质藤本植物，原产于我国，我国各省及朝鲜半岛、日本均有分布。

金银花入药已有2200多年的历史。秦汉时期的《神农本草经》就有记载:金银花“性寒味甘,具有清热解毒、凉血化淤之功效,主治外感风热、瘟病初起、疮疡疔毒、红肿热痛、便脓血。”梁代陶弘景《名医别录》也明确记载忍冬(金银花)的种植。宋代的《苏沈内翰良方》中称:“可移根庭栏间,以备急。”而李时珍在《本草纲目》中详细论述了金银花具有“久服轻身、延年益寿”的功效。20世纪80年代,国家卫生部、国家中医药管理局对金银花先后进行了化学分析,结果表明:金银花含有多种人体必须的微量元素和化学成分,同时含有多种对人体有利的活性酶物质,具有抗衰老,防癌变,轻身健体的良好功效,对《本草纲目》的论述做出了科学诠释。将其确定为35种名贵中药材之一,并确定为药食兼用品种。

金银花有一个传说。传说三国时期,诸葛亮在七擒孟获的过程中,大部分将士水土不服,中了山岚瘴气,患了“热毒病”,军力大减。后经一小村寨,诸葛亮见村民遭遇天灾,全年几乎绝收,个个饿得面黄肌瘦,顿起恻隐之心,便发放军粮施救。村民们十分感谢。一白发老人得知许多蜀兵患了“热毒病”时,便叫来自己的一对孪生孙女儿:“金花、银花,你们去采几筐仙药来为蜀军解难。”然而3天后,姐妹仍未归来。人们多方寻找,在一处山崖,只见两只药筐中已采满了草药,筐边有野狼的足迹和被撕碎的衣服鞋子……蜀军将士吃了草药得救了,而金花、银花却为此献出了生命,为了纪念她们,人们就把这种草药开的花叫做“金银花”。

金银花色彩单调,身材瘦小,不及牡丹、芍药那样容易吸引人,因此,尽管它有着悠久的栽培历史,但是,在历代的文人墨客中,咏写金银花的很少,精品就更少了。清代王夫之《金钗股》诗:“金虎胎含素,黄银瑞出云。参差随意染,深浅一香薰。雾鬓欹难整,烟鬟翠不分。无惭高士韵,赖有暗香闻。”清代蔡淳《金银花》诗:“金银赚尽世人忙,花发金银满架香。蜂蝶纷纷成队过,始知物态也炎凉。”应该算得上是赞美金银花的上品了。

金银花摘下晒干后,呈浅黄色,依然留存着些许清香。用开水冲泡就是金银花茶,其味微苦略甜,先苦后甜,是暑天清热败毒的佳品。若有头痛脑热、口干舌燥症状时，喝上几口，症状立除，简单可行，十分方便。所以，古人认为“可移根庭栏间，以备急”是有道理的。

用金银花煮出的粥，是夏日食用佳品，既可清火败毒，又是清香美味，值得一尝。

我家南院的栅栏边上曾种有一丛金银花，今天我晨练回来前往观察时发现，它已经被满栅栏的蔷薇花挤得没地方生存了，难怪我已经很长时间没有见到过它的身影。由此看来，我也和历代文人墨客一样，慢待了这不事张扬，一直默默无闻地为人类做贡献的小花儿，甚至连一席之地都未能给它留下，惭愧！德国浪漫主义诗人诺瓦利斯说：“你所真爱的，永远为你所占有。”是的，应该减去蔷薇的一些枝杈，给金银花留出一席之地来，让其茂盛成长，践行《苏沈内翰良方》所要求的：“可移根庭栏间，以备急。”当然，也可以不断地享受到它超长的花期和悠悠的清香。

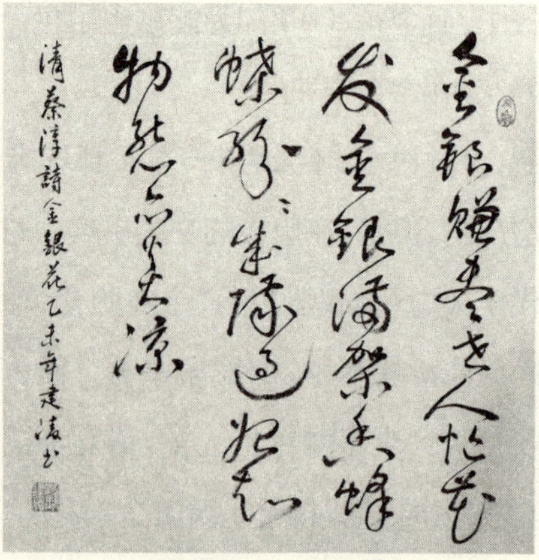

释文：金银赚尽世人忙，花发金银满架香。
蜂蝶纷纷成队过，始知物态也炎凉。

诗经里的葛根花

在老南京人中，知道葛的人并不多。但是，知道夏布的不在少数。

因为，南京素来天气比较炎热。在电扇、空调没有普及之前，南京人喜欢以夏布做衣服。儿时，我经常听老奶奶说：天要热了，剪一块夏布做衫子，出汗不粘身。

后来读《诗经》，发现里面有不少关于“葛”的诗。例如《诗经·国风·王风·采葛》：“彼采葛兮，一日不见，如三月兮！彼采萧兮，一日不见，如三秋兮！彼采艾兮，一日不见，如三岁兮！”其中的“葛”就是江苏、浙江、安徽、湖南等20多个省常见于山坡野地的一种蔓生植物，花可观赏，块根可食，又可药用，茎纤维可织布。织出的布就是我老奶奶说的“夏布”之一。

夏布在中国数千年的文明传承历史中，曾经起到过重要的作用。现在我们仍然可以想见，在那炎热的夏季，在没有现代化纳凉设备的古代，人们既要崇尚文明，衣不露体，又要散热，寻求凉爽。穿着棉布制品容易粘身，不舒服。而穿着细织的夏布，就可以达到既美观又散热的效果。所以，数千年来，夏布在宫廷、民间都很流行。制作夏布有一套比较复杂的流程。其原料为葛藤或苎麻。《史记·越世家》：越王勾践为雪会稽之耻，“身自耕作，夫人自织。”《越强书》曰：“葛麻山者，勾践点，种葛麻。”越女织葛麻布“弱于罗兮轻霏霏”，献吴王。东晋陶渊明《杂诗》云：“御冬足大布，粗细以应阳。”意思是冬天粗夏布衣服可以御寒，夏天细夏布衣服可以散热。可见夏布在我国文明传承中的作用。

葛是豆科葛属多年生草本植物，不仅其茎纤维可以织夏布，其花也很美丽，蝶形花冠，呈紫红色，每年夏季葛花盛开时，山坡上一片紫红，蔚为壮观。

其花与根、种子皆可入药。葛根花、葛根谷(种子)性味甘平，善解酒毒，醒脾和胃解渴，主治饮酒过度头痛头昏、烦渴呕吐、胸膈饱胀等症。《脾胃论》有葛根花解酲(酲，音“程”，醉后神志不清的样子)汤，《滇南本草》有葛根花清热丸等，均疗醉酒，具有解毒醒脾的功能。据报载，经常用葛根花泡水喝，对于治疗感冒发热、口渴、头痛项强、疹出不透、急性胃肠炎、小儿腹泻、肠梗阻、痢疾、高血压、心绞痛、突发性耳聋、冠心病、糖尿病、醒酒醉、增强儿童发育和智力等都有一定的疗效。李时珍《本草纲目》记载：“本草十剂云，轻可去实，麻黄、葛根之属。盖麻黄乃太阳经药，兼入肺经，肺主皮毛；葛根乃阳明经药，兼入脾经，脾主肌肉。所以二味药皆轻扬发散，而所入迥然不同也。”而《本草汇言》则明确说：“葛根，清风寒，净表邪，解肌热，止烦渴。泻胃火之药也。尝观发表散邪之药，其品亦多，如麻黄拔太阳营分之寒，桂枝解太阳卫分之风，防风、紫苏散太阳在表之风寒，虆(音稿，一种植物)本、羌活散太阳在表之寒湿，均称发散药也，而葛根之发散，亦入太阳，亦散风寒，又不同矣，非若麻、桂、苏、防，辛香温燥，发散而又有损中气之误也；非若虆本、羌活，发散而又有耗营血之虞也。”由此可见葛根有解表退热、生津止渴、止泻的功能，可以增强人体免疫力，并能改善高血压病人的头晕、头痛、耳鸣等症状，是中国卫生部批准的药食同源植物，既有药用价值，又有营养保健之功效。我妻子患免疫力低下病已有多年，经中医建议，大约七八年前开始每天早晨进食葛根粉一碗，有非常明显的效果，现已基本痊愈。

葛根花除了药用以外，其在《诗经》里所扮演的角色不可小觑。《诗经·葛覃》：“葛之覃兮，施于中谷，维叶萋萋。黄鸟于飞，集于灌木，其鸣喈喈。葛之覃兮，施于中谷，维叶莫莫。是刈是濩，为絺为绤，服之无斁。言告师氏，言告言归。薄污我私，薄浣我衣。害浣害否，归宁父母。”诗中描绘的是葛根花开时的美好景象。以此引申出，在社会生活中，男女有天然的分工，吃苦耐劳粗犷剽悍是男子汉的本色,灵巧细心温柔贤惠周到体贴是女人的特点。诗中营造了男耕女织,自给自足,自然平和,恬淡悠然的平民生活状态,体现了知足常乐、乐天知命的满足和幸福感。并且表达了思念父母、盼望回家的急切心情。全诗用简朴的文字,以葛根花为引导,表达了周时底层人民在没有战乱时的朴实恬淡的生活,辛勤繁忙的劳作,深深眷念的亲情,读来让人有身临其境之效。

《诗经·国风·唐风·葛生》则写的又是另一种情形:"葛生蒙楚,蔹蔓于野。予美亡此,谁与独处?葛生蒙棘,蔹蔓于域。予美亡此,谁与独息?角枕粲兮,锦衾烂兮。予美亡此,谁与独旦?夏之日,冬之夜。百岁之后,归于其居。冬之夜,夏之日。百岁之后,归于其室。"诗的前两段是以野外的葛根花的生长引起,说明爱人的葬身之处,哀叹不能与其一同作息。中间一句,以枕与被引起,哀叹早晨醒来,孤独一人,再也找不到往昔的那种同眠同醒的欢欣。后两句,以夏天的长日与冬天的长夜来形容失去爱人后感到时间的漫长,并表明心志,待自身归去之后,将与爱人同巢而眠。简要地说,这首诗写的是一位失去了爱人的人(应该是妇人),在心上人的坟茔前的哀叹。细细读来,让读者在简朴的字里行间感受到一种凄凉的美和真挚的爱。

葛根花在《诗经》里的地位如此重要,可是过去我从未见过葛根花,甚至不知道葛也会开花。几年前的夏天,我去四川德阳的中江县想看看黄继光的老家,意外地看到了一片紫色的花海。远远看去,每株花的顶部都有穗状物,起初我以为是红蓼花。靠近一看,花型显然比红蓼大,而且颜色比红蓼要鲜艳。一打听才知道那是葛根花。我这才知道,葛会开花,并且还十分美丽。

我在去黄继光家的路上,到处都见到一幅宣传标语:"让所有的土地都种上葛根,你懂得!"我向驾驶员打听为什么要让所有的土地都种上葛根呢?他用浓重的川东话告诉我:我们这儿叫做葛根谷,就像搞电脑那样的软件谷一样,是葛根集中的地方。我们这儿有个葛根生产的公司,他们鼓励百姓种葛根,既可以观赏,外地来看葛根花的人好多哟。又可以做药做保健品,他们赚钱了，百姓也有钱拿。所以，就要让大家田里都种葛根花了吵。

听了驾驶员的这段话，我再看看车窗外的葛根花海，似乎有一种别样情调隐含其中。自古川东属贫瘠，鄞江多苦难，如果能以美丽的葛根花让川东的人民富裕起来，走上小康之道，当然是一件大大的善事。若真能如此，也不枉黄继光以年轻的生命“雄赳赳，气昂昂，跨过鸭绿江”而殉国了。

“让所有的土地都种上葛根”是一种理想状态，目的是公司和百姓在致富中双赢。这给在古老的《诗经》里地位特殊的葛根花赋予了新的使命，我不得不为它点上一个大大的“赞”！

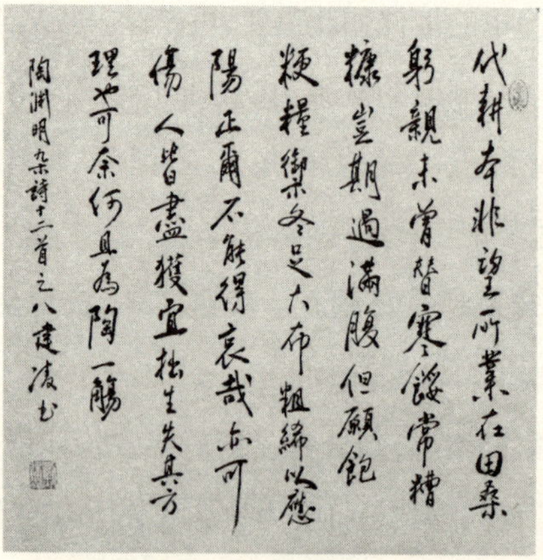

释文： 代耕本非望，所业在田桑。躬亲未曾替，寒馁常糟糠。
岂期过满腹，但愿饱粳粮。御冬足大布，粗絺以应阳。政尔不能得，
哀哉亦可伤！人皆尽获宜，拙生失其方。理也可奈何，且为陶一觞。

千头万头丁香花

以前,年年都见丁香花,都没有什么特别的感觉。10 年前,流行歌手唐磊创作和演唱了一首《丁香花》让我很感动,听了两遍就学会了,有一段时间,成了我唱歌的首选歌曲。

唐磊的《丁香花》写得很凄美:"你说你最爱丁香花/因为你的名字就是她/多么忧郁的花/多愁善感的人啊/当花儿枯萎的时候/当画面定格的时候/多么娇嫩的花/却躲不过风吹雨打/飘啊摇啊的一生/多少美丽编织的梦啊/就这样匆匆你走了/留给我一生牵挂/那坟前开满鲜花/是你多么渴望的美啊/你看啊漫山遍野/你还觉得孤单吗/你听啊有人在唱/那首你最爱的歌谣啊/尘世间多少繁芜/从此不必再牵挂/院子里栽满丁香花/开满紫色美丽的鲜花/我在这里陪着她/一生一世守护她。"我在想,一个充满朝气的年轻人,忽然写出这样既忧郁又凄美哀绝的歌,一定有什么特殊的创作背景。后来,我才知道,唐磊在深圳音乐创作和制作界小有名气之后,有一天在网络上认识了四川一个叫做梦捷的女孩。梦捷在浙江刚出生不久,其父就去世了。梦捷又生了一场大病,右肺坏死。虽然从死亡线上挣扎回来了,但是,梦捷的身体已经十分糟糕。其母将小病孩送到了四川达州交给了梦捷的伯父和伯母抚养。伯父母对梦捷视如己出,想方设法为其治病。但是,无奈梦捷已病入膏肓,纵有华佗再世,也无力回天。这时,因身体上不了大学的梦捷,很忧郁。她常常在梦里看见一匹白色的骏马驼着她前往一个开满丁香花的坟墓。2002年,她在网上认识了唐磊。而正在创作旺盛期的唐磊,在虚拟世界忽然碰到了一个谜一样的姑娘,清纯,聪慧,富识,飘逸,引起了他的好奇和喜爱。但是,梦捷常常在网上说着说着就没声息了,而又没有下线。让唐磊好生奇怪和烦恼。其实,唐磊哪里知道,这时正是梦捷发病的时候,或者咳血,或者晕厥。梦捷的伯父母一直要送她去北京治疗,她始终没有同意,因为,她知道自己生命倒计时的日子已经没有多少了。她是一个自爱的女孩,她不想在这最后时刻还给爱戴她的伯父母添麻烦。但是,当她听说,唐磊正在北京搞音乐创作时,她同意伯父母将她送到北京。那时,唐磊正为自己第一张专辑没有令自己满意的主打歌弄得焦头烂额。突然,接到一直回避与他见面的梦捷来北京的消息,喜出望外,便带着怜惜的心情急急赶到医院。才知道,那样一个温婉的小姑娘竟然离死神那么近。而梦捷对死亡很淡然。她极尽全力为唐磊的新专辑出谋划策,并讲了一个关于丁香花的故事给他听,激发了唐磊的创作欲望,并建议唐磊只用单一的木吉他,用校园歌曲的形式去写丁香花。唐磊面对着即将骑着白马去开满丁香花坟墓的梦捷,带着满心的爱恋、痛惜和忧伤,很快就创作出凄美的《丁香花》。这首歌一下子红遍了网络,红遍了中国。2004年的情人节那天夜里,梦捷带着一份憧憬一份满足骑着白马去了。唐磊便把《丁香花》作为自己第一张音乐专辑的名字正式出版,一下子轰动了乐坛。

知道了这样的背景之后,我对《丁香花》有了更深的理解,也对丁香花予以了更多的关注。

前不久,有一部电影叫做《匆匆那年》,也是以丁香花做道具的,演绎了改革开放初期,年轻人的那种纯朴的感情世界,和因社会变革带来的一系列问题所引起的各种矛盾冲突,给人以深思。

在电视连续剧《宰相刘罗锅》里有一个君臣做对联的场景。乾隆帝出了一个上联:“冰冷酒,一点,两点,三点”(古时冰字的异体字是水字加一点——

“冰”)，刘庸对了下联。“丁香花，百头，千头，万头。”对得巧妙，龙颜大悦。

丁香花是木犀科丁香属落叶灌木或小乔木，因花筒细长如钉且香而得名，常常被人们称之为天国之花。花开四瓣，花型娇小，花繁满树，千头万头，色调丰富，清香袭人，这是丁香花给人们的印象，人们喜欢将它比喻为美好和爱情的象征。但是，不知从何时起，丁香花被带上悲愁的帽子。其中南唐李璟的《摊破浣溪沙》：“手卷真珠上玉钩/依前春恨锁重楼/风里落花谁是主/思悠悠/青鸟不传云外信/丁香空结雨中愁/回首绿波三峡暮/接天流”，写得清丽温婉，韵味悠远，且又境界阔大而深远。但是，这位没多大治国本事的皇帝，依然将丁香花定义为“空结雨中愁”。

其实丁香花很阳光。它不仅不择土壤，还喜阳光，也能耐寒和耐旱。它对自然基本没有什么索求，但是，它把自己美丽的身姿，漂亮的花朵，迷人的芬芳，贡献给了世界。它还可以为人类治病，还可以提取香料。可以说，它一点儿都不忧，一点儿都不愁，

唐代诗人杜甫对丁香花有诗曰：“丁香体柔弱，乱结枝犹垫。细叶带浮毛，疏花披素艳。深栽小斋后，庶使幽人占。晚随兰麝中，休怀粉身念。”这首诗没有说丁香花什么忧什么伤的。反而赞美丁香这个柔弱美丽的花儿，要发挥自己的特质，完成自我奉献，不怕粉身碎骨。杜甫写丁香花，立意是积极的，他认为任何柔弱的生物，也有坚强的一面。丁香虽然长得没有松柏那样高大雄壮，但是，它的兰麝之香是松柏做不到的。要让人类用上丁香的这一特色，丁香是“休怀粉身念”的，可见，丁香的柔弱之背后的强大。

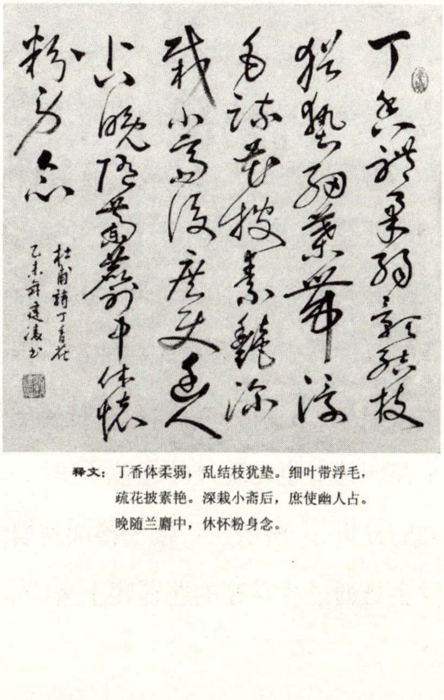

释文：丁香体柔弱，乱结枝犹垫。细叶带浮毛，疏花披素艳。深栽小斋后，庶使幽人占。晚随兰麝中，休怀粉身念。

由此，我们是不是该给丁香正正名呢？

凌霄花落半床书

我家前院有一株凌霄花，沿着墙壁由一楼一直攀爬到三楼顶，蜿蜒曲展，形成一张大大的凌霄花网。李时珍描述凌霄花为“附木而上，高数丈，故曰凌霄。”可见，凌霄花善攀爬，或攀缘在树枝上，或攀缘在墙壁上，不断向上伸展自己柔软的枝条，凌云直上。

凌霄花是紫葳科凌霄属攀援藤本植物，其别名非常多，紫葳、芰华、紫葳华、茇华、陵霄花、堕胎花、藤萝花、吊墙花、杜灵霄花都是它的名字。凌霄花早在《诗经》里就有记载，当时人们称之为陵苕，“苕之华，芸其贵矣”说的就是凌霄花。其分布于我国中部，性喜温暖湿润、有阳光的环境，稍耐荫。

每年四月底五月初凌霄花初放时，院子里便充满生机。在那些看似纤细的藤蔓上，凌霄花儿三五成群簇拥绽放。每天清晨，那一个个小喇叭花儿以红扑扑的笑脸，迎着朝阳，像朝霞一样美丽。宋人杨绘曾称赞凌霄花：“直绕枝干凌霄去，犹有根源与地平。不道花依他树发，强攀红日斗鲜明。”

但是，妻子惧怕蜈蚣。有时家里地板上，会莫名其妙出现大条蜈蚣，甚至在床铺上也发现过卧在被子里的大蜈蚣。每次都吓得她浑身发抖。经过她的分析，之所以在二楼三楼都有蜈蚣出现，是因为凌霄花惹的祸。那蜈蚣肯定是通过凌霄花的藤蔓爬上来的。于是，她找来工人砍掉了凌霄花枝干，拉掉了蜿蜒曲展的美丽藤蔓。可是，家里依然不时会冒出一两条蜈蚣。可见，家里有否蜈蚣与凌霄花关系不大。不过，令人惊奇的是，被斩首的凌霄花很快便重新发芽抽枝，没几天又是绿葳葳一片，可见凌霄花是一种适应性很强的藤本植物。

凌霄花耐寒、耐旱、耐瘠薄，病虫害少且花期长，不需要人们过多的料理，便可蓬勃生长，花开半年依然潇潇洒洒美丽如初。凌霄花与其他花卉喜欢独放不一样，它们喜欢数朵聚集依偎在一起同时开放。因此，不管是近观还是远视凌霄花，给人们的感觉都是红火火灿烂一片。

凌霄花这种耐受力和美丽形象深受人们喜爱。在西方，凌霄花被誉为友谊之树、吉祥之花，其花语是敬佩和声誉，寓意着慈母之爱。因此，人们经常将其与冬青、樱草放在一起，结成花束赠送给母亲，以表达对母亲的热爱之情。这样的花束也适合送给其他心仪的女性或老师、长辈。

凌霄花还是一味清热凉血、化瘀散结、祛风止痒的中药。李时珍在《本草纲目》中有详细的描述："凌霄野生，蔓才数尺，得木而上，即高数丈，年久者藤大如杯，初春生枝，一枝数叶，尖长有齿，深青色。自夏至秋开花，一枝十余朵，大如牵牛花，而头开五瓣，赭黄色，有细点，秋深更赤。八月结荚如豆荚，长三寸许，其子轻薄，如榆仁、马兜铃仁。其根长亦如马兜铃根状。""凌霄花及根，甘酸而寒，茎叶带苦，行血分，能去血中伏火，故主产乳崩漏诸疾及血热生风之症也。"

关于凌霄花入药还有一个凄美的传说。在闽西一个叫龙地的山村住着一户姓董的财主，他家有个可爱美丽又能吟诗作画的女儿——凌霄。

凌霄渐渐到了出嫁的年纪，她悄悄爱上了勤劳善良、高大英俊的长工柳明全。凌霄偷偷为柳明全缝制新衣裳，还经常把好吃的拿给他，俩人山盟海誓生死都要在一起。财主和他老婆正在四处择婿，希望凌霄嫁个门当户对的人家，凌霄和柳明全相恋的事终究被他们知道了，财主怒气冲天，命家丁趁着夜黑把柳明全毒打了一顿，然后丢到了荒郊野外，遭致毙命。第二天，善良的乡亲们把他埋在了村外的小河边。过了几日，一棵大柳树很神奇的从柳明全的坟地上长出来，它枝叶繁茂，细长的柳条随风摇曳，好像在呜咽着诉说自己的悲伤。

因触犯家规被董财主关起来的凌霄，日夜思念柳明全，不吃不喝，面容憔悴。一天，凌霄从丫环那得知柳明全已去世的消息，她像疯了一样冲出家门扑到柳明全的坟前。凌霄姑娘拜了三拜，就一头撞死在柳树上，霎时变成一棵木质藤，缠绕着树干执着地向上爬，很快就和柳树依偎生长在一起，藤上开满了红色的花朵。

后来，人们发现凌霄姑娘变成的花，可以活血化瘀、解毒消肿，能医治风湿性关节炎、跌打损伤等疾病。为了纪念凌霄姑娘，人们就把这味中药起名叫“凌霄花”，并一直沿用至今。

尽管凌霄花既可入药又可观赏，但是，自古以来凌霄花也像“蜈蚣事件”一样背负了不少骂名：“攀高枝”，“依附强势”，“软骨媚颜”，等等。例如宋代文豪陆游在其诗《自咏》中就有贬凌霄花的诗句：“去蠹区区惭啄木，附高烨烨鄙凌霄。但令穷死心无愧，也胜鸣珂事早朝。”而现代诗人舒婷的《致橡树》里也有这样的贬义句子：“我如果爱你，绝不像攀援的凌霄花，借你的高枝炫耀自己。”而我却不以为然。这世间人妖皆存，自然界五彩缤纷。适者生存而善恶不可妄谈，真可谓“一花一世界，一树一菩提”。恶者，必遭唾弃；善者，终会闪光。

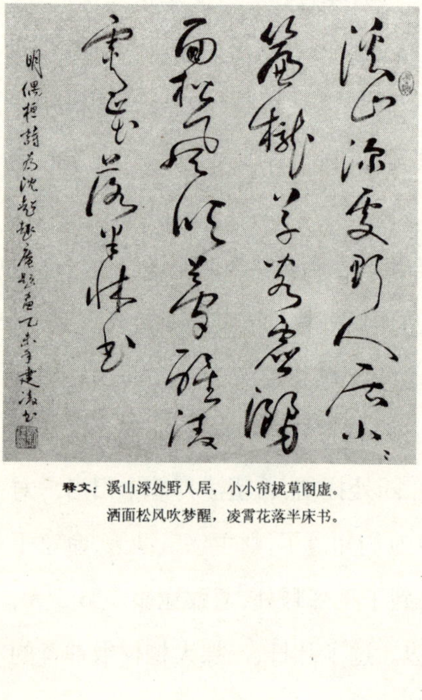

释文：溪山深处野人居，小小帘栊草阁虚。
洒面松风吹梦醒，凌霄花落半床书。

“溪山深处野人居，小小帘栊草阁虚。洒面松风吹梦醒，凌霄花落半床书。”世间的真知也许可以在花期中寻觅到些许藏匿着的诠释吧。

池塘清幽识莲花

前几天，一位朋友给我留言，要一幅草书，内容是宋代的周敦颐《爱莲说》中的一小段：“予独爱莲之出淤泥而不染，濯清涟而不妖，中通外直，不蔓不枝，香远益清，亭亭净植，可远观而不可亵玩焉。”这正是我喜欢的名句，也是我喜欢莲花的缘由。

莲花自古有花中仙子之美称，是睡莲科莲属多年生水生草本植物，又名荷花、水芙蓉、水芝、芙莲等，原产于印度等热带地区，后传植到我国。经过人们长期地培植、异化，目前我国的莲花大约有近 300 个品种。这些品种又分为藕莲、花莲和子莲三大系。藕莲则以产藕共人们食用为主，其花的模样和色调都比较单一。花莲则偏向于花色艳丽、花型变化、花样繁多，供人们观赏之用。而子莲则以产莲子为主，其花虽比藕莲略为繁密，但与花莲相比，观赏性要逊色很多。

莲花是一种可谓雅俗共赏的花卉。

莲从俗的一面来讲，其全身皆是宝。莲花除了有美丽的花朵，清香的味道之外，其藕可以食用也可入药。其叶、叶柄、莲芯、莲房(即花托)皆可入药，或能清热止血；或能清除心火、强心降压；或能补脾止泻、养心益肾。记得小时候南京的卤菜店卖猪头肉、盐水鸭等都是用荷叶做包装，既清香又环保，很受人们喜爱。

莲从雅的一面讲，唐代大诗人李白有一名句：“清水出芙蓉，天然去雕饰”，将莲花的雅韵烘托而出，直入中华民族纯真精神的境界，为多少代文人雅士所奉为精神修养的座右铭。本文开头所提及的周敦颐《爱莲说》更把莲花的高风亮节展现在世人面前，是人们清廉正直、真君风范的代名词，也是当代反腐倡廉的物象教材，有不少单位的纪委就将莲花基地挂牌设定为廉正教育基地，要的就是“出淤泥而不染，濯清涟而不妖”的莲的精神。

莲之雅的另一面则在于奇。其奇又在于各类莲花之变种，“千瓣莲”即为诸变种之中的珍品，自古有之。“千瓣莲”花开放时，外瓣层层绽开，内层碎瓣（即小花瓣）不断增生，似有千瓣之多，故得名。“千瓣莲”在层层绽放的同时还常常会旋转成两个或多个轴心。外观成双轴心的就是“并蒂莲”；有三个轴心者则称之为“品字莲”；有四个轴心者则为“四面莲”；多个轴心者则称“五子莲”或“绣球莲”等。“千瓣莲”均不结莲蓬。这种种花态变异所得到的“千瓣莲”，是莲中之奇品，亦为珍品，无疑是人们赏品莲花之雅的重要方面。

在中华婚姻文化中，人们更加注重的是成双成对，百年好合，白头偕老。因此，莲花中的比较难见到的并蒂莲就是人们喜欢的吉祥之物，象征着婚姻美满幸福，夫妻恩爱。其实，这里的并蒂莲并不是上面所说的由千瓣莲演化出来的。而是另一种并蒂现象，即莲花的花芽在分化过程中，受到某种外界环境条件的影响，而分成两个分生中心，进而发育成两个像是双脑胎的花蕾，于是在一枝花柄上并开两朵花，结出一对莲蓬，就是人们喜欢的并蒂莲。我在南京艺莲苑多次拍摄过并蒂莲，的确是小概率事件的稀罕之物，令人称奇。

最近几年，南京周边有不少县市举办荷花节，我也提着相机去看了不少，感觉举办者能真正领会莲花精神的不多。绝大部分是以节为名，搞出些热闹的样子，吸引一些经济人士眼球而已，正所谓“文化搭台，经济唱戏”。其实，这也没有什么不好，如果真能把“文化”这个台搭好，搭出水平，搭出风采，让经济去唱唱戏也未尝不可。问题就怕被一些人弄出个“四不像”来，就煞风景了。

山东枣庄附近有一个微山湖。当地人在该湖中种植了万亩莲花。这些莲花不是观赏性的花莲，而是藕莲和子莲。这两种非观赏性的莲花，虽然没有花莲那样风采斐然。但是，也有杨万里歌颂西湖荷花的名句“接天莲叶无穷碧，映日荷花别样红”的壮观场面，令人流连忘返。南京的玄武湖、情侣园、莫愁湖都广植莲花，也是人们观赏的好所在。

大文人文征明在《钱氏池上芙蓉》一诗中这样描绘莲花的清幽之性：“九月江南花事休，芙蓉宛转在中州。美人笑隔盈盈水，落日还生渺渺愁。露洗玉盘金殿冷，风吹罗带锦城秋。相看未用伤迟暮，别有池塘一种幽。”文老先生所展现的残荷的美和幽以及其中的高情远意，与李商隐的“竹坞无尘水槛清，相思迢递隔重城。秋阴不散霜飞晚，留得枯荷听雨声”有异曲同工之妙。

莲的另一个雅致之面则是佛教之瑞。传说，佛主释迦牟尼降生之时，房屋旁边的池塘中忽生白莲。于是，佛教便将莲作为佛国之瑞来敬奉。现在人们只要走进佛教寺庙，便可看到莲无处不在。寺庙中的菩萨有的端坐在莲花宝座上，有的则手执莲花，或脚踏莲花。而寺庙的墙壁上、梁栋上、案几上、神帐上、桌围上乃至拜垫上都会绣（刻）有美丽的莲花图案。可见莲与佛有不解之渊源。

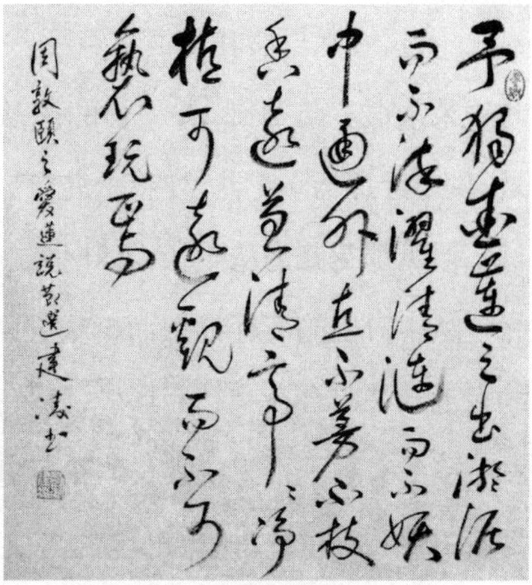

释文：予独爱莲之出淤泥而不染，濯清涟而不妖，中通外直，不蔓不枝，香远益清，亭亭净植，可远观而不可亵玩焉。

难怪诗仙李白取了一个号叫做“青莲居士”，其聪颖的才情和耿直的脾性，为后人识莲提供了最好的注释。

灿若金丝土连翘

端午节就要到了，门前的石榴花已经是火红一片。石榴花下有一大丛金黄色的花儿灿灿烂烂地渲染开去，黄红绿对比，很有韵味。

以前，那地儿是否开过这样的黄花，我倒没注意过。也许是石榴花开得过于火红，抢走了人们的眼球，对它下面开的其他花儿，就不甚在意了。

不过，今天早晨我却很在意那些小花儿了。因为，远远望去，那些小花儿一朵朵很有精神，似有长长的蕊从花芯中伸出，像蟋蟀的长长触角。于是，我走近那丛小花儿，要看个究竟。

但见那花儿为丛生状，其叶呈长椭圆形而对生，小枝纤细且多分枝，其绿叶丛中冒出的茎秆细婡而挺拔。秆顶上开出一串串美丽的花序，每串花约有七八朵组合在一起而形成，每朵花五片金黄色的花瓣向外翻卷着，衬托着一簇约有数十根束状长长的花蕊挺立迎向空中。那些像触须一样的花蕊金黄中映着暗橙色，每根触须的尖尖上有点缀着一粒可爱的黄点，非常生动，也让整个花儿显得独特而美丽，娇柔而可爱。

遗憾的是我竟然叫不出这花儿的名字。于是，我用手机拍了几张照片，发给搞花卉的朋友求花名。朋友回答说这花儿名字叫做金丝桃花。

有了“金丝桃花”这个名儿，我再仔细观察那花儿，那些花瓣儿的确有着桃花的影子，不同的是，桃花是红色基调，蕊比较短。而金丝桃花是金黄色基调，蕊很长。比较两者美丽如何，还真是各有千秋。

金丝桃花是藤黄科金丝桃属半常绿小乔木或灌木，又叫土连翘、金丝海棠、狗胡花、金线蝴蝶、五心花、过路黄、金丝莲等。金丝桃是南方常见的观赏植物，花开时嫣嫣然一片金黄，若植于假山或庭院角隅，则柔条旁出，奇枝袅娜，花色绚丽，一片烂漫，富有情趣。若与迎春、玉兰、海棠、桃花、连翘等花儿邻植，赏花期则可由春延至夏。其果实像红豆，可制作胸花或腕花。

了解了金丝桃花以后，我才发现我所居住的瑞景文华小区竟然种植了很多金丝桃花。这个小区在设计时就考虑了人车的道路分离问题。一般两幢联排之间一边是车行道，车行道这边的一楼建有车库，走车少走人。另一边是人行道，人行道这边不能行车，只能走人。这样设计是为了确保行人安全的。因此，在人行道的两边种植了各种花卉，迎春、木槿、月季、紫薇、桂花等都是常见的品种，现在我才注意到，有不少人行道边还种植了成片的金丝桃花。这几天，金丝桃花开正旺，簇拥着不太宽的人行道，让人有走在黄金大道上的感觉，很爽。

金丝桃稍耐寒，喜欢光照也略耐荫，在我国南方常野生于湿润的河谷或溪旁半阴坡的砂质土壤中，其性强健，扦插、分株、播种都可繁殖，也极易成活。但忌过量浇水，特别忌积水淹根，否则就会烂根而死亡。而在我国北方则只能盆栽，越冬时，应置于室内避开北方寒冷，防止冻死。

金丝桃可入药。其根茎叶花果皆是中草药，其性凉，温。其味苦涩。有抗抑郁、镇静、抗菌消炎、清热解毒、创伤收敛等功效，可主治肝炎、肝脾肿大、急性咽喉炎、结膜炎、疮疖肿毒、蛇咬及蜂螫伤等病症。尤其是金丝桃的抗病毒作用突出，能抗 DNA、RNA 病毒，可用于艾滋病的治疗。以金丝桃提取的金丝桃素已经贵若黄金，已广泛应用于美容医疗。其鲜根和鲜叶捣烂后外敷可散瘀止痛，祛风湿，用于治疗跌打损伤、风寒性腰痛等病症有明显疗效。显然，金丝桃与连翘的药性相同，因此，民间对金丝桃有“土连翘”之称。

不过，连翘无毒，而金丝桃有微毒，一般养植对人无害。只有过量服用才会毒害人畜。

于是，我有四句诗赞这“土连翘”：“五心花开艳色娇，灿若金丝土连翘。烂漫一片无人识，提取‘桃素’赛珍宝。”其中的“桃素”就是上述的比黄金还要贵的“金丝桃素”。

在这个季节，南京有很多地方都可以欣赏金丝桃花。新扩建的河西江东路、古林公园、玄武湖公园、莫愁湖公园、清凉山公园、中山陵园以及绿化较好的各大小区等，都有大量野生和人工栽培的金丝桃花在盛开，置身在这样的金色花海中，当是一种别样的享受。

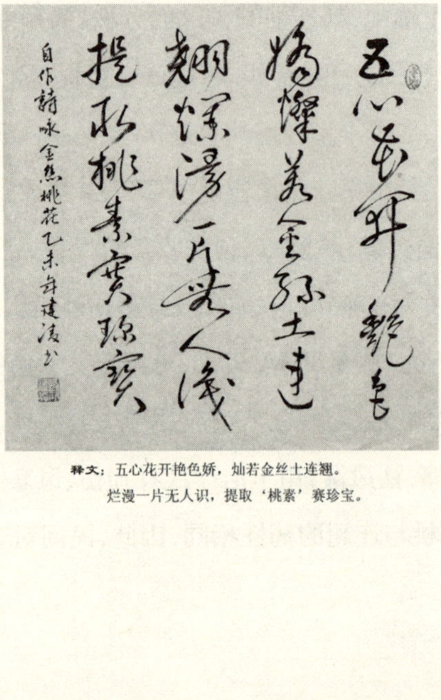

释文：五心花开艳色娇，灿若金丝土连翘。
烂漫一片无人识，提取‘桃素’赛珍宝。

名副其实一品红

有人喜欢在办公室里放上一棵发财树，绿茵茵的，名头又好，还可调节空气，的确诱人。对这，我不以为然，也说不上是何原因，也许是个性使然，不喜随大流吧。而我喜欢在自己的办公室里挂上一幅自己写的八尺对开横批，放上两小盆杜鹃花，再放上一盆一品红，有红有绿的，有些氛围，较为惬意。

我喜欢一品红的缘由是十多年前看过一篇回忆毛泽东的文章。作者是谁我已记不清了。只记得，他将毛主席比作一品红。毛泽东出生在1893年12月26日，这是西方人圣诞节狂欢的第二天。这天，在中国湖南湘潭的那个小山冲里，一个小生命呱呱坠地。那些狂欢的资本主义者们，在那个一品红(也叫圣诞红，花期在圣诞节前后持续至来年2月)盛开之时，再也没有想到，这个弱小的生命，将是他们的敌人，是中国的“三座大山”的掘墓人。我觉得，这种比喻很有特点。那时，我没注意过一品红。后来，在上海的一次会议上，看到主席台前面摆放的一溜子红叶子的花儿，打听后才知道，这就是一品红。

一品红是舶来品。一品红又名圣诞红、圣诞花、猩猩木、老来娇、象牙红等，一品红具有很久远的种植历史，它虽然原产于中美洲墨西哥塔斯科地区。但在古代欧洲就很受欢迎,在欧洲的文化中却具有很杰出的地位。一品红又叫圣诞花(红)。圣诞这个词在基督教文化中被誉为最神圣的词,代表着基督的诞生和基督教文化的起源。在基督教的教义里,有着“花历”这样一个概念,就是将花与366天的圣人联系到一起。而一品红就和基督联系到了一起,被誉为基督诞生之花。因此,不管是教会还是宫廷,到处都有一品红的身影。冬季被视为万花凋零的时节,然而在这样的时节里,一品红却盛开繁茂,并且还结着鲜红的果实,让人们在冬季中看到了一丝生气,就宛如在沙漠中的迷失者发现一片绿洲一样,所以一品红的花语中也有着“绿洲”的含义,不仅赞扬了它顽强的生命力,还预示着希望,这也是一品红受欢迎的原因之一。

一品红在墨西哥有一个动人的传说。相传很久很久以前,在墨西哥城南,有一个村庄,土地肥沃,水源充足,农牧业甚为兴旺,人们过着安居乐业的生活。有一年的夏季,突然发生了泥石流,一块巨石把水源切断,造成该地区严重缺水,土地干裂。这时村庄里有一个名叫波尔切里马的勇士,不顾个人安危,凿石取水,夜以继日,终于将巨石凿开。清泉像野马般冲出,波尔切里马由于疲劳过度,被水冲走。人们到处寻找,未见人影。时间一天天过去,一天,一个放牧人在水边发现一株顶叶鲜红的花,格外美丽。他把这事告诉了村民。村民们说:这花很像波尔切里马,生前很喜欢穿红上衣。人们为了纪念舍身取水之人,就将此花命名为“波尔切里马花”,它就是我们今天熟识的“一品红”。1825年由美国驻墨西哥首任大使约尔·波因塞特将一品红引入美国。由于,一品红盛开在圣诞节前后,因此受到美国人的欢迎,在美国广泛栽种,很快就成为全美最畅销的盆栽花卉。据美国农业部的不完全统计,去年全美大约消费了2.5亿美元的一品红,可见其经济价值有多高。

一品红何时传到我国,没查到记载。我猜测,应该在清代末期。一品红有一个别名叫猩猩木,是大戟科大戟属灌木。其茎梢是草质,近根部分却又木质。其环状聚伞花序位于植株顶端,很小,大约12至15枚左右,并不容易被人注意。只是待其开花时才变为耀眼的红色，较为艳丽。在花的下方对生着一圈圈有色叶片。其叶片也叫做苞片，春夏时，苞片为绿色。入秋后，其苞片由绿转黄，入冬后，渐渐变红，在中国的冬至、西方的圣诞前后转为大红色，十分艳丽，十分喜庆，有大吉大利之意。由此，人们并不在意一品红的小花儿开得如何，而是将其视为变色型观叶植物，用的就是其大红大绿的喜庆之色去装点空间。其花期时正值冬至、圣诞、元旦、春节期间，红艳艳的植株，给人们带来欢快，带来吉祥，非常适合中国人节日的喜庆需求。所以，这个时节在花卉市场一品红很招人喜爱。

一品红叶红如火，给人以热情与友爱。一品红志坚似钢，不惧霜雪，不屈不挠逆境生长，堪称花中强者。一品红是春的使者，在寒冬腊月万木萧肃时，传递着春的消息。一品红磊落光明，用自己火热的身躯给时间带来更多的正能量，启迪人们追求真理，不懈奋斗，前赴后继，实现梦想。这样看看，用一品红象征一代伟人毛泽东还真有些道理。于是我赋诗一首：“雪落无声一品红，叶丽似火比花形。不惧霜雪逆境长，喜报春归绿大同。”

一品红，名副其实，就是花中一品！

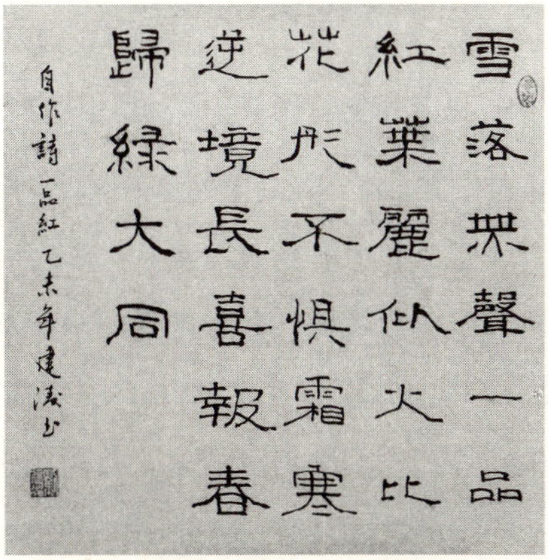

释文：雪落无声一品红，叶丽似火比花形。
不惧霜雪逆境长，喜报春归绿大同。

紫薇长放半年花

这两天，我接待了台湾来的一对吴姓夫妇。吴兄长我4岁，是台湾的一位命相大师。他精通“奇门遁甲”，推算命理时，用的是“紫微斗数”。送走他们之后，我翻了一下吴兄送我的他编写的《紫微斗数》一书，发现其艰涩难懂。但是，知道了它是中国传统命理学的最重要的支派之一。它是以人出生的年、月、日、时确定十二宫的位置，构成命盘，结合各宫的星群组合，周易干支理论，来预测一个人的命运、吉凶祸福的。

但是，为什么要用紫薇来命名呢？我带着好奇的心理，继续翻查。原来，紫微斗数是以星宿配合十二宫的术数算命的一种方法，是一种星相术，亦是中国传统相术中的一个分支。因其系统里以紫微星为诸星之首，故得名。此术认为人出生时的星相决定人的一生，即人的命运。认为按一定次序出现的星曜对相对应的人的命运具有特定的影响，因而分析人出生时的星相就可以判断人本身命运的好坏和时间顺序。其相对于四柱推命(即八字算命)而言，其渊源较早，而又是同源而分流，故并称为中国传统命理学的两大派别。而且紫微斗数推命术既具有道家宇宙观的神秘色彩，又具有注重社会环境、人际关系的近代意蕴，在中国神秘文化中卓立特出，名列“五大神数”之首，号称“天下第一神数”。

也就是说，“紫微斗数”是因为以紫微星为诸星之首而得名。那么，这颗首魁之星又是何来的呢？我猜想，必定是在某个年代，有人将那美丽的紫薇花与什么重要的官爵搭上关系了，才会有天上的紫微星一说。后来，我在《广群芳谱》中看到对紫薇的高度评价："一枝数颖，一颖数花。每微风至，妖娇颤动，舞燕惊鸿，未足为喻。以手爪其肤，彻顶动摇，故名怕痒花。四五月始花开，接续可至八九月，故又名百日红。省(中书省)中多植此花，取其耐久且烂漫可爱也。祝和父云，此木生林野，自唐家置丝纶，托根其下，常陪词臣挥帝制，因号紫薇。"唐开元元年，改中书省为紫微省，中书令为紫微令，就为的省中都种有紫薇花之故。可见，在唐朝紫薇的名气有多大。昔"桓王好紫，全国皆紫。"最高权力机构喜欢紫薇，因此，在那样的年代得一紫薇名称可是权力和荣华富贵的代名词了。于是，唐代诗人白居易有诗云："丝纶阁下文章静，钟鼓楼中刻漏长。独坐黄昏谁是伴？紫薇花对紫薇郎。"宋代诗人陆放翁则写道："钟鼓楼前官样花，谁令流落到天涯？少年妄想今除尽，但爱清樽浸晚霞。"紫薇郎是大吏甚至是"帝"的代名词，紫薇花是"官样花"。而紫色一向被视为尊贵、高贵的象征，是王者的颜色。古来显贵们皆爱金腰紫衣，出行必黄旗紫盖。玉帝的天庭也叫作清都紫府，地面上皇帝的居所亦名唤紫禁城。到命相里出个星魁紫微星也就不奇怪了。

在百花中，紫薇莫名其妙地被戴上了官帽子，将原本娇媚可爱的花儿弄得俗不可耐的，令人生憾。

其实，窃以为紫薇之名儿在百花中是最具女性化的一种。它是千屈菜科紫薇属落叶灌木或小乔木，别名痒痒树、百日红、满堂红、入惊儿树。也叫"猴刺脱树"，也就是说是猴子爬不上去的树。紫薇幼苗与其他树种差异不大，俨然懵懂少女，大致相当。俗话说"女大十八变"，待紫薇树长大结花之际，树身即会脱去幼时的冗装，变得异常光润可爱，且极具感性。如果用手指去挠树身时，树叶会微微颤动，仿佛害羞怕痒一般，故称其为痒痒树。其叶片对生，绿油油的富有光泽。按前面《广群芳谱》所述之意，紫薇花每一枝着花数颖，每一颖开花七八朵或十余朵不等。花未放时，花苞如青豆。其花瓣很特别，多襞皱，每朵好似一个小轮子，作紫色，即称之为紫薇。也有红白色调的，称之为红薇和白薇。还有紫中带浅蓝色的，称之为翠薇。

每年春末初夏季节，紫薇花串串成穗，由下而上，层层叠叠，开放出纯紫、紫红、暗紫、银白、大红、桃红等美丽花朵。微风拂来，花枝颤舞，妩媚娇艳，风情万种。特别是到了炎夏季节，盛夏的庭园，绿稠红稀，花事疏淡。美丽的紫薇，在这时依然是繁英一片，静静的、淡淡的万千温润的紫穗，如一抹抹绚丽的晚霞，辉映在夏日的黄昏，带给人们一份恬静一份安谧。每个花季，紫薇都是繁葩密缀，堆锦簇绣，远望似晴霞艳艳，若绛雪霏霏，缤纷绚烂，极具浪漫诗情。近观则纤秀如锦，轻盈柔婉，妍姿妙态难以尽述。紫薇花的花期很长，达半年之久。故宋代诗人杨万里有诗赞曰："似痴如醉丽还佳，露压风欺分外斜。谁道花无红百日，紫薇长放半年花。"

紫薇树花繁叶茂，枝干屈曲，身姿优美，别具风韵，是非常好的观赏树木之一，也是制作盆景的好材料。紫薇寿命较长，数百年树龄的紫薇，仍树干细腻光滑，如玉石镂成一般，且繁花似锦。可见古人对紫薇的尊崇和偏爱是有道理的。

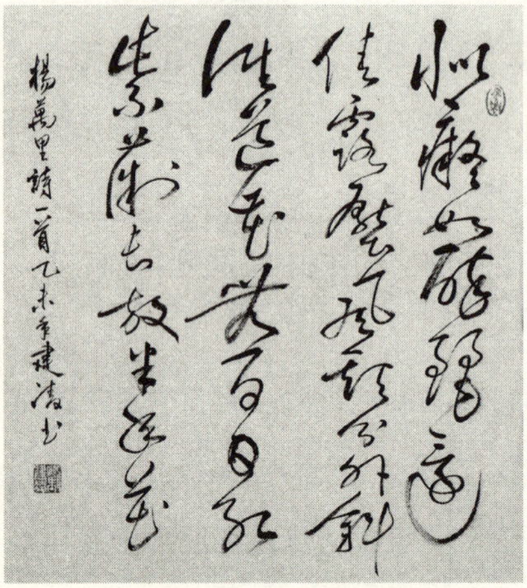

释文：似痴如醉丽还佳，露压风欺分外斜。谁道花无红百日，紫薇长放半年花。

我也很喜欢紫薇。不管它是紫微斗数中的星魁还是平日里最普通的小花，我都喜欢它。喜欢它高贵典雅而又温婉内敛；喜欢它烂漫如火而又默默绽放；喜欢它王者之气而又害羞低调。

好好善待紫薇吧，人们！

蠲忿和谐合欢花

去年 9 月，我在台湾清境的山上，见到火红一片的合欢花，很是壮观。在我印象中，在大陆很少见到合欢树林，有三五株聚在一起已经是非常喜庆的了。

合欢花是豆科合欢属落叶乔木，别名叫夜合欢、夜合树、绒花树、鸟绒树、苦情花等。合欢花树冠阔大，树形优美，叶形雅致，羽状复叶昼开夜合，十分清奇，粉红色绒花吐艳，有色有香，十分美丽，给人一种轻柔舒畅、和谐美好的感觉。

李商隐有诗《相思》云："相思树上合欢枝，紫凤青鸾共羽仪。肠断秦台吹管客，日西春尽到来迟。"初夏季节，合欢树绿荫清幽。其叶子很像相思树的叶子，一根主叶茎两边分列着细细的密密的小叶片儿，就像梳头用的篦子一般，又像一根绿色的羽毛，一片片立于枝头，风韵十足。微风吹过，那深深浅浅的粉红色花，粉嘟嘟毛绒绒地缀满枝头，像一把把渐变的粉白小扇子，扇心着浅黄渐变粉色，非常别致。站在合欢树下，单看一朵花恐怕没有什么震撼之处。但是，举头望去，在蓝天白云之下，那满树的一把把粉白相间的小扇子，点缀在柔绿的树叶中，迎着微风翩翩起舞，惹人心醉，招人喜欢。那场面，不叫壮观，又能叫什么呢？

晚唐诗人韦庄有《合欢》一诗云:"虞舜南巡去不归,二妃相誓死江湄。空留万古得魂在,结作双葩合一枝。"此诗说的是关于合欢花的一个传说。相传,虞舜南巡仓梧而死,其妃娥皇、女英遍寻湘江,终未寻见。二妃终日恸哭,泪尽滴血,血尽而死,逐为其神。后来,人们发现她们的精灵与虞舜的精灵"合二为一",变成了合欢树。合欢树叶,昼开夜合,相亲相爱。自此,人们常以合欢表示忠贞不渝的爱情。

有一段时间热播于各大电视台的超长电视剧《甄嬛传》里就用合欢花做道具,演绎了甄嬛与果郡王的爱情故事。甄嬛被封为贵妃时,果郡王则以桐花台的合欢花相赠,也许是企盼"结作双葩合一枝"。这种叔嫂恋在任何年代都是被禁止的,更何况在皇家呢。当果郡王喝下皇帝试探甄嬛的毒酒时,窗棂上的合欢花样幻化成凄美的定格,诠释了合欢花另个别名"苦情花",也更坚定了甄嬛为了爱而复仇的决心。

合欢花味甘性平,可以入药。李时珍在《本草纲目》萱草、合欢条目中说:"嵇康养生论:'神农经言中药养性,故合欢蠲(音读娟)忿,萱草忘忧。'亦谓食之也。"意思是,合欢花可以化解(即蠲的意思)人与人之间的怨愤,萱草可以让人们忘记忧愁。意思这两种花草可以治疗人的情志不遂,令人"欢乐无忧"。晋代的崔豹在其《古今注》中云:"欲蠲人之忿,则赠以青裳。"青裳即合欢。也就是说,如果要想解除掉人与人之间的不愉快,那就送他(她)合欢花吧。此物一到,和谐美好。从现代药理角度去看,合欢是一种神经系统强壮剂,具有舒解郁结、缓和紧张、减轻疲劳等作用。因此如有胸胁滞满、忧郁不解、失眠健忘等症者,将合欢花用沸水泡饮,用以舒郁、理气、安神,除忧解烦,心情舒畅,长期服用定然可以改善症状。

此外,合欢花还具有清热解暑,养颜、祛斑、解酒等功效。

合欢树还是一台地震预报仪。合欢树根系丰富,能敏感地捕捉到作为地震前兆的地球物理化学和磁场的变化,因此被列为地震观测的首选树种。日本东京女子大学的鸟山教授对合欢树进行了数年的生物电位测定。他用高灵敏的记录仪记录了合欢树的电位变化,发现这种植物能敏锐感受到火山活动、地震等前兆地壳的微妙变化，在地震前两天会出现明显的电位变化和过强的电流，可以预报地震和火山爆发。

合欢树生命力旺盛，对土壤要求不高，即使是贫瘠土壤它也能生长。清代的杂家李渔喜欢杜撰一些旁门左道，他在《闲情偶寄》中对种植合欢花也有一个莫名其妙的说法："以男女同浴之水，隔一宿而浇其根，则花之芳妍，较常加倍。"不过，李老先生又说："萱草解忧，合欢蠲忿，皆益人情性之物，无地不宜种之。……凡见此花者，无不解愠成欢，破涕为笑，是萱草可以不树，而合欢则不可不栽。"这倒是说了一句脚踏实地的话。

"合欢则不可不栽。"李老先生说得好啊，这么好的树，我们为什么不让它成林呢？

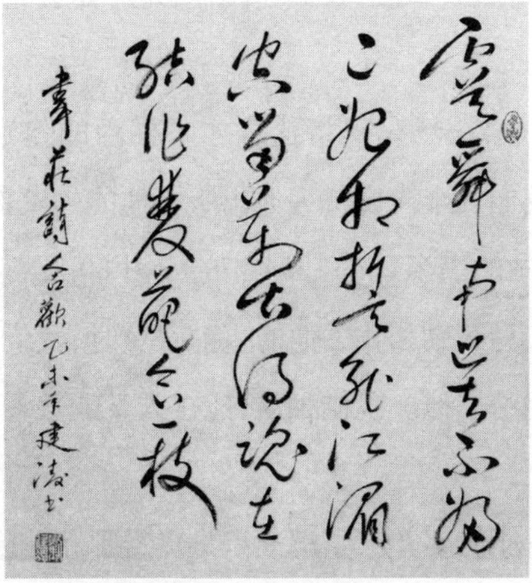

释文：虞舜南巡去不归，二妃相誓死江湄。
空留万古得魂在，结作双葩合一枝。

送你一束康乃馨

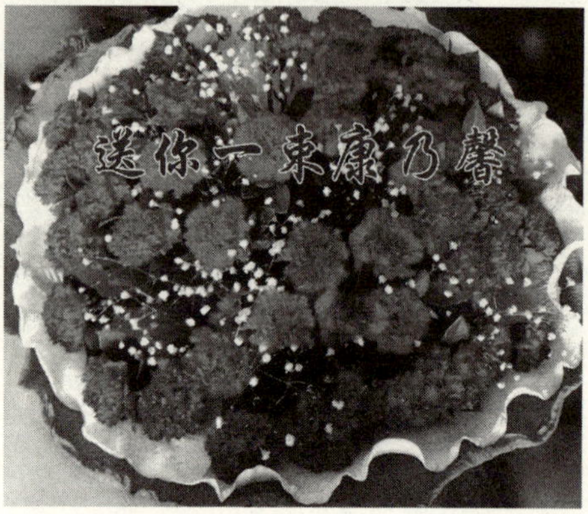

《送你一束康乃馨》是我的老朋友、当时的南京作家协会副秘书长林震公先生于20多年前,在南京日报雨花石副刊上发表的一篇散文。记得,他写的是一位朋友病了,他去医院看望,买了一束康乃馨,祝福病人早日康复。这是一个很平常的事情,似乎没什么好写的。但是,震公兄写来如行云流水,深情款款,令人折服。事后,我们笑问他,是不是去看望衷情之人。他笑而不答。

1993年的5月底,一场车祸将这位才华横溢的作家的生命定格在50岁。为了纪念他,我们几个人集资为他出版了他的一本作品集,印象就是用《送你一束康乃馨》做的书名。在1994年的5月30日震公兄的周年忌日那天,何敏翔、蔡之湘、马军勤和我去他的墓前祭奠时,我们为他送上了一束康乃馨,并将那本书烧给了他。我们相信,他在天堂能够看到自己的作品和喜爱的花。

其实,当时我对康乃馨并不了解。只是觉得那花儿颜色很挺漂亮的,去医院看望病人,送上一束,挺好。后来,我才知道,康乃馨是石竹科石竹属多年生草本植物,原名香石竹,又名狮头石竹、麝香石竹、大花石竹。康乃馨原产于地中海地区，现主要分布于欧洲温带以及中国大陆的福建、湖北等地，是优异的切花品种。其矮生品种还可用于盆栽观赏。其花朵还可提取香精。这种体态玲珑、斑斓雅洁、端庄大方、芳香清幽的鲜花，随着母亲节的兴起，已成为全球销量最大的花卉，也是世界上应用最普遍的花卉之一。

康乃馨全草可入药，其富含人体所需的各种微量元素，能加速血液循环，促进新陈代谢，具有滋阴补肾，调养气血，润肤乌发，强壮元气，调节内分泌，美容养颜，安神止渴，清心明目，消炎除烦，生津润喉，健胃消积之功效。对治疗头痛牙痛有明显疗效。李时珍在《本草纲目》中认为：康乃馨花茶性微凉、味甘、入肺肾经、平肝、润肺养颜。近代医学证明，长期饮用康乃馨花茶可祛斑、润燥、明目、排毒、养颜、调节内分泌等。康乃馨茶冲泡时适当搭配勿忘我、紫罗兰、玫瑰花、腊梅花等，效果更佳。

再后来，我对各种花的花语有所了解之后，也才知道，各种颜色的康乃馨代表的意义都不相同。白色代表：甜美而可爱、天真无邪、纯洁的爱、给女性带来好运气的礼物、纯洁、纯洁的友谊、我活生生的爱情、吾爱永在、信念、雅致的爱、真情、尊敬等。红色代表：心为你而痛、赞赏、崇拜、迷恋、亲情、热烈的爱、热情、受伤的心、思念、相信你的爱、祝母亲健康长寿、祝你健康等。粉色代表：永远不会忘了你、美丽、年轻、热爱、祝母亲永远年轻美丽；感动、亮丽、母爱、女性的爱、我热烈地爱着你。黄色代表：你让我感到失望、抛弃、藐视、长久的友谊、对母亲的感谢之恩、拒绝、侮讳、侮蔑、永远感谢、友谊深厚等。还有，桃红、深红、米色、杂色等等，都分别代表不同的意思。不过，从花语上看，以康乃馨为母亲祝福的居多。由此可见，康乃馨是送给母亲的花。我曾有诗赞其曰："体态玲珑色斑斓，端庄大方花清香。送你一束康乃馨，祝福母亲永安康。"

有一个女歌手叫陈思思。她前几年演唱的一首歌就叫做《送你一束康乃馨》："送你一束康乃馨/献上儿女的一片心/养育之恩天高地厚/辛苦了我的母亲/母亲啊母亲/多少操劳 多少爱/母亲啊母亲/岁月无情霜染鬓/母亲啊母亲/望断天涯开河路/母亲啊母亲/儿女已经长成人/送你一束康乃馨/

花团锦秀又清新/生日的烛光摇呀摇/摇醉了含笑的母亲/母亲啊母亲/多少操劳 多少爱/母亲啊母亲/岁月无情霜染鬓/母亲啊母亲/膝下儿女祝福你/母亲啊母亲/愿你生命总是春/愿你生命总是春”。陈思思的演唱声情并茂,催人泪下。我在想,她在演唱时,心里想的就是正在为自己的母亲献上康乃馨吧。为母亲献上一束康乃馨,祝天下的母亲们永远健康,“生命总是春”,应该是每个做子女应该做的吧。

改革开放以后,有不少年轻人热衷于过“洋节”。什么圣诞节、情人节、万圣节,等等。商家也推波助澜地大肆宣扬,目的当然是为了利润。不过,在“洋节”中有三个节日,我觉得应该肯定和推广,那就是“母亲节”、“父亲节”、“感恩节”。这三个节都是提倡善良和人性的。试想,一个连自己的父母亲都不爱的人,何以去爱大众?何以去爱祖国?一个不知道感恩的人,他只知道索取,不知道回报,他又何以“成家立业平天下”?不是白眼狼是什么?

最早提出设立“母亲节”建议的是美国费城的安娜·贾维斯。1907 年 5 月 9 日,在母亲去世周年的纪念会上,安娜希望大家都佩带白色的康乃馨鲜花,以纪念她的母亲。并提议政府设立每年 5 月的第二个星期天为母亲节。纪念会后,她给许多人包括著名作家马克·吐温在内的有影响的人写了无数封信,提出自己的建议。在她的努力下,1908 年 5 月 10 日,她的家乡组织举行了世界上第一次“母亲节”的庆祝活动。1914 年 5 月 7 日美国国会通过决议:把每年 5 月的第二个星期日定为全国母亲节,以表示对所有母亲的崇敬和感激,并由总统威尔逊在同年 5 月 9 日颁布实行。之后,“母亲节”为世界各国所接受,成为了大家心目中的节日。在这天,儿女们或主动干家务,让整日操劳的母亲好好休息一下。或陪母亲外出郊游,让母亲放松心情。或送给母亲礼物,让母亲感到亲情和温馨。但无论是什么庆祝形式,都少不了美丽的康乃馨花。康乃馨花也成了母亲节送给母亲的礼物和祝福。

前两天,我的一位小学同学来取我给他写的书法横幅。临走时,他说:“我很怀念你的老奶奶。她老人家慈祥善良,我们都很尊敬她,喜欢她。”并希望我也写一篇文章纪念她老人家。

老同学走后，有好一会儿，我脑子里浮现的都是老奶奶带着我的情景。我的老奶奶如果活着，今年应该是 115 周岁了。儿时，我的父母远在边陲工作，我与老奶奶相依为伴。记得儿时的夏天，南京炎热异常。当时既无电扇，更无空调，夜晚无法在屋内入眠，家家都将小床铺在屋外乘凉。老奶奶就用一把蒲扇为我扇风驱蚊。有时候，她睡着了，蒲扇从手中滑落了也不知道。而我给热醒了，翻身时惊醒了老人家，她还抱歉地说，哟哟，看我都睡着了。接着，又继续为我扇风。现在想来还是历历在目，还是那么温馨。

老奶奶没有文化，当然不知道什么是康乃馨。不过，老奶奶也是“母亲”的一员。再过十来天就是清明节了，今年，我去给逝去的亲人扫墓的时候，一定要记住给我的老奶奶送上一束康乃馨。

当然，也应该给震公先生送上一束。

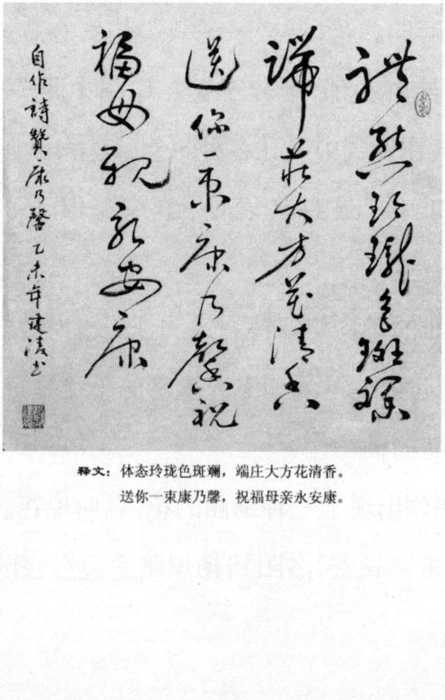

释文：体态玲珑色斑斓，端庄大方花清香。
送你一束康乃馨，祝福母亲永安康。

广陵依旧看琼花

有一群同事从南昌来,希望能去看看“烟花三月”的扬州。这是初到江南的外地人一个共同的愿望,我欣然同意并做了详细安排。

春天的扬州和全国各地一样花红柳绿,繁花似锦。梅花、迎春、杏桃梨、牡丹、芍药等相继开放,似无太大差别。但是,扬州的市花——琼花在各地的百花中当属独一无二。所以,自古以来有“维扬一株花,四海无同类”的美誉。欧阳修知扬州,特意为琼花建“无双亭”,亦取此意。

琼花是中国特有的名花,据文献记载唐朝就有栽培。其瓣大而厚,柔润莹泽,洁白可爱,异香芬郁,十分奇美。琼花如此美秀芬芳,不同凡响,自古以来,无数诗人在诗词中展开各种想象,其中,欧阳修的“天上仙女号飞琼,不知何时谪广陵”最具代表性,给琼花罩上一层美丽而神秘的光彩。

琼花素以其淡雅的风姿和独特的风韵,以及种种富有浪漫色彩的传说和逸闻逸事,博得了世人的厚爱和文人墨客的不绝赞赏,被称为“稀世的奇花异卉”和“中国独特的仙花”。

据传,隋朝时扬州出现了一种绮丽的花,名叫琼花。隋炀帝知道后,急切地要到扬州去观赏。长安、洛阳到扬州路途遥远,那时陆路交通很不方便,他就下令动用数百万民工开通了举世闻名的京杭大运河。大运河修通后,隋炀帝乘着龙舟从洛阳直通扬州。但到扬州后,他并没有看到琼花。原来通人性的琼花讨厌这个暴虐的君主,自行败落了,不让他看。隋炀帝大失所望。据说,王世充则因画出了琼花图被隋炀帝赏识,从此飞黄腾达。

更值得称道的是,琼花品性高雅,又具民族气节。她对扬州情有独钟,移植它地则不能成活。据宋朝周密撰的《齐东野语》记载,宋代庆历年间,皇室曾从扬州琼花观中将琼花移栽到开封,但后因逐渐枯萎而发回扬州。宋代淳熙年间,又把它移栽到杭州的皇宫禁苑之中,不知何因,逾年即枯。不久,栽还扬州,却又枯木复苏,人们皆称琼花是有情之物。

对琼花的"高贵气节",周密还有词《瑶华・琼花》赞:"朱钿宝玦,天上飞琼,比人间春别。江南江北,曾未见、漫拟梨云梅雪。淮山春晚,问谁识、芳心高洁?消几番、花落花开,老了玉关豪杰。金壶剪送琼枝,看一骑红尘,香度瑶阙。韶华正好,应自喜、初识长安蜂蝶。杜郎老矣,想旧事、花须能说。记少年一梦扬州,二十四桥明月。"意思是:待琼花初开放,便被剪下花枝插入金瓶,看那一骑快马扬起红尘,琼花被奉送进了皇宫。正是琼花含苞初放的美好时节,应暗自幸喜,初到京师便招来了诸多寻花觅香的蜂蝶。那称道扬州繁华感慨兴亡的大诗人杜牧已经老矣,想那古今往来多少玩物丧志风流韵事,琼花定能述说。还记得少年时代,扬州的美景如今恰似一梦转瞬消逝,只有那二十四桥的明月仍是那样的皎洁。周密在此词中借琼花的高贵气节,表现自己对故国旧君之思,颂扬爱国之情。

又据杜游在《琼花记》中载:宋高宗绍兴年间,金兵南下侵略,扬州琼花也成了他们的掳掠目标,大棵的连根拔去,挖不尽的齐土铲平。可是过了一年,被铲的根旁,又生出了新芽,加上道士唐大宁的精心培养,终于慢慢恢复了原状。令人惊叹的是,元世祖至元十三年(1276),也就是宋朝亡国的那一年,扬州琼花突然死去,也许是花也有情吧。蒋子正《山房随笔》中对此亦有记载:"扬州琼花天下只一本,士大夫爱重。作亭花侧,榜曰:无双。德祐乙亥,北师(元兵)至,花遂不荣。"

直至20年后，有个名叫金丙瑞的道士，以“聚八仙”补种在琼花观，后人称琼花者，实是“聚八仙”。由此可知，将聚八仙认作琼花，迄今已有七八百年的历史了。以后历经兵灾战乱，聚八仙也绝种了。从那以后，琼花观花亡观废，有名无实。不过，即便如此，琼花在世人的心目中仍占有一席之地。据载，有人在琼花香销玉殒之后，仍登上琼花观，寻觅古琼花的芳踪，感怀思旧道：“何年创此琼花台，不见琼花此观开。千载名花应有尽，寻花还上旧花台。”

自此，琼花离开了人们的视野700余年。新中国成立后，扬州瘦西湖园林工人踏遍全市山林乡野，寻宝觅珍，终于在蜀岗重新发现“聚八仙”，并移栽湖园，精心培植，中国最独特的“仙花”，终于重回“琼花台”。

我带客人去赏琼花选的是扬州大明寺。扬州大明寺内一株清朝康熙年间种植的琼花，已有300多年的历史，如今依然繁茂，风姿如故，风韵仍不减当年。可见琼花还是长寿之花。

“千点真珠擎素蕊，一环明月破香葩。”据导游讲解，琼花，又称聚八仙、蝴蝶花，牛耳抱珠，是忍冬科荚蒾属落叶的半常绿灌木。阳春三月间开花。琼花主要用于观赏，而且琼花枝、叶、果均可入药，具有通经络、解毒止痒的疗效。茎有祛湿止痒，清热消炎，解毒的药用作用。

“雪蕊琼丝满院春，衣轻步步不生尘。”欣赏琼花时，粗略一看，其花大如盘，洁白如玉，在枝头上摇曳出万种风情，在春日的阳光下透露出一股精灵之气。再细细一看，由八朵五瓣大花围成一周，环绕着中间尚未开放的两性白珍珠似的小花，簇拥着一团蝴蝶似的花蕊，那黄的花蕊，那白的花瓣，似八位仙子围着圆桌，品茗聚谈。故有“聚八仙”的别名。“俪靓容于茉莉，笑玫瑰于尘凡，唯水仙可并其幽闲，而江梅似同其清淑。”微风吹拂之下，琼花摇曳多姿，像八仙起舞，似蝴蝶戏珠，仙风道骨，素敌千红。

琼花也有一种暗香。琼花的香气，不像结香花那样浓郁逼人，而像水仙、腊梅那样幽幽然然，丝丝缕缕，若有若无，悄然而至，似乎不用心是感受不到的。一旦感受到了，就沁入心脾，令人难忘。

我陪同的客人中有爱摄影者,面对300年树龄的"仙树"和素色"聚八仙"盘花无从下手,求教于我。我说,摄影与书画同理,讲究的是"精气神"。听导游说了那么多关于琼花的故事,重要的就是这三个字,通过整体和局部的题材选择和重叠、特写、虚化手法的使用,定能通过自己的相机有所表达。

元代尹廷高《题扬州琼花》:"锦帆隐隐到天涯,古道残阳泣暮鸦。莫为龙舟更惆怅,广陵依旧看琼花。"眼下,正是琼花绽放之时,聚三五好友,驱车广陵,依旧欣赏琼花,当是一件幸事也。

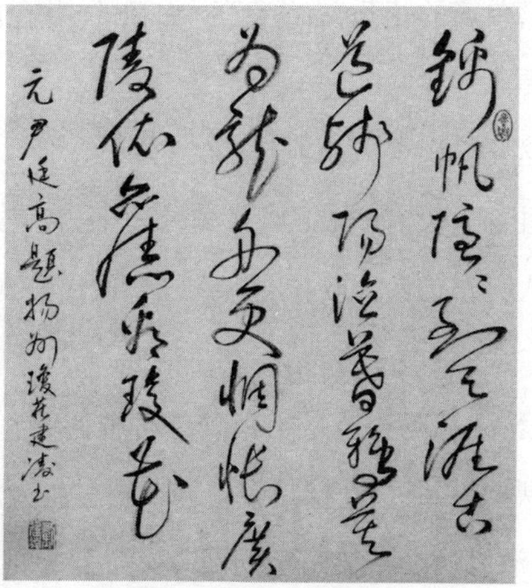

释文: 锦帆隐隐到天涯,古道残阳泣暮鸦。
莫为龙舟更惆怅,广陵依旧看琼花。

美艳罂粟断肠草

5年前,同学老宋邀我去南京江宁区横溪的一个矿山做客。主人是老宋业务上的朋友,不善言语,为人实诚。所住之地是典型的江南丘陵山坳处,虽交通有些不便,但空气新鲜,农蔬自理,健康环保,也是一种生存选择。

主人家种了很多蔬菜。临行前,热情的主人一定要起几种蔬菜给我们带上。出于尊重,我便随其进入他的菜园。一进菜园,迎面种有一小片足有二三十棵美丽的花,单瓣的花儿,有红色的、白色的、紫色的、还有淡粉色的,迎风摇曳,非常妖媚。

起初,我以为这花是虞美人。但是,又觉得不太像。因为,此花比常见的虞美人高不少,且茎上没有刚硬的毛。花朵也比虞美人大一些。于是我问主人,这是虞美人吗?正在拔萝卜的主人随口回了一句令我吃惊的话:不是,是大烟花。

大烟花不就是罂粟花吗?这是明令禁止种植的呀?主人直起腰说,公安规定,只要种植棵树不超过50棵是允许的。农村种大烟花是用杆子烧水给鸡、鸭喝,可以防治瘟病。原来如此,于是,我向主人要了两棵回来栽在了花盆里。这两棵罂粟花一白一红,花瓣像绸缎一样的,甚是娇艳。它们很争气,没有因为改变环境就死去,而是健康茁壮成长。清晨,我去观望它,只见它露珠满身，韫润娟秀，还有馥郁的花香溢出。花谢后，结出了两只绿色的果实。到了秋天果实成了棕褐色。打开外壳，一颗里面空空如也，啥也没有。另一颗里面有几十粒黑亮亮的小种子。我小心地用一个小塑料袋收藏了那些罂粟籽，准备来年开春再播种。待到第二年春天，我找出那种子播撒到花盆里，期望欣赏那种妖艳的美丽，谁知，竟然没有一棵苗出，令我大失所望。

这是为什么呢？于是我查阅了有关罂粟的资料。

罂粟是罂粟科罂粟属一年生草本。其茎高 30 至 80 厘米，比虞美人平均要高出 15 至 20 厘米。其花蕾呈卵球形，有长梗，未开放时花蕾下垂，像一个未出阁含羞的少女一样。罂粟喜欢阳光充足、土质湿润透气的酸性土壤、海拔 900 米至 1300 米的生长环境。而这种要求较高的罂粟花生长环境，恰恰是位于东南亚的“金三角地区”完全具备，所以，那儿成了罂粟花的天堂。

罂粟的花果期一般是春天的 3 月到深秋的 11 月。其花大，色艳，重瓣的栽培品种是非常美丽的庭园观赏植物。其果实未成熟时饱含乳白色浆液，用刀片割开果实表皮就会有白浆流出，收集制干后即为鸦片。鸦片和果壳均含吗啡、可待因、罂粟碱等多种生物碱。将其加工入药，有敛肺、涩肠、止咳、止痛和催眠等功效，治久咳、久泻、久痢、脱肛、心腹筋骨诸痛有显著疗效。罂粟的种子无毒，可以榨油供食用。

但是，罂粟这种叶片碧绿、花朵五彩缤纷、茎株亭亭玉立、蒴果绿圆可爱的美丽植物，一旦有人将从其蒴果上提取的乳白色浆汁，制成鸦片、吗啡、海洛因后，这种鸦片罂粟花就成为了世界上残害人类、致使某些人颓废堕落、走向万恶深渊的毒品的重要根源，是十恶不赦的“恶之花”了。因此，“金三角地区”就成了全世界的罪恶之地。

我们将时针拨回到距今 175 年的 1840 年前，毒品鸦片在英国人的策动下，以“打不开中国贸易的国门，就用毒品毁灭中国人种”为宗旨，偷偷走私进入中国，使得“鸦烟流毒，为中国三千年未有之祸”。鸦片(福寿膏)的大量输入,使中国每年白银外流达600余万两,清政府财政枯竭,国库空虚,还严重败坏了社会风尚,摧残了人民的身心健康。烟毒泛滥不仅给中国人在精神上、肉体上带来损害,同时也破坏了社会生产力,特别是在东南沿海地区造成了严重的工商业萧条和衰落。为此,道光皇帝派出钦差大臣林则徐于1838年底前往广东主持查禁鸦片工作。1839年6月3日至25日,林则徐在虎门将查禁的大部分在法律上属于英国人的鸦片库存全部销毁,这就是举世闻名的虎门销烟。而英国人则把中国人的禁烟行动看成侵犯私人财产,觉得不可容忍,于是爆发了对中国来说具有断代史的臭名昭著的“鸦片战争”。而腐败无能的清政府则以签订《南京条约》惩办官员、割地赔款来宣告战争的失败。至此以后,鸦片及各种毒品的魔影在中国始终阴魂难散。

“一朝吸毒,终身戒毒”,这是我19年前在世界禁毒日为南京日报所写的采访南京市戒毒所的长篇报告文学中,引用戒毒所领导所说的话。而我所采访的31位戒毒人员,惨痛的吸毒、戒毒史,充分告诉我们:必须拒绝毒品,否则面临的就是跌入万丈深渊,难觅生路!

罂粟的原产地是西亚地区,早在六朝时,即已传入中国,并有种植。对此,《冷斋夜话》引陶弘景《仙方注》曰:断肠草不可知。其花美好,名芙蓉花。故太白诗曰:“昔作芙蓉花,今为断肠草。以色事他人,能得几时好。”这里的断肠草即指罂粟花,知其流入中国已久,盖远在六朝之际矣。陈藏器在其《本草拾遗》中记述了罂粟花的特点:“罂粟花有四叶,红白色,上有浅红晕子,其囊形如箭头,中有细米。”所以又称之为“米囊花”。罂粟作为一种观赏植物,历代诗人在诗词中多有吟咏。雍陶在《西归斜谷》中写道:“行过险栈出褒斜,历尽平川似到家。万里愁容今日散,马前初见米囊花。”到了明朝时,中国人才逐渐懂得了鸦片的生产和制造。李时珍的《本草纲目》就有记载:“阿芙蓉(即鸦片)前代罕闻,近方有用者。云是罂粟花之津液也。罂粟结青苞时,午后以大针刺其外面青皮,勿损里面硬皮,或三五处,次晨津出,以竹刀刮,收入瓷器,阴干用之。”

前年,我去长白山,见到林区里有人在屋后栽有一两棵罂粟花,就与屋主聊了一小会儿。得知，过去，毒品在咱们中国还没有市场的时候，在林区及周边的农家都会种上几棵大烟花。一是好看。二是可当药。每年七八月的时候，大烟花谢后会长出大烟葫芦，圆溜溜的挺好玩。用剃须刀在大烟葫芦上，浅浅地划上几道痕迹，大烟葫芦会流出白浆，用木片刮下来，搜集起来会变成黑膏，这就是原始的鸦片膏，可做药用。两三棵大烟花，最多也就可以刮出半个小指头盖大小的分量。各家把这丁点儿大的黑色药丸搁起来，以备医治家中的小孩闹肚子、发烧用。秋天，待大烟花干枯以后，人们会把它的茎秆割下来，挂在屋檐下晾干，煮水喝也可以治病。现在，这满世界毒品泛滥成灾，林区对大烟花的种植管得特严，一两棵种种还行，超过了就不好使。

由此可见，罂粟花的种植并不一定必须在“金三角地区”，只是那里除了有满足罂粟生长的自然环境以外，更重要的是，那儿出于三不管地区，才使得罂粟花肆无忌惮地开放而成为恶之花。

在资料中，我看到唐代郭橐驼在《种树书》中指出：“罂粟九月九日及中秋夜种之，花必大，子必满。”这是在教人如何种罂粟花的。至于是否必须在九月九日或中秋之夜去种，不得而知。但，这段话至少让我知道了罂粟花的播种时间应当是秋季，而不是春季。难怪我播撒的种子未出一苗呢！

很想再按郭橐驼老先生的方法再试一次，可惜没有种子。

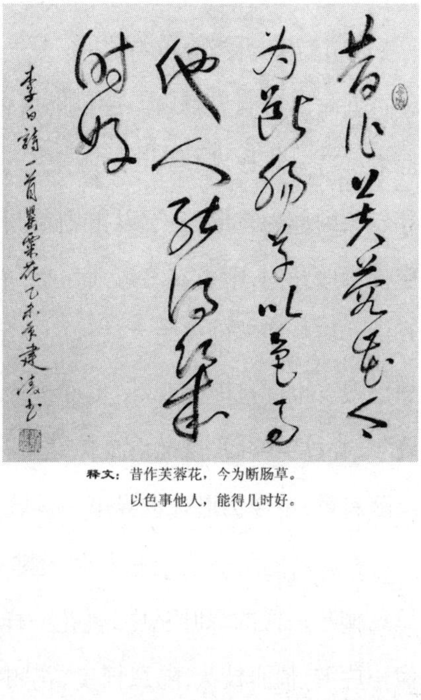

释文：昔作芙蓉花，今为断肠草。
以色事他人，能得几时好。

花冠三重夹竹桃

以前经常见到夹竹桃，似乎没有太多的感觉。

去年初夏，我陪老母亲去坐落在南京江宁方山北坡上的定林寺进香时，在斜塔院落里，看到了盛放的夹竹桃，也许是环境使然，引起我对它们的关注，在梵音袅袅之中，这红白相间的花儿似乎也禅意绵绵。

方山定林寺距今已有1500多年历史了。其镇寺之宝就是始建于南宋乾道九年(1173)的斜塔。该斜塔当年就建在流沙和乱石之上，近千年不倒而堪称奇迹。该塔高为14.50米，为七级八面仿木结构楼阁式砖塔。底层和二层内部为方形，三层以上则为圆筒形。在第五层设木架以承刹杆。底层仅南面开门，中央有石雕须弥座，东、西、北三面有佛龛。其他各层均四面开门。塔身用砖砌成仿木结构的柱枋、斗拱。因年久失修，腰檐、塔顶及塔刹已毁。也许是地壳变动，也许是沙石沉降，其塔身向北倾斜7.59度。前些年，经过纠偏后，目前塔身仍保留斜度为5.3度，超过闻名于世的意大利比萨斜塔，至今仍堪称世界第一斜塔。

在斜塔的院墙边上种着两大排夹竹桃。我们去时，夹竹桃花开正妍。只见柳叶一样的绿叶丛中，桃花一样红白相间的花朵，红的像一团火，白的像一片雪，俏丽枝头，随风摇曳，花团锦簇，姿态妖娆，如云如霞，蔚为壮观。

伴随着古刹斜塔,别有一番意境,令我刮目相看。

宋代的曹勋写过很多诗词,大多数都被别人评价为"平平"。但是他的《夹竹桃花·咏题》:"绛彩娇春,苍筠静锁,掩映夭姿凝露。花腮藏翠,高节穿花遮护。重重蕊叶相怜,似青帔艳妆神仙侣。正武陵溪暗,淇园晓色,宜望中烟雨。向暖景、谁见斜枝处。喜上苑韶华渐布。又似瑞霞低拥,却恐随风飞去。要留最妍丽,须且闲凭佳句。更秀容、分付徐熙,素屏画图取。"却被世人评价为是咏赞夹竹桃的名篇,也因此被后人记住了他的名字。同朝的汤清伯也有一首夹竹桃的诗:"芳姿劲节本来同,绿荫红妆一样浓。我若化龙君作浪,信知何处不相逢。"写出了一些情感来。

夹竹桃是夹竹桃科夹竹桃属常绿直立大灌木,又名柳叶桃、绮丽,半年红,甲子桃等。夹竹桃叶似竹叶,花似桃花,故得名夹竹桃。

夹竹桃喜欢阳光充足、温暖湿润的气候。它对水分要求不高,对土壤适应性强,很少需要精心护理,能抵抗烟尘和一些有毒气体,被称作是"绿色吸尘器"。其花期很长,春末开花至深秋方才结束。三季中,迎风雨、顶烈日、冒霜寒,此花方谢那花开,此起彼伏吐芳艳。夹竹桃的茎是空心的,但是夹竹桃的骨子里却满注着坚韧,累积着坚强,用自己柔弱的身姿与自然抗争,也用自己的美丽和清香妆点自然,为自然奉献一份自己的爱心。因此,夹竹桃这种富有禅意的精神是那些富贵花们所可望而不可及的。

夹竹桃是有毒植物,是世上含毒最多的植物之一。其树液、树皮、树干含有很高毒性。单片叶子甚至能导致抵抗力低的婴儿丧命。

关于夹竹桃的毒性有一个传说。传说有一个美丽的公主非常喜爱夹竹桃,在自己的宫殿院子里种满了夹竹桃。喜爱夹竹桃的公主却爱上了自己的家臣,遭受到家族的强烈反对。倔强的公主选择了要跟爱人一起殉情。当她把决定告诉家臣后,家臣没有同意。原来,那个被公主喜欢的家臣仅仅是为了利益,才迎合公主的。悲伤的公主知道真相后便在自己心爱的夹竹桃下自杀了。饱含着怨愤的公主的鲜血染红了夹竹桃,从此,夹竹桃就成了有毒的花。

不过，世界是平衡的。中医惯常以毒攻毒，所以，夹竹桃亦可入药。夹竹桃在医药上可供提取强心针剂，叶子具有祛痰强心、利尿的功能，对心力衰竭、哮喘、冻疮等症均有一定疗效。夹竹桃的叶子还有杀虫奇效，捣烂后浸水两三天，其浸出液具有良好的灭蝇、灭蚊的功效，使用起来既简便又经济。

这也正好符合佛教的思想。《心经》中的“色不异空，空不异色。色即是空，空即是色。”表达的也是一种辩证思想。有毒不一定就需要全面否定，因势利导，用其所长，才是大家风范，也是佛所倡导的慈悲为怀。

面对定林寺斜塔院中的夹竹桃，我忽然明白了我为什么感到“禅意绵绵”的原因所在了。

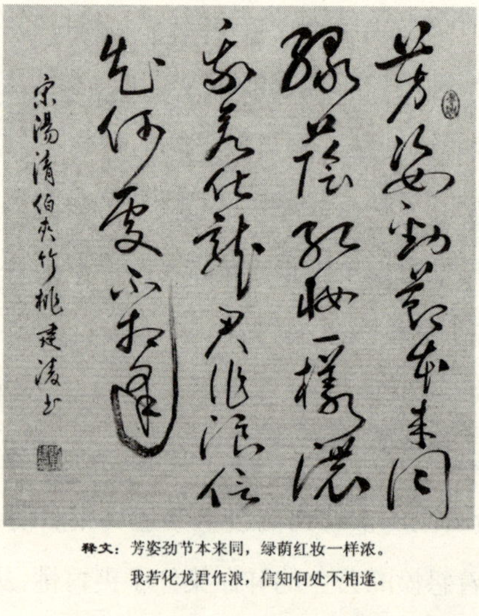

释文： 芳姿劲节本来同，绿荫红妆一样浓。
我若化龙君作浪，信知何处不相逢。

枝似轻丝袅袅垂

前几天，我和几个书画家去玄武湖边上的蔓园小筑小聚。时间尚早，便去旁边的情侣园看花。

仲春的园子里，二月兰紫色的身影随处可见，娇媚可爱。红瓣黄蕊的山茶花，虽整朵落地了一片，但依然有许多花儿俏立枝头，装扮春天。烂漫的樱花也是连片盛开，如云似雪，美不胜收。迎春花依然黄花满枝头，迎风摇曳。洁白的六月雪，米粒大的白花成串成串地由上向下坠落下来，形成像雾凇一样的花环，显得素雅而圣洁。各类海棠也是花满枝头，大红，深红，淡红，绯红，争妍斗丽，令人心怡。

海棠种类繁多，树形多样，叶茂花繁，丰盈娇艳，但是，人们习惯上将海棠分为四品，分别是西府海棠、贴梗海棠、垂丝海棠和木瓜海棠。在情侣园里，我们目所能及处就有“西府”“垂丝”“贴梗”三品。

海棠花自古以来就是雅俗共赏的名花。它“藏红粉之秾丽，穿轻霭之空灵”，娇媚多姿而又热情奔放，既有大家闺秀的矜持，又有现代女性的洒脱，所以深受人们喜爱。

唐代诗人郑谷有《海棠》诗云：“春风用意匀颜色，销得携觞与赋诗。秾丽最宜新著雨，娇娆全在欲开时。”的确，海棠花的“妖娆”是从蓓蕾之时就开始了。在绵绵的春雨中，远远望去，海棠的初生嫩叶绿如玉翠，那一树的红蕾，如红云晕颊一般，洇然开去，也是风情万种。近处细看，每只小蓓蕾都十分精致，大红或粉红的花苞，紫红的细梗，褐色的萼托，组合在一起，就是一个个小精灵。花开时，似乎只需一夜，那些蓓蕾就似破茧而出的彩蝶，在枝头嫣然起舞了。海棠花这一开就是“烂漫春色日中天”，也只有海棠花开了，人们才真正感觉到春天来了。难怪，唐明皇如此喜爱海棠花，以致把醉颜残妆的太真妃喻为“海棠睡未足耳！”而留下“海棠春睡”的佳话。宋真宗也十分珍爱海棠，曾御制后苑杂花十题，而以海棠为首章，赐近臣唱和。

在海棠四品中，我最喜爱的还是垂丝海棠。

垂丝海棠是蔷薇科苹果属落叶小乔木。其树姿婆娑，形态优美。其花多朵簇生，花梗紫色，如丝一样细长而下垂，故名垂丝海棠。花可入药，调经和血，主治血崩。

如果把花比作人，那么，木棉花当属顶天立地的大男人。而海棠花则是阴柔娟丽的大家闺秀。如果将海棠比作大家闺秀，那么，垂丝海棠则是大家闺秀中的小家碧玉了。

宋代范成大诗《垂丝海棠》云：“春工叶叶与丝丝，怕日嫌风不自持。晓镜为谁妆未办，沁痕犹有泪胭脂。”在“春工”的劳作下，垂丝海棠盛开在明媚的春光中，“宛转风前不自持，妖娆微傅淡胭脂。花如剪彩层层见，枝似轻丝袅袅垂。”其花色鲜红，软柔如绢，娇小艳丽，缠绵成片，灿若绮霞，于粉红色中泛出淡白，又于淡白中洇出嫣红，真可谓“沁痕犹有泪胭脂”。如此美轮美奂的小家碧玉的垂丝海棠真不愧为海棠中的尤物，怎能让人不喜欢呢？

欣赏垂丝海棠的最佳地当属昆明圆通山的海棠道。全长200多米的海棠道两旁植有千余株垂丝海棠，枝桠交叉搭肩在一起，宛若天然的花廊。每年的二三月份，满树的海棠花儿争相绽放，蜂蝶飞舞，春意盎然，如入天宫仙境一般，令人流连忘返。

南京的玄武湖、莫愁湖等地都是欣赏垂丝海棠的好去处。

最近几天，我经常开车路过江宁的天元西路。在临近秦淮河桥的路两边，间隔相种的垂丝海棠和白色的观赏桃花同时开放，蔚然一片，甚是养眼。每到那儿，我都下意识地放慢车速，品赏芳容。这一片原本是农田菜园的土地，经过这20年的利用，现在已经是今非昔比了，一座美丽的现代化郊区城市已经崛起，由这样的道路绿化之美丽，已经窥见其一斑了。

我家锦鲤鱼池边上在去年深秋时栽种了一棵垂丝海棠，一直病恹恹的没精神，我以为它活不过来了。谁知，十多天前，我忽然发现小树上冒出了密密的蓓蕾，这几天已经是繁花似锦。

面对这“死而复生”的小树，我忽然生出一种“感恩”情感来。是的，真的是要随时反省自己，不忘“上苍”、亲友们的各种眷顾，珍惜每一份“善缘”，也善待大家。人生苦短，无缘不相识，“惜缘”和“善待”当是感恩的最好选择吧。

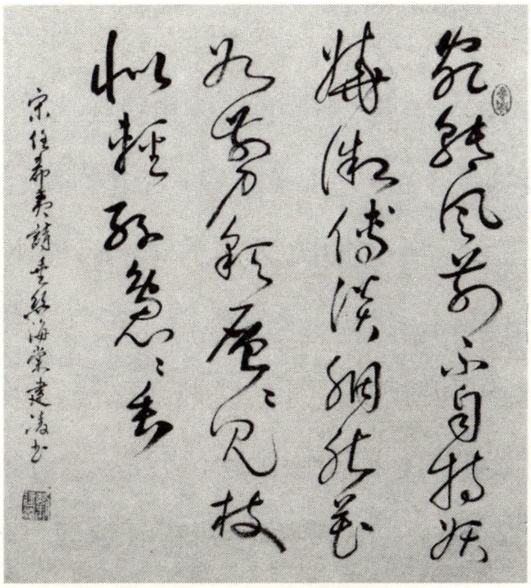

释文：宛转风前不自持，妖娆微傅淡胭脂。花如剪彩层层见，枝似轻丝袅袅垂。

照水芙蓉拒霜花

“清苑芙蓉姊妹花，素雅芬芳生寒家。皖北民风植惠根，金陵古蕴润春华。千篇诗里养身心，万卷书中得真法。山遥道远相扶助，水秀山明洁无瑕。慈心巧手缝善衣，笑眉妙语启稚娃。辛勤耕耘育苗木，桃李满园有奇葩。坦荡无私奉献爱，四世同堂人人夸。并蒂花开春常驻，子孙永赞芙蓉花！”这首《赞芙蓉》是妻子为她的两个姑姑写的诗。她那91岁的大姑姑是芙，79岁的小姑姑是蓉。两位退休前都是“人类灵魂的工程师”——教师，是一心为他人的善良老人，真像芙蓉花那样，“霜侵露凌却丰姿艳丽，占尽深秋风情”，深受家人、学生、同事、邻里的尊敬和爱戴。

“芙蓉”之名，最早见于屈原《九歌之三·湘君》：“采薜荔兮水中，搴芙蓉兮木末。”意思是采摘薜荔要在水中，采摘芙蓉要在枝头。唐朝诗人王维在其《辛夷坞》诗中引用了“木末”：“木末芙蓉花，山中发红萼。涧户寂无人，纷纷开且落”。据记载，自唐朝开始，湖南湘、资、沅、澧四水流域一带就广种木芙蓉。对此，唐末诗人谭用之赋诗曰：“秋风万里芙蓉国”。从此，湖湘大地便享有了“芙蓉国”之雅称。一代天骄毛泽东“我欲因之梦寥廓，芙蓉国里尽朝晖”，说的就是湖南大地。而我的母亲祖籍湖南，我等子孙也算是芙蓉国之臣民了。

木芙蓉花盛开在秋天。那时,满池菡萏已是“留得残荷听雨声”了,万木也已经开始落叶凋零。但是,木芙蓉花与菊花一样却不畏秋寒,皎若芙蓉出水,艳似菡萏展瓣,霜侵露凌却丰姿艳丽,占尽深秋风情。大诗人白居易有诗为证:“晚凉思饮雨三杯,召得江头酒客来。莫怕秋无伴醉物,水莲花尽木莲开。”此处的水莲就是荷花,木莲就是木芙蓉花。《永乐大典》之七《格物丛谈》曰:“芙蓉之名二:出于水者,谓之水芙蓉,荷花是也;出于陆者,谓之木芙蓉。此花是也。此花丛高丈余,叶大盈尺,枝干交加,冬凋夏茂,及秋半始花,花时枝头蓓蕾,不计其数,朝开暮谢。后陆续颇与牡丹芍药相类。但牡丹芍药之花,不如是之多且繁也。然此花以色取而无香,有红者,有黄者,有白者,有先红而后白者,又有千叶者,非一种而已。况此花又最耐寒,八九月余,天高气爽,春意自如,故亦有拒霜之名。世俗多于近水栽插而茂,因号曰水莲,审然矣。”鉴于此,木芙蓉花常常又有“照水芙蓉”和“拒霜花”之称,有诗赞曰:“千林扫作一番黄,只有芙蓉独自芳。”

木芙蓉花是变色花。其原因是每天不同阶段的光照强度不同,致使其花瓣内花青素浓度产生变化,从而引起花色的变化。木芙蓉的花早晨开放时为白色或浅红色,中午阳光强烈时,其花色则转桃红色,下午至傍晚,又转为深红色,犹如一位美人连饮三杯的醉态,人们便把木芙蓉的这种颜色变化叫“三醉芙蓉”。有些木芙蓉花的花瓣一半为银白色,一半为粉红色或紫色,人们把这种芙蓉花叫做“鸳鸯芙蓉”。此外,还有花瓣上镶有彩边、彩色条纹、斑块、斑点等复色芙蓉花,其花朵也更加硕大,花期更为长久。

木芙蓉的美并不仅限于花。其枝、干、芽、叶于一年四季各有不同的形态、风姿和妙趣。眼前,进入仲春,其梢头嫩芽初出,黄绿黄绿的一派生机盎然的景象。再过月余,进入夏季,木芙蓉则绿叶如掌,浓荫覆地,油绿油绿的阔叶给人们带来一份清凉。告别夏季进入秋季,其凌霜傲寒,嫣然盛开,花团锦簇,醉美秋色。当严冬来临,其树叶尽褪,空留扶疏枝干,纵横交错,别有一番风韵。因此,木芙蓉是深受人们喜爱的观赏植物之一。

木芙蓉除了富有观赏性以外,其全株皆可入药,有清热解毒,消肿排脓,凉血止血之功效。内服可用于治疗肺热咳嗽、月经过多、白带等病症。外用则可治痈肿疮疖、乳腺炎、淋巴结炎、腮腺炎、烧烫伤、毒蛇咬伤、跌打损伤等疾患。木芙蓉的花还可以食用,可烧汤食,软滑爽口。其花瓣与鸡肉一道可制成芙蓉花鸡片。其花与竹笋同煮可制成雪霞羹。其花与粳米一道可煮“芙蓉花粥”。其花还可与面粉调合,放入油锅中炸,炸后与软骨煨汤等,十分可口,且营养丰富。

木芙蓉还有很好的经济价值,是上好的工业原料。其茎皮含纤维素近四成,洁白柔韧、耐水湿,是纺织、制绳、缆索、作麻类代用品好原料,也以可用于造纸等。古人还用木芙蓉鲜花捣汁为浆,染丝作帐,即为有名的“芙蓉帐”。白居易的《长恨歌》就有“云鬓花颜金步摇,芙蓉帐暖度春宵”描述。

木芙蓉还是环保能手。其根系丰富,主根盘根错节,侧根伸展力强,与土壤接触的面积大,与土壤的固着强度也大,有助于防止水土流失和增强边坡的稳定性。其叶可以吸收多种有害气体,还可以吸收粉尘,净化空气,是名副其实的环境保护的强中手。

所以自古以来历代文人大家都喜欢木芙蓉。如,唐朝文学家韩愈有《木芙蓉》诗云:“新开寒露丛,远比水间红。艳色宁相妒,嘉名偶自同。采江官渡晚,搴木古祠空。愿得勤来看,无令便逐风。”晚唐诗人温庭筠则以诗《芙蓉》赞道:“刺茎澹荡碧,花片参差红。吴歌秋水冷,湘庙夜云空。浓艳香露里,美人青镜中。南楼未归客,一夕练塘东。”而唐朝的陆龟蒙有写《白芙蓉》的诗云:“澹然相对却成劳,月染风裁个个高。似说玉皇亲谪堕,至今犹著水霜袍。”宋朝文学家苏轼的词《定风波》:“两两轻红半晕腮,依依独为使君回。若道使君无此意,何为,双花不向别人开?但看低昂烟雨里,不已,劝君休诉十分杯。更问尊前狂副使,来岁,花开时节与谁来?”苏轼用他的擅长的比兴手法以“双花不向别人开”表达木芙蓉那种坚贞的情感,将木芙蓉的“情与美”表现得淋漓尽致,以借此来表达自已对国家对朝廷的忠心和诚挚,也是一片爱国之心的体现。

妻之两位姑姑虽无东坡先生“双花不向别人开”那样的豪迈，但是，一芙一蓉也都兢兢业业、尽职尽责做好一个“园丁”，她们知道“花开时节与谁来？”所来之人不就是国家的未来之才么？

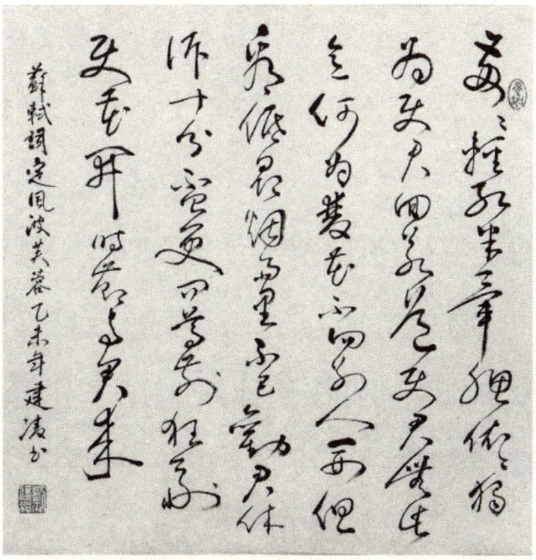

释文：两两轻红半晕腮，依依独为使君回。若道使君无此意，何为，双花不向别人开？但看低昂烟雨里，不已，劝君休诉十分杯。更问尊前狂副使，来岁，花开时节与谁来？

猫脸小花三色堇

我所居住的这个小区的开发商是按法兰西风貌进行设计的。因此，小区里除了有一幢幢漂亮的法式建筑之外，有很多设施也是具有法国人的浪漫色彩的。那一只只巨型高脚酒杯一样的花盆就是一例。

这数十只“高脚酒杯”中常年种着一种色彩丰富的小花儿，每朵花的花瓣上有像猫胡须一样的黑色线条，外形很像一只只飞翔的蝴蝶，人们喜欢叫它们“猫脸花”或“蝴蝶花”，也有地方叫其名字为“人面花”、“鬼脸花”。在这寒冷的冬天，猫脸花依然绽放，蓬蓬勃勃地开满一大“酒杯”，远远望去，五彩缤纷，颜值不低。

猫脸花的学名叫三色堇，也叫堇菜花、人面花、阳蝶花、蝴蝶花、鬼脸花，是堇菜科堇菜属二年生草本植物，常作一年花卉栽培。其个头稍矮，茎高只有10cm—40cm，是欧洲常见的野花物种，常栽培于公园中，也常种植在庭院里。其花朵通常有紫、白、黄三色，故名三色堇。别看这么小的花儿，它还是冰岛、波兰的国花呢。

在欧洲，三色堇的由来有一个可爱的神话传说。那是在很久很久以前，山坡上开满了纯白色的堇菜花，美丽得就像天上漂浮的白云。小顽童爱神丘比特闲游到那片花海中，他手上的弓箭具有爱情的魔力，射向谁，谁就会情不自禁地爱上他第一眼看见的人。可惜的是，爱神既顽皮箭法又不准，所以人间的爱情故事常出错。在那白色的花海中，丘比特对花中一个美丽姑娘射出一箭，谁知道在爱神之箭射出的一刹那，忽然一阵风吹过来，这支箭射偏了，射中了姑娘旁边的白色堇菜花。白色堇菜花的花心流出了鲜血与泪水，这血与泪干了之后就再也抹不去了。从此白色堇菜花就变成了今日的"三色堇"。

在欧洲，三色堇还有一个与女神维纳斯相关的神话传说。某日，众天神到花园赏花时，纯白色的堇菜花受到众神的青睐。一向好强且妒忌心很强的维纳斯问儿子丘比特："这些堇菜花和妈妈比起来，谁更美丽？"天真且顽皮的丘比特脱口说出"堇菜花比妈妈美"。维纳斯听后嫉妒心顿起，火冒三丈，举起皮鞭便抽打柔弱的堇菜花。没想到堇菜花生命力顽强，虽受了重伤却没有死，只是因为挨了鞭打，它的脸上青一块、紫一块，留下了深浅不同的斑痕，由此成为了"花猫脸"。自此以后，堇菜花开花，便从原来的纯白色变成了一朵花上同时有紫、白、黄三种颜色的"三色堇"。

三色堇可以入药。其药用价值，首先在于其可杀菌、治疗皮肤上的青春痘、粉刺、过敏问题。其次，茎叶含三色堇素，可主治咳嗽等疾病。在中国医药古籍记载的护肤圣品中，三色堇无疑是最炫目的。三国时期的《名医别录》中就已把三色堇列为重要护肤药材。相传隋炀帝为讨后宫佳丽的欢心，曾组织太医研究三色堇去痘的多种方法，并将其一一写进《隋炀帝后宫诸宫药方》与《香方粉泽》等书之中。李时珍的《本草纲目》更是详细记载了三色堇的神奇去痘功效："三色堇，性表温和，其味芳香，引药上行于面，去疮除疤，疮疡消肿。"

此外，三色堇还有一定的工业价值，现代技术可以在花呈深紫色且具有芳香味的三色堇品种中提取香精，用以制作香水，或做其他添加材料之用。

我去云南时，在一位好友家里品茶。他拿出了珍藏多年的普洱茶头。那茶头，据说是"文革"时期遗落在仓库里的普洱茶的碎屑。前几年，普洱茶价格暴涨时，有人将仓库角落里的那些陈年碎屑扫出收集起来，由于发酵深透，茶水呈黑褐色，有一种浓郁的普洱香。于是，那不起眼的常常视为垃圾的茶头一时间却成了抢手货，虽然价格不菲，但仍然令人趋之若鹜。我们对饮了一壶茶头后，甚觉神清气爽。好友忽然起身给我取来一只稍大一些的茶杯，里面放了几根绿茶，还有一些紫色的片状物。用开水冲泡后，杯中有馥郁之香溢出。我再细观那些渐渐涨开的紫色片状物竟然是一片片三色堇花瓣。试尝一口，清香怡人，一改普洱之浓郁，又是一番美味上心头，真是爽啊！

后来，我听说市场上销售一种号称能够兼顾口欲与身体、对抗饥饿感、减少食物的摄入量、增加耗能、做到不伤害身体减肥的所谓三色堇减肥茶，其效果如何，我不得而知，更不想妄加评论。但是，我亲口品尝过的这猫脸花茶有着一份恬淡清香，提神开胃，倒是事实。

眼前这"高脚酒杯"里曾因被丘比特错射或被维纳斯暴抽过而变形变色的静静开放的小花儿，它的花语大多与思念、沉思、爱有关。而我在想，在三色堇娇小的身躯背后，是否还有着更多不为我知的秘密呢？有诗为证："铺地小花随处植，猫脸蝴蝶欲展翅，亦花亦药亦为茶，身后故事几人知？"

不过，不管怎么说，这不起眼的小花儿的确是会惹人喜爱的。

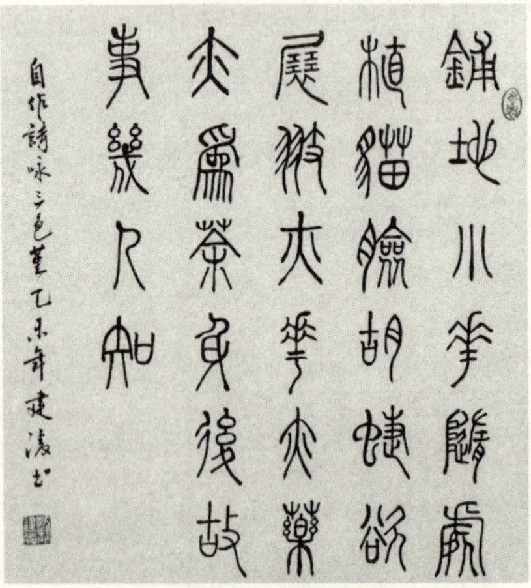

释文：铺地小花随处植，猫脸蝴蝶欲展翅。
亦花亦药亦为茶，身后故事几人知？

味如香蕉是含笑

出差几日，回到家时，发现院子里的锦鲤池水质浑浊，仔细一查，原来是循环泵不工作了。邻居老季闻声过来，三下五除二便修好了循环泵，鱼池的循环系统又开始运转。为了加快循环速度，提高池水的过滤率，我又打开了手动过滤器，一直忙乎到傍晚。去水池洗手时，忽然闻到一阵幽香，浓甜如成熟的香蕉之馥郁。循香望去，原来是那棵老含笑花开了。一树的黄白花儿，在黄昏的余晖中，显得精神十足，香气逼人。我忽然想起杨万里老先生的诗句："秋来二笑再芬芳，紫笑何如白笑强。只有此花偷不得，无人知处忽然香。"不禁要笑出声来。

这棵含笑跟随我有十多年了。记得进入新世纪的那一年春节，有学生来看望我，带来的就是这盆含笑。那时，它还是一个小不点儿，身高只有20多厘米。它虽然身材矮小，但是，叶片油光水亮的，像打了一层蜡一样，明晃晃地反射着阳光，在冬日犹如一个绿色的小精灵，让人喜爱。

我查了一下资料得知，含笑是木兰科含笑属常绿灌木，又名香蕉花、含笑美、含笑梅、山节子、白兰花、唐黄心树等。乳白色或淡黄色的花瓣半开微吐，有的微微下垂，有的翘首相望，似少女抿嘴微笑，故得名含笑。

春节过后不久，我就发现那小精灵的枝头上有小小的花苞冒出，像一粒绿豆，头尖尖的，似有一些小绒毛附在上面。到了清明，有些性急的花儿就已经开放了，大小如一元钱硬币，有6瓣，初开为白色，后渐泛为黄色，边缘有淡淡的红紫色。初开时，没觉得有什么香味。但是，经过太阳照射后，那花儿便放出甜甜的幽香，一阵一阵香气飘来，如满屋放置了香蕉一般。这让我大开眼界，这小精灵竟然还有这样的功能！

搬家到江宁瑞景文华小区，有很多东西在搬家时都丢弃了。但是，这盆含笑依然跟随着我。到新家的当年冬天，我忽略了它因为小盆栽种怕冷的特点，忘了搬到玻璃房里。待我发现时，它的叶子已经失去光泽，灰灰的没一点儿精神。再移放到玻璃房中，已经有些晚了。开春后，别的花儿都生叶开花，唯独它蔫蔫的，迟迟不见发蕾。我以为它撑不过去了，但又对它抱有一丝希望，也祈祷上天眷顾它，给它活下去的机会。我每天都照顾它两次，隔天给它松松土。一直到了5月份，才见它醒转过来。花是不开了，倒是长出了嫩嫩的绿叶。到夏天，原先的那身灰灰的叶片全部脱落，换上了一身新装。它终于挺过来了！

后来，我听公司花房的园艺工说，地栽的含笑不怕寒。我问他这是为什么？他答我：是师傅说的。我想，这也许是接地气的缘故。于是，我买来了一只特大的花盆，直径足有80厘米，高有60厘米，将那棵含笑种植其中。如此多的土，应该足够含笑接地气的吧。果然，那棵小精灵很喜欢这新环境，绿色盎然，茁壮成长。我胆战心惊地观察了一个冬天，它没有像前次那样昏死过去，而是一如既往翠绿如常。几年下来，在大盆里生长的含笑已经有1.2米高，枝繁叶茂，不再是那小不点儿了，也不再惧怕南京冬天的寒冷，丑小鸭变白天鹅，出落成一个大姑娘了。

含笑原产于我国广东，现已遍布全国。日本、欧洲亦有栽培。含笑花有大小两种，也有白紫两色，而紫色花的含笑是上品，很少见。宋代陆游对此有诗曰："日长无奈清愁处，醉里来寻紫笑香。"现代，是否还有紫色含笑花，不得而知。或许，在其原产地广东还能寻到。

含笑在唐代就有种植。到了宋代，因宋高宗赵构喜爱含笑，植于宫廷，便有各地栽培的记载。当朝的文学家李纲就有《含笑花赋》："南方花木之美者，莫若含笑。绿叶素容，其香郁然。是花也，方蒙恩而入幸，价重一时。花生叶腋，花瓣六枚，肉质边缘有红晕或紫晕，有香蕉气味花期。花常若菡萏之未放者，即不全开而又下垂。凭雕栏而凝采，度芝阁而飘香；破颜一笑，掩乎群芳……”而明代王佐则有一诗云：“尧草原能指佞臣，逢花休问笑何人。君看青史千年笑，奚止山花笑一春。”以含笑花之名借题发挥，耐人寻味。

世事繁杂，人生苦短。如果我也借花卉比喻一下人生，那么，我真希望自己能像含笑花那样，在短暂的花期里，尽力表现一份属于自己的含蓄和矜持，用甜香的气味和自身的韵味去为大自然增添一份生机和活力。像含笑花那样，虽不美丽而芳香，虽不高大而坚强，虽不华丽而蕴含哲理，看淡功名利禄，看轻身外之物，含笑面对人生的输赢成败，含笑面对顺境和逆境，在纷繁芜杂的世事面前，坚持一种平淡的对美好人生的追求，对灯红酒绿的花花世界的淡漠，踏踏实实过好每一天。

据《本草纲目》等医书记载，含笑花不但以其艳色和独特的香蕉味使人赏心悦目，而且含有丰富的营养成分、生物活性成分以及天然植物精华。将其制成花茶不仅可使人心情愉悦、振奋精神、还具有活血调筋、养肤养颜、安神减压、纤身美体、保健强身和祛病延年的神奇功效。经常饮用还可使皮肤细嫩红润、光洁亮丽、富有光泽和弹性。

去年，家里重新装修房子，油漆工在刷涂料时，将涂料洒得含笑一身的，含笑被弄得狼狈不堪。我生怕它被烧坏了，用水龙头好好冲洗了一遍。但是，那些白色的涂料依然难以洗净，绿色叶片上残留的许多白色斑点，让含笑显得有些怪诞。这两天，含笑花开得正旺，仔细观察一下，开过花的枝头上已有嫩绿的新叶长出，而沾了涂料的老叶子会自然老化脱落，一棵翠绿的新树将会展现在我的面前。这就是新陈代谢的结果，人生也是如此吧。

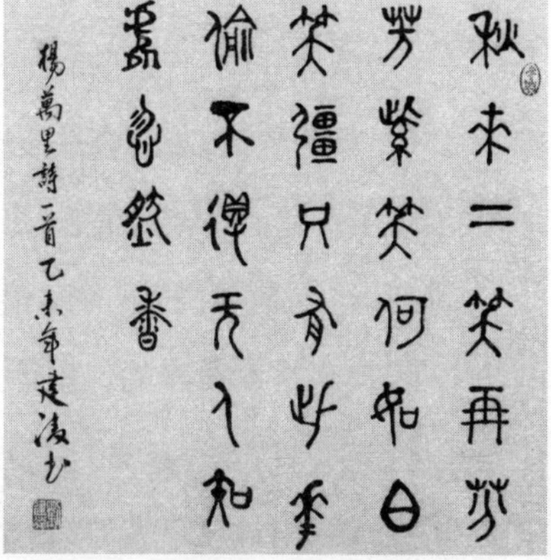

释文：秋来二笑再芬芳，紫笑何如白笑强。
只有此花偷不得，无人知处忽然香。

我在默默地想。

紫色精灵鸢尾花

去云南出差，所住的饭店有一个很有傣族特色的院子。早晨，我去院子里散步，在初升太阳的照射下，院子里一片金黄。迎面的幕墙瀑布，有水雾溢出，在阳光的折射下，有七彩虹霓闪现。在虹霓的下方是一片绿地，似有许多蓝紫色的蝴蝶在绿地上飘舞。再仔细一看，原来是大面积的鸢尾花在开放，细长如兰的绿叶，托举着一朵朵蓝紫色的花儿，像一只只蝴蝶在迎风起舞，甚是好看。

我是喜欢蓝紫色的。

去年春末，我去小区后面的翠屏山上晨练，竟然发现不少野生的鸢尾花在山坡上静静地开放，蓝紫色的花儿上还闪现着晶莹的晨露，使得那原本沉静、安详、厚重的色调，透出些许浪漫的气息来，表达了沉静与浪漫的和谐统一，又展现了神秘而娇艳的美来，令人怜爱。

鸢尾花这个名字，很早的时候，我就在许多外国名著中见过，在梵高的画中见过，也在席慕容的诗里读过。不过，惭愧的是我至少是在15年前还是在读错字，将“鸢”(读音“原”)字读成“弋”音。后来，在一次很偶然的聚会上，有人在朗诵席慕容的《鸢尾花》：“……所有的记忆离我并不很远/就在我们曾经同行过的苔痕映照静寂的林间/可是 有一种不能确知的心情即使是/寻找到了适当的字句也逐渐无法再驾御/到了最后 我之于你/一如深紫色的鸢尾花之于这个春季/终究仍要互相背弃/(而此刻这耽美于极度的时光啊 终成绝响)”。这首诗,我是读过的。“弋”尾花如何成了“原”尾花?我在纳闷。回家后,忽然想起此事,就拿出了字典查了一下,的确是我念错了。从此也就记得了它——“鸢”字,像鹰一样凶猛的大鸟。而那花儿却长得很像这凶猛大鸟的尾巴,所以得名叫做鸢尾花。这取名的人,真的富于想象,当时,如何能将这样一刚一柔的实物联系在一起?这名儿起得真算是“纵横驰骋九万里”呀!也才知道,鸢尾花的名头很大,它还是法国的国花呢。

鸢尾花是鸢尾科鸢尾属多年生草本植物。鸢尾可入药也可做香料。其性味辛、苦、寒,可用于治疗风湿疼痛、跌打损伤等。鸢尾属植物的提取物还可以治疗动脉粥状硬化和骨质疏松。另外,鸢尾的根茎,可提取一种珍贵的香精,若直接研成粉末,便是上等的香粉。所以鸢尾有着很好的经济价值。

不过,尽管我在书中、诗中、画中见过鸢尾花,但是,真正见到它的实物,却是在那年昆明的花博会上。虽然,我当时在心里将铭牌上的“鸢”读成“弋”,但是,并不影响我对鸢尾花的认知。在那里,我终于将在别人文字下、歌咏中、油画里赞美的鸢尾花对上了号,并且感受到它真的是那样的美妙,尤其是那蓝紫的色调,可以沁入心脾。

由翠屏山回到小区,我这才注意到在小区所谓的“塞纳河”边上竟然也种着几株鸢尾花,这是我以前从未注意过的。那几株鸢尾花也在盛放,在阳光下,有真蝴蝶在上面飞舞。这时,小区内的一位常见的、外形年龄与我相仿、身材矮小的女保洁员,正在用大的竹扫把清扫鸢尾花前的道路。她见到我便很热情地与我道了一声“早”。我也很热情地回了她一声。我听说,她的实际年龄刚过40,比我小了近20岁。沉重的家庭负担,将她压得失去了原本属于自己的年轻和美貌。但是,她是一个好妻子、好母亲、好儿媳。她用自己的劳动挣一份微薄的工资,一直在精心照顾着生病的丈夫和上学的孩子，还有年老多病的公婆，就像眼前这看起来柔弱但是却很刚强的鸢尾花，充满着正能量。由此，我一直对这位富有爱心、出身卑微的保洁员表示尊敬。记得当时回家后我还写了四句诗："又蓝又紫似鸢尾，浪漫一如蝶舞飞。可制香料可入药，演绎正量弥珍贵。"

从云南出差回来，我才发现小区里的鸢尾花也盛开了。那几株鸢尾花虽然没有云南我所见到的那种规模宏大，但是，其花却比云南的要更加鲜艳美丽，既蓝又紫的色调像一只只小精灵，幻化着谜一样的风采。

这时节，是得抽空上翠屏山上去探望一下那片野生的鸢尾花了。

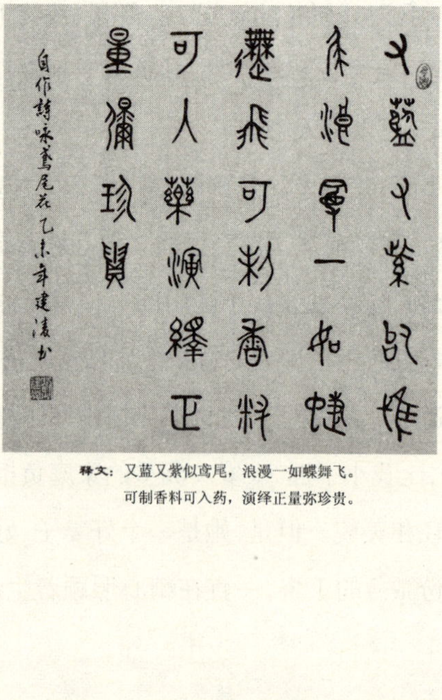

释文：又蓝又紫似鸢尾，浪漫一如蝶舞飞。
可制香料可入药，演绎正量弥珍贵。

一剑量天龙骨花

今年春节,我在广西的明仕田园风光景区,看到一大片像仙人柱一样经过修剪的植物,每株大约有80厘米至100厘米高,壮壮实实,排列整齐,场面浩大。我正在疑乎景区为什么要将这些人们随便散种的仙人类植物像这样管养时,却听到了有人在介绍:这是龙骨花,它的果实就是大家常吃的火龙果。

原来如此,难怪景区要给它如此的优待。

出于对火龙果的喜爱,我认真察看了一下龙骨花。龙骨花的茎呈深绿色,粗粗壮壮的,是典型的仙人类肉质植株,呈三棱状,棱边似流苏形,上有一个一个的小窠,窠内有与其他仙人科植物一样的退化的叶——褐色小刺,这些刺比仙人掌、仙人球、仙人柱等植物的刺要短很多,也没有它们挺拔坚硬。其茎上有不规则的分枝,骨节明显,的确像龙骨一样健壮,得名龙骨花非常形象。

龙骨花是仙人掌科量天尺属攀缘肉质灌木,又名剑花、三角火旺、三角柱、三棱箭、韦陀花、天尺花、七星剑花、霸王鞭、霸王花、假昙花等,原产自美洲,明末清初引入我国,在福建、广东、广西、海南、台湾等省区常见于庭园或村落附近,攀援于树干、废墙或岩石上。其他地区多栽培于温室。其茎常作各种仙人球、蟹爪兰的嫁接砧木。

龙骨花的花型比较大。其花萼呈花瓣状,为黄绿色或淡紫色。其裂片为披针形,向外反卷,花瓣为纯白色,夜间开放,有很好闻的香味。但花开时长像昙花一样很短,盛开数小时即谢落,所以有“假昙花”之名。前些时,我在一次聚会上看到火龙果后向朋友述说我在明仕田园所见植株一事时,一位新认识的画家朋友接话说:“那是假昙花。去年夏天的有一天夜里,有朋友电话邀请我去他家欣赏‘昙花一现’。我急急忙忙赶到他家,是看到了一朵大约有二三十厘米大的花正在开放,很香。一家人很是欢欣。但是,花开很长时间不见萎缩,与传统的‘昙花一现’说法有悖。我没好意思扫人家雅兴,回来一查,昙花一现最多 20 分钟。而那花开长达数小时的应该是火龙果花,就是你说的龙骨花。龙骨花就是‘假昙花’。”

画家的一番话,还真让我长了见识。

从情感角度来说,我一直喜欢长久的事物,例如花卉中的凌霄花我就很喜欢,因为它的花期超长,能开放八九个月。而对于那些超短的事物,总觉得与本人的个性不合,不太喜欢,例如这著名的昙花一现。纵观古人的诗词歌赋,也难见昙花之身影。就连广为罗列万紫千红的《群芳谱》中,对昙花亦未着一字。估计,古人也和我一样是不喜欢这生命短暂现象的。

而这龙骨花不一样,尽管它的花开比较短暂,只有区区几小时。但是,它的花萎缩后仍会立于枝头不落,且花落后可以结出红色的拳头大的椭球形浆果,就是那色彩艳丽,形状可爱,美味可口的火龙果。所以,龙骨花很受人们喜爱。

龙骨花可以入药。其茎可以治疗腮腺炎、疝气、痈疮肿毒,对治疗脑动脉硬化,心血管疾病有明显疗效。其花可治疗燥热咳嗽、咳血、颈淋巴结核,还具有清热润肺,除痰止咳,滋补养颜之功能,是极佳的清补汤料。广东人习惯用它煲猪骨,加上蜜枣或少许罗汉果,煲一二个小时即成老火靓汤,既清甜芳香又有益于调养身体,尤其适合于长期吸烟饮酒之人士食用。

龙骨花的花语是“无尽的未来”,意思应该是龙骨花的生命力很顽强吧。

事实上，只要不受严寒所侵，龙骨花可以在任何艰苦的条件下生长。任意剪下一根枝条插入土中，很容易生根成活。它身材高大，可攀缘生长十数米高，很有史前恐龙的霸气，所以称它为“霸王”，甚至可以做量天之尺，一点儿都不为过。它还甘做奉献，任何仙人掌科的植物，例如仙人球、蟹爪兰等都可以用它做基础的砧木，嫁接出生命力强壮，花朵众多，色彩美丽的新品种，是一个实实在在的典型的无名英雄。

这生命力、这精神层面、这体能状态，有谁能说龙骨花没有“龙”有一样的品质呢？于是，我写了八句诗《赞龙骨花》：“霸王之气不言退，身如龙骨欲攀飞。黄白花型漏斗状，紫红浆果好美味。不择土壤不贪肥，花茎入药济人类。无尽未来是花语，甘做奉献名可垂。”

我们在品尝火龙果美味的时候，想想它的母株——龙骨花，也许会有些许精神层面的升华。

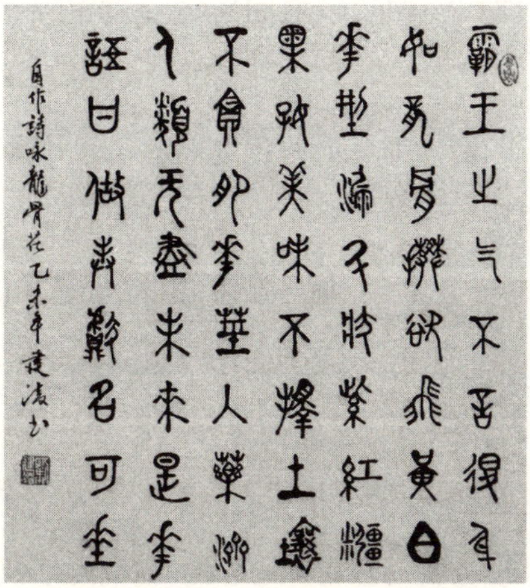

释文： 霸王之气不言退，身如龙骨攀欲飞。黄白花型漏斗状，紫红浆果好美味。不择土壤不贪肥，花茎入药济人类。无尽未来是花语，甘做奉献名可垂。

朴实淡紫泡桐花

知道泡桐花，是在焦裕禄的故事里。

1964 年 5 月，焦裕禄去世时，我还在上小学。记得，焦裕禄的事迹见报是在 1966 年史无前例的无产阶级文化大革命还未正式开始之前，全国掀起了学习焦裕禄的热潮。那时，我虽然不知道什么是盐碱地，什么是风沙，但是，焦裕禄那人民公仆的形象和他倡导的“扎针(种泡桐树)贴膏药(翻淤泥盖沙丘)”用泡桐治理风沙和盐碱地的事迹一直留存在我的脑海里，至今未忘。

后来，我在每年的春天都会很留意泡桐的花开花落，甚至于还知道“泡桐花落春去也”的说法。

泡桐是玄参科落叶乔木，生命力强盛，生长迅速，树高可达 30 余米，树冠覆地面积可达数十平方米。其花头年秋天生花蕾，来年春天先叶开放，其形状狭长几成圆柱形，花长可达 25 厘米，呈淡紫色。其小聚伞花序有花 3 朵至 8 朵，花开放时，这些小聚伞花序成片聚于枝头，紫色一片，蔚为壮观。

只要留心就可以发现，迎春花开的时候，泡桐的细枝顶端那一串串出生在上年深秋的带有黄绿斑纹的卵形花蕾，开始慢慢长大，像有无数只儿童的小手齐刷刷地向上举着，远远望去又像一只巨大的插满蜡烛的烛台。清明过后，随着气温的慢慢升高，那些小手一样的花蕾便从顶端裂开，这时浅紫色的花朵便像出了壳的小鸡一样从里面顶了出来，然后像吹气球一样向上伸展，颜色越来越浅，最后变成了淡紫色的小喇叭花儿，朵朵相依、丛丛相拥地缀满枝头。那淡紫的泡桐花在金色阳光和蔚蓝的天空映衬下，像一群身着紫色彩裙的少女在翩翩起舞，美丽动人，惹人喜爱。

多年前，我到苏北调研工作时，顺便去看望了一下老同学。他当时在一所乡村中学当一个小领导。那所学校不大，教室都是农村常见的平房，不大的操场落在教室的西边，吸引我眼球的是，操场边种植的一排高大的泡桐树，繁花满枝，犹如飘过来一片紫色云霞一般。树下落英无数，有校工正在打扫。我笑着说："落英浑不扫，坐待月光明。留着它也是一景，便于学生观察去写实物作文，岂不更好？"老同学说："这东西疯长，满村都是，哪需要在这儿留着哈。"

午饭时，他妻子别出心裁弄出了一道泡桐花的菜来，着实让我开了眼界。只见她大喊了一嗓子，就有两位身材高大的男生小跑过来，又领命而去。不一会儿功夫，就捧来了一嘟噜紫喇叭一样的泡桐花。她将那一只只小喇叭花儿去萼、去蕊，只留下薄薄的淡紫花片放入早烧好的沸水里一过，那些紫色的花片瞬间变成了土黄色，同时也蜷缩起了优美的身体。经过一阵揉搓，泡桐花成了黄黄的一团，又几经清洗，沥干水分，撒上盐和作料又捏成团略作腌制。在开饭之前，她才将其散开，倒上醋撒上糖端上桌来，一盘别有风味的凉拌菜就成功了。我好奇地夹上一筷子，小心品尝，那味道还真独特，有淡淡的花香，韧韧的富有弹性，非常可口，至今难忘。

老同学见我喜欢，就说，这泡桐生命力极强，用指头粗细的一段根随便往土中一插，春雨一淋，春日一晒，春风一吹，就活了。新插的泡桐树就像竹竿一样笔直地向上生长，不分枝杈，长得特别快，当年就可以长到十来米高。泡桐树的叶子为了吸收到阳光，头一年也特别多、特别大，从根部一直长到顶端，大的像荷叶一样，当斗笠一样遮风挡雨。泡桐树身直质轻，且有韧性，不少乡亲盖房都选它做房梁。泡桐木还可以做乐器，很多有名的小提琴、大提琴都是用泡桐木做的。

后来我听过一首叫《泡桐花》的歌:“无意间抬起头/望见那棵古老的泡桐树/已花开满枝头/记忆中的泡桐花呀/就长在自家的小院里头/大朵大朵的花儿/在空中如风铃般绽放/如此优雅/又如此漂亮/大片大片的紫色花瓣/在风中起舞摇曳/送来阵阵幽香/望着一地的落花紫英/令人沉醉/浮想联翩/即使花儿飘落/依然留存淡淡余香/留存淡淡余香”。演唱这首歌的女生,嗓音尖细,但是空灵耐听,给人以无穷的回味。听到这首歌,我就想起那操场边的一排泡桐树,就想起那清香爽口的凉拌泡桐花,对“即使花儿飘落,依然留存淡淡余香”就有着更深一层的体会。

前年10月,我与朋友开车去晋陕豫旅游,还特地绕道去了一趟兰考。现在的兰考已经今非昔比了,县城里的楼房鳞次栉比竖了起来,街道也是宽阔舒展,人们的生活不再是上世纪60年代那样贫困:“沙丘没有林,有地不养人。那时,真的很苦。吃不饱啊,老百姓补助,一天补助四两的红薯片。山上有一个金寨村,270多口人,我是在那个驻过队,1962年的麦子,被风沙打死了120亩,剩下18亩,这18亩小麦,出了80斤粮食,按人口平均分配,一个人合二两七钱,你说群众怎么过?”相反,基本上都过上了相对富足的生活。不过,作为焦裕禄的名片、兰考的象征的泡桐树依然覆盖着兰考大地,成为人们致富奔小康的重要经济来源。焦裕禄的二女儿焦守云说:泡桐,如今被兰考人民称为“绿色银行”。它们的根往下面扎,树往上长,成材快,又不影响农作物的生长,还能挡风沙。整整50年,泡桐与父亲的形象相映衬,已变得不可分割。

在反腐倡廉、重拳出击、从严治党的今天,县委书记的榜样焦裕禄的事迹特别是“泡桐”精神像泡桐可以入药,有着良好的抗菌、抗病毒功效,还可以对肝癌细胞有抑制作用一样,去抵抗党的肌体上滋生的病菌和病毒,去医治各种异生的毒瘤,是有着非常现实的教育意义的,可谓常绿长青。

有人说:“泡桐花,那一朵朵的美丽,是她生命本质的彰显;那一树树的繁华,是她生命活力的爆发,也是她宠辱不惊的自信!美丽却不张扬,平凡却不平庸,普通却又不落俗套。这就是泡桐花。当你觉得生活中缺少了美丽，那就看看泡桐花；当你觉得找不到自我，那就看看泡桐花；当你患得患失，不知所措，那就看看泡桐花。”

这种观点，我很赞同，并写了四句诗：“紫花一树如风铃，朴素平凡谁看轻？常忆兰考焦书记，泡桐治病又净心。”录于此，与众生共勉。

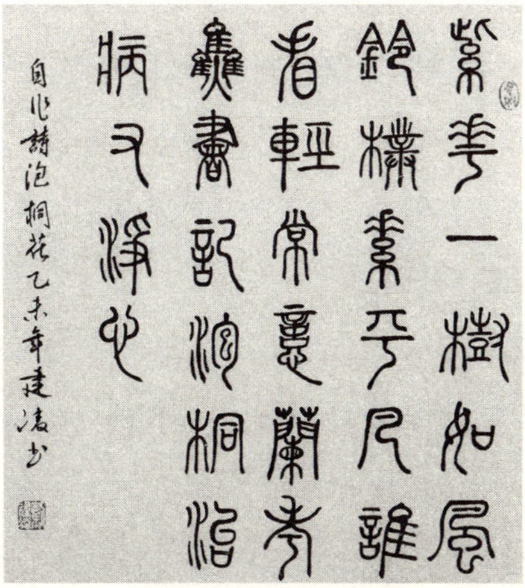

释文：紫花一树如风铃，朴素平凡谁看轻？
常忆兰考焦书记，泡桐治病又净心

国槐三月漾琼花

前天上午,我应邀去南京明城墙的神策门共同参与一位好友婚礼的策划。神策门位于南京城的北部,是明城墙 13 门中的军事要地之一,是唯一建有外瓮城的一座城门。因明初南京城军队 12 卫建制中的神策卫驻扎于此,故名神策门。后清顺治时,郑成功 17 万大军攻城时,中了守城清将缓兵之计,守兵偷偷凿开另一城洞,偷袭大败郑成功,则改称神策门为得胜门。民国十八年(1929),国民政府又将得胜门改称为和平门,并由当时的立法院胡汉民院长题写门名。2001 年,和平门由军队转回地方管理后又恢复原名神策门,并拓建了神策门公园。

春末夏初的神策门公园浓荫覆盖,生机盎然。我在城头上拍摄外瓮城时,忽然闻到一阵清香,顺着墙垛望去,只见几棵已经高出城墙的槐树花开正旺。一串串,一嘟嘟的槐花,在百花争艳后,素洁无华,不声不响,悄然登台,琼花荡漾,绽满枝头,用自己的甘甜和馨香默默地为晚春谢幕收场。

槐树是豆科槐属落叶乔木,是特产于我国的古老树种,在全国分布广泛,具有悠久的栽培历史。自古以来,国人对槐树是敬畏和崇拜的,故而槐树就像眼前这神策门一样,一直被蒙着一层神秘的面纱。

英国著名人类学家弗雷泽在其代表作《金枝》中提及早期人类崇拜树木花草的原因时说:“在原始人看来,整个世界都是有生命的,花草树木也不例外。它们跟人们一样都有灵魂,从而也像对人一样地对待它们。”在我国,因槐树树龄常常长达数百乃至一二千年,且常常“树心都已枯蠹中空,只存枯皮,却老干虬枝,枝叶蔚茂”,因此便有“不知经历了多少春夏秋冬,随了多少雨雪风霜,具有如此顽强的生命力,一定得了灵气成精了”的断想,所以经常可见大槐树下有人建着香台,对老槐顶礼膜拜。甚至还建有槐树祠、槐树庙、仙槐观,供四方乡邻烧香磕头,祈求保佑,请赐丹药。山西《汾阳县志》就有如此记载:“仙槐观在城隍庙之北,相传其地有槐,枯朽如刳舟。金皇统中,遇异人投药其中,倏长茂如初。故州人饰观以仙槐名。今观中他槐亦盛。”

古人对槐树的崇敬还表现在用槐代表高官职位。《周礼·秋官》载:“朝士掌建邦外朝之法,左九棘孤卿大夫位焉,群士在其后,右九棘公侯伯子男位焉,群吏在其后。面三槐,三公位焉。州长众庶在其后。”注云:“槐之言怀也。怀来人于此,欲与之谋。”是说周代宫廷外种有三棵槐树,三公朝天子时,面向三槐而立。后人因以三槐喻三公。三公是指太师、太傅、太保,是周代三种最高官职的合称。由此,槐便与古代官职有了联系,成了官职的代名词,亦有独具特色的槐官相连的名词产生。如槐鼎,比喻三公或三公之位,亦泛指执政大臣;槐位,指三公之位;槐卿,指三公九卿;槐兖,喻指三公;槐宸,指皇帝的宫殿;槐掖,指宫廷;槐望,指有声誉的公卿;槐绶,指三公的印绶;槐岳,喻指朝廷高官;槐蝉,指高官显贵。此外,槐府,是指三公的官署或宅第;槐第,是指三公的宅第。故此,在“官本位”思想盛行的历朝历代,很多人都喜欢在庭院中植槐,以期盼子孙发达,能出达官贵人,位极人臣。

前几年,我由太原去壶口瀑布,因慕京剧《苏三起解》所述洪洞县,便在洪洞留居一宿。在看了那所谓的“监狱”之后,有朋友告知,洪洞县最有名的不是这“监狱”,而是大槐树。在民间一直流传着这样的民谣:“问我祖先来何处?山西洪洞大槐树,问我老家在哪里?大槐树下老鸹窝。”所以说天下人都是洪洞的后人。这种说法只是一种传说,信不信那可是各人的事。不过,民国《洪洞县志》曾有记载:“大槐树在城北广济寺左。按《文献通考》,明洪武、永乐间屡徙山西民于北平、山东、河南等处,树下为集会之所,传闻广济寺设局置员,发给凭照、川资。因历久远,槐树无存,亦发贡于兵燹。”据考证洪洞古大槐树移民分布在全国11个省市的227个县,所以,洪洞人敢说天下人都是洪洞的后人。现在,洪洞县的老槐树景区已经建成国家级4A景区,是人们求根寻祖,祭奠先辈的重要场所。

槐与柳、桃不同的是,自古以来都被人们褒以吉利和祥瑞之义。《春秋纬·说题辞》载:“槐木者,虚星之精。”均说明槐树具有神异的色彩。《汉书·五行志》记载:“昭帝建始四年,山阴社中大槐树,吏人伐断,其夜复自立如故。”可见,槐树神奇异常。古代人种槐除了取荫之外,就在于讨吉兆,寄期冀。俗话说:“门前一棵槐,不是招宝就是进财”,都是表达槐树象征吉祥的寓意。

槐的名头响,其花也可食。槐花炒鸡蛋、面拖油炸槐花、槐花蛋汤等都是滑爽可口的美味。过去缺粮时,人们将槐花收下和在玉米面、大麦面、高粱面中蒸成窝窝头,既香甜又可充饥,帮助人们渡过了许多艰难岁月。当然,在今天物质丰盛的年代,这些窝窝头都成了绿色健康食物的好东西,想吃到它们,还得付出不菲的人民币。

其实,槐花不但可食,也是一味良药。槐花性凉味苦,有清热凉血、清肝泻火、止血的作用。它含芦丁、槲皮素、槐二醇、维生素A等物质。芦丁能改善毛细血管的功能,保持毛细血管正常的抵抗力,防止因毛细血管脆性过大,渗透性过高引起的出血、高血压、糖尿病,服之还可预防出血。

超市里卖的槐花蜜气味芳香,甜润爽口,是蜜中上品。与其他花蜜相比,其护肤美容的效果更加明显,更能起到滋润和养护的作用,使皮肤光滑、细嫩和富有弹性。用槐花蜜蒸梨吃,可治疗咳嗽。常喝槐花蜜水,可以通便利尿,调节人体机能,令人精力充沛。

“老槐三月漾琼花,馥郁芬芳香万家。神策门前话神树,又有虬枝发新葩。”面对一树的清香和即将在此举办婚礼的好友，我心里忽然冒出了这四句诗，虽平仄不整，但也表达了我见到槐花后和即将看到一场浩大而温馨的中外合璧婚礼的心情，并想用吉利祥瑞的槐花为一对幸福的人儿祝福！

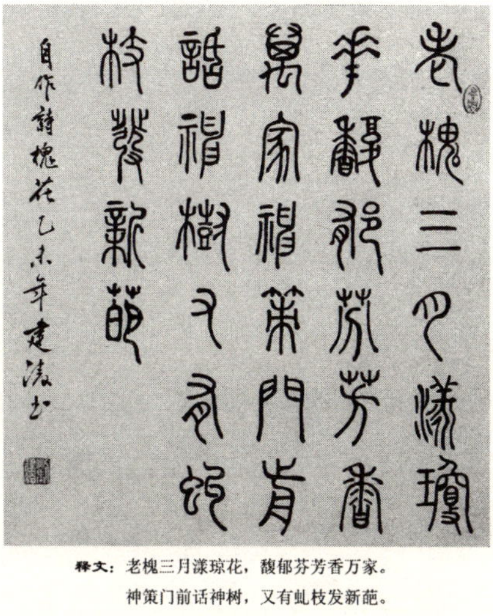

释文：老槐三月漾琼花，馥郁芬芳香万家。
神策门前话神树，又有虬枝发新葩。

长春花上雨如丝

前几天陪江西的客人去玄武湖观光,客人指着一丛小花儿问我什么花?我瞥了一眼说:长春花。客人惊奇,这么不起眼的小花,还有这么大气的名字?我笑着说:人不可貌相,海水不可斗量。花亦如此。

我选了一棵盛开的长春花向客人介绍道:这小花儿可是有来头的,原产于地中海沿岸、印度、热带美洲等地区。何时传到我国,时间不详。但是,好像宋代就有咏长春花的诗词出现。当然那诗词里的长春花是否就是眼前这种小花不得而知。长春花为夹竹桃科长春花属直立草本植物或半灌木植物,有很多别名——日日春、日日草、日日新、三万花、四时春等都是它的名字。长春花的嫩枝顶端每长出一片叶子,其叶腋间即冒出两朵花,每朵花有五片花瓣,像电扇的扇叶一样均匀排列。因此它的花朵特别多,嫣然一片,所以又叫它"三万花"。它的花期超长,除了一年中最冷的那几天以外,它都花势繁茂,不断地花开花落,所以有"日日春"、"四时春"的名字。在广东、广西、海南、云南低海拔热带亚热带地区它是全年花开不落,是名副其实的"长春花"。

再仔细看看长春花的模样,在万绿丛中亭立而出的呈高脚蝶状的长春花身形婀娜多姿。粉红色的花朵在微风吹拂下,婉若翩翩起舞的粉蝶。花蕊呈深色点状，向外则似乎围着一圈玫瑰色的轻纱，由深至浅，朝着五个花瓣的方向慢慢晕染开来，最后渐变成浅浅的粉色。每片花瓣的末梢处都是些许晶莹的淡白，像极了水墨画中的飞白，显得娇羞妩媚，十分生动。

今年的泼水节期间，我在西双版纳植物园看见了很多种长春花，有红龙、太平洋、地中海、热浪、星尘、阳伞、佳人以及梦系、凉系、玲珑系、小可爱系等数十个品种，可谓琳琅满目，济济一堂。长春花比较喜欢西双版纳气候，温度湿度都是长春花的最爱，因此，在那里长春花是四季盛开的。

隶属于夹竹桃科的长春花也像夹竹桃一样有白浆，白浆也有毒。但是，其具有重要的药用价值，是当今抗癌植物中的佼佼者。据现代科学研究发现该花中含有55种生物碱，其中长春碱和长春新碱等多种生物碱，目前已广泛用于治疗白血病、淋巴系统恶性肿瘤、头颈部鳞状细胞癌和晚期癌症。全世界每年产销的长春新碱，其价值已突破1亿美元。可见，长春花不仅仅因花开时长名头叫长春，而能医治恶患，造福人类，不也是长春的表现么？

宋代的诗人朱淑真有七绝《长春花》云：“一枝才谢一枝殷，自是春工不与闲。纵使牡丹称绝艳，到头荣瘁片时间。”这里的长春花有人说是月季花，也有人说就是现在的长春花。我以为，是什么都不打紧，重要的是其写出了长春花的精神，一枝才谢另一枝又开放，婀娜多姿，层出不穷。虽然没有牡丹花的绝艳，但是，再绝艳的牡丹花也是花开“片时间”很快就凋落了。而长春花“自是春工不与闲”，常年盛放不衰，多么难能可贵呀。

宋代的文学家秦观一首小诗《兴国浴室院独坐时儿子湛就试未出》，其诗四句：“满城车马没深泥，院里安闲总不知。儿辈未来钩箔坐，长春花上雨如丝。”兴国浴室院是佛寺的名称，在宋代时候亦兼做应试者馆舍。元祐五年(1090)，秦观儿子秦湛在京都应秋试，秦少游独坐兴国浴室院内，等待儿子考试归来。秋雨潇潇，古寺幽深，颇觉阴冷。但长春花玫红色的花朵静寂地开着，雨水打在花上也打在绿得发亮的叶子上，听得见丝丝的声响，显出许多生机。于是，其触景生情，境由心生，随口吟咏了这首诗。其中，“长春花上雨如丝”本是秦观无意中看到的景象，却如《西游记》中的说辞“露了行藏”，其焦急等待应试的儿子归来，又担心儿子在“没(mo，淹没)深泥”的路上不好走，是否有危险的父爱怜子之情跃然纸上，读来令人感动。

是的，在历朝历代父爱和母爱永远都是无私的，就像眼前这长春花一样“一枝才谢一枝殷”，是绵延不绝的。每一个做儿辈的，都应该知晓这个道理，学会感恩，学会报恩，学会尽孝。“子欲养而亲不待”，不要等到长辈走了才想起去尽什么孝道，那是典型的马后炮，啥用也没有了。

所以，尽孝须及时！

面对美丽可爱的长春花，江西的客人对我的观点很是赞同。

感恩，尽孝，实乃做人之基本！

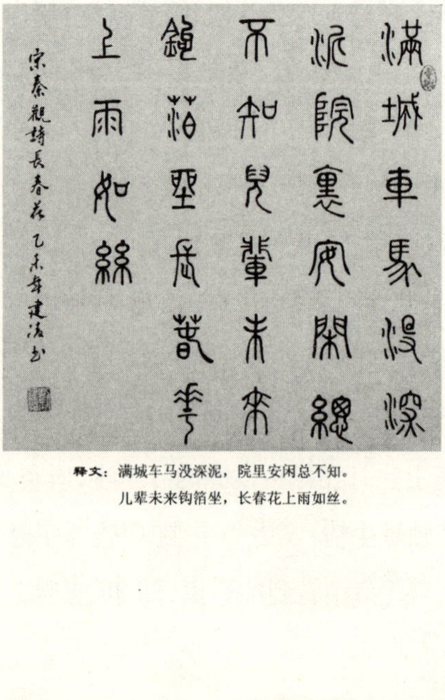

释文：满城车马没深泥，院里安闲总不知。
儿辈未来钩箔坐，长春花上雨如丝。

灿红如火雪中开

用“灿红如火雪中开”这句诗句作为我这篇小文的标题，实在是因为喜欢东坡先生咏茶花的诗句很是传神：“山茶相对阿谁栽？细雨无人我独来。说似与君君不会，灿红如火雪中开。”

这首标题为《邵伯梵行寺山茶》的诗写得既幽静又热烈。诗人在冰雪未消、细雨纷纷的冬春时节，独来梵行寺赏花，看到梵行寺中有两株山茶花相对盛开，首先设问这花儿是谁栽的呢？接着诗人觉得对眼前这山茶花的娇艳姿色和傲然神态，是无法用任何词汇予以表达的，只觉得红艳耀目的茶花犹如灿烂燃烧的火焰，在晶莹的冰雪和蒙蒙的细雨中十分动人，让诗人心中产生一份幽静，一份怡然，一份神往，一份赞美。

我一直很喜欢山茶花。我所居住的南京江宁这个小区的开发设计者也许与我一样有这癖好，在开发设计时就是以山茶花作为小区的观赏树种。在小区的每一家院落以及路边、草地边上都种有山茶花。每到元旦过后春节之前，一棵棵山茶花就含苞待放了。只见那绿油油的叶丛中挂着一颗颗圆溜溜的小白球，有的小白球的顶部已经露出些许微红，很是可爱。那些小白球一般在春节前就渐次开放成一朵一朵大红的茶花，能绽满一树的，远远望去确如东坡先生形容的“灿红如火”。

山茶花的花型较大，花瓣鲜艳如霞，有丝绸的质感。其花蕊呈金黄色。这种红黄搭配很醒目，喜洋洋的让人们喜爱。《论语》曰：“岁寒，然后知松柏之后凋也。”这里所说的“岁寒”，是每年天气最寒冷的季节。“凋”，是指树木落叶。也就是到了每年天气最冷的时候，世间绝大多数植物树叶都凋零了，只有松柏叶不落而常绿。以此比喻修道的人要有坚忍的力量，要耐得困苦，受得磨折，坚持到底，初心不改。由此，后人常以茶花比松柏。例如清代的刘灏有诗咏道：“凌寒强比松筠秀，吐艳空惊岁月非。冰雪纷纭真性在，根株老大众园稀。”宋代诗人曾巩的《山茶花》也很有代表性：“山茶花开春未归，春归正值花盛时。苍然老树昔谁种，照耀万朵红相围。蜂藏鸟伏不得见，东风用力先嘘吹。追思前者叶盖地，万木惨惨攒空枝。寒梅数绽少颜色，霰雪满眼常相迷。岂如此花开此日，绛艳独出凌朝曦。为怜劲意似松柏，欲寨更惜长依依。山榴浅薄岂足比，五月雾雨空芳霏。”其中的“为怜劲意似松柏”，十足道出了茶花“雪里开花到春晚，世间耐久孰如君”、“惟有山茶偏耐久，绿丛又放数枝红”的执著坚贞精神。

山茶花原产我国。早在隋唐时代就已进入宫廷和百姓亭院成为人们的观赏植物了。到了宋代，山茶花风靡一时。南宋诗人范成大曾以“门巷欢呼十里寺，腊前风物已知春”的诗句，来描写当时成都海六寺山茶花的盛况。昆明市近郊太华寺院内，有一棵山茶老树，相传为明朝建文帝手植。昆明东郊茶花寺，有红山茶一株，为宋朝遗物，高达 20 米，每当花季，红英覆树，艳赛牡丹。明朝李时珍的《本草纲目》，王象晋《群芳谱》，清代朴静子的《茶花谱》等都对山茶花有详细的记述。7 世纪时，日本引入中国山茶花，并培育出各类新品种。至 18 世纪初叶，山茶花传往欧洲，后遍及全世界并使其品种多达 5000 余种。小仲马笔下的茶花女玛丽生性偏爱茶花，也许就是这种传播的产物吧？

我家北院的那棵山茶花树在今年的房屋重新装修中被工人弄得伤痕累累灰头土脸的，让我很是心疼，以为它挺不下去了。房子搞好后，我用喷洒认认真真地给它洗了一个澡，还其碧绿本色。经过一段时间的护理，那山茶花又长得郁郁葱葱了。这不，现时的它已是满身花蕾含苞待放了。再过几日，或许会有春雪光顾，山茶花适时盛开，又是“灿红如火雪中开”的景象了。

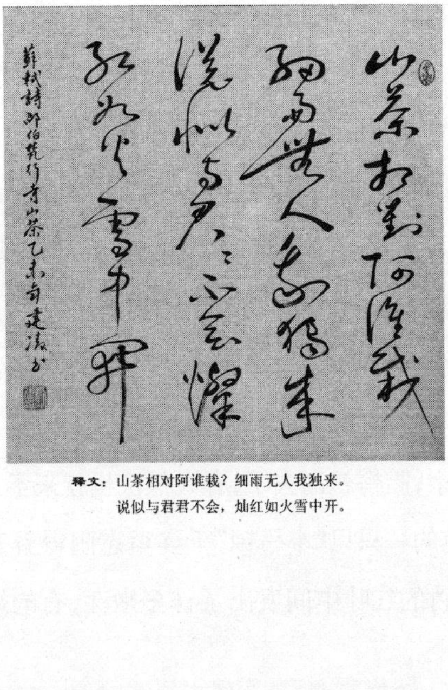

释文：山茶相对阿谁栽？细雨无人我独来。
说似与君君不会，灿红如火雪中开。

激情火焰南天竹

10年前搬新家时，我在北面的院子里种了不少植物，有吊钟海棠、桂花、山茶花、蔷薇、腊梅、茶梅、葡萄，还有一棵南天竹。当时，我就是因为南天竹的叶子红得像火焰一样十分可爱才买下的。

这棵南天竹刚种下时只有30多厘米高。但其树干笔直挺拔，叶子红艳，很是精神。与旁边那棵散发着幽香的腊梅相比，南天竹虽然显得矮小，但一红一黄倒也有喜洋洋的气氛。

南天竹又叫南天竺、红杷子、天烛子、红枸子、钻石黄、天竹、兰竹等，属毛茛目小檗科南天竹属常绿小灌木，是我国南方常见的木本花卉之一。由于其植株优美，果实鲜艳，对环境的适应性强，常常出现在园林应用和家庭装饰中。南天竹可入药。《贵州民间方药集》称其："镇咳止喘，兴奋强壮。"其根和茎有清热除湿、通经活络的功效，可用于治疗感冒发热、眼结膜炎、肺热咳嗽、湿热黄疸、急性胃肠炎、尿路感染、跌打损伤等病患。其果味苦有小毒，可止咳平喘，用于咳嗽、哮喘、百日咳的治疗。

种下南天竹月余，腊梅就谢去了，春天很快也就来了。北院那棵吊钟海棠适时开放，淡红色的一只只"小吊钟"千姿百态闹得春意正浓。腊梅旁边的那棵小个子南天竹的红叶中间发出了许多嫩芽，有的嫩芽已经抽出了细长的嫩叶。那些嫩叶绿中带暗红色，还有一些微青，叶片呈椭圆状披针形，表面光滑、油亮，给人一种健康而蓬勃向上的感觉。

蔷薇开的时候，已进初夏了。那棵小小的南天竹已蓬蓬勃勃长高了20多厘米，成了一棵亭亭玉立的小树了。初春时还绿中带暗红色的叶片也变成深绿色，茎杆也呈浅褐色。在叶茎的顶部，有一串花蕾正在生长。那花蕾的底部呈浅红色，上部呈白色，很是精致，似有少女的娇羞态。过了几天，那些绿豆大小的花儿渐次开放。每朵花儿都呈伞状，花蕊是淡黄色的，只有米粒大小，有微香。这微香却是招蜂引蝶的好助手，多的时候甚至有几只蜜蜂同在一个花蕊上流连，而正是这些充当义务授粉员的蜂蝶为它们的繁殖做出了贡献。

花谢之后，南天竹的顶部就长出了一长串绿带淡红色的浆果，圆圆的很像小时候吃的“鸡头米”。叶子长得油亮水滑的，精神头十足。

到了秋天，南天竹顶部的那一长串浆果慢慢变成了红艳艳的天竺果。那果子就像一串红玛瑙，红得发亮，红得滋润，红得耀眼，红得诱人。叶子也渐渐变红，远看就像红枫一般夺目。逆光下，南天竹的红就像一团燃烧的火焰，红得很热烈，红得很执著，红得生爱意，红得生激情。南天竹的红无疑是大自然五彩缤纷调色盘中一份独特的元素。我曾填过一词《点绛唇·南天竹》：“共舞西风，写出五彩金秋画。似春花嫁，归雁都留下。/红透南天，竹有丹珠挂。展罗帕，普天同化，装扮谁人家？”

冬天来了，万木萧肃。但是，眼前的南天竹果和红叶依然伫立枝头，凌霜傲雪，经久不落，更为灿烂。2008年春节前，一场罕见的暴雪席卷全国，南京也不能幸免。但是，我家北院里那棵压着厚雪的南天竹在皑皑白雪中照样红艳似火，光彩照人，显现出它那不畏强暴、不屈不挠的坚强品格，向大自然燃烧自己不屈的生命之火。当时，我所居住的小区里覆雪有尺许，几天都无法开车，可怜的鸟儿饿得到处找不到食物。这时，那红红的天竹果却成了它们最好的果腹之物，一下子吸引了白头翁、布谷鸟等多种鸟儿前来啄食。那时，可爱的天竹果又成了鸟儿们的救命之物。

今年夏天，我将住了10年的房子进行了整修。把那棵南天竹移种到了南边的锦鲤鱼池边上。当时，我还真怕伤了根的南天竹长不好，经常去看望它。谁知，生命力和适应性很强的南天竹到了新环境，长得更加水灵。那长满红色浆果的枝头被压得略微弯下了腰，火焰般红色的叶子，在这个冬天显得更加妖娆。

南天竹的花语代表长寿。如果有老人做寿，后辈送上一盆南天竹以喻老人"福寿绵延"，当是一件很好的高雅礼物。

南天竹不是竹，但带有竹字。如果剪一枝南天竹的红果枝，与绿色的松枝、盛开的黄色腊梅花插于一瓶成"岁寒三友"，以代表纯洁的友情，也是冬日里温暖人们心房的一景，值得一做。

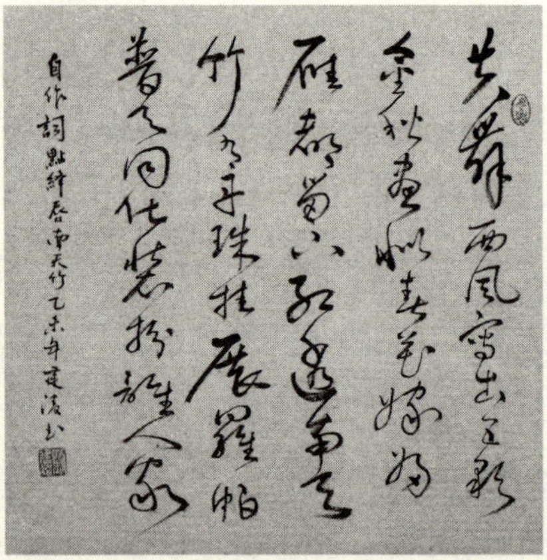

释文：共舞西风，写出五彩金秋画。似春花嫁，归雁都留下。
红透南天，竹有丹珠挂。展罗帕，普天同化，装扮谁人家？

致疑黄菊是孤芳

江西来了两位朋友，是在铁路上工作的一对夫妻。丈夫话不多，相对内向一些。妻子则比较外向，也比较幽默，大大咧咧的很爽气，一看就是主持家庭工作的角儿。

招待他们晚饭时，饭店服务员问点什么茶。一番询问后，点的是一壶菊花加普洱茶。这样的茶配方比较少见，但喝在嘴里却别有风味，也很耐喝。

在我国，菊花入茶年代已经很久远了。早在战国时期，屈原在《离骚》中就有“朝饮木兰坠露兮，夕餐秋菊之落英”的吟咏。可见，老古人就知道菊花即可茶饮又可食用。明代李时珍在《本草纲目》里对菊花的药用有详细的记载，历代文人雅士对菊花吟咏的诗词歌赋也是不计其数。

菊是菊科菊属的多年生宿根草本植物，原产自我国。据现有的记载，我国种菊历史至今已有3000多年了，最早的记载见之于《周官》、《埤雅》。《礼记·月令篇》则有记载：“季秋之月，鞠有黄华”，说明菊花是秋月开花，当时都是野生种，花是黄色的。汉朝的《神农本草经》记载：“菊花久服能轻身延年。”《西京杂记》：“菊花舒时，并采茎叶，杂黍米酿之，至来年九月九日始熟，就饮焉，故谓之菊花酒。”当时帝宫后妃皆称之为“长寿酒”，把它当作滋补药品，相互馈赠。这种习俗一直流行到三国时代。“蜀人多种菊，以苗可入菜，花可入药,园圃悉植之,郊野火采野菊供药肆。”从这些记载看来,中国栽培菊花最初是以食用和药用为目的的。

菊花的功能当然不仅仅在药用、食用和饮用上,人们关注更多的还是菊花的观赏价值。现在公园搞菊展,那是辟一块空地,搭上架子,将数百个品种的菊花依次展开,供游人欣赏。而古代就没有这么复杂。各家倚着竹篱笆散种着各种菊花,一丛丛的很经典。如果不是这样经典地种着,那么也就没有晋代陶渊明什么事儿了。如果陶渊明没了篱笆外的菊花丛,又哪来“采菊东篱下,悠然见南山”的诗句呢?没了这样的脍炙人口的诗句,又哪来一个陶渊明能让人们记住几千年呢?陶渊明做梦也没想到他这随口一吟,“东篱”几乎成了菊的名片,以至于后人凡见到篱笆,就会联想到菊花。他之所以能被载入中国文学史,让人们千秋万代传扬他,并奉他为“九月花神”,就是因为他家那篱笆外随便生长的那一丛菊。可谓菊花不灭,陶公不朽。

据说,陶渊明最爱欣赏的一种菊花叫做九华菊。他曾说秋菊盈园,而诗集中仅存九华之一名。此菊又名为“大笑”,白瓣黄心,花头极大,枝叶疏散,想也清胜,九月半开放,在白菊中占有老大地位。有一年重阳节,陶公家中无酒过秋节,只能枯坐在篱笆边上的菊花丛中,以茶代酒饮之。忽然间,陶公见一白衣使者赶到,定睛一看,来人不是别人,乃是江州刺史王弘送酒来了。陶公欣然就酌,并以菊花为下酒物,可见陶公爱菊名不虚传。

至唐代,我国的菊花栽培已很普遍,已经采用嫁接法繁殖菊花,并且出现了紫色和白色的品种。大诗人李商隐有诗为证:“暗暗淡淡紫,融融冶冶黄。”另一大诗人白居易也有诗曰:“满园花菊郁金黄,中有孤丛色似霜。”这时,菊花从中国传到日本,深受日本人民的喜爱。之后日本人将菊花与小岛国的各类野菊进行杂交,培育出许多新品种,从而形成了日本栽培菊系统。至宋明清各朝,我国菊花的栽培技术又有了极大的提高,新品种不断被培育出来,清代有记载的菊花品种就有六大类,近300个品种。在乾隆年间还有人向乾隆帝上献各色奇菊,乾隆帝也曾召集当时花卉画家邹一注进宫作画,并装订成册。在民间的文人墨客中画菊题诗,也蔚然成风。清代有一位未留姓名的诗人曾写过一首诗《九日吴山宴集值雨次韵》曰:“吟怀未许老重阳,霜雪无端入鬓长。几度白衣虚令节,致疑黄菊是孤芳。野心一片湖云外,灏气三秋海日旁。山阁若逢阎伯屿,方君诗思敌王郎。”诗中描述的仲秋季节秋高气爽,湖天一色的清新景色,既慨叹自已年华渐老,亦称颂友人诗才高迈,全诗用了不少的历史典故,但尽皆贴切准确,更增诗情诗味,是我比较喜欢的咏菊诗。

明末清初,中国菊花传入欧洲。1689 年荷兰作家白里尼曾有《伟大的东方名花——菊花》一书问世。之后,法国、英国的植物学家又先后由中国引入菊种,并进行杂交育种,从而形成法英菊花各色类型,随后又由欧洲传至美国。从此,这一东方名花就遍植于全世界。

民国时期,由于战乱和小日本入侵,很多名贵的菊花品种散失了。解放以后,特别是改革开放以来,各类专业和业余的园艺师对菊花品种进行了收集、培育,使得我国的菊花品种总数已逾 7000 种。这些品种按栽培形式分为多头菊、独本菊、大立菊、悬崖菊、艺菊、案头菊等类型。按花瓣的外观形态分为园抱、退抱、反抱、乱抱、露心抱、飞舞抱等类型。其中,大立菊品种一株就可开花 5000 朵以上,甚是壮观。倘若陶渊明公活在当下,又不知可写出多少佳句了。

我也喜欢菊花,喜欢观赏菊花,喜欢拍摄菊花,喜欢品尝菊花。南京观赏菊花的地方很多,最见质地的是玄武湖、莫愁湖和古林公园的菊展,品种繁多,千姿百态,争奇斗艳,让人流连忘返。南京江宁的湖熟近年出现了一个菊花基地,占地面积浩大,培育的菊花品种也非常多,是拍摄菊花的好地方,每年都吸引很多市民不远数十公里前往观赏。

在我赏菊印象中感觉最好的还是在云南古城丽江。每年的 11 月开始,丽江家家户户的菊花竞相盛放,真是名副其实的“满城尽带黄金甲”。特别是那穿古城而过的三条小河两岸边上,皆是菊花的世界,红黄蓝绿白紫墨各色各型菊花将两岸覆成七彩世界，令人目不暇接，动人心魄。傍晚，在夕阳下，坐在古城中心的小河边上，听着哗哗的流水声，细赏斑斓悦目的彩菊，真是一种别样享受。清晨，在古城还在沉睡中，在除了水声之外再无任何嘈杂声里，一个人徜徉在小河边、石板路上，再去品味满城的美菊，细细寻找拍摄对象，仔细表现菊花的形色美，那更是别处难以得到的好时机。我不知道，丽江是否确立过市花。按我多次多季节去丽江的感受，其最美不过菊花盛开时节，当确立具有古老历史的菊花为古城市花才最为贴切。

倘若有人将我的建议告诉了丽江市领导，不知他们是否能够采纳呀。

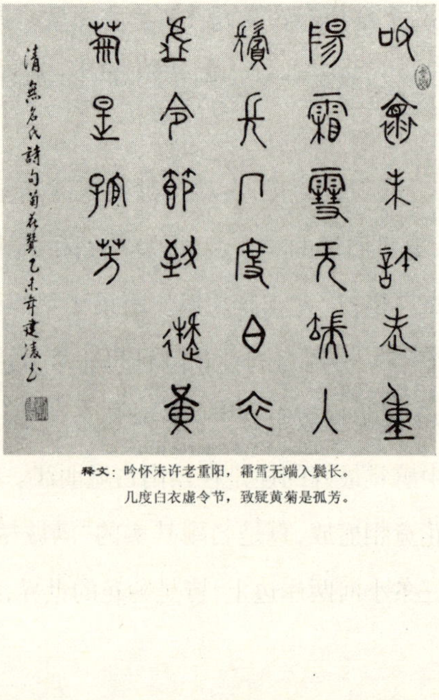

释文：吟怀未许老重阳，霜雪无端入鬓长。
几度白衣虚令节，致疑黄菊是孤芳。

玉立亭亭美人蕉

阳春三月，去郊外踏青，见路边有一丛野生的美人蕉刚刚发出新芽，最大的也就半尺高，绿油油的叶子像卷心菜一样，紧紧卷在一起，娇嫩可爱。于是，借了工具挖了两棵植于家中南院。

从云南出差回来，我去探望小美人蕉，它已经成活，叶片开始舒展开了，而且还长高了不少。按照以往的经验，再过一两个月，它就会如少女一般亭亭玉立在眼前。到了荷花开放的季节，它也会开放出娇艳的花朵来。待到荷花谢了，桂花开了，乃至桂花谢了，菊花开了，秋深了，冬来了，它都会继续开放。如此长的花期，如此凌寒傲霜坚韧不拔，是它娇艳柔弱外表下让人不可思议的个性特征。

我印象中，关于美人蕉有一个传说。传说美人蕉是佛陀脚趾流出的血化成的。当佛陀的血被大地吸收后，血地上就长出了鲜红的美人蕉。这带着佛的灵性的花儿，难怪有着与众不同的个性。

美人蕉是美人蕉科美人蕉属多年生草本植物，原产于美洲、印度、马来半岛等热带地区。何时引入我国，尚无记载。目前已由人工引种栽培，我国大陆的南北海拔 800 米的地区均可野地生长，其他地区亦可栽培。北方高寒地区需盆栽，深秋后入房为宜。

美人蕉花朵硕大，色泽鲜艳。在明清以前，我国的美人蕉都以红色为主。唐代诗人李绅有《红蕉花》诗："红蕉花样炎方识，瘴水溪边色更深。叶满丛深殷似火，不惟烧眼更烧心。"同朝的诗人徐凝亦有《红蕉》诗曰："红蕉曾到岭南看，校小芭蕉几一般。差是斜刀剪红绢，卷来开去叶中安。"都描述的是开在岭南（炎方即南方炎热之地）的美人蕉如"红绢"一般。民国以后才陆续有黄色、紫色、鸳鸯色出现，使得美人蕉家族更加娇艳可爱。

美人蕉可入药。其根甘、淡，凉，有清热利湿、安神降压的功效。可用于黄疸、神经官能症、高血压症、久痢、咯血、缸崩、带下病、月经不调、疮毒痈肿等治疗。其花可止血，适用于金疮及其它外伤出血的治疗。

美人蕉的大叶片能吸收二氧化硫、氯化氢以及二氧化碳等有害物质，抗性较好，可以净化空气。其叶片虽易受害，但在受害后又会很快重新长出新叶，恢复生长。由于它的叶片易受害，反应敏感，所以，美人蕉还是监视有害气体污染环境的活的监测器。

因此，我很喜欢美人蕉。我所居住的小区里，有不少人家栽种着美人蕉。每天晨练时，我都会前去探望。春天时，它从泥土里冲出一丁点儿幼芽，只有米粒大小，让人再也想不到日后它那亭亭玉立的身姿。过了几天，那幼牙长出了寸许高，就像我前面所说的像卷心菜一样的油绿可爱。再过些时日，它就抽出了粗壮的茎干，撑开了绿叶，亭亭玉立了。到了夏天，美人蕉发蕾开花，就开始了它最娇艳的一季花期，从夏到秋，花开花谢，花谢花开，执着坚定，韧性十足。哪怕到了秋末，百花早已凋尽，可它还在执着地盛开着。有一年我去艺莲苑拍荷时，正遇上突发的狂风暴雨。我在池边的画室里向外观望，那倾盆的雨注和肆虐的飓风，将柳树折腾得东倒西歪，荷叶折断，花落一池塘。但是，形似瘦弱的美人蕉却迎风挺立仅作摇摆状，枝头美丽的红色和黄色花瓣，不减风采，在欢快地舞动着，似乎有高尔基《海燕》的声音在呼唤：让暴风雨来得更加猛烈些吧！暴风雨过后，我再仔细察看荷塘边上的那些美人蕉，竟然身不折，花不落，着实令我感动。美人蕉这种柔中有刚、潇洒大气、不畏威慑的个性，令我赞叹。

这时，我忽然想起了自己 85 岁高龄的岳母。她原先是一个专业的财务人员，由于受家庭出生的缘故，工作上无论如何兢兢业业，业务上无论如何出类拔萃，在左倾横行的那些年代，她是无法获得重用，更无法得到升迁的。但是，她一如既往，像美人蕉一样不畏飓风，不惧暴雨，继续走自己的路。改革开放以后，她担任了珠江电影集团的总会计师，行事严谨，坚持原则又灵活变通，既为集团利益即国家利益盘算，又为合作方考虑，基本上获得双赢效果。退休至今 20 多年，宝刀不老，如美人蕉一般至深秋初冬依然凌寒而放。近年，她年逾八旬既学习电脑操作，又主持两家公司的运作，思路清晰，紧跟潮流，处理问题全面果断，绝无半点儿脑袋僵化之感。所以，两家公司一直处在盈利状态。有很多上世纪五六十年代出生的人既不会用电脑，也不会用微信，甚至连手机都不会用。而她老人家样样都操作得很溜，不得不令人折服。

清代诗人庄大中《美人蕉》诗曰：“照眼花明小院幽，最宜红上美人头。无情有态缘何事，也倚新妆弄晚秋。”是啊，面对“无情有态缘何事”而纷纭复杂的当今社会，能够在如此高龄继续学习、继续进取、不为社会所淘汰，而“也倚新妆弄晚秋”，的确是难能可贵的。于是，我每次见到美人蕉就会联想到岳母她老人家。抑或她就是一株美丽的美人蕉，抑或那花开不断的美人蕉就是她。

明代唐寅在《美人蕉图》题诗曰：“大叶偏鸣雨，芳心又展风。爱他新绿好，上我小庭中。”今天再去看我移种在南院的美人蕉小苗，发现又长高了不少。再过百天是否能看到它美丽的花朵，我在期待着。

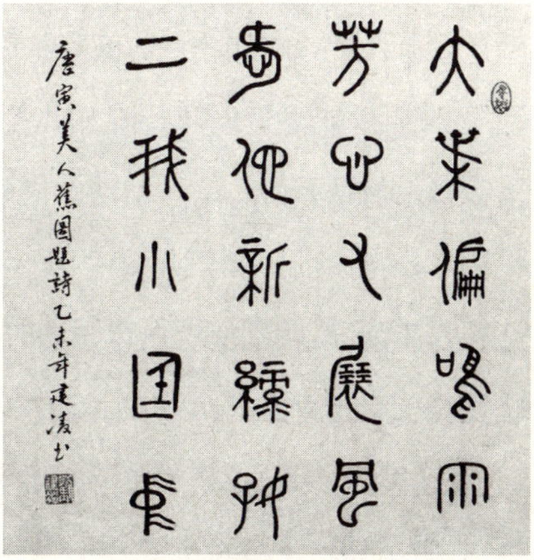

释文：大叶偏鸣雨，芳心又展风。
爱他新绿好，上我小庭中。

夏夜梦幻醉蝶花

在南宁我见过一种花，花瓣多色娇艳、团圆如扇，花形也似蝴蝶飞舞，轻盈飘逸，亲和力极强，很是让人喜爱，让我心中不由地震动了一下。

那次是广西同行的张副总陪我去看每年都由他们承办的东盟博览会后，前往青秀山的东盟友谊园观光。当时，该园正在举办花展，有上千种花卉集于一园，争奇斗艳，叹为观止。其中，有一大片五彩的长蕊花组成了美丽的花海，数目浩大，难知其数。在西下的阳光下，那些花儿形态优美别致，颜色或粉，或白，或红，或紫，五彩缤纷。其未开的花苞，翘而向上，似根根红烛。开放后，则尽情展开花瓣，每一片都像蝴蝶翅膀，而其中的花蕊，细长如丝，恰似蝴蝶的触角，十分生动。讲解员说，此花的奇特之处在于花序上的花蕾都是由内而外次第开放的，而且花色自变，先由淡白转为淡红，再由淡红转为淡紫，最后呈现粉白色，非常迷人，并且让人惊叹不已。它的叶子形状如爬山虎的放大版，6片细长而有锯齿的叶子并在一起大大张开，质感轻薄，颜色翠绿，和轻盈飘逸的花朵搭配在一起别有风韵。这种花有一种蜜腺，常常会分泌较多的花蜜，令往来的蝴蝶流连忘返，陶醉其中，因此它的名字叫做醉蝶花。呵，好神秘的名字呀！我记住了它。

再看那花海，微风轻拂处，果然有成群彩蝶在醉蝶花间上下翻飞，不由想起我曾经用草书写过的秦观的《浣溪沙》:“漠漠清寒上小楼,晓阴无赖似穷秋。淡烟流水画屏幽。自在飞花轻似梦,无边丝雨细如愁。宝帘闲挂小银钩。”“自在飞花轻如梦”不正是现在场景的写照么。于是,心里便恍惚入梦一般,朦胧中似有醉的感觉,也不知是花醉,还是蝶醉,抑或是我醉?

醉蝶花是山柑科白花菜属一年或二年生草本植物,又名西洋白花菜、凤蝶草、紫龙须等。由于其长长的雄蕊看上去像手足长长的蜘蛛,故又叫做蜘蛛花。不过我还是觉得醉蝶花的花名,要比蜘蛛花的名字要富有诗意,好听很多很多。

醉蝶花原产美洲热带地区,我国无野生品种,引进后现各大城市均有栽培。它既是一种美丽的观赏植物,也是一种优良的蜜源植物,能提取优质精油。其全草可入药,味辛、涩,有小毒。可祛风散寒,杀虫止痒。其果实有抗癌作用,民间将其试用于肝癌治疗,对于治疗肾结石、膀胱结石具有很好的效果。

醉蝶花没有兰花那样的香味,甚至于还有一种特殊的臭味,这种异味是其对自己的一种保护,可以更为有效地防止虫子啃咬,以保证自己健康生长。和其他植物比起来,醉蝶花有着强壮的茎,一般来说,可以生长到 1 米到 1.5 米那么高。醉蝶花最好的一点是不容易倒伏,即使遇到暴风大雨,它仍身姿挺拔,十分坚强。其对二氧化硫、氯气均有良好的抵抗性,是非常优良的抗污花卉,在污染较重的工厂、矿区照常生长,并能改善空气质量,美化环境。

醉蝶花的花期很长,可达半年之久。但是,它每朵花开放的时间却很短暂,一般在下午至傍晚开放,第二天白天就凋谢,因此又叫夏夜之花。它这短暂的生命常常给人虚幻无常的感觉。所以醉蝶花的花语是神秘。这与我初听到醉蝶花的名字时的感觉一样,的确给人一种神秘感。

不过醉蝶花的生命力却很顽强,耐旱,不择土壤,随遇而安是它的生命特性,令人钦佩。

东盟友谊园的园艺师,在那上十万盆的醉蝶花花海中穿插布置了 5 组梦幻造型的醉蝶小品：缤纷醉蝶、化蝶纷飞、声动蝶舞、蝶恋花、蝶舞翩翩。这些小品充分展现了蝴蝶在花丛中飞舞环绕、醉蝶共舞的美好景象，增添了人们品赏醉蝶花的情趣，实为一种创新，让我忍不住称好！

前几天，我在西双版纳的热带植物园里再次见到醉蝶花，忽然让我想起广西的那两位女性的同行领导——毛总和张副总。她们一个是北京人，一个是长春人，都是为人豪爽，义气十足的女汉子，就像眼前这醉蝶花一样，茎硬而腰杆挺直，宁折不弯。她们远离家乡到祖国的最南部城市创业打拼，事业风生水起，成绩斐然。其公司的员工说，跟着毛总干事，会上瘾。她总是给你一种陶醉感，激励你不断向前。对于此，我在西双版纳的这个植物园面对美丽的醉蝶花忽然有所悟，一个人的人格魅力，就如醉蝶花的蜜腺，吸引着陶醉着一批人，让其始终萦绕左右，流连忘返。

这真是一种上等的领导力，值得学习。

回来后，我为醉蝶花赋诗一首："轻盈飘逸亭亭立，群蝶翻飞翩翩舞。疑似此花有魔力，醉卧花荫不识途。"

是为赞！

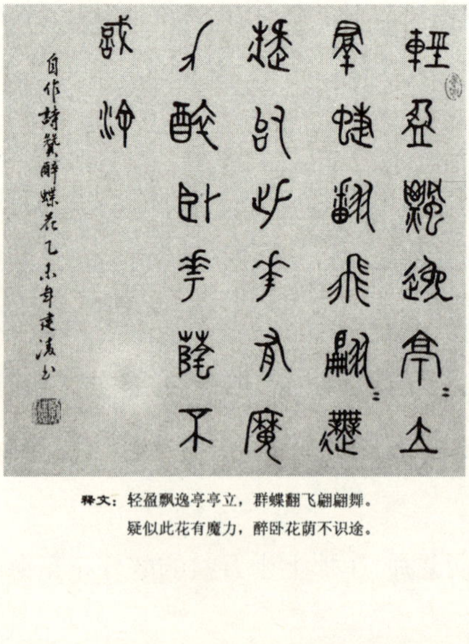

释文：轻盈飘逸亭亭立，群蝶翻飞翩翩舞。
疑似此花有魔力，醉卧花荫不识途。

抗癌小花叫龙芽

今天是二月二龙抬头。在古代,今天可是一个开春后热闹的大节,可以与仲秋比美。

由龙抬头我想到了在山涧、路边、墙角的有一种开黄花的小草,就叫做龙芽草。龙芽草是蔷薇科龙芽草属多年生草本,别名又叫仙鹤草、老鹤嘴、毛脚茵、狼芽草、金顶龙芽、山昆菜等。因其植株开长长的一串黄花或白花(比较少),且前端绿穗尖尖的像一条长芽,故得名龙芽草。

龙芽草对土壤的肥瘠、酸碱等要求不高。它的种子落地即可发芽、生长、开花、结子。它全株可以入药,是著名的抗癌、治癌草药。所以,龙芽草的精神就是,索取很少,奉献很多。

龙芽草又叫做仙鹤草。仙鹤草之名则来自一个传说。据说很久以前,有两个秀才进京赶考。一天,他们走进了一片荒滩,又渴又饿,无处歇脚。其中一个突然鼻子流血不止,无法止住。秀才们正不知所措时,一只仙鹤从他们头上飞过。从仙鹤嘴上掉下来一根野草。在那万般无奈之时,那个口鼻流血的秀才接过野草,塞进嘴里嚼起来。不大一会儿,口鼻流血止住了。两人高兴极了:"哈哈,仙鹤送仙草来了。"几年过去了,两人都做了官。有一天两人见面,想起赴京途中在荒滩的遭遇和仙鹤送来的仙草。他们问了许多医生都不知此草为何物。他们想个办法，把这种草的样子画成图，命人照图寻草。这样找了好几年，总算把它找到了。为了纪念送药的仙鹤，就把这种草命名为“仙鹤草”。

还有一个传说。很久以前，长江中有片小洲叫鹦鹉洲，洲的不远处有一座楼，楼内住着个白发苍苍的老人。老人懂医道，一边义务行医，一边养性修行，深受四乡敬重。有年晚秋的一天，不知从何方飞来一只黄鹤，扑棱棱落在了楼前，并发出凄惨的哀鸣。老人闻声出楼，看了看流血的黄鹤，便钻进楼后的山林里，一会儿，他采来了一把羽毛样叶子、开一串黄花的野草，碾碎后洒抹在黄鹤的伤口上，止住了血。之后，老人精心喂养黄鹤，黄鹤也很快就康复了。又过了些时日，一天清晨，老人向众乡亲辞行后，乘着鹤飞往天上去了。乡亲们猜测，老人已经成仙，而黄鹤正是仙界派来迎接老人的。人们就把老人住过的楼称之为“黄鹤楼”，把老人给黄鹤疗伤的野草叫作“仙鹤草”。唐代诗人崔颢听到黄鹤楼的传说后，诗兴大发，留下了千古诗篇《黄鹤楼》：“昔人已乘黄鹤去，此地空余黄鹤楼。黄鹤一去不复返，白云千载空悠悠。晴川历历汉阳树，芳草萋萋鹦鹉洲。日暮乡关何处是？烟波江上使人愁。”

龙芽草具有止血、健胃、滑肠、止痢、杀虫的功效。主治脱力劳乏，妇女月经不调，红崩白带，胃寒腹痛，赤白痢疾，吐血，咯血，肠风、尿血、子宫出血，十二指肠出血等症。全草提取龙芽草素为止血药。龙芽草对血小板减少症也有很好的疗效。血小板减少归根结底还是属于中医的脾气虚弱范畴，因而利用龙芽草补脾益气的功效去治疗即可收到满意的效果。

根据现代医药学研究，龙芽草具有很强的抗癌功效。其全草的水溶性成分对小鼠肉瘤、路易斯肺癌以及黑色素瘤等有很好的抑制作用。我们的近邻日本药学家，在筛选近千种天然药物中，得到3种活性最高的中药，其中之一便是龙芽草水煎煮液，对癌细胞有100%的抑制作用的同时对人的正常细胞也有100%的促进生长作用。对于龙芽草的抗癌疗效，专家们曾这样评价：“传统的化疗药，犹如一柄双刃剑，既杀伤癌细胞，也杀伤正常细胞。而像龙芽草这样既杀伤癌细胞,又有利于正常细胞,实属罕见。"

龙芽草的嫩茎叶可以食用,不仅清爽可口,营养丰富,而且具有很强的抗癌功效,实为野菜中的珍品。

在春季,农民常用龙芽草喂水牛。水牛食后不生疾病,强壮有力,可多耕田。

对龙芽草这种无私奉献的精神,我有四句诗赞它:"小草龙芽开黄花,山地路边都是家。可食可药风姿美,抗癌先锋就是它。"

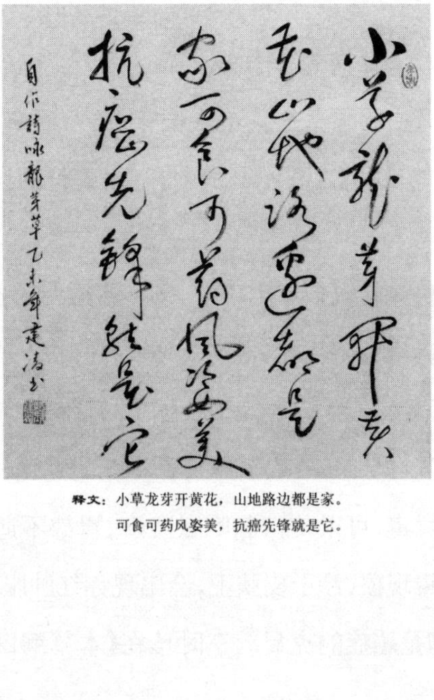

释文: 小草龙芽开黄花,山地路边都是家。
可食可药风姿美,抗癌先锋就是它。

癌症克星猫眼草

今天是3月24日,今天的生日花是猫眼草。

40多年前,我在药园见过猫眼草,听老师说它能治疗癌症,就记住了它。

猫眼草得名于它的花型。每年的仲春季节,猫眼草渐渐长高了。其根呈褐色或黑褐色,叶为黄绿色,很像卷心菜(包菜)的色调,嫩绿嫩绿的,绿中泛着黄,黄里吐着翠,像小宝塔一样层层往上叠生而出。其花开在最后一层,呈头状花序。不过,猫眼草的花不太像花,像杂技演员用小棍儿支着旋转的两只个头一样的小圆盘,在绿叶的衬托下,真像两只圆溜溜的猫眼睛,故得名猫眼草。

猫眼草是大戟科大戟属多年生草本,又名乳浆大戟、烂疤眼、乳浆草等,在我国除海南、云南、贵州、西藏四省区以外均有分布。猫眼草不择土壤,无所谓旱涝,常生长于路旁、杂草丛、山坡、林下、河沟边、荒山、沙丘及草地。由于其茎折断后有乳白色浆液流出,且有黏糊糊的感觉,所以又叫它为乳浆大戟草。那白浆有微毒,可以使口腔咽喉发麻,胃部不适,恶心呕吐,腹泻,甚至产生眩晕等中毒现象,涂于皮肤上,会出现赤红肿胀。

但是,猫眼草却是癌症的克星。李时珍在《本草纲目》中就有猫眼草治疗男女瘰疬的记载。瘰疬现代医学称之为淋巴腺结核，中医是指结核菌侵入淋巴结，发生核块的病，俗称疬子颈，多发生在颈部，也有生在腋窝部的。用猫眼草加水熬成膏状涂于病灶处，有个三五次，即可痊愈。

我国民间有用猫眼草治疗癌症的偏方。大连一位老人咳血，经查为罹患肺癌。医生判其生存期不足三个月。无奈之下，家人试用猫眼草炒鸡蛋的偏方给老人既做食疗又做药疗，天天做给老人吃。半月后复查时，令医生惊奇的是癌肿明显缩小。如此下去，老人竟然存活六年多，故去时，已不是癌症患者。其家人将此方介绍给也罹患癌症的同事的父亲，亦收到很好的疗效。在一些有关猫眼草的资料中，还有用其治疗胃癌、乳腺癌、食管癌、甲状腺癌的案例记载。由此可见猫眼草治疗癌症的神奇功效。此外，猫眼草还可以治疗慢性气管炎，并疗效明显。

由于猫眼草的浆汁会造成皮肤红肿，口腔发麻，如果弄到眼睛里会红眼疼痛，所以老人们一般都不让孩子们去摸它。并说，少看猫眼草，看多了会成“斗鸡眼”。其实，猫眼草很可爱，特别是那两个圆溜溜的盘状花儿，嫩黄嫩黄的，很是娇艳。“圆盘”下方的蕊，像细小的花菜一般，显得很精致。有一段时间，我经常会注视这“小精灵”一样的花儿，好在我的眼睛立场坚定，没有互相无原则得吸引成“斗鸡眼”。我在想，如果有机会有土地，将猫眼草种成一大片，在那一片黄绿中，一对对猫眼调皮地仰望蓝天，应该是很壮观的。

有人说，猫眼草因为其花像猫眼，而猫眼在白天和夜晚颜色变化不一，所以，其花语是“善变”。觉得受此花语祝福的人性情不稳定，容易见异思迁。

我倒不以为然。猫眼草对大自然没有任何过分的需求，不管土地是肥沃还是贫瘠，不管是天旱还是雨涝，它都能茁壮成长。它全身可以入药，可以抗击病中之顽症——各种癌症，可以治疗各种肿痛，可以治疗骨质增生、骨刺等，还可以消炎消肿治疗各种内科疾病。它的果实富含丰油脂，其出油率可达三成，是很好的工业用油。有如此索取甚少，贡献全身的精神，哪来半点儿善变的见异思迁呢？对猫眼草，我们该是大颂特颂才是！

“不娇不艳不像花，两只猫眼是奇葩。全身是宝乐奉献，癌症克星就是它。”在这个以猫眼草为生日花的今天，写下这四句诗，也算是我对猫眼草的一份赞扬的心意。

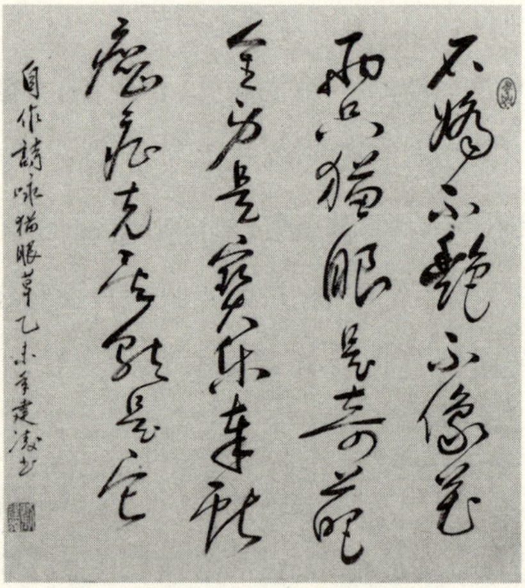

释文：不娇不艳不像花，两只猫眼是奇葩。
全身是宝乐奉献，癌症克星就是它。

娇艳善舞虞美人

在没有将“虞美人”与一种花对上号时，我一直认为“虞美人”就是词牌名。南唐后主李煜的词《虞美人》：“春花秋月何时了？往事知多少。小楼昨夜又东风，故国不堪回首月明中。雕栏玉砌应犹在，只是朱颜改。问君能有几多愁？恰似一江春水向东流。”给人的印象太深了。

后来带学生去南京玄武湖劳动，一个学生指着满地血红的像满天晚霞一样的花儿问我：老师，这是什么花？我答不上来。有学生嘀咕了一句：老师也不认识啊，肯定算不上什么好花。其实，这花算不算得上好花，与我这个老师认识不认识无关。因为，老师也不是万能的啊。但是，学生的信任就是逼着你去学习呀。

那时我才20多岁，也属喜欢学习之人。于是，我去询问了公园里的园艺师。他告诉我，这种花叫做“虞美人”。我听了很吃惊。便问：“是那个霸王别姬的虞美人吗？”园艺师点点头：“是罂粟科罂粟属的一年生草本植物。”我听到“罂粟”二字，更感到吃惊：“是罂粟的一种吗？也是毒品？”园艺师笑了起来：“植物学划分为罂粟属，并不是罂粟。它没有毒。它的高度通常比罂粟矮20多厘米。它的茎干上有刚硬的毛，而罂粟是光溜溜的杆儿。它的果实小，而罂粟的果实硕大，里面饱含乳白色浆汁，那是毒品鸦片、海洛因的原料。虞美人则没有。虞美人不但花美，而且药用价值高。入药叫做雏罂粟，无毒，有止咳、止痛、停泄、催眠的作用，其种子可抗癌化瘤，延年益寿。”

辞谢了园艺师，我将园艺师的答复现学现卖给了学生。并且，向他们讲了霸王别姬的故事。不过，我在讲这个悲情故事的时候，并不知道，“虞美人”花就是传说中虞姬的化身。

过了很多年，我自己种上了虞美人，才在一篇文章里知道了关于虞美人名字的由来还真的是与虞姬扯上了关系。据《情史 · 情贞类》记载：虞姬和歌之后“遂自刎。姬葬处，生草能舞，人呼为虞美人草。”并有宋代易幼学《咏虞美人草》诗为证：“霸业将衰汉业兴，佳人玉帐醉难醒。可怜血染原头草，直至如今舞不停。”

看了这段文字，我眼前幻化出当年情景：西楚霸王项羽困于垓下（今安徽省灵璧县东南），兵尽粮绝，四面楚歌。他与虞姬两人饮酒帐中，不由悲伤地唱起了《垓下歌》：“力拔山兮气盖世，时不利兮骓不逝。骓不逝兮可奈何，虞兮虞兮奈若何！”美人虞姬为了断去项王的后顾之忧，能够突出重围以图日后东山再起，便对项王说道：“我活着随大王，死也随大王，愿大王多保重！”并含泪唱起《和垓下歌》：“汉兵已略地，四面楚歌声，大王意气尽，贱妾何聊生！”唱罢，她从项王腰间拔出利剑自刎香颈，鲜血四射，落地为花，花如人美，美如云霞，红艳夺目，人们便称此花为“虞美人”。此传说，被清代一位女诗人描述得更加感人：“君王意气尽江东，贱妾何堪入汉宫。碧血化为江边草，花开更比杜鹃红。”而另一位清代诗人也表达了同样的感受：“遗恨江东应未消，芳魂零乱任风飘，八千子弟同归汉，不负君恩是楚腰。”

明代吴嘉纪有一首五言诗《虞美人花》：“几枝亡国恨，千载美人魂。影弱还如舞，花娇欲有言。”这里的“影弱还如舞”和“可怜血染原头草，直至如今舞不停”都是描述虞美人花善舞的特点。北宋沈括《梦溪笔谈》有记载，虞美人花一听到乐曲《虞美人操》，就会枝叶摇动，作舞蹈状，因此又名舞草。宋代是否有乐曲《虞美人操》我们不得而知。但是，虞美人草善舞的特点，沈老先生记录的是不错的。当然，也有古人认为，虞美人是虞姬所变，虞姬能歌善舞，所以虞美人花也会跳舞。其实，物理学认为，由振动和撞击引起的运动，叫“感振运动”。由昼夜交替引起的运动叫“感夜振动”。而虞美人兼有对这两种运动的敏感反应，加之，它茎干的两侧小叶很轻，并且小叶茎部有叶枕，成为活动的“关节”，当叶片受到外界媒质的刺激后，就会不停地舞动。刺激得越大它舞动得越欢。当它感受到风的吹动或人们拍手、唱歌等声波振动时，它会进行“感振运动”而舞动。在经过强光照射而转入夜晚，即使无风，它也会“感夜振动”而无风自动。因此，虞美人又有自动草、无风自动草等别名。

虞美人又名丽春花、蝴蝶满园春、锦被花、百般娇、赛牡丹等。虞美人的花朵与罂粟花很像，只是个头略小，所以有小种罂粟花之称。其花分单瓣和重瓣，有白、红、深紫、淡黄等色。虞美人花未开时，卵球形的花蕾外面包有两片绿色镶有白边的萼片，独生于细长直立的花梗上，极像古画中低头沉思的少女。待到花蕾绽放，红颜微露时，虞美人便脱颖而出了。原来弯曲柔弱的花枝，开始挺直了身子撑起了花伞，亭亭玉立。开放于枝头的花儿争相吐妍，4 片薄薄的花瓣质薄如绫，光洁似绸，似朵朵红霞，片片彩蝶。微风吹动，娇媚轻盈，飘然欲飞。如若无风亦在自摇，艳丽多姿，风情万种。难怪《花镜》中称赞它：“单瓣丛心，五色俱备，姿态葱秀，常因风飞舞，俨如蝶翅扇动，亦花中之妙品。”

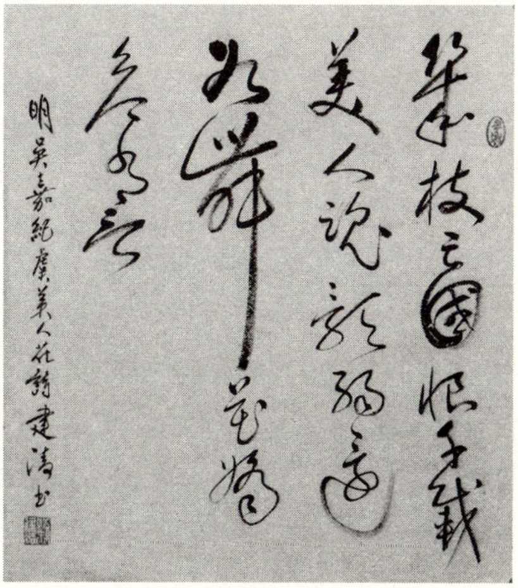

释文：几枝亡国恨，千载美人魂。
影弱还如舞，花娇欲有言。

“虞美人”集美人、花草、词牌名、中药于一身，在百花中实不多见，自古以来受到人们的喜欢和爱戴也是应该的。

纷纷红紫竞芳菲

在西方,每个人都有自己的生日花。生日花是古代欧洲基督教教会为纪念已逝圣人用鲜花点缀祭坛而形成的。在中世纪的天主教修道院内,种植着各式各样花朵,教会用365种花分别与365天的圣人纪念日相匹配,形成独特的花历。后来,人们为了祝福自己或亲人的生日,就借用了这样的花历,便形成了生日花。

我查了一下,我的生日花竟然是美女樱。

美女樱是马鞭草科马鞭草属多年生草本植物,原产于巴西、秘鲁、乌拉圭等南美地区,又名铺地锦、草五色梅、四季绣球、马鞭草等。现世界各地包括我国也早已引种栽培,其变种多达百种。美女樱花期较长,自2月至11月可连续不断开花,其姿态优美,花色丰富,色彩艳丽,有红、白、蓝、雪青、淡红等色,盛开时如花海一样,清新悦目,充满自然和谐的气息,惹人喜爱,令人留连忘返。

去年春天,我在美国洛杉矶自由行时住在圣马力诺的侄女家,喜欢在清晨外出采风。那时,圣马力诺的街道上空无一人。根据圣马力诺政府的规定,每家门前必须种植各类花草树木,并且规定,门前的草坪草的长度不得超过2厘米。因此,一条条无人的街道都显得幽静而整洁,树木葱茏,百花争艳，一派祥和。我注意到，有很多人家都栽种着加拿大美女樱。

在太阳还未完全升起的早上，晨露浸润着嫩叶，美女樱上凝结着晶莹的露珠，将滴未滴，像极了少女天真无邪的瞳子。那成片的五颜六色的美女樱像星星一样一丛丛，一簇簇地点缀在地面上，娇小而可爱。它们如樱花大小的花儿红得烂漫而不失深沉，白得纯净而不失风韵，蓝得淡雅而不失厚重。细看每组伞状花序都是由一个个小喇叭一样的花儿构成。它们个头虽小，但是，连成了一片，就是花的海洋。晨风拂过，美女樱花姿摆动，仿佛在低吟，又像在浅唱，似乎在欢笑，也像在呢喃。看着它们，总觉得那多彩的色调里蕴含着某些希冀和期盼，又感到一种浮华下流动的深沉情感。我忽然悟出人们为什么叫它“美女樱”了，的确名副其实。

美女樱的别名中有一个名字叫做“铺地锦”，得名于矮小的美女樱连片铺在地面上，五色的花儿就像大块的锦缎一样美丽。其实，在数学中有一种乘法的计算方法也叫做“铺地锦”。30 多年前，我在给学生开数学史讲座时，就介绍过“铺地锦”。那是古代时流行于印度和阿拉伯国家的一种数学算法，在 15 世纪时传入我国。我国的明代数学家程大位在他的数学著作《算法统宗》中用“写算歌”做过讲解。“写算歌”曰：“写算铺地锦为奇，不用算盘数可知。法实相呼小九数，格行写数莫差池。记零十进于前位，逐位数数亦如此。照式画图代乘法，厘毫丝忽不须疑。”它的意思是做乘法时，只需要在纸上按两个乘数的数位分别画出方格和同方向的斜线逐个做些加法计算就可以简单地算出积来，准确无误。由于计算需要画方格和斜线，计算完以后，那张算纸就像古代织出的锦缎一样，因此，他把此算法形象地命名为“铺地锦”。如果，正在学习两位数以上乘法的小学生学会了“铺地锦”算法，肯定是很开心的事，因为，其算法简单，明了，有趣。

在中世纪的欧洲，马鞭草(美女樱)被人们认为是具有神奇魔力的灵药，认为它能医治任何疾病。在那个普遍认为疾病是来自巫女诅咒的迷信年代，人们会把马鞭草放在床头，驱魔除巫，保佑自己平安。而我国中医界则认为，美女樱全株可入药，具有清热凉血的功效。

美女樱的花语用一句老话说叫做“家和万事兴”。在欧洲有一种说法是美女樱具有求爱魔力，如果一个人有倾慕爱恋的对象，那么这个人只要在做求爱表白之前，用浸含美女樱叶子的水擦拭自己的脖颈和双手，再去握住对方的手求取爱恋，就一定会顺利得到认可，并且这样的爱情很容易走上婚姻的殿堂，还能家庭和睦，地久天长。

对于自己的生日花，我写了四句诗：“铺地锦绣樱絮飞，纷纷红紫竞芳菲。魔力神奇除灾病，唤得人间春又归。”但愿，美丽的美女樱真能给我带来健康和平安。

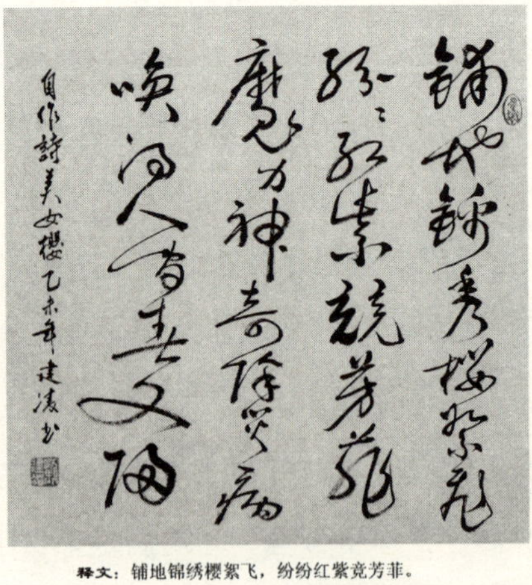

释文：铺地锦绣樱絮飞，纷纷红紫竞芳菲。
魔力神奇除灾病，唤得人间春又归。

尊为庙树鸡蛋花

今年的泼水节时，我在云南的西双版纳。那几天是傣族人过新年，到处是喜庆祥和的气氛。正日那天，人们先至佛寺浴佛，然后互相泼水，用飞溅的水花表示真诚的祝福。在相互泼水中，如果哪一位男人被泼得多，就说明那人的运气好，身体健康有财运。如果哪一位女性被泼得多，则是她一定长得漂亮水灵，深得众人青睐。

西双版纳州政府为了营造祥和的节日氛围，专门修建了泼水广场，集数万人举办泼水祈福活动，甚是壮观。

由于交通管制，我们去泼水广场需顶着炎热的太阳步行很长一段路。这段路虽然漫长，但是，一路上有成群的男女在相互追逐用水枪喷水，还有路边埋伏的“狙击手”冷不丁地给路人喷上一枪水，也让人不觉得单调。

正走着，我忽然发现正前方有一个身材高挑，穿着黄色薄衫的女孩，衣袂飘飘，袅袅而行。我在想，这女孩肯定是今天被泼水最多的目标之一。正想着，只见那女孩的男同伴在路边上的鸡蛋花树上为她摘下了一朵外白内黄的鸡蛋花，插在她那发髻之中，确实又增添了几分妩媚。

我这时才注意到，路两边的行道树竟然都是鸡蛋花树。眼下正值鸡蛋花树开花的季节，满树的鸡蛋花竞相开放，缀满枝头。其花的外层是白色的，润润的很像鸡蛋白。里层是黄色的，很像鸡蛋黄。故得名鸡蛋花。我在海南和台湾都见过鸡蛋花树，知道它与佛有缘。今天在崇信佛教的傣族人的泼水节上见到这佛之花，心里还真是很愉悦。

那姑娘果不出我所料，刚刚由被隔离的“快车道”转上人行道时，就成了众人泼水的重点目标。只见 AK47 型的、鬼怪型的各种冲气水枪，齐向她射去，使其早成了水人。那件黄色薄衫也变成了透明装。不过，插在发髻上的那朵鸡蛋花依然傲立着，未曾落下。

为她插花的男友走在我身旁，不到 30 岁的模样，长得挺帅气的。见到女友如此被攻击，他束手无策，只能听之任之，在一旁跟着傻笑。毕竟是因为他的女友长相出色才惹来“众水浇身”，于泼水节的宗旨来说，是大好事呀。

同行的老任与他搭讪才知道，他们是一对情侣，与老任都是川渝老乡，同在云南服役，小伙子是一名年轻的军官，姑娘是一名军医院的护士，今年就要结婚了。我问他，见到女朋友被攻击心里怎样想的。他笑着用四川话说：有啥子办法嘛，这是人家的习俗，入乡随俗啰。

参加完泼水节的第二天，我特地去了一趟著名的西双版纳植物园。在奇花异卉苑里，我见到一棵很大的鸡蛋花树，那可真正叫做花繁满枝。那些鸡蛋花长相虽然不娇艳，不特意去品赏，人们根本不会去注意它的长相。但是，鸡蛋花如含笑花一样，虽无惊艳引人注目，但清香幽幽，沁人心脾。当人们置身树下，或立于上风口处，就一定能感受到鸡蛋花如苹果如香蕉如白兰一般的幽香。我想，也许正是因为这种幽香才使其受到佛教界的青睐，被佛教寺院定为“五树六花”之一而被广泛栽植，故又名为庙树。于是，我有四句诗赞鸡蛋花：“外白内黄润如蛋，疏枝斜陈花儿满。五树六花为庙物，幽香沁心是为禅。”

鸡蛋花是夹竹桃科鸡蛋花属落叶灌木或小乔木，又名缅栀子、蛋黄花、印度素馨、大季花等。其花型不大，只有稍比一元钱硬币大一些。轮叠而生的五片花瓣，像海星又像孩子们喜欢玩的纸风车。其花色除了白黄鸡蛋色的之外，还有红、黄两种色调。

鸡蛋花树形美观，茎多分枝，千姿百态。其叶似枇杷，但比枇杷叶要显得阔大。炎热时，常有人折其叶遮阴扇凉。冬季叶落后，枝头上会残留半圆形叶痕，颇像缀有美丽斑点的鹿角。树皮薄而呈灰绿色，含有微毒的乳色液汁，可用来外敷，医治疥疮、红肿等症。其木材质轻而软，可制乐器，其音亦如其花一样清雅，飘出的音符似可绕梁三日。

送我们去植物园的女司机姓马，与其丈夫都是山东人，到西双版纳谋生已逾20年。丈夫小杨比较内向，为我们开机组车，早晨送机组需要起得很早，晚上接机组经常要等到午夜一二点。白天有时还得出车送旅游团，甚是辛苦。小马比较外向，一路谈笑不断。她对丈夫的辛劳也是心疼，但迫于生活的压力，不趁着年轻多积累一些，等到年龄大了，还能指望儿女来养活你？小马快人快语，说的也都是实话。尽管为了生计而奔波，但是，他们夫妻俩绝不是那种见钱眼开之人。在泼水节期间，所有车费都疯长的西双版纳，我们去植物园的车费普遍报价都在600到800元。而小马只收我们200元。她说，他们是凭良心做生意，他们的回头客一年四季不断，收入并不会有损失。利用这两天赚些黑心钱，心里反而不安。

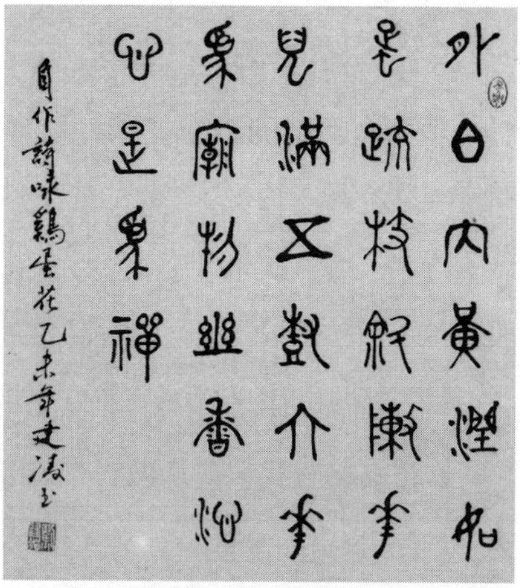

释文：外白内黄润如蛋，疏枝斜陈花儿满。五树六花为庙物，幽香沁心是为禅。

多么朴素的话语，多么朴素的思想，就像鸡蛋花花语一样，充满着对生活的希望，又不过分奢求什么。如果以后有朋友去西双版纳旅游，我也一定会介绍杨马夫妻为他们开车。这不正是他们期望的么。我在想。

于是我存下了小马的电话号码。

独自风流独自香

这几天带着小狗早锻炼归来时，我注意到在回家的必经之路上的那株结香花已经含苞欲放了。只见棕红色光秃的枝条上挂着许多低垂着头、灰绿泛白的半球形花蕾，像一只只小风铃在三九的严寒里屏声敛息静静地等待着，似乎一旦有春之讯息的微风吹来，它们就会发出悦耳动听的春之音。它其貌不扬，但花开时浓香四溢、沁人心脾。它就是结香花。

结香花，别名探春花、金腰带、打结花、梦冬花、黄瑞香、喜花，是瑞香科结香属落叶灌木，高约2米左右，因其花有浓香且枝条柔软可以打结，故得结香之名。因其在未开之前，所有花蕾都是低垂着，仿佛正沉睡在梦中一般，所以又有“梦树”之称。因而，它的花也被称之为“梦花”。

郑板桥有一副珠帘图的对联写的是：“虚心竹有低头叶，傲骨梅无仰面花。”眼前这结香花似如那傲骨梅，虽有奇香四溢，但依旧谦然垂首，绝不张扬。因此，自古以来很少有文人墨客为它吟诗作赋。但它年年岁岁都以温柔谦恭的姿态，以独自风流独自香的气韵，怀着灿然的梦想，探访春天的到来。

结香花期较长。其花期从前一年的11月份开始着蕾，但受气温的影响，花蕾很小生长很缓慢。及至次年1月开始快速生长，可见花序。一直开放至4月初，花瓣方才凋败。

结香花开时多为散在的单个花蕾，少数为头状花序，通称新蒙花或蒙花珠。其半球形花序略似向日葵的头状花序组成，表面长着密密的浅黄色或灰白色有光泽的绢丝状长毛茸。花序中间一点嫩黄的花蕊，为结香花平添了几分妩媚。那令人心醉的浓香就从这儿散发出来的。

结香花树之所以又称之为"梦树"，是因为民间的一个传说："清晨梦醒后，在结香花树上打花结可以有意外之喜；若是晚上做了美梦，早晨的花结可以让你美梦成真；若是晚上做了噩梦，早晨的花结可以助你解厄脱难，让你一帆风顺。所以，结香花就被人们称之为'梦树'，其花自然也就成了'梦花'。中国鄂西地区的少女习惯将结香树的枝条打结，并对着这些结许愿，以期寻到梦中情人。在贵州黔东南农村，结香花又被称之为'解梦花'。当地人认为，对于经常做一些不吉祥之梦的人来说，只要把结香花朵放在枕头下面，就可以把梦给解了，而且睡觉的时候也不会再做噩梦了。"

结香花又被称之为"中国爱情树"。据传说，秦始皇时期，宫廷内有一对男女相爱。女的出身显贵，男的出身贫贱，按照当时的律法，他们是不能结成秦晋之好的。他们两人在结香花下准备分手时，无可奈何地在此树上打了个结，以示他们的感情从此了结而洒泪而别。谁知那一年，那打过结的结香花枝条上开的花朵比别的枝条多，而且香味特别浓郁。消息传到秦始皇耳中，秦始皇以为有神灵在保佑他们，就下旨准了他俩的婚姻，让一对无奈的恋人喜出望外。此后，民间渐渐形成了在结香花树上打结许愿的风俗，结香花树亦被称作为中国的爱情树。这真是："满树金球夜梦长，柔枝打结愿以偿。虽有奇异仍低首，独自风流独自香。"

结香花可入药。其花"养阴安神，祛风明目"，冬末春初，采摘花序晒干，可泡花茶。那花茶馥郁清香，回甘袅袅。其根茎有"舒筋活络，消肿止痛"功效。结香花树皮纤维丰富，也可用于制造优质纸张。

我所居住的小区里种植的结香花没有山茶花多，仅有的七八株恰巧就分布在我家的附近小道边上。每当这结香花开放的季节，那条小道四周便弥漫的都是结香花的香气。在这个冬去春来的时节，能闻到如此浓郁的清香，实在是一种幸运。

结香，结香，怀梦探春不张扬，独自风流独自香。这种真性情，谁能不喜欢它呢？

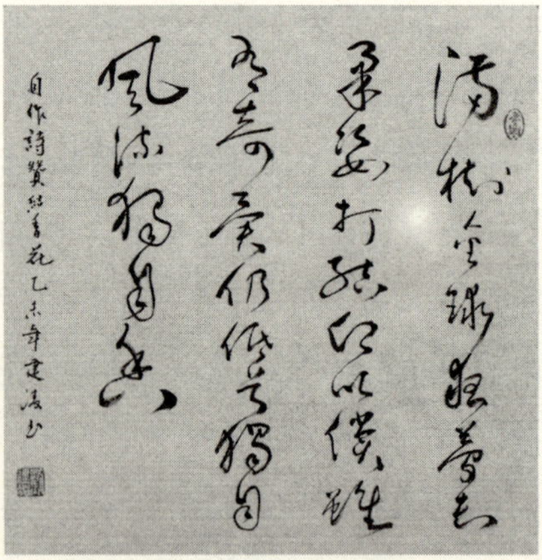

释文：满树金球夜梦长，柔枝打结愿以偿。
虽有奇异仍低首，独自风流独自香。

映得芙蓉不是花

今年南京的冬天应该是暖冬吧，不仅没见一场真正意义上的雪，而且，气温除了仅有的两三天在零度以下以外，大多数在10℃以上。因此，没到腊月，家里的几盆杜鹃花就开了。

我养杜鹃花有些年头了，最多的时候有过十多盆。花的颜色也比较多，大红色的，纯白色的，白镶粉色边的，红镶白色边的，淡紫色的，等等。杜鹃花的品种很多，全球大约有900多种，其中有近700种在我国。杜鹃花分为“五大”品系：即春鹃品系、夏鹃品系、西鹃品系、东鹃品系、高山杜鹃品系。我所养殖的都是春鹃，由于是盆栽，又常放在屋内，那些应该在初春才开的花儿，经常像今年一样，早早就开了。

杜鹃花又名映山红、山石榴、踯躅、红踯躅、山踯躅、谢豹花，为杜鹃花科杜鹃花属常绿或半常绿灌木，是我国的十大名花之一。白居易在其诗《山石榴寄元九》中云：“闲折二枝持在手，细看不似人间有。花中此物是西施，鞭蓉芍药皆嫫母。”因此，杜鹃花又被称之为“花中西施”。相传，古有杜鹃鸟，日夜哀鸣而咯血，染红遍山的花朵，因而得名。花枝低矮者尺许，高者有四五尺，甚至达丈许者也有记载。我国在世界杜鹃花的自然分布中，种类之多、数量之巨，没有一个国家能与之匹敌。今江西、安徽、贵州以杜鹃花为省花，定其为市花的城市多达七八个，足见人们对杜鹃花的厚爱。杜鹃花在我国的分布较广，江苏、安徽、浙江、江西、福建、台湾、湖北、湖南、广东、广西、四川、贵州和云南等省区都有生长。旋律优美、有着摇篮曲韵律的歌曲《映山红》唱的就是杜鹃花，“若要盼得红军来，岭上开遍映山红”，那阵势只有在春天身临湖南、江西才能见识到、体会到。数年前的春天，我在江西龙虎山真实地感受过那漫山遍野的红，的确是把山头浸透了。

6年前春天的一天，我和老友聂传贵去安徽宣城办事。在宣纸之都泾县，我看到一位老农在卖花，其中有两盆杜鹃花(映山红)，一株大些有三尺多高，小的一株也有二尺五高，是分别栽在两只并不大的方形盆景盆中的。花开得很是旺盛，远远望去，一片火红。我忽然记起李白千年前在宣城时曾写过一首咏杜鹃的诗：“蜀国曾闻子规鸟，宣城还见杜鹃花。一叫一回肠一断，三春三月忆三巴。”于是，心生喜爱，就想买下带回南京。那老农开价大的1000元，小的800元。传贵见我想要，就与老农一阵还价，并许诺再另买了几盆花，最后才以1200元将两株买下。当时，我们开的是小轿车。突然买下这样两盆硕大的杜鹃花，如何运回南京，倒真成了难题。我俩先把花折腾到后备箱，开到一家卖农用塑料薄膜的店铺，买了10米塑料薄膜分别把两盆花裹将起来，将小些的放在后排座上，将大些的斜放在后备箱中，用绳子固定好花和后备箱盖，开回南京来。由于，车速相对大，等到家，后备箱的那株大的花儿已经没见几朵了。小的受伤不大，依然红得烂漫，又开了有一个多月才全部谢去。院子里有不少邻居见到这样漂亮的映山红，也都啧啧称赞。两株花来年又开了一季，虽没有原先那么旺盛，但也是美于他花的。遗憾的是，不知是什么原因，从前年开始，大株的忽然死去了。去年，小株的没了生气。让我心疼了好一阵子。这种心疼，并不在于它们那千把元的价格，而是两株旺盛的生命因我的管养不善被我葬送，我还无力回天，悲哉！

杜鹃花全身皆可入药，有和血，调经，祛风湿等功效。可治月经不调，闭经，崩漏，跌打损伤，风湿痛，吐血、衄血。这在《本草纲目》等古典医学著作中均有记载。杜鹃花还有轻微的神经毒素，云南的碧塔海“杜鹃醉鱼”景观就是在每年的5月间，湖岸边满是盛放的杜鹃花。花开谢了以后，花瓣落入湖中。湖中独有的重唇鱼会纷纷前来吃花瓣，由于杜鹃花里含有微量的神经毒素，鱼吃多了就会中毒。飘飘然然浮在水面上，仿佛醉酒一般，这就是著名的杜鹃醉鱼。我去过碧塔海多次，但一次也没见过“醉鱼”景观，不知这“杜鹃醉鱼”是实情还是传说。

古人写杜鹃花的诗很多，但大多数是将杜鹃鸟与杜鹃花写在一起，演绎杜鹃花是杜鹃啼血而成生成的传说。记得20多年前曾读过周瘦鹃老先生对此传说的疑问：“红杜鹃还可说是杜鹃啼血所染，其他紫、白、黄诸色的杜鹃花，那又该怎么说呢？可见这种说法不科学。”因此，我很喜欢白居易写杜鹃花的另一首诗：“火树风来翻绛焰，琼枝日出晒红纱。回看桃李无颜色，映得芙蓉不是花。”是的，杜鹃花开的时候，那烂漫那旺盛那红火，能不是“回看桃李无颜色，映得芙蓉不是花”吗？

前几天，我在南京老门东参加一个聚会，见到一位兄弟是搞旅游的，但也很喜欢美术。他说，这几年他一直沉在大别山搞自己的风景项目，并邀请我今天春天去他那儿拍杜鹃花。他说，那漫山遍野的杜鹃花，你不是亲眼所见定然不会想像出来有多壮观的，相信在你的相机里定会变成更为美丽的图像。

是的，今年我是该到我爷爷的老家大别山去看看了，看看那美丽的杜鹃花。

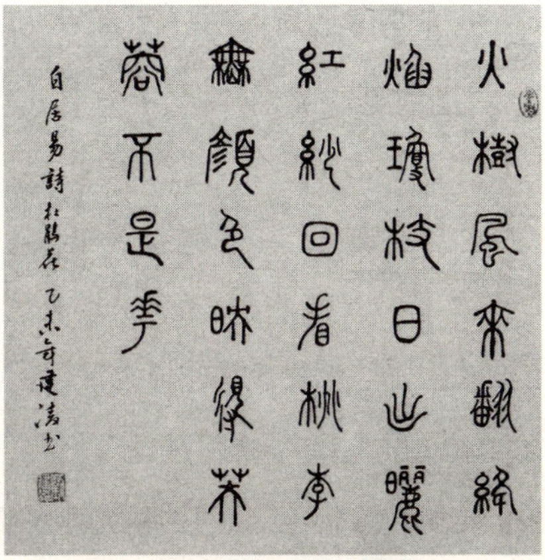

释文：火树风来翻绛焰，琼枝日出晒红纱。
回看桃李无颜色，映得芙蓉不是花。

佛叹好花彼岸花

昨天有好友在我的微信上发了四个字:曼珠沙华。我问是何意?好友回复:彼岸花。

原来,最近我一直在写百花的散文,引起不少朋友的注意。百合、杜鹃、蟹爪兰、幸福花等都先后成了我笔下的主角。好友觉得有一种很美丽的但是又被日本人鄙视为“死人花”的彼岸花,应该由我写写它,给其正正名。

其实,在我知道它叫“死人花”之前,我是很喜欢它的。在我所居住小区的楼与楼之间,就生长着很多秋天才开红色花的植物。当时令进入深秋初冬,别的植物大部分已经叶落,枯萎而去了,这时那植物却冒着霜雪严寒,抽芽发叶,绿油油地成长一个冬季。它的叶子很像兰叶,细长且挺直,一蓬蓬一蓬蓬地随意生长在路边。有一次,我见工人在一块有此植物的地方施工,将那些植物折腾得乱七八糟,估计是活不了。我觉得心疼,便过去拾掇了一些根部完好的,寻地给种了下去。那些已经折断的植物,被工人回填时胡乱就埋在了坑里,八成是死多活少了。过了几天,我路过那片地时,注意看了一下,那些植物竟然又长成了一片,依然碧绿如鲜。我移种的那几株更是茁壮。到了9月下旬,那片受过伤的植物,依然抽葶,苞蕾,开出红艳艳造型独特的花来。

我喜欢这花。但是，我一直不知道它叫什么名字。由于偷懒，也没去咨询和查找。我的忘年交好友拉萨的藏医洛桑旦增应我的另一好友原现代快报领导袁总之邀前来南京行医，他第一次见到开得十分美丽的彼岸花，很是喜欢，与我的好友在这红花前合了好几张影，并且自己单个儿与花儿拍了好多张。他告诉我，这花儿应该是石蒜，根茎有毒，但是可以入药，有催吐、祛痰、消肿、止痛、解毒之功效。不过，如果误食量过大，会导致中枢神经麻痹，甚至死亡。后来，我看到作家熊梅生老师写过一首《彼岸花开又一年》的诗："彼岸花开又一年，浮生若梦老来闲。无心细数黄泉路，意在青山碧水间。"以及他老人家配的图，我才知道那花儿叫做彼岸花。

彼岸花又叫红花石蒜、龙爪花、老鸦蒜、蒜头草、幽灵花等，是石蒜科多年生草本植物。主要分布在东亚地区，日本较多。彼岸花在我国有较长栽培历史，《花镜》中就有记载。曼珠沙华是彼岸花的日文音译名。历史上彼岸花在我国被叫做金灯、赤箭。彼岸花初冬出叶，花茎先叶抽出，顶生 4 至 6 朵花。花色鲜红或有白色边缘，花被筒极短，上部呈 6 个裂片，每个裂片又呈狭披针形，边缘皱缩，向外反卷。彼岸花色彩鲜艳，花型独特，婀娜多姿，具有较强的观赏性，可成片种植于庭院，也可盆栽、水养、切花等。

由于彼岸花长叶时花并未开放，而当花开放时，叶却已凋零。花叶永不相见，因此，彼岸花又被古人称之为无义花。在我国民间，春分前后 3 天叫春彼岸，秋分前后 3 天叫秋彼岸，都是上坟的日子。而曼珠沙华开在秋彼岸期间，非常准时，所以古人便叫其"彼岸花"。

而日本人因彼岸花的花瓣有触目惊心的赤红，如火、如血，所以他们认为曼珠沙华的美，是妖异、灾难、死亡与分离的不祥之美，又称其为"死人花"。

但是，在我国人们却认为彼岸花的花语是"优美纯洁"。中国民间有一个关于彼岸花的传说：相传很久以前有两个人，英俊潇洒的青年名字叫做彼，貌美如花的女子名字叫做岸，上天规定他们两个永不能相见。但是，他们心有灵犀，互相倾慕，偷偷相见，一见如故，结下百年之好。不久，他们的违规行为被上天发现。天庭降下惩罚，给他们两个下了一个狠毒无比的诅咒，既然他们不顾天条要私会，便让他们变成一株花的花朵和叶子，只是这花奇特非常，有花不见叶，叶生不见花，生生世世，花叶两相错。有一天，佛来到这里，看见地上一株花气度非凡，妖红似火。佛自知其中的奥秘，伸手把这花从地上给拔了出来。佛把花放在手里，感慨地说道："前世你们相念不得相见，无数轮回后，相爱不得厮守，所谓分分合合不过是缘生缘灭，你身上有天庭的诅咒，让你们缘尽却不散，缘灭却不分，我不能帮你解开这狠毒的咒语，便带你去那彼岸，让你在那花开遍野吧。"佛在去彼岸的途中，路过地府里的三途河，不小心被河水打湿了衣服，而那里正放着佛带着的这株红花，等佛来到彼岸解开衣服包着的花再看时，发现火红的花朵已经变做纯白。佛沉思片刻，大笑云：大喜不若大悲，铭记不如忘记。是是非非，怎么能分得掉呢。好花，好花呀！佛将这花种在彼岸，叫它曼陀罗华(曼珠沙华)，又因其在彼岸，便叫它彼岸花。

世间能被佛主称之为好花的不知道有几株。而在日本人眼中视为不祥之物的曼珠沙华却是佛主赞赏之物，也是中国人优美纯洁的象征，我们是不是该给这美丽之花正正名？其实，在自然界，叶不见花，花不见叶的植物很多，玉兰、梅花、腊梅等花儿都是如此。可是，那些花儿没有彼岸花那种血红，也就没了不吉祥的帽子，更没有"不义"之名头。反而受到人们的赞赏和呵护。这对于将自己的美丽毫无保留地奉献给人们的彼岸花来说是极大的不公平！

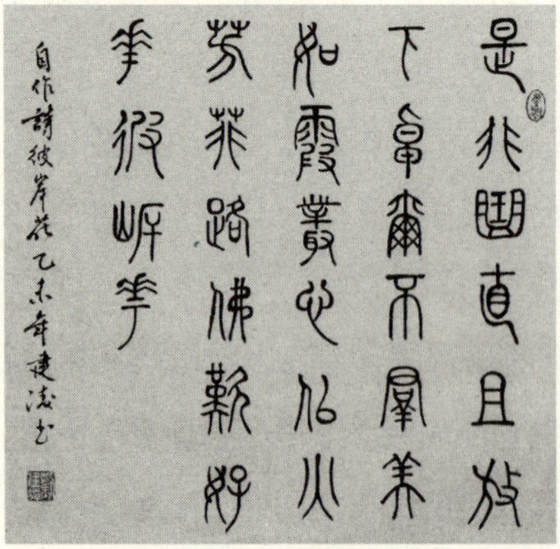

释文：是非曲直且放下，卓尔不群美如霞。
从心似火芳菲路，佛叹好花彼岸花。

"是非曲直且放下，卓尔不群美如霞。从心似火芳菲路，佛叹好花彼岸花。"等到秋天彼岸花连片盛开时，让我们大家像观赏薰衣草一样成群结队地去观赏这象征"优美纯洁"的"好花"，欣赏它的勃勃生机，欣赏它的美丽，欣赏它的容忍与大度，给它一些支持吧，好吗？

花香最良是瑞香

元旦前,有学生来看望我,送了我一盆小花。那花儿有30厘米左右高,长椭型的绿叶子密集轮生,叶片油亮亮的,叶边上泛着一圈淡黄色,枝条的端部有星星点点的蓓蕾露着淡紫色的芽头,等待开放。呵,这是一盆上好的金边瑞香。

其实,我的学生并不知道那花儿的妙处。只是要过节了,看望老师不能空手而来,又知道我喜欢花草,便去花卉市场捡贵的买,就歪打正着地买了此花。学生看老师喜欢,便探问缘由。我问他,在你闻过的所有的花中你觉得哪一种花最香。他不敢肯定地说:"应该是桂花吧,或者腊梅?"我点点头但又摇摇头告诉他,桂花、腊梅都是幽香。花之香魁当属瑞香,就是眼前的这盆小花。它是我国的传统名花,也是世界各花。金边瑞香以"色、香、姿、韵"四绝著称于世,古人称赞其"牡丹花国色天香,瑞香花金边最良"。学生愕然又喜然。

瑞香是瑞香科瑞香属多年生直立灌木,又叫做睡香、蓬莱紫、风流树、毛瑞香、千里香、山梦花等,其中最有名的是"睡香"。那是据宋《清异录》记载:"庐山瑞香花,始缘一比丘,昼寝磐石上,梦中闻花香酷烈,及觉求得之,因名睡香。四方奇之,谓为花中祥瑞,遂名瑞香。"民间还有一个关于李时珍为瑞香起名为“睡香”的传说：李时珍为完成药典巨著《本草纲目》，来到庐山采药，借住东林寺。一天一个右腮红肿的小和尚，忍着剧烈的牙痛喃喃念经，只见老和尚取过一枝干枯的草药给他含在嘴里，顿时肿消痛止。李时珍惊诧不已，连忙向老和尚请教。原来这种神奇的药草，是生长在锦绣谷中的一种常绿小灌木的花。为了寻找这种花，李时珍在锦绣谷中跋涉了三天三夜。第三个夜晚，疲惫至极的李时珍瞌眼微息，朦胧中一股浓烈的香味扑鼻而来。两只缤纷飞舞的彩蝶绕着他轻声呼唤：“李太医，我家大姐有请。”李时珍昂首望去，彩蝶顿时化作两个穿蝶裙的小女孩，将他托起，腾空飞去。只见云头危崖上，一位绰约多姿的仙姑频频向他招手。李时珍大为惊奇，正欲向仙姑打听这种花的下落。仙姑回眸一笑，轻摆罗袖，化作一朵光艳夺目的花朵。李时珍欣喜若狂，急步上前取花，不料脚下一滑，一头栽落在万丈深涧。冷汗淋漓的李时珍，大喊一声，从梦中惊醒，但见所依山崖岩隙间，一丛盛开的花朵，沐浴在月色之中，流光溢彩，楚楚动人。李时珍便把它取名“睡香”。后来睡香之名传及四方，人们争相引种，并视之为祥瑞的征兆，于是改名“瑞香”。李时珍认为，瑞香不仅清利头目，消止火痛，还可治急喉风，咽喉肿痛，齿痛，风湿痛等疾病。

瑞香因其香味浓烈，飘逸长远又被称之为千里香。于是有人又称其为“花贼”。说它“贼”，是反衬它能“偷”得百花之香集于己身。于是有人叹道：“瑞香，世谓之花贼，他花闻其香辄萎死也。”可见，其“魁性”十足。

瑞香原产于我国，后传入日本。日本人喜欢琢磨，弄出了很多新品种。我在日本京都见到，日本人喜欢在自己的庭院中栽种瑞香，多将其修剪为球形，或种于松柏之前供点缀之用。在我国，瑞香是赣州的市花。

瑞香的观赏价值很高。其花虽小，却锦簇成团，花香清馨高雅，历来为文人墨客所青睐。诗人范成大《瑞香花》诗云：“万粒丛芳破雪残，曲房深院闭春寒。紫紫青青云锦被，百叠薰笼酡晚不翻。酒恶休拈花蕊嗅，花气醉人胜酒。大将香供恼幽禅，恰在兰枯梅落后。”此诗将瑞香花的模样、香度、花期都写得很明了，且味道十足，堪称瑞香诗的名篇。同朝的刚烈大臣王十朋则赞瑞香道:“真是花中瑞,本朝名始闻。江南一梦后,天下仰清芬。”道出了瑞香的别名“睡香”和其地位——全天下都仰其清芬。杨万里在其《瑞香花新开五首》(之五)中对瑞香给予了极高的评价:“馨德潜丘岳,春风是德还。新从众香国,移种洞庭山。孤韵真无对,千花忧莫攀。骚经吾欲续,谱入芷蘅间。”

瑞香的花语和象征代表意义是祥瑞和吉利,又因其浓香悠远,花型清雅,也是佛前供奉的上品,就更有祥瑞之气了。加之,其花期赶在传统的春节前后,置一盆于案几之上,瑞香扑鼻,瑞花富贵,瑞气盈堂,自然不尊也贵了。

所以,在学生送我礼物中,这盆瑞香应该是很珍贵的吧。因为我喜欢它。

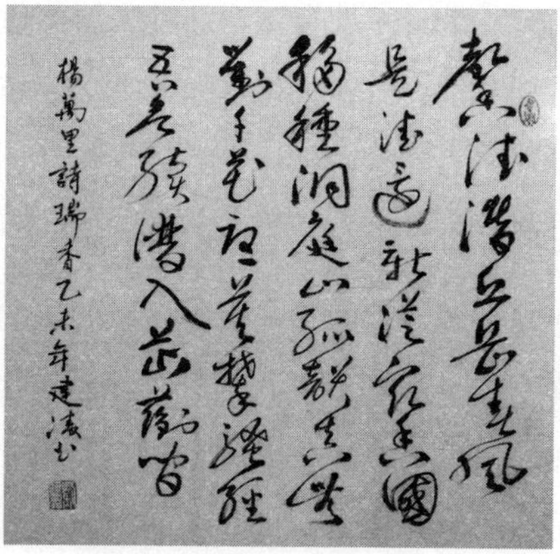

释文:馨德潜丘岳,春风是德还。新从众香国,移种洞庭山。
孤韵真无对,千花忧莫攀。骚经吾欲续,谱入芷蘅间。

香醉十里薰衣草

知道薰衣草是源自敏翔兄自驾新疆回来后送给我的一个 1.5 厘米见方,6 厘米高的紫色小纸盒,上面印着一片紫色的花朵,写的是"薰衣草精油"。打开盒子,有一股幽幽的香味扑鼻而来。再仔细看看,里面装着的小瓶子也是紫色的,很精致的样子。当时,我不知道那油有何用处,只当做放在车里的闻香用品,一直摆在仪表盘前的槽子里。

5 年前的 7 月份,我带了一批媒体的朋友去新疆伊犁采风。江苏援疆指挥部的领导给予了热情接待,在行程安排中,就有去兵团薰衣草基地参观的内容。

7 月的新疆,日照中的紫外线很强。暴露在阳光下的皮肤,不一会儿就红得发紫。不过,兵团那成片的薰衣草,在这样的阳光下,一垄一垄地开得非常旺盛,像一幅紫色调的巨幅油画,美而令人幽思。微风吹来,薰衣草独特的香味就扑面而来,让人有微醉的感觉。大家操起"长枪短炮",深入草之腹地,一阵狂拍,早忘了毒日临空、皮肤晒焦的担心。直到兵团的陪同者催大家上车了,还有人恋恋不舍,不忍离去。

那是我第一次见到真实的薰衣草。

兵团有一间薰衣草加工厂。从其陈列室所放的样品看,薰衣草制品可以涵盖医药、美容、家居等领域。薰衣草精油只是其产品中的一个品种。而这一个品种中又可以分出十多个系列，可谓琳琅满目。

薰衣草又名香水植物、灵香草、香草、黄香草、拉文德。薰衣草属唇形科薰衣草属半灌木或矮灌木植物。其具有很强的适应性。成年植株既耐低温，又耐高温，在收获季节能耐40℃左右的高温。其幼苗可耐受－10℃的低温。成年植株可耐超低温。在陕西黄龙地区，薰衣草植株可在－21℃低温下安全露地越冬。在新疆地区，薰衣草经埋土处理和用积雪覆盖可耐－37℃超低温。薰衣草全株略带木头甜味的清淡香气。因薰衣草的花、叶和茎上的绒毛均藏有油腺，轻轻碰触油腺即破裂而释出香味。成片的薰衣草，在微风的作用下，那些油腺不断地愈合破裂，便有幽香四散，吸引蜂蝶前来采蜜授粉。

薰衣草原野生于法国和意大利南部地中海沿岸的阿尔卑斯山南麓一带，以及西班牙、北非等地。18世纪，萨里的密契、伦敦南区的熏衣山、法国的普罗旺斯、格拉斯附近的山区都以种植薰衣草而闻名，并成为世界闻名的旅游胜地。19世纪以后，欧美各国都有栽种。薰衣草何时传入我国没有确切的时间记载。大约是18世纪末，19世纪初通过丝绸之路首先传入我国新疆。经过新疆人的精心培育，薰衣草在天山脚下，特别是在伊犁河畔的新疆伊犁哈萨克自治州已形成规模，成为中国薰衣草种植加工的主要基地，是亚洲地区最大的香料生产基地。

人们喜欢用薰衣草来熏衣的原因，来自于一个传说。传说有一天，圣母玛利亚将洗净的耶稣的婴儿服，挂在薰衣草上晾干，耶稣的婴儿服不仅有迷人的香味，而且还有驱逐魔鬼的能力。从此薰衣草就被赋予象征天堂味道的意义。

薰衣草给人的第一印象当然就是“香”，据说，法国的薰衣草香味比较浓烈，具有提神作用。而英国的薰衣草香味较淡，起到的是宁神的作用。在英国的民间医学中，人们饮用以薰衣草花所浸的酒以祛除因风寒引起的腹部绞痛。饮用薰衣草花制作的蒸馏水可使因风寒失声的人恢复声音，使房颤患者的心脏恢复正常跳动，使嗅觉异常的人恢复正常的嗅觉。在我国新疆，很多维吾尔医院用薰衣草全草制剂来治疗神经衰弱和失眠，将薰衣草精油加入洗澡水中，能减轻产妇分娩后的疼痛和不适。在乌鲁木齐的大巴扎有薰衣草茶供应。薰衣草茶是以干燥的花蕾冲泡而成，取一大匙放进壶中，再倒入沸水，只需闷 5 分钟即可享用，不加蜂蜜和砂糖也甘香可口。这道茶不带副作用，并具有镇静、松弛消化道痉挛、清凉爽快、消除肠胃胀气、助消化、预防恶心晕眩、缓和焦虑及神经性偏头痛、预防感冒等众多益处，沙哑失声时饮用也有助于恢复，所以有“上班族最佳伙伴”的美名。

薰衣草的英文名是 Lavender，来源于拉丁文中的“Lavo”（洗的意思）。古罗马时代，很多富人将薰衣草用来作为入浴时的香料，故取名为“洗（Lavo）”。因此，薰衣草自古以来就与美容、洗涤、洗浴有关。据近代科学分析，薰衣草具有抑制细菌，平衡油脂分泌，抚慰肌肤的功效，因此，薰衣草很快就加入了美容产品的主力军之中。薰衣草还可以用于洁面产品，将薰衣草提取液添加进薰衣草皂，洁面乳产品中，就制成了薰衣草面膜、薰衣草皂和薰衣草洁面乳等高端洁面产品。

南京现在也有两块大型的薰衣草基地。一块在江宁的汤山，一块在江宁的谷里。经媒体不经意的宣传，后者名气渐响，年年在薰衣草花开时，南京市民便扶老携幼前去闻香赏花，还真带动了当地旅游和衍生经济的发展。

去年，薰衣草花开时，我在一个晴朗的下午，与几位朋友相约前去谷里拍摄薰衣草。山坡上，大片的熏衣草花开了，几乎成了一片偏蓝色的紫海，很是养眼。山风吹过，阵阵花香袭来，有醉心的甜。那些紫色的小花儿，在长焦镜头里像一个个紫色的小精灵，显得风姿绰约，独特迷人。无数勤劳的小蜜蜂在花间飞舞，为紫色的花海增添了灵气。夕阳西下时，在每天下午的黄金光的作用下，薰衣草紫色的花朵泛出高雅的贵气，更加惹人怜爱。有诗为证：“紫色精灵舞霓裳，怒放时节亮盛妆。蜂蝶痴恋忘归路，香醉十里是芬芳。”为迎接 2015 年的到来，“南京马帮”编印了一本周历。在征集帮友照片时，也嘉发来的两张照片中就有一张是谷里的薰衣草花，我没有犹豫就将它选入了周历。

去年，我在谷里拍薰衣草时，用手机的微信在朋友圈里发了几组薰衣草美照。江西的朋友来短信，希望我写写薰衣草。我答应了，但是，由于事多且懒惰，就耽搁下来了。今天写了上面的文字，算是补上。

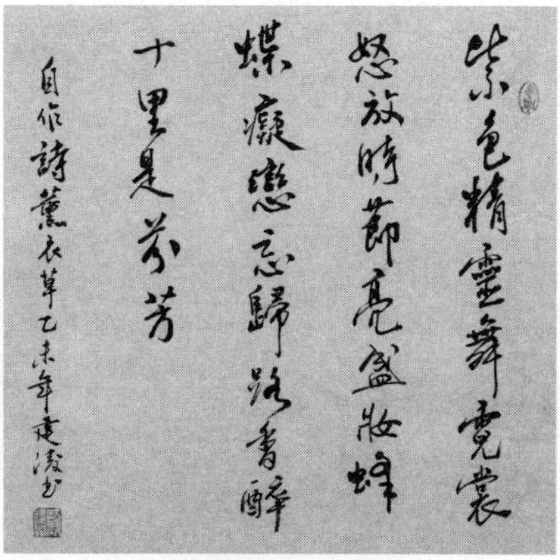

释文： 紫色精灵舞霓裳，怒放时节亮盛妆。
蜂蝶痴恋忘归路，香醉十里是芬芳。

暗麝着人簪茉莉

若在100个本土江苏人中做一个问卷调查,题目是江苏省有省花吗?如果有,是什么花?

我相信半数以上的人答不出第一个问题。能够答出的,其肯定程度也会打折扣。不信看此文的你,请立即回答"江苏省有省花吗?为什么这样回答?"而对于第二个问题,一般人的回答应该是在假定有省花的前提下,猜想是不是什么什么花。猜想的备选花大约两种:茉莉花和梅花。看此文的你,是否也是这样想的呢?

上述两个问题的明确答案应该是:江苏省有省花。省花是茉莉花。确定省花的时间是2007年1月15日,由江苏省十届人大第二十八次会议批准的(这是查资料知道的)。江苏省政府在提名茉莉花为省花有四大理由:一是茉莉花体现江苏人文精神,芳香纯正、清雅而幽远,符合江苏儿女不张扬、朴实无华而又进取向上、自强不息的精神操守;二是茉莉花具有重要的历史文化价值,民歌《茉莉花》诞生于江苏,传唱国际,茉莉花已经成为江苏乃至中国的标示物,是江苏魅力文化的体现;三是茉莉花具有较高的经济和药用价值;四是茉莉花易于进入千家万户,南京六合地区栽培茉莉已有千年历史。从三个候选省花比较来看,茉莉花最易于栽培和普及。

其实，茉莉花是舶来品。原产自波斯国、印度。茉莉是其音译名。梵语称其为末利。此外还有香魂、莫利花、没丽、没利、抹厉、末莉、木梨花等诸称。其音都差不多，都是大同小异的。现世界各国均有栽种。

茉莉花为木犀科素馨属直立或攀援灌木，最高可达3米。其茎弱而枝繁，叶圆而带尖，像茶叶，每年夏秋之间开花，花朵较小，一花十余瓣，白色，很清香。

佛书中称茉莉花为鬘华，意思是给女人装饰发髻的。宋代大文豪苏东坡被谪海南儋耳时，曾发感慨："九疑联绵属衡湘，苍梧独在天一方。孤城吹角烟树里，落月未落江苍茫。幽人抚枕坐叹息，我行忽至舜所藏。江边父老能说子，白发红颊如君长。天其以我为箕子，要使此意留要荒。他年谁作地舆志，海南万里真吾乡。"他在那"真吾乡"处见黎族女子头上都插着茉莉花，还喜食槟榔，便有诗句流传至今："暗麝着人簪茉莉，红潮登颊醉槟榔。"与苏轼同朝的姚述尧在其《行香子·茉莉花》中赞道："天赋仙姿，玉骨冰肌。向炎威，独逞芳菲。轻盈雅淡，初出香闺。是水宫仙，月宫子，汉宫妃。清夸苫卜，韵胜酴醾。笑江梅，雪里开迟。香风轻度，翠叶柔枝。与王郎摘，美人戴，总相宜。"可见，女人用茉莉花簪髻、闻香已是很有历史的了。

将茉莉花蒸后取其液，可以替代面脂，泽鬓润肌，香留不去。取干茉莉花沏茶，也是一种香味极浓的茶。市场上有根据茶叶独特的吸附性能和茉莉花的吐香特性，经过一系列工艺流程加工窨制而成的茉莉花茶，既保持了绿茶浓郁爽口的天然茶味，又饱含茉莉花的鲜灵芳香，在我国北方最受欢迎。但是，真正用于制作茉莉花茶的，并不是我们常见品种，而是另一种与茉莉花品种很接近的花。品上一口，甘饴在喉，让你很难想象原来世上还有着如此香甜醇美的花香。

将茉莉花制成精油，清香四溢，身价很高，相当于黄金的价格。在所有的"花香"里面，茉莉花无疑是最重要的——几乎没有一个日用香精里不包含茉莉花香气的，每一瓶香水、每一块香皂、每一盒化妆品都可以嗅闻到茉莉花的香味。不仅如此，茉莉花香气对合成香料工业还有一个巨大的贡献：

数以百计的花香香料是从茉莉花的香气成分里发现的或是化学家模仿茉莉花的香味制造出来的——茉莉花的香气是花香中最“丰富多彩”的，其中包含有“恰到好处”的动物香、清香、药香、果香等。许多有价值的新香料最早都是在茉莉花油里面发现的。

茉莉花既可以食用又可以药用，其根其叶其花都可入药。根可用于治疗跌损筋骨、龋齿、头痛、失眠等症；叶可用于治疗外感发热、腹胀腹泻；花可用于治疗下痢腹痛、目赤红肿、疮毒。

茉莉花的品种除常见的单瓣花以外，还有双瓣和多瓣品种。近些年，已有非白色茉莉花品种问世，只是数量较少，市场上难觅其踪。

茉莉花素洁、浓郁、清芬、久远。它的花语表示忠贞、尊敬、清纯、贞洁、质朴、玲珑、迷人。许多国家将其作为爱情之花，青年男女之间，互送茉莉花以表达坚贞爱情。菲律宾在西班牙人统治期间，曾有一位叫做拉刚家林的热血志士，毅然参加爱国行动，在和女友李婉婉话别时说“亲爱的，如果我不幸血流大地，希望你不要难过，也不要忘记我，请时时为我祷告！”“我会的！我发誓一生一世深爱着你！”李婉婉也表明自己的心意。不久，拉刚家林为国捐躯。噩耗传来，李婉婉悲痛不已，每天以泪洗面，直至香消玉殒。朋友把她安葬以后，没想到她墓上竟长出一朵从没见过、清香动人的白色花朵，那就是茉莉花。这个故事一直流传在菲律宾民间，茉莉花也因此根深蒂固地活在菲律宾人的心中。1943 年 2 月 1 日，驻菲的总督莫非，几经考虑后，公布选定茉莉花为菲律宾之花。当菲律宾独立自治后，这个千岛之国仍然把象征纯洁和永恒爱情的茉莉花定为国花。而在南亚和东南亚把茉莉花环套在客人颈上使之垂到胸前，表示尊敬与友好，成为一种热情好客的礼节。

据说，南京市的六合是我国栽种茉莉花最早的地区之一，并有茉莉花小调流传。此说，自然会被其他地区诟病。不过，依我看来，这寻找“最”字的目的，不外乎是加强宣传。只要达到宣传的目的，能够做到所谓的“文化搭台，经济唱戏”，管他“最”在何处呢？

今年来，有不少版本的茉莉花歌曲问世。听来听去，我还是觉得最早的《好一朵美丽的茉莉花》来得本土来得亲切来得入耳入心。不知作为看官的您，是否有同感？

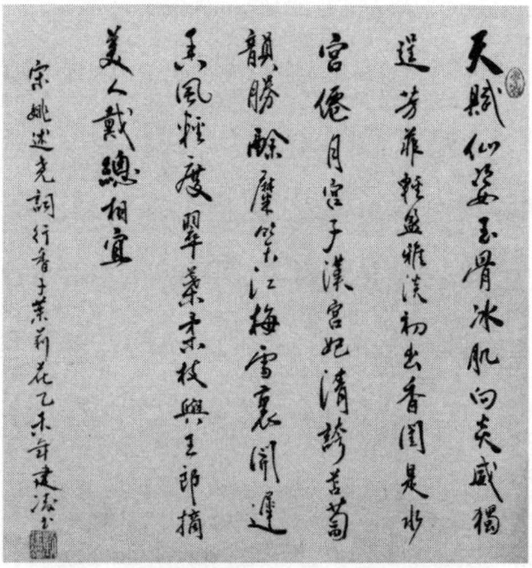

释文：天赋仙姿，玉骨冰肌。向炎威，独逞芳菲。轻盈雅淡，初出香闺。是水宫仙，月宫子，汉宫妃。清夸苦卜，韵胜酴醾。笑江梅，雪里开迟。香风轻度，翠叶柔枝。与王郎摘，美人戴，总相宜。

静好幽香紫罗兰

南京研究明城墙的专家郭钦长我一岁，是我的老朋友。去年圣诞节前赶赴德国，与其女友柏翎一家共度圣诞。柏翎是毕业于柏林大学中文系的正宗德国人，其主攻的课题是“中国古代藏书”。因此，她的汉语古文功底了得，我们这些本土中国人常常自叹弗如。

郭钦与柏翎的相识、相知到相爱，源自于郭钦自己那些关于南京明代城墙的著作。几年前，柏翎在网上发现了中国南京有一个郭钦，便利用出差来南京的机会约见他。经过一些曲折，他们相识了，接着便出现了爱情故事。春风又拂面的郭钦对待这份感情也是重视非常，但凡对重要的问题进行评价时，他的口头禅就是“柏翎都这样说”，以示肯定或否定。这其中所包含的爱意可见一斑。而德国人做事一向严谨，柏翎对待这异国恋，就像蓝色的紫罗兰的花语描述的一样：“警戒，忠诚，我将永远忠诚。”

其实，德国人不仅性格像紫罗兰，他们也深爱紫罗兰。在中世纪的德国南部就有一种风俗，把每年第一束新采的紫罗兰高挂船桅，祝贺春返人间，为人们祈福。

紫罗兰是十字花科紫罗兰属二年生或多年生草本植物，叶圆而尖其端，很像一颗心。其花紫色，五瓣，黄心绿萼，花瓣的下端，透出萼外，异于他花。花有幽香，可作为香料制作香皂、香水以及其他化妆品，成花及其衍生产品都深受女性喜爱。紫罗兰原产于欧洲南部及地中海沿岸。中国南方大城市中常有引种,北方栽于庭园花坛或温室中。此花虽为草本,但其叶却经冬不凋,并且春秋两季都会开花。

据希腊神话,司美司爱的女神维纳斯因爱人远行,分别时晶莹的泪珠洒落泥土,来年春天发芽生枝,开出了紫色美丽芳香的花,就是紫罗兰。记得早些年,为此我曾写过一诗:“墙角小花紫泛蓝,女神别君泪几斑。静好幽香纤纤体,化作奇葩紫罗兰。”

紫罗兰的花有单瓣和重瓣之分,花色有粉红、深红、浅紫、深紫、纯白、淡黄、鲜黄、蓝紫等。我喜欢一种淡紫红的“英卡纳”品种,其花枝稍壮,含苞待放时,从枝叶的顶部生长出重重叠叠的花蕾,开放时,则从下部往上次第绽开,像一尊玲珑剔透的精致小塔。但是此花花期短暂,一开一合,再开时就已谢去,犹如红颜易逝一样。《宋词三百首》中有一首晏几道的词《临江仙·梦后楼台高锁》。词云:“梦后楼台高锁,酒醒帘幕低垂。去年春恨却来时,落花人独立,微雨燕双飞。记得小蘋初见,两重心字罗衣。琵琶弦上说相思,当时明月在,曾照彩云归。”这是一首感旧怀人、伤离恨别之作,最能表现晏几道流连歌酒,无意仕途的心境及曲折深婉的词风。这首词,通篇用形象抒情,以境界会意,词人怀念歌女小蘋的相思之情,寓于暮春的景物描绘之中,词尽而意未尽,蕴藉含蓄,轻柔自然,感情深挚,优美动人。词中的歌女小蘋犹如一株“英卡纳”紫罗兰,在晏几道的心里一开一合就谢了,给其留下了深深的遗憾。

现实中的紫罗兰植株不高,花朵不大,色调简单,是一种长相平凡的花朵,没有牡丹的华贵,没有芍药的美艳,没有腊梅的幽香,没有春兰的优美,就像淹没于茫茫的人海长相普通的女子一样,不会给路人太多吸引,太多的回顾,不会留下什么,也不会带走什么。但是,她有着女神泪滴的传说,有着忠贞爱情的花语,有着紫色浪漫的色调,照常为人们所喜爱。周瘦鹃老先生曾写过3首都用“一生低首”来形容紫罗兰的诗赞美它——“幽葩叶底常遮掩,不逞芳姿俗眼看。我爱此花最孤洁,一生低首紫罗兰。”“艳阳三月齐舒蕊，吐馥含芬却胜檀。我爱此花香静远，一生低首紫罗兰。”“开残篱菊秋将老，独殿群芳密密攒。我爱此花能耐冷，一生低首紫罗兰。”可见紫罗兰的不一般了。

而本文开头我所述的“钦翎异国恋”中是否有紫罗兰的情结，我没问，不得而知。但是，从身在喜好紫罗兰的德国，不断发回各种美丽图片的郭钦的心境去推测，他们目前的状态，应该正如白色紫罗兰的花语描述的那样：“让我们抓住幸福的机会吧。”

郭钦，你说呢？

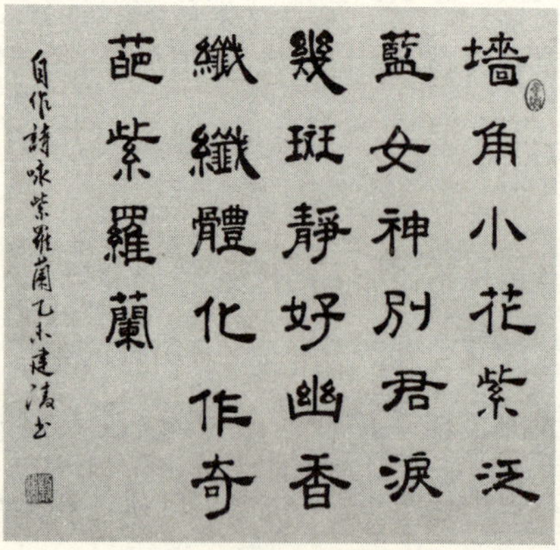

释文：墙角小花紫泛蓝，女神别君泪几斑。
静好幽香纤纤体，化作奇葩紫罗兰。

袅袅欲笑姊妹花

我在北院种了两棵蔷薇，长得铺天盖地，将原本爬满一架的葡萄挤得几乎是苟且偷生了。5 月，待其盛开时，我的北院就是一片嫣红，清香扑鼻，凤蝶萦绕，美不胜收，常常惹得小区的邻居前来观赏。

为此，我就想在南院一溜儿木栅栏处也栽种几棵蔷薇，让其发枝"疯长"，既美观了院落，又可以作为院子的防护屏障，一举两得。于是，我便去花卉市场买了 10 棵小苗，在木栅栏下匀着距离栽种了下去。开春时，那小苗儿全部成活，并且如我所愿一齐"疯长"，很快就占领了近 10 米长的木栅栏。待到仲春，那些绿色的枝条上冒出了一串串蓓蕾，淡淡的绿色，尖头上有些许红晕或白点儿，很可爱。至春末时，那些小蓓蕾都纷纷绽开了笑容，嫣然一片，蔚为壮观。

不过，那些花儿与北院的蔷薇不同，似比其小些。颜色也不相同。北院的是同一种红，没有杂色。而南院的却分红白两种，常常是好多朵花儿同出一蕾。我知道，肯定是买错了品种，但又不知道错在何处。便去花卉市场讨教。结果是，我买的不是真正的蔷薇，而是"花与蔷薇很像，但比其小，颜色深红或白，也有红紫色。花为复瓣，状如磬口。一蓓生出七朵花的，叫做七姊妹花。一蓓生出十朵花的，则称之为十姊妹花。"不管"七姊妹"还是"十姊妹”，在园艺界它的名字统称为“姊妹花”，原产自我国，主产于黄河流域以南各省区的平原和低山丘陵处。别名有很多，各地叫法不一：七姐妹、小刺仔、刺仔花、小金英、赤勒、钩嘴勒、细果仔、细叶金英、小果蔷薇、小金樱、山木香、七叶朝春花、吊子藤、赤棍草、刺柿、苞蔷薇、姐妹花、野蔷薇等。

由此可见，我也算没有买错。因为，姊妹花是蔷薇科蔷薇属多花蔷薇栽培变种，是落叶蔓生灌木。显然它也是蔷薇花，只不过是其变种而已。明代文人张大复有文描述：“十姊妹，花之小品，而貌特媚，嫣红古白，袅袅欲笑，如双姝邂逅，娇痴篱落间，故是蔷薇别种。伯宗云：折取柔枝插梅雨中，一岁便可敷花；故知其性流艳，不必及瓜时发也。”可见，我是歪打正着买了另一个品种，一点儿也不枉然。

仔细观察姊妹花，可以发现，这花真的很可爱：只见一朵一朵小花儿由一蕾发出，一串儿密集在一起，相偎相依，甚是亲密，大有“团结有力”“抱团取暖”的感觉，活像是同气连枝的亲姊妹一样，让人垂爱。郭沫若在其新诗集《百花齐放》中有《十姊妹》诗：“我们是一种最普通的蔷薇/一簇十朵花，故叫做十姊妹/这可意味着团结就是力量/十个指头比一个指头有为/有时量变可以引起质变/花小而多便可以增加壮美/我们是尽可能地开出繁花/使你会耽心，要把花架压碎”。郭老先生的应景大白话虽俗，但也对姊妹花团结有力、抱团取暖的状态给予了中肯的评价。

说到姊妹花团结有为，还真是不假。我的南院木栅栏其实只有半米之高，成人只需轻轻一跃便可进入院中。但是，植姊妹花之后，这些带刺的柔软的枝蔓迅速疯长，互相缠绕，成了木栅栏上一道“铁藜棘”，也算是一道稍微有用的屏障。

姊妹花的根、叶和果实性味苦平，微涩可入药，有祛风活血、调经固涩的功用。其叶苦、寒，有清热解毒的功用，外用可治痈疖疮疡等症。其花苦、涩、寒，有清暑解渴、止血的功用。其根主治风湿性关节炎、跌打损伤、月经不调、遗尿、白带。叶和花可治暑热胸闷、口渴、吐血等症。其果酸、温，有祛风湿、利关节的功用，可治风湿性关节痛、肾炎水肿，亦可治黄疸，痞块等症。

十姊妹贱生，不拘土质肥瘠，随遇而安，繁殖力强，每年倘于阴历正月间移种，8 月间扦插，没有不活的。此花系蔓性，一旦生根，就会疯长，可以缠篱笆，也可以附在墙上不断往上攀爬。我曾在别的小区里见过攀爬在高墙上的十姊妹花在暮春时节繁花齐放的壮观景象，那可如笔者的自做诗《姊妹花》所述一样：“袅袅欲笑在高墙，朵朵红花一簇长。谁家姊妹爱笑闹，虹瀑飞下卸春装。”

您是否也喜欢这姊妹花？

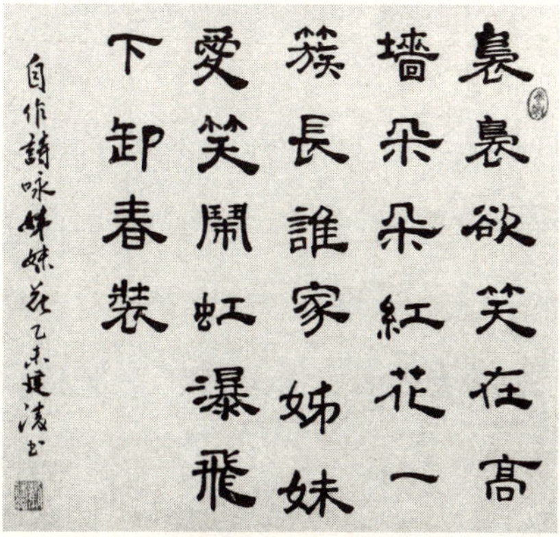

释文：袅袅欲笑在高墙，朵朵红花一簇长。
谁家姊妹爱笑闹，虹瀑飞下卸春装。

金凤花开色更鲜

前年,我在准备办个人书法展——"纪念毛泽东诞辰120周年刘建凌毛泽东诗词书法展"时,无意间找到了毛泽东儿时的四首小诗《井赞》、《咏指甲花》、《呈父亲》、《咏蛙》,分别用楷书和草书进行书写。其中,《咏指甲花》:"百花皆竟放,指甲独静眠。春季叶始生,炎夏花正鲜。叶小枝又弱,种类多且妍。万草披日出,惟婢傲火无。渊明爱逸菊,敦颐好青莲。我独爱指甲,取其志更坚。"是毛泽东1907夏天的习作,比较少见。

这指甲花便是凤仙花。

凤仙花的别名很多,除了叫指甲花以外,还叫小桃红、海蒳、旱珍珠、羽客、染指甲花等。其原产于中国和印度,是凤仙花科凤仙花属一年生草本植物,我国南北各地庭园早已广泛栽培,为常见的观赏花卉。其花径有红白两色,高可达二至三尺,粗壮者如大拇指,中空而脆很易折断。其花蕾发于枝桠间,于每天日出时开放。其花形如飞凤,似有头尾与翅足,因此又名金凤花。其花色鲜艳,五彩缤纷,有纯白、浅绿、深红、浅红、玫瑰紫等十多种颜色。还有喷砂种和一茎五色种,十分娇艳。

凤仙花还有一个别名少有人知——好女儿花。据说,宋光宗的李后讳凤,故宫里宫外便避讳"凤"字,称常用的凤仙花为"好女儿花"。

说凤仙花是常用之花，主要是指其染指甲的功用。过去，化工业不发达，女性化妆品基本上是用天然矿或天然植物制成。女人染指甲时，就用深红色或淡红色的凤仙花瓣，剔除白络，蘸上明矾水，在“金”盆里捣烂后染在十根手指的指甲上，或包以布、绢条或以绿叶裹之，隔夜后，纤指尖上便是点点猩红。南宋周密《癸辛杂识》云：“初染色淡，连染三五次，其色若胭脂，洗涤不去，可经旬。直至退甲，方渐去之。”那时，女人笑不露齿，衣不露肤，更不能露脚。否则被视为不检点。故从未有染脚趾甲的记载。而何时时兴染指甲？又是何时发现凤仙花有染指甲的功能的？似无记载，不得而知。唐代诗鬼李贺见邻家女孩对烛染指，深受启发便写了《宫娃歌》：“蜡光高悬照纱空，花房夜捣红守宫。”描述的是宫中有专门的花房，宫人连夜在烛光下捣花赶制染指甲的涂料，应该算是中国女性染指甲的最早文字记载了。诗里提到的“守宫”，是一种蜥蜴，因其常伏于屋壁宫墙，捕食虫蛾，故名“守宫”。晋人张华在《博物志》中曾记载了一种利用守宫检验处女的办法：用器皿养守宫蜥蜴，以朱砂喂之，守宫食后通体彤红，喂朱砂满七斤后，用杵将其捣碎，点在女人下身，即可验处。如是处女，红色终身不灭。反之，即刻消失。后来，人们便借用“红守宫”比喻染指用的凤仙花。

爱美之心，人皆有之，女子尤甚，本属寻常。士为知己者死，女为悦己者容。女性染甲当然是为“悦”而染。对此有人大为赞赏，元代诗人杨维祯作两首诗赞之。其一《美人红指甲》：“金凤花开色更鲜，佳人染得指头丹。弹筝乱落桃花瓣，把酒轻浮玳瑁斑。拂镜火星流夜月，画眉红雨过春山。有时漫托香腮想，疑是胭脂点玉颜。”其中“弹筝乱落桃花瓣”一句，形容染红指甲的女子弹筝时，手指上下翻动，好似春桃花瓣纷纷飘落，生动形象。最后两句将美甲托腮疑为胭脂点红写得更是活色生香。其二《凤仙花》：“金盘和露捣仙葩，解使纤纤玉有暇。一点愁疑鹦鹉喙，十分春上牡丹芽。娇弹粉泪抛红豆，戏掐花枝缕绛霞。女伴相逢频借问，几番错认守宫砂。”也是赞美女性染甲的名篇。

然而，对于女性染甲求美之事，却未必人人首肯。明末清初的著名剧作家李渔就持反对态度。他在《闲情偶记》中对染甲批评道:“凤仙极贱之花,止宜点缀篱落,若云备染指甲之用,则大谬矣。纤纤玉指,妙在无瑕,一染猩红,便称俗物。况所染之红,又不能尽在指甲,势必连肌带肉而丹之。迨肌肉褪清之后,指甲又不能全红。渐长渐退,而成欲谢之花矣。始作俑者,其俗物乎?”李渔认为纤纤素手最美,染上点点猩红,便是俗物。他所崇尚的是天然去雕饰,这也是一种审美观。

其实,窃以为“萝卜青菜,各有所爱”。审美之事,在于个人喜好,完全不必强求一致,百花齐放才是春嘛。

凤仙花还是著名的中草药,活血通经,祛风止痛,外用解毒。其花入药,可活血消肿,治跌打损伤。其花外搽可治鹅掌疯,又能除狐臭。其种子有一个很奇怪的名字叫做“急性子”,将急性子煎膏外搽,可治麻木酸痛。活血通经,祛风除湿。活血止痛。解毒杀虫。主治风湿肢体痿废,腰胁疼痛,妇女闭腹痛,产后瘀血未尽,跌打损伤,骨折,痈疽疮毒,毒蛇咬伤,白带,鹅掌风,灰指甲等病症。

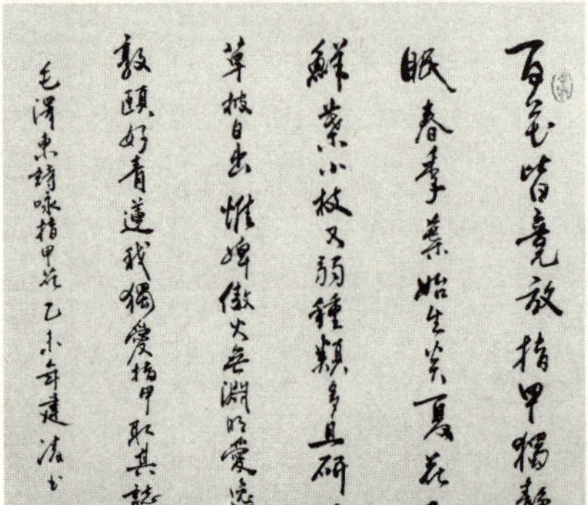

释文:百花皆竞放,指甲独静眠。春季叶始生,炎夏花正鲜。叶小枝又弱,种类多且妍。万草披日出,惟婢傲火无。渊明爱逸菊,敦颐好青莲。我独爱指甲,取其志更坚。

据清代《凤仙谱》记载,我国的凤仙花品种达 200 多个。其适应性强,可以自播繁衍。其种子“急性子”很泼撒,它藏在凤仙花果实的荚子里,经风一吹,荚子开了,急性子就急急落下,入土便可生根发芽,迅速成长。难怪毛泽东年幼时就喜欢它,“我独爱指甲,取其志更坚。”十多岁的娃娃,有此志向,想不成伟人,也难!

恬淡为上绿萝花

前几年断断续续看过一部电视连续剧叫做《绿萝花》。女主人公伊蕊是由梅婷扮演的。梅婷在女星中属于长相并不惊艳的那种邻家女孩。但是，她朴实的演技，就像一株绿色常在，恬淡为上的绿萝一样，招人喜爱。她演绎的伊蕊当然也是恰如其分，催人泪下的。

《绿萝花》的主题歌很感人："绿萝的花，绿色的叶/绿萝的花，绿色的瓣/无花的花开了，花瓣的泪碎了/花谢为花飞，花落是伤悲/绿萝花啊生命花/爱得透彻是美丽/绿萝花啊生命花/爱的逝去是永恒。"我在听这歌时，忽然想起一个问题，绿萝会开花吗？

30 多年前，我在中学教书的时候，经常看到教生物的同事用小瓶子，装以清水养植一种绿色的植物，郁郁葱葱的，从未见过它开花。没有五颜六色的视觉效果，我也就没有兴趣去了解它叫什么，有什么作用了。

十多年前，我搬家时，一位老同学送了我 20 多盆可以吸收空气中的苯、三氯乙烯、甲醇等有害气体的植物，其中就有两盆那绿色的植物。这时，我才知道它叫做绿萝。

那两盆绿萝是装在吊篮花盆中的，于是，我将其吊挂在饭厅和客厅错层的栏杆上。绿萝长长的枝蔓从盆中泻下，像一条绿色的瀑布。那心形的叶片密布于枝蔓之上,绿油油得像打过一层蜡,很是养眼。

绿萝会开花吗?带着这个问题,我查阅关于绿萝的资料:"绿萝又叫黄金葛、藤芋、石柑子、马蹄金,原产于中美洲、南美洲的热带雨林地区,为天南星科麒麟叶属常绿藤本植物。其藤长数米,节间有发达的气根,缠绕性强,善攀附,既可以摆放于门厅、宾馆,也可置于书房、窗台,是一种较适合室内摆放的花卉品种。"但是,这资料并没有说它会不会开花。我问过花卉市场的店主,这些店主都是以贩卖为生的,她们眼前的绿萝只是赚钱养家糊口的商品,是实实在在的过客,都说没有见过。

有一年,我去西藏。拉萨的藏医老哥送给我一包草药,告诉我那是绿萝花。每天早晚冲泡喝上四五浇,可以治疗高血压,降低胆固醇和甘油三酯,软化血管保护心脏。捧着那包花,我在想绿萝真的可以开花?后来我才知道,藏医给的绿萝花不是我们常见绿萝开的花,是生长在藏区的另一种植物。

其实,绿萝在中医药典中亦可入药。其性辛、平,有活血散瘀的功效,可用于跌打损伤的治疗。

绿萝因其生命力顽强,又叫做"生命之花",象征着"坚韧善良"和"幸福守望"。"绿萝其实是一种很普通的草。这种草生命力极顽强,有一点水就能活。可我总是想着也会做梦,就像人活着不可以没有梦想一样,大概绿萝的梦就是开出美丽的花,所以我爱叫它绿萝花,因为那朵无花的花就开在我心里。"这是《绿萝花》的女主人公伊蕊说的一句话。以开花作为绿萝的梦,很拟人,也充分说明绿萝开花不易。

后来,我在一个企业做得风生水起的朋友办公室见到绿萝开花了。那是五瓣型淡蓝色的小花儿,不事张扬,很是淡雅,真的就像梅婷那样的邻家女孩模样,让人喜欢,惹人怜爱,还给人一种恬淡为上的启迪。为此,我曾写过四句诗表达我对绿萝的喜欢:"绿萝优雅不张扬,随遇而安居一方。岁月静好耐寂寞,有花无花都盎然。"

不过,我养的两盆绿萝,与我在生物教研室看到的绿萝一样,从未开过花。由于我管养不当，两盆绿萝中的一盆莫名其妙地枯萎而死去了。另一盆活得很淡然。它默默地吸收空气中的水分，悄悄地帮我们化解空气中的有害气体，用自己碧绿的躯体带给主人一种勃勃生机和向上力量。

我常常会凝视一会儿放置在竹制花架上的绿萝，真的很喜欢它那郁郁葱葱的绿意，茂盛盎然，淡泊优雅，幽静深远，随遇而安。正如《老子》云："恬惔(淡，通用)为上，胜而不美。"这应该是对绿萝的最好评价。

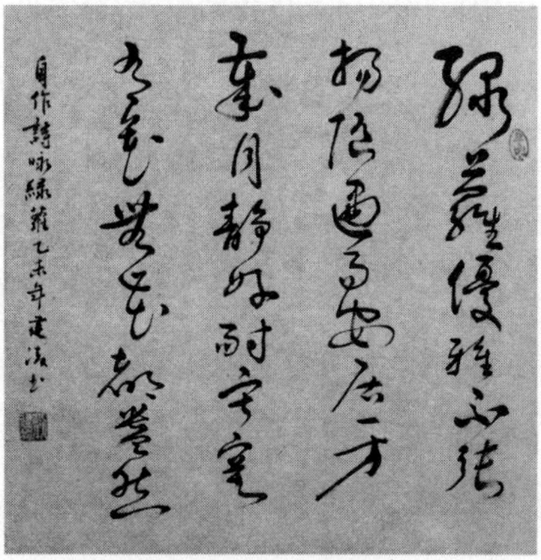

释文：绿萝优雅不张扬，随遇而安居一方。
岁月静好耐寂寞，有花无花都盎然。

六花之一白兰花

我的老母亲很喜欢白兰花。当白兰花上市的时候，她老人家只要见到卖白兰花的，就一定会买上 4 朵挂在衣扣上，将那种沁人心脾的馥郁清香，萦绕在自身周围，也给他人带来别样的享受。

8 年前的初夏，我在万博花卉市场碰见了一盆高有 4 尺的白兰花，绿叶长得油光水滑的，一串串白色的白兰花缀满枝头，芬芳四溢。还有一大批绿色的蓓蕾，像跃跃欲试的后备军一样，等待开放。遇到这么有眼缘的花儿，加之老母亲喜欢，我连价都没还就买下来了。

那花儿弄回家后，因为喜欢，我生怕它受委屈，就每天早晚都给它浇水。哪知，一个星期下来，枝上不再发花蕾，叶儿也不精神了，更没了原先油光水滑的俏模样。我找专家一打听，才知道水浇错了。因为，白兰花的根是肉根，怕涝。水浇多了就会烂根。正确的浇水方法应该是，不干不浇，浇就浇透。春秋天一般隔两三天浇一次透水即可，不能天天浇水。初夏亦如此。盛夏时，白兰花怕强光暴晒，放置树荫下，早晚各浇一次水即可。白兰花怕冷。在南京冬天时，应该将其移进房内，每隔三五天浇一次水，保证花盆内不太干就可以了。我根据专家的意见，调整了浇水方式，那白兰花渐渐又恢复了原来模样。

不过，到深秋霜降时，我忘了白兰花怕寒这一茬。那时，正巧碰上我出差外出几天，南京的气温骤降，白霜铺地犹如下了几场小雪。待我回家才发现白兰花的叶子蔫蔫的，枝头疲软下垂，呈墨绿色。当时由于花盆较大，搬起来吃力。我就异想天开地用一只航空用的特大号蓝色垃圾袋将其严严实实地套上，以为，这样就可以将其保护住。入冬后，阴冷的南京很快就连续阴雨，还下了一场小雪。我忽然想起白兰花，可惜晚矣。当我揭开塑料袋一看，白兰花已经面目全非，枝头发黑，叶子全部呈枯死状，真的让我欲哭无泪。我赶紧将其移进客厅，用花剪修去黑死部分，只留下了主干，期望它能死里逃生。

开春后，我怕有倒春寒，依然没有将其搬到院子里去。一直到了 3 月头上，有一天早晨，我忽然发现光溜溜的主干上暴出了点点绿芽。呵，这家伙竟然挺过来了，生命力太顽强了，真是可贺可敬啊！

在温暖的春天，那些小嫩芽长得很快，白兰花的主干上不几天就是绿油油的一片。接着嫩芽又长成枝。到了夏天，那棵死里逃生的白兰花又基本恢复了原来的模样。有了这样的教训，每年一入秋，我就早早地将白兰花搬进玻璃房了。这么多年，它一直长得很旺盛，花大且香。

白兰花又叫做白缅花、缅桂花、天女木兰、黄葛兰，黄果兰等，是木兰科含笑属常绿乔木，由黄玉兰和山含笑自然杂交而得到，是南国之花，主要生长在我国的华南及东南亚地区。现北京及黄河流域以南均有栽培，由于无法在露天过冬，因此大部分用做桩景或盆栽，入冬就得躲在温室里，怕经风雪。

白兰花到了五六月间，叶腋间就抽出花蕾，嫩绿色的苞形如未泡开的毛笔头，细长圆而尖。又如一只只绿翠簪头，玲珑可爱。到得花蕾长大，苞皮就自然脱落而开出洁白清香的花朵来。每朵花约有 8 至 12 瓣，瓣呈狭长状，长寸许。其花心作绿色，散发出馥郁之香。其花期长，叶色浓绿，为著名的庭园观赏树种，在南方多栽为行道树。

白兰花的花可提取香精或薰茶，也可提制浸膏供药用，有行气化浊，治咳嗽等功效。其鲜叶可提取香油，称“白兰叶油”，可供调配香精用。其根皮入药可治便秘。白兰花提取物还能够亮白肤色，改善肌肤的黯黄、肤色不均等问题,已有很多化妆品中添加白兰花作为活性成分,是常用的原料。

白兰花是佛教的五树(菩提树、高榕、贝叶棕、槟榔和糖棕)六花(荷花、文殊兰、黄姜花、鸡蛋花、白兰花和地涌金莲)中的六花之一,是白色系的花卉,五行属金,比较适合种植于卧室。属相为鼠、猪的人最适合栽种五行属金和水的花卉植物。同时,像我这样乙、庚之年(即出生年份尾数是 5 和 0)、五行属金的人,卧室最宜栽种五行属金的白色系的花卉。毋庸置疑,白兰花就是很好的选择。它绿意盎然,花香馥郁,既可净化空气,改善空气品质;又可促进新陈代谢,调节生理机能,养颜美容,减少疲劳感,舒缓精神压力,促进精神旺盛。放上一盆,费事不多,功效不小,何乐而不为呢?

由于温室的作用,现在一年四季都有白兰花卖。市面上,也有不少人以卖白兰花为生。他们穿行于各个红绿灯街口等待信号灯放行的车流之中,手持装有白兰花的饭盒或其他塑料盒,笑盈盈地询问驾驶者是否需要白兰花。初见时,我对他们有反感,觉得不安全且烦人。有一次,坐在副驾位子的老母亲摇下玻璃窗买了几块钱的花儿,惹得买花人一个劲地鞠躬致谢,母亲含笑说:不客气,注意安全。我问母亲,一次买那么多干嘛? 老人家平淡地说,他们不偷不抢靠劳动吃饭不容易啊,多买几块钱对我们不算什么,而对他们来说就是一份养家糊口的收入啊。母亲一番话,正如白兰花的花语"纯洁的爱和真挚"所表达的那样,改变了我对这些人的看法,同时也改变了我对生活的看法。有诗为证:"晨露晶莹透绿盖,密叶丛中暗香来。白玉花颜虽素雅,清芳奉世满仁爱。"

是的,只要是愿意付出自己劳动的人,不管他们是尊还是卑,都是值得肯定,值得尊重,值得支持的。

停车等待时,买上几朵白兰花吧,给劳动者一些支持,也算"六花"的功德,不因善小而为之了。

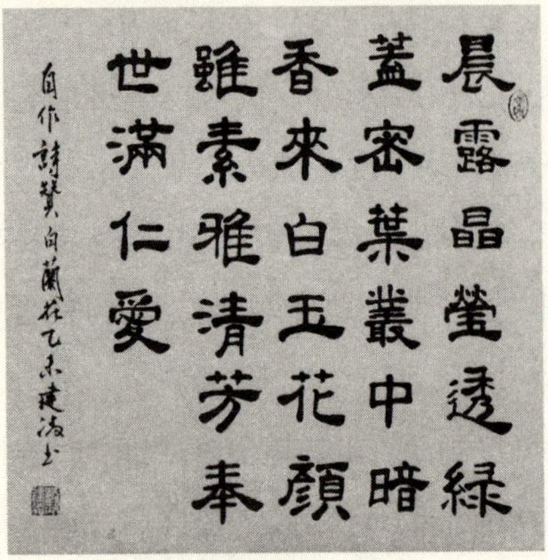

释文:晨露晶莹透绿盖,密叶丛中暗香来。
白玉花颜虽素雅,清芳奉世满仁爱。

收藏秋香正当时

每年中秋过后，国庆之前，我所居住的位于江宁的小区里就是满院子的幽香。那香源自然来自素有“叶密千重绿，花开万点黄”美称的桂花。

宋代朱淑真在《木犀》中描述桂花：“月待圆时花正好，花将残后月还亏，须知天上人间物，同禀清秋在一时”，说的就是桂花的花期。今年是农历闰九月，所以中秋节早早就到了。因此，桂花完全盛开还是在国庆的前后。这也许是上天眷顾中华人民共和国吧，在国庆的时候，用沁人心脾的幽香送给人们。

桂花是木犀科木犀属常绿灌木或小乔木，质坚皮薄，叶长椭圆形而面端尖，对生，经冬不凋。花生叶腑间，花冠合瓣四裂，形状小巧。其园艺品种繁多，最具代表性的有金桂、银桂、丹桂、月桂等。

桂花是集绿化、美化、香化于一体的中国传统十大花卉之一，原产于我国西南喜马拉雅山东段，四川、陕西、云南、广西、广东、湖南、湖北、江西、江苏、安徽、河南等地也均有野生桂花生长，在印度，尼泊尔，柬埔寨也有分布。据记载，我国桂花树栽培历史已达 2500 年以上。春秋战国时期的《山海经 · 南山经》提到招摇之山多桂。《山海经 · 西山经》提到皋涂之山多桂木。屈原的《九歌》有：“援北斗兮酌桂浆，辛夷车兮结桂旗。”《吕氏春秋》中盛赞:“物之美者,招摇之桂。”自汉代至魏晋南北朝时期,桂花成为名贵的花卉与贡品,并成为美好事物的象征。据《西京杂记》记载,汉武帝初修上林苑,群臣皆献奇花异树2000余种,其中就有桂花10棵。晋代嵇含《南方草木状》记载:“桂出合浦,生必以高山之巅,冬夏常青,其类自为林,间无杂树。”南京为六朝古都,南朝齐武帝时,湖南湘州送桂树植芳林苑中。《南部烟花记》记载,陈后主为爱妃张丽华造“桂宫”于庭院中,植桂一株,树下置药杵臼,并使张妃驯养一白兔,时独步于中,谓之月宫。可想而知,当时把月亮认作有嫦娥、桂树、玉兔存在的月宫这一传说已相当普及,说明早在2000多年前,中国就把桂树用于园林栽培了。唐代文人引种桂花十分普遍,吟桂蔚然成风。柳宗元自湖南衡阳移桂花十余株栽植零陵。白居易曾为杭州、苏州刺史,他将杭州天竺寺的桂子带到苏州城中种植。唐宋以后,桂花已被广泛用于庭园中栽培观赏。宋之问的《灵隐寺》诗中有“桂子月中落,天香云外飘”的著名诗句,故后人亦称桂花为“天香”。李白在《咏桂》诗中则有“安知南山桂,绿叶垂芳根。清阴亦可托,何惜植君园。”表明诗人要植桂花于园中,既可时时观赏,又可时时自勉。宋朝欧阳修《谢人寄双桂树子》中“晓露秋晖浮,清阴药栏曲”暗示桂花已移植到诗人庭院中的芍药栏杆旁。元代倪瓒《桂花》诗中“桂花留晚色,帘影淡秋光”描述了窗前植桂、月影秋光的意境。桂花的民间栽培始于唐宋,昌盛于明初。我国历史上的五大桂花产区均在此间形成。中国桂花于1771年经广州、印度传入英国,此后在英国迅速繁衍。现今欧美许多国家以及东南亚各国均有栽培,以地中海沿岸国家生长为最好。

桂花清可绝尘,浓能远溢,堪称一绝。由上述可见,自古以来,桂花就深受人们喜爱。

桂花的幽香相同于腊梅,又异于腊梅。腊梅的香也是幽幽的沁人心脾,但是,香传不远。而桂花的香则幽幽然远远播散开去,给人一种“满满”的感觉。李清照诵咏桂花的一首词曰:“暗淡轻黄体性柔,性疏迹远只香留。何须浅碧深红色,自是花中第一流。”所以,古人又称桂花为“九里香”,并誉其为“自是花中第一流”和“世上无花敢斗香”。

南京赏桂的地方很多。最有名的是中山陵景区。音乐台附近，环境优雅，桂花树壮，花粒饱满，香气十足。秋高气爽，邀三两友人聚于音乐台前的草坪上，闻香品茶，实乃人生一大幸事。灵谷寺里的桂花似乎适合傍晚赏品。其中轴线上的树龄逾百年、树高达6米、树冠直径达7米的桂花王，引领2万余棵桂花树，在仲秋时节的黄昏伴着落日奏响着一曲曲幽香乐章，令人陶醉，令人流连忘返。此外玄武湖、清凉山、古林公园都是赏桂的好地方。

现在，很多小区都广植桂花树。所以，很多人不需要远足就可以近赏身边的“花中第一流”了。于是，我每天清晨和傍晚，都要在小区里跑步和散步，让那幽香洗涤自己。或者晨拾银杏，晚赏桂香，悠悠然不亦乐乎也。这两天，忽然想起收藏秋香。于是，清晨出去跑步时，带上一块塑料布置于开得很旺的桂花树下，轻轻抖动一下树枝，就有桂花雨落下。这些下落的小精灵其实都是开熟了的，不摇动它它也会自然下落了。而那些尚未开或未开熟的花蕊在轻摇之下是不会下落的。我将收集好的桂花用清水过一下，平摊在窗前的案几上，就有一阵阵幽香从窗前飘来，屋内顿时充满着“第一流”的香味。

待那些小花儿晾干了，就可以做桂花糖和桂花蜜了。去超市买来上好的绵白糖和槐花蜜，将一半桂花与绵白糖拌匀，置于瓶中密闭放入冰箱。再将另一半小花儿拌入槐花蜜中搅匀密闭也置入冰箱。桂花糖和桂花蜜就这样做好了，一份秋香也被我藏入心底。要用时，用小汤匙舀出些许，那甘甜的带着桂花幽香的糖或蜜，会给自己带来许多遐想和美好的回忆。

此时，桂花正在“独占三秋压群芳”，收藏秋香，正当时！

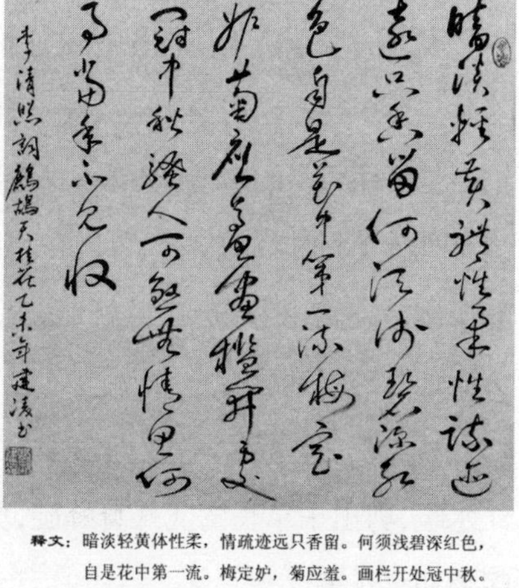

释文：暗淡轻黄体性柔，情疏迹远只香留。何须浅碧深红色，自是花中第一流。梅定妒，菊应羞。画栏开处冠中秋。骚人可煞无情思，何事当年不见收。

二月春风似剪刀

小时候背古诗像小和尚念经，整一个有口无心，意思大多数不理解，就是为了完成任务。不过，尽管如此时间长了还是积累了一些东西在心里，等到用时，也会自然而然地跳将出来。贺知章的那首脍炙人口的《咏柳》就是一例。

每到江南初春，梅花要谢不谢的时节，河塘边近水的地方总有柳树悄悄发芽、抽绿。只见，春风吹过，柳条拂水，万千风韵，婀娜多姿。这时，贺知章老先生就会适时地在你的耳边吟诵："碧玉妆成一树高，万条垂下绿丝绦。不知细叶谁裁出，二月春风似剪刀。"我不知道在贺知章之前，有谁想过将春风比喻成裁剪纸张、布料的剪刀？贺老先生拟人化地把二月春风由无形化为有形，演绎春姑娘的神奇与灵巧，真是顶尖高手也。

现在的城市由于现代化的快速推进，水泥丛林已经蔓延到都市的角角落落。要想在自己居住的鸽子笼一样的公寓里体会"二月春风"的神奇，恐怕不是一件容易的事情。好在，我逃离了喧嚣的都市，因此能够在每天早晨跑步时感受到时节的交替，可以在小区所谓的"塞纳河"边看到"碧玉妆成"的弱柳，其柳条由灰转红，其柳芽破苞而出，细叶由嫩黄转翠绿，真的可以体会到那"二月春风"的一双巧手。

其实，二月春风不仅仅剪出了"万条丝绦"的绿柳，还剪出了桃花杏花春江水暖，剪出了草长莺飞蝶舞蜂旋，剪出了有情芍药绚烂蔷薇，剪出了春燕呢喃油菜花黄。

二月春风下的江南是水做的。“二月春风”还剪出了一场接一场的细雨，用贵如油的春雨将江南浸润得清清明明，为各类作物的生长打好了基础。“一日之计在于晨，一年之计在于春”，这就好比正在奋勇攀登的稚稚学子，用美好的憧憬、青春的梦想、未来的希望浸润自己，和着人生最美好的“二月春风”去飞扬去舞蹈去裁出属于自己的美丽“细叶”，去创造自己美好人生。

二月春风下的江南是花做的。晚梅争俏杏花艳，桃红柳绿梨花白。紫燕呢喃彩蝶舞，黄了油菜绿了麦。清代诗人袁枚在他的诗《遣兴》中描绘了二月的江南：“千枝红雨万重烟，画出诗人得意天。”将二月江南的花事渲染到“千枝红雨万重烟”的极致，将一个花做的二月江南活脱脱地展现在人们的面前。

关于“二月江南”古人还有许多精彩诗句。例如唐代韦庄的“满街杨柳绿丝烟，画出清明二月天。好是隔帘花树动，女郎撩乱送秋千。”宋代黄庭坚的“竹笋才生黄犊角，蕨芽初长小儿拳。试寻野菜炊香饭，便是江南二月天。”清代郑板桥的“多画春风不值钱，一枝青玉半枝妍。山中旭日林中鸟，衔出相思二月天。”这“画出”或“衔出”的“二月天”与“二月春风似剪刀”一样巧夺天工而令人浮想联翩、意境深远呀。

假如人生也似这四季更替的岁月的话，那么如今我等已不再拥有“早春二月”。但是，我们在心中会永远藏着一个“二月”的情怀，因为，我们对人生境界的追求应该是没有时限的。“长风破浪会有时，直挂云帆济沧海。”那就让我们珍惜每一个“今天”，拿起这“春风之剪”，裁出属于自己的精彩“二月天”吧。

艺莲苑拍莲

一直喜欢莲，喜欢莲的品性，喜欢莲的韵味。细究来由，也许是受宋代周敦颐《爱莲说》“予独爱莲之出淤泥而不染，濯清涟而不妖”的影响比较深的缘故。

自从拿起相机拍莲花起，我每年都要拍莲。最初是在南京的玄武湖拍。那时，玄武湖湖水清澈见底，红莲的种植规模很大。盛夏时，莲花竞相盛放，很是壮观，若遇有阵风吹来，清香扑鼻可醉人十里。后来，由于种种原因导致红莲不在，只好将拍摄点选在情侣园。再往后，自已有了车干脆就去淮安市的金湖县拍摄。直到几年前，现代快报摄影记者路军介绍我到艺莲苑，才发现这里是拍莲花的好地方。于是，近年来每年都去艺莲苑拍摄莲花。

几年前，我的好友画家高多在艺莲苑住苑写生搞创作，打电话给我说，江浦的几位书画界的朋友想认识我，邀我过去看看。于是，抽时间去了一次艺莲苑。那次，由于南京连下了几天暴雨，初开的莲花被雨打蔫了很多，感觉不舒服。没有拍多少张，我就到高多的画室闲坐聊天。当时，已有几位画国画的朋友早到了。大家寒暄了一番刚坐下，门外进来了一位黑瘦的中年汉子，上身穿了一件红色短袖 T 恤，下穿一条左腿卷了裤脚的蓝色裤子，脚穿一双已看不出颜色的塑料拖鞋。经高多介绍，他就是艺莲苑主、人称“荷花痴者”的丁跃生。我在报刊和网络上见过不少关于丁跃生的介绍，那些介绍对丁跃生具有传奇性，给我印象十分深刻。但是，我怎么也无法与眼前的这位黑瘦先生挂钩在一起。

一番交谈，才发现眼前这位其貌不扬的丁跃生先生果然不同凡响。他20多年前高考落榜回家务农。由于他从小就喜欢搞种植栽培，对扦插、嫁接很感兴趣，加上特别喜欢莲花，就选择了搞莲花栽培项目。当时家里经济不宽裕，为了寻一个荷花的新品种，他能徒步上百里去讨求。去外地寻找时，常常一天只吃一顿饭，或者干啃几口冷馒头。有不少花主见这个黑瘦的年轻人老实诚恳，真心酷爱莲花，就免费送苗给他，或象征性地收几个钱。在这种精神指导下，丁跃生的荷花品种日渐繁多，吸引了一些摄影家、发烧友慕名前来拍摄。刚开始，丁跃生不收摄影者一分钱，还常常免费为他们提供开水。后来，为了以莲养莲，他才开始收费。有了一些钱，他将原来的十多亩的基地扩大到了300多亩。品种也由原来的几种发展到近800种，比世界公认的608种还多出了100多种，年收入达100多万元。丁跃生说，去年上海世博会中国馆采用了他培养的莲花，受到各界的关注和好评。现在的艺莲苑可以说是全世界荷花品种资源最丰富的地方，世界上每四个荷花新品种就会有一个诞生在艺莲苑里。

有一次，去艺莲苑拍莲时丁跃生告诉我，苑里有一个品种叫千瓣莲，千瓣莲的叶瓣少则一千多瓣，多则两三千瓣，其最小的叶瓣只有米粒那么小。说着，他就出去下荷塘找了一枝千瓣莲来，剥给我看。我心疼那娇艳的花朵被剥坏了，就要下准备带回家养起来。丁跃生见我真心喜欢莲花，也很高兴，便认真指导了如何养育插莲：先将荷梗剪平整，再将清水灌满梗中小孔，然后快速放至于盛水的花瓶中，这样可以使得莲花梗不会干瘪枯萎，荷花可以开放一个星期以上。回去我按他教的方法一试，果然神奇，直到那千瓣莲的花瓣落完了，那莲梗依然翠绿。

艺莲苑现在有很多罕见的品种。例如，击掌即开的莲花，世界上唯一的橙色莲花，可以制作香水的莲花，等等，都是人们闻所未闻、见所未见的精品。而这些精品都是丁跃生的“孩子”。也是那次，丁跃生带我去拍了一株很少见的“并蒂莲”。并蒂莲是荷花的极品和吉品，象征着百年好合，吉祥如意，又被称之为“瑞莲”、“嘉莲”，于是有“青荷盖绿水，芙蓉披红袯。下有并根藕，上有并蒂莲”的名诗传世。

半月前的周末，我带了一位跟我学摄影的朋友去艺莲苑拍莲。顶着骄阳，我又是示范又是讲解，为了一张能反映莲花韵味的片子，我甚至趴在地上、躺在地上操作。功夫不负有心人，还真让我拍到了几张比较满意的片子，也算对得起晒黑的皮肤和一身臭汗了。

中国自古以来就是“莲荷文化”的大国。“小荷才露尖尖角，早有蜻蜓立上头”、“留得残荷听雨声”，无论是娇嫩的花骨朵，还是凋零的枯叶，都为历代文人墨客所钟爱。丁跃生那里不仅有丰富的荷花品种资源，更有深厚的莲荷文化底蕴。他表示要办一个莲荷文化博物馆，收藏凡与莲荷有关的文化艺术品和实物，使之成为世界上第一个最专业的莲荷文化宣传载体。为此，我忍不住要为这位农民兄弟作一个广告。

踏雪寻梅

马年正月十四晨起，发现南京落了一夜的雪。有朋友通过微信发来了一张雪景照片，勾起了我前往梅花山踏雪寻梅的欲望。于是，我背上摄影包开车直奔梅花山而去。

今年春节前南京一直很温暖，气温都在20度左右，犹如春天一般。报上说，梅花山的梅花误读了春消息，早早地绽开了笑容。当时，我还在盘算找时间去拍拍梅花。谁知，十多天前寒流南下，南京又进入了寒冷的境地，接着又下起了这场大雪。真不知早开的梅花能否经得住这考验？

去梅花山踏雪寻梅的人还真不少。遗憾的是，报上的报道不实，梅花根本就没有多少绽开的，稀稀落落的集中在宫粉梅品种中。好在春雪晶莹剔透地覆在梅花上，红白相间，别有韵趣，是摄影的好题材。只是需要摄影的技巧和发现的眼光。

梅花山踏雪寻梅的人很多，举着各种相机拍照的人也很多，各人的心境不同，个人的学识有异，各人的经历不一，各人心中的梅花当然也不一样。我的一位老哥蒋义海先生是画梅的高手，被世人誉为中华一枝梅。他说，画梅是纳福的一件美事。梅开五福(梅花有五瓣)，这五福即为长寿、富贵、康宁、修好德、考终命。其他四福都容易理解，这最后一福考终命即好死为什么要算一福？细想想是有道理的。古人常说此人有福，无疾而终。说的也许就是这第五福。理解梅之五福，就能理解蒋兄画梅纳福的意境了。

在白雪皑皑中细看梅花，凝冰挂凌，俊俏的花瓣，娇小的花蕊，争奇斗妍地展现梅的精神，梅的灵气，且清香阵阵，沁人心脾。王安石的著名诗句："墙角数枝梅，凌寒独自开。遥知不是雪，为有暗香来"说的就是这种意境。尽管气候已入春，雪化得快。但有的花枝上覆着雪还挂着冰凌，使得傲雪绽放的梅花越发可爱越发清纯，让人不知是雪在梅里，还是梅在雪中。雪，天外高士。梅，尘外红云。禅心与梅魂交相辉映，不惹尘埃，是为最洁。在这辩证的禅境之中，又有几人能参悟得透梅的孤傲、梅的坚贞、梅的忍耐？记得贾宝玉向妙玉乞梅时吟的一首诗："酒未开樽句未裁，寻春问腊到蓬莱。不求大士瓶中露，为乞孀娥槛外梅。入世冷挑红雪去，离尘香割紫云来。槎枒谁惜诗肩瘦，衣上犹沾佛院苔。"这首诗，是不是曹雪芹参悟雪中梅的某种禅意？

春雪化得快，不到中午梅花上的雪早无踪迹。但慕名前来梅花山冒着寒冷踏雪寻梅的人依然很多。在这寒冷的世界里寻梅，不知众人有何禅悟？

晨拾白果

“新买湖头十亩园，绿茵罅里见青天。金樱相亚枝枝袅，银杏低垂颗颗圆。”这几日，南京已入深秋。我所居住的小区，树叶或转红或转黄，寒风吹过，落叶如毯，别是一番风景。其中尤以银杏为最。

在清晨的旭日映照下，在飒飒的秋风里，银杏叶落簌簌。那黄金一样的叶片以千姿百态，离枝飞舞而下，或三两翩翩相伴，或独叶袅袅而行，很快就将地面撒上一层金黄。呵，一幅多么美妙的图画呀！于是，我打开手机上的照相机，记录下那美妙的一瞬。

落叶是自然轮回的一种让大家司空见惯的现象。而这银杏的落叶在我的眼里却似乎隐喻着某种禅意。从叶子的形状上看，银杏叶不同于其他树叶的尖而圆呈心形状，而是呈独特的鸭蹼状。我无法想象出它在禅中象征着什么？从落叶的姿态上看，银杏叶的下落显得不疾不徐，风度翩翩，用自己妙曼的身姿述说着一份回望一份秋思。从叶子的颜色上看，银杏叶有着属于自己的那份纯粹的黄，坠地后用自己小小的身躯最后将一地的金黄慢慢幻化成耀眼的灿烂，真的是落地也是风景。这不是某种禅意又能是什么？

银杏树又名白果树、公孙树、鸭脚树等，为落叶乔木，其叶扇形呈鸭蹼状，在长枝上散生，在短枝上簇生。球花单性，雌雄异株。4 月开花，10 月成熟，种子为橙黄色的核果状。银杏是第四季冰川运动后所遗留下来的现存种子植物中最古老的孑遗植物（裸子植物），和它同纲的所有其他植物皆已灭绝。它出生在几亿年前，历经沧桑能留存到今天真是一件不容易的事，所以银杏号称活化石。现存活在世的银杏稀少而分散，上百岁的老树已不多见。我所居住的小区基本都是树龄十多年的年轻树，但是，其漂亮的身姿在各类树种中仍然是鹤立鸡群的。

银杏于人类来说一身都是宝。除了是美丽的观赏植物以外，其树干是好木材，树叶是降脂、降压、预防血栓、保护心脏的好药材，其果实白果更是药用和滋补佳品。我在用手机拍摄银杏落叶过程中，忽然发现了在那些金黄色的叶片之中散落的橙黄色的果实。我俯身捡起，放在鼻尖闻了闻，其皮有一股臭味。用清水浸泡以后，除去臭皮，一颗颗白亮亮的白果就显现在眼前，十分可爱。去壳煮之，香糯可口，令人回味。

于是，这几天清晨我天天伙同妻子一道徜徉于小区的几处银杏树下，一边欣赏美景，一边俯身在金色中捡拾白果，一边在秋风中聆听银杏满树的梵唱，领悟银杏带给我的那份禅意，让身心得到一份沉淀和净化。

自是花中第一流

前天夜里，我从东北出差回来，走进我所居住的小区大门，就有一丝丝幽幽的似有若无的香气随着秋风飘过来。举头望去，夜空如洗，月朗星稀。在如霜的月色中，我循着香气走到道旁的一排桂树下，只见桂树的枝桠上拥簇着一团团小花瓣儿，密密麻麻，好不热闹。那清幽的花香就来自这里。

我所居住的小区位于南京的西南角。原为将军山的东麓坡地。上世纪末本世纪初，开发商不知如何看上了这片原来离南京市区较远的地儿，建起了这片体现法兰西风格的小区。好在，开发商没有忘记小区的绿化，种植了各种树木花卉，加上小区内居民各家的花卉果木，基本可以做到花开四季，香飘全年。其中桂花树种植得最多，至少也有三四百株吧。待到金秋八月金桂盛开，于是满小区都是幽香。

第二天一早，我按惯例出去跑步，比平时多带了一部相机。清晨，一轮红日刚刚从东方升起，金黄色的阳光照在桂花树的枝桠上，将原本淡黄的小桂花儿染得金黄，十分令人可爱。而那结满一树的小花儿馨香四溢，沁人心脾。那股甜甜的、淡淡的、幽雅的清香顺着金色的阳光悠悠地渗过来，我忍不住深深呼吸一口，那香气便是四个字："沁入心脾"，便有种说不出的美妙在心底油然而生，对李清照诵咏桂花的名句"暗淡轻黄体性柔，性疏迹远只香留。何须浅碧深红色，自是花中第一流。梅定妒，菊应羞，画栏开处冠中秋。骚人可煞无情思，何事当年不见收"有了更深的感悟。在中国古代的诗词、散文的瀚海中，描写桂花的美词妙句俯拾皆是。在历代的文人墨客的笔下，桂花的气、韵、风、雅、态无不栩栩如生，极尽金桂之优雅、高洁、清幽、淡泊之气质，令人抚卷长叹而爱不释手也。

桂花的种类大约有六种，分为金桂、银桂、丹桂、四季桂、月月桂和紫桂。金桂是每年的农历八月开花，中秋前后花事最盛。我所住的小区里绝大部分种的是这种金桂。金桂花色金黄，香味清幽，是桂花中最受人喜爱的品种。银桂的花色比金桂显淡，花期比金桂略微偏后几天，香味也没有金桂诱人。丹桂的花色偏红，与银桂同时开放，香味又淡于银桂。四季桂顾名思义是四季都开花的桂花树，花色偏白，基本无香味。月月桂则是自 5 月至 11 月月月都可以开花的桂花品种，其花少味淡。紫桂一般不开花，其木质较紧，人们常用其做砧板。

最让人们感触的是桂花的那份淡泊。它没有牡丹那种雍容华贵之花容，没有月季那种顾盼生辉之身姿，没有芍药那种妖冶之妩媚，没有桃花那种张扬之绚烂。它只是用星星点点的黄和白小巧的花瓣，点缀在满树的苍翠之中，散发出幽香。这种幽香往往是你刻意去闻却不甚香浓，无意碰上却沁入心脾。靠近了去闻，香不压众。离远了去体会，却清香怡人，绵远流长。真有“共道幽香闻十里，绝知芳誉亘千乡”的样儿，这正如周敦颐在《爱莲说》中赞扬荷花所说的“可远观而不可亵玩焉”。

独占三秋压众芳，何夸橘绿与橙黄。自从分下月中秋，果若飘来天际香。再过几天就是壬辰年中秋了，设想人们团聚在桂花树下，遥望那轮浑圆之月以及月宫中的桂树、嫦娥、玉兔和吴刚，闻着那似有还无的桂花之幽香，可以让自己的心情在那份优雅中自然形成一个精美到极致，宁静到极致，浪漫到极致的诗之夜的意境，也少了几分悲秋之感。

后　记

写完百花散文的最后一篇稿子，我离从自己奋斗了43年的“工作岗位”上退休的日子已经是越来越近了。人生难有二度花甲。所以，退休对一个人的一生来说，是一个重大事件，值得纪念。因此，写下这本散文集《百花闲品》就是我对自己60岁生日和退出公职的一种纪念。

写散文常常是我放松自己的一种休息形式。日常生活中，我的脑子里会不时地冒出一些想法和观点，但苦于不能立即将其付诸文字。年轻时，会随身带一个小本子，把一些想法、心得记于本子上，待有时间就写成文字。后来年纪渐长，加上工作繁忙，头绪过多，且20多年以来依赖用电脑写稿子，基本上不带笔簿在身，那种随时记录的好习惯便渐渐遗弃，那些随时从脑子里冒出的东西，凡是记得的，挤时间写出来了，也就留下了一些文字。凡是忘掉了的，也就忘掉了。其实，这对自己来说也是一种遗憾。工作43年，要么是繁忙的教学工作，要么是枯燥的公文写作，要么是头绪繁多的管理工作(包括企业的经营管理工作)，要么是耗时耗力的应酬，要么是自己“在路上”的采风，而留给自己的写作时间可谓少之又少，如果能有一小块时间给自己将平时脑子里冒出的想法写成一篇散文随笔，对自己来说就是一种放松形态的休息。这样的休息也出过了几篇好稿子，例如《且吟春踪》、《自是花中第一流》等。刊发后，好友何敏翔兄建议我以花为题材，写上100种花，百篇成集，也是一个填补文学空白的贡献。今年元旦前，我考虑迈步进入2015就意味着步入花甲老头行列。在这由“中年”过渡到“老年”的分界线上，自己总得给自己一个礼物，敏翔兄的建议大可采纳，于是决定拼搏100天，写一本百花散文集，送给自己一个花甲礼物。因此，可以这样说，如果没有敏翔兄的建议，也就没有这部散文集的出版。在此，谨对何敏翔先生表示诚挚的感谢！

特别要指出的是，身陷在繁忙创作中的原中国作协副主席、浙江省作协主席、著名剧作家、诗人黄亚洲先生和著名的电影表演艺术家、剧作家、导演、书法家许还山先生欣然为我的百花散文集作序和题写书名，这是送给我花甲生日的最好礼物，在此，我向两位大家深表谢意！

我喜欢花卉源自于我母亲的言传身教，在这本百花散文集即将付梓之际，我也对自己的母亲张明英女士和一直支持我的岳母何巾英女士以及我的妻子汪平女士表示深深的谢意！

我还要感谢"南京马帮"的老少爷们、兄弟姐妹们的鼓励和支持。郑顺强、吕欣夫妇，张玉华女士，刘宁摄影工作室都为这本书的出版做出了较大的帮助，江苏省作协副主席储福金先生以及汪意云女士、关英女士、史雪芬女士、王金枝女士、王惠松先生对此书的写作和出版给予了支持和帮助，在此一并致以衷心感谢！

今年的7月1日，我正式成为了一个退休"闲人"。在这个时刻回望过去，我深感人生苦短，也深感自己逝去的岁月之粗陋和浅显。但是，我也感悟到，生命对于一个人来说，既是一个奢华的东西，又是一个易碎之物。奢华到你可以不计较他的任何价值，任其贬值、流逝而自不觉；易碎到，就像一个用一根头发丝系着的悬空的瓦罐，任何一个莫名其妙的外力都有可能弄断那根发丝而至碎瓯一地。每一个人的生命就像一个百花园，花朵大小不一，花期长短不一，花色多彩不一，花姿变幻不一，才形成姹紫嫣红的百花园，亦或这就是人生的写照。因此，把握今天，活好当下，让生命中的每一朵花开得适时，开得最美，最有价值，当是每一个人值得思考和努力的问题。由此，我在"七一"那天为自己正式退休填了一首词《江城子——退休感怀》："花甲一轮转眼过，今退休，重新活。肩无担子，身心皆辽阔。平生喜好不在少，有想法，却蹉跎。四十三年忙工作，杂事繁，头绪多。回首往昔，无愧心自乐！而今解甲归家来，续耕耘，莫问获。”算是对今后生活的一个寄托和展望吧。

明天我将开车前往甘南、川西北、青海摄影采风。那儿有广阔的草原，美丽的花湖；有深邃的蓝天，棉白的云彩；有高耸的雪山，冷峻的冰川；也有苍凉的戈壁，浩瀚的沙漠。我想，人生就如这风景一样，总是这样苍凉着又美丽着。但是，不管是苍凉也好，美丽也罢，你都得努力前行，才能看到别样的景色。否则，你永远只能欣赏自己的脚尖。

值得一提的是，收在这本集子里的散文，除了 100 篇正篇以外，我还附了 5 篇短文，算作外篇。因为，我以为这几篇文章也是近年发表在报刊上的与花卉植物关系密切的作品，收于此，不算牵强也免遗漏。

这本百花散文的小册子即将面世，但愿它能为文化繁荣的百花园里增一分春色，也算是我的一份心意了。

刘建凌

2015 年 7 月 22 日于南京